LA PART DU SARRASIN

"Domaine français"

DU MÊME AUTEUR

LIVRET DE FAMILLE, Actes Sud, 2004 ; Babel n° 1082.
LA TREMPE, Actes Sud, 2007 ; Babel n° 1082.
MA PART DE GAULOIS (prix des Députés 2017, prix littéraire Beur FM Méditerranée 2017, prix *Le Parisien Magazine* 2017), Actes Sud, 2016 ; Babel n° 1531.

ISBN 978-2-330-13517-1

MAGYD CHERFI

La Part du Sarrasin

récit

ACTES SUD

Les Français nous consolent encore en nous racontant qu'on a appartenu à une civilisation arabe qui a eu un âge d'or...
Moi, j'étais français.

I

La salle pour le concert se trouvait au cœur d'une cité, je n'avais jamais vu des blocs si longs, si hauts, si nombreux, j'allais dire si agressifs, ils écrasaient plus qu'ils ne logeaient. On était aux "Francs-Voisins". Je ne voyais que des Arabes. C'était en région parisienne, en vérité nulle part.

Polo m'a fait :

— Ça craint ici, non ?

J'ai répondu, Non, vexé par cette réflexion interrogative de petit beauf, je n'admettais pas ces saillies à la con chez mes amis, je n'admettais pas mais je venais de mettre un genou à terre.

Assommé par tant de béton, je ne voulais pas en savoir plus sur ces honnêtes "Voisins" certainement morts avant que n'aient éclos de probables forêts à leur tour en voie d'extinction. Tout était si volumineux qu'on aurait pris les habitants pour des Lilliputiens, bruns de surcroît. Même les voitures semblaient minuscules et les éclats de voix faisaient péter des gutturales qui m'étaient familières. Me suis dit, C'est le bled.

Pour le Toulousain que j'étais, l'horreur.

Enfin ! j'ai pensé, on est dans les quartiers et c'est là que je dois porter la bonne parole, ma place est ici parmi les miens. À même la dalle rien que des mecs, j'allais dire, rien que des tronches rembrunies, des faces fâchées – la douceur dans les parages semblait éradiquée, pointée comme une cible, Meurs !

Et puis çà et là gisaient des voitures cabossées comme des fleurs de métal fanées, d'autres brûlées, davantage la signature de fils voulant se venger de la torgnole du géniteur que la marque d'un braquage. Des "allemandes" aussi, montées sur des chevrons de bois, soulagées de leurs quatre roues et du fameux double carbu de chez BMW. Des poubelles bâillaient, couvercles qu'on avait tenté d'arracher, le moindre objet semblait supplicié, au bord de l'affaissement. Même les réverbères n'éclairaient plus que le dégoût d'être fils d'immigrés. L'habitant local semblait vouloir accélérer la fin du monde en se désignant volontaire pour le sacrifice. L'air était chargé d'une odeur de haine et de plastique fondu et, par intermittence, des mobs dispensées de pots d'échappement pétaradaient sur une roue. J'ai pensé, Quel enfer !

Puis des voix ont chuté des balcons :

— Azouz, monte ! *'din a mook !*

— Rafik ! Va chercher le pain de ta race !

Ça me parlait.

Réponse d'en bas :

— Ferme-la, connasse, et cache ta face !

Et plein de *Ta gueule !* à tous les étages.

Ambiance de quartier mais pour moi c'était encore un prétexte à chansons et j'ai pillé en quelques mots la déconfiture et le chaos…

Les filles étaient en haut pour laver les tricots
et les garçons en bas mélangeaient l'herbe et le tabac.

Polo, Riton, Bébert et Ludo, mes musiciens, déchargeaient l'estafette de tout leur bazar. Moi, je mesurais, perplexe, l'étendue misérable et l'ambiance plombée par le manque de ciel et certainement d'amour puisqu'on nous observait ici et là d'un sale œil. La grimace et la bouderie étaient de sortie, je devinais…

— C'est qui ces bâtards ?

— T'as vu ? Y a un rholoto avec eux.

Le *rholoto*, c'était moi, c'est ainsi que l'Arabe traite le sale Arabe. *Rholoto*, c'est le "bougnoule" de l'entre-soi et je refusais de faire partie du troupeau Tacchini, Nike ou Reebok à tête frisée.

Ils semblaient dire aussi, en me dévisageant, Porte des marques, si tu veux qu'on te remarque. Et moi de répondre en messe basse, Vos gueules ! J'suis rock, pas blaireau.

J'ai pensé deux choses : d'abord, Tous funky, ces connards. Et ensuite, C'est pas gagné.

Depuis Toulouse je ne connaissais que de petites cités, la mienne n'excédait pas les trois cents familles. Ici c'était la démesure et la volonté d'entasser. La terre n'existait plus, seuls régnaient le goudron, le gris et la haine de soi.

Des mois plus tôt, je m'étais battu comme un beau diable pour décrocher une date en banlieue et j'avais concédé un prix défiant toute concurrence sur le tarif du show. Tout ça pour une minuscule salle en sous-sol qui servait pour le soutien scolaire, les cours d'économie familiale et d'alphabétisation pour primo-arrivants, mais aussi de salle de danse et de sport pour haltérophiles en rupture de citoyenneté. M'enfin, j'étais dans les quartiers, dans la zone de combat, c'est tout ce qui comptait.

Les hôtes, une équipe de travailleurs sociaux, semblaient d'humeur interrogative.

— Bon, on sait pas si y aura du monde.

Ils inauguraient leur programme rock en cité. "Inaugurer", je n'aimais pas ce verbe qui ne présageait rien de bon pour un groupe de punk rock qui joue en banlieue. Cela dit, nous correspondions en tout point au cahier des charges. Qui stipulait, entre autres, l'organisation de spectacles vivants visant à sensibiliser la jeunesse des banlieues aux musiques actuelles, blablabla.

Vers dix-huit heures sont arrivés par le métro les premiers téméraires, des Français de Paris intra-muros, des amoureux de sono mondiale, des étudiants un poil punks, un rien BCBG, bref des gens désireux d'être des passerelles entre la ville et la banlieue, la tribu et le monde, le parfait miroir de moi-même. Ça m'a attristé qu'il n'y ait pas parmi eux des Noirs, des Beurs, un *melting potes* ébouriffant, quoi ! Peau d'balle, rien que des adorables Blancs de gauche. Alors je me suis décidé à interpeller les jeunes qui zonaient sur la dalle d'en face. C'est bien le diable si j'accroche pas un Reubeu ! Ils étaient trois, rapprochés comme autour d'un feu avec tous les trois ces insupportables survêtements larges dont on venait d'arracher l'étiquette et qui ne faisaient pas d'eux des sportifs. À leurs pieds, un énorme poste radio qui dégueulait un rap rigolard et décapant.

— *I said hip-hop…*

Les trois trucidaient la langue de Shakespeare.

— Eh les gars, y a un concert ce soir juste à côté.

— Où ça ?

— Là, juste en face.

Tout de suite les visages ont interrogé l'horizon. Ils ignoraient jusqu'à l'existence d'un centre de loisirs, ils vivaient à dix mètres d'un lieu de vie et s'étaient fait fort de lui tourner le dos. Je connaissais ce genre d'a priori puisque je vivais les mêmes à Toulouse, avec mon association "socioculturelle".

— Où ça ?

— Là ! Juste en face, y a une salle de concerts.

— Hé mais t'es de Marseille ! m'a fait l'un d'eux.

J'ai répondu, Oui, à ce féru de géographie des accents.

— Mais on y va pas là-bas, cousin, y a que des poucaves (mouchards), y parlent avec les chtars (flics).

Je connaissais aussi cette confusion qui faisait d'un travailleur social un sous-marin de la police, un sale mouchard.

— Mais non, c'est pas des flics puisqu'ils organisent des concerts.

— Des concerts de quoi ?

— De tout, du rock.

Au mot *rock*, ils se sont tordu la figure, quasi rebutés.

— Mais on est pas des *gouères* (Français), t'es pas bien !

Gouères, je n'aimais pas ce mot, me sentais peut-être visé.

— Vous voulez pas venir voir ? Pour vous, c'est gratuit.

Ils se sont concertés, médusés.

— Ah oui ? Gratuit pour les Arabes ?

Ça m'a déstabilisé, cette manière dont ils avaient assimilé cet argument du "gratuit pour les Arabes" qu'avait initié la gauche.

— Non ! Pour ceux qui vivent ici.

— Y a que de la racaille ici, tout est gratuit pour nous, tu le sais pas ?

Je commençais à m'épuiser, au fil de notre conversation je les devinais obtus, racistes, pleins de morgue, une carte anthropologique idéale pour le Front national.

— Vous voulez pas découvrir ?

— Y a pas plutôt Khaled ?

— Khaled ?

— Ouais Cheb Khaled, ça c'est bon !

— Euh… non, y a pas Khaled.

— Ben pourquoi tu nous casses les couilles alors ?

J'ai insisté :

— Vous voulez pas découvrir autre chose ?

— Non.

Le *non* était ferme et fermé, ça m'a exaspéré qu'on puisse à ce point être hermétique, hostile ou indifférent. Ça méritait une beigne, rien d'autre qu'une beigne, comme à des sales gosses. Je n'y arrivais pas. Chacune de leur réponse me sortait par le nez.

Ce n'était pas un dialogue mais un acharnement à déplaire, une attitude viscéralement négative que pourtant je connaissais pour l'avoir partagée. Et puis le plus fermé des trois, un longiligne au duvet naissant, m'a fait :

— Bon, bon, d'accord ! Mais tu veux pas du shit ?

L'autre acolyte :

— Moi, si t'as cent balles, je viens.

Il voulait être payé. Mais quand le troisième a demandé, Il est à vous le camion ? mes fesses se sont serrées.

Plus tard, Polo m'a fait :

— Alors ?

— Y vont passer voir.

À vingt heures trente pétantes, Riton a lancé le décompte.

— Et un et un deux et un, deux, trois…

Bébert a tiré une longueur chargée d'effets sur sa corde de *mi* et c'était parti pour deux heures de transe électrique où j'ahurissais l'assistance en sautant aux quatre coins de la scène comme un cabri, un public épars m'interdisant de me jeter tel un fauve sur sa proie. Je débitais comme un marteau-piqueur des phrases incompréhensibles tant le rythme était soutenu. Faut dire que le public n'en avait cure de mes métaphores sanglantes, il aspirait à l'apocalypse sonore, à l'ébullition, à la crémation des tympans. Il ne cherchait pas l'originalité d'un accord ou la subtilité d'un pont en *ré*, rien de musical mais tout simplement l'avènement d'un chaos chamarré et ses vœux étaient exaucés. Je suis sorti de la fournaise à genoux et ce soir-là aucun des mômes de la cité n'a montré le bout de son nez. Quant à moi, j'ai chanté la peur au ventre qu'on nous dépouille de notre unique trésor, notre vraie maison, la bien nommée Estafette. À la fin du concert, je me suis précipité.

Ouf ! Ils avaient juste crevé les roues. Me suis dit, En cinquante concerts, c'est la première fois qu'on nous sabote et c'est des cousins.

Après neuf heures de route, un panneau a signalé Toulouse et d'un seul coup les bouches se sont mises à causer, les tons se sont faits légers et moi j'ai crié, À-LA-MAI-SON ! en séparant chaque syllabe.

Devant le grand portail d'entrée de l'immeuble que j'habitais, j'ai bien sûr croisé Samira, une amie pute qui tapinait tranquille, hautaine. Elle revenait d'une passe.

— Alors ?

— J'y réfléchis, ma belle.

Elle aimait que je décline son offre, j'aimais qu'elle ait envie de moi, ça la faisait moins pute, ça m'habillait moins blaireau – et je suis monté dormir.

Sur la table, de quoi faire pleurer un zébu qu'aurait perdu son Malgache, des frites décongelées macéraient dans de la vieille huile, beaucoup de harissa, de la kefta pas digne d'un athée et un peu de salade pourrie. La place grouillait d'individus dépourvus de carte de séjour, les regards fuyaient ou au contraire, avisés, sniffaient l'uniforme sans le voir. Ça feulait.

— *L'ahnoucha ! L'ahnoucha !* (Les flics !)

À l'oreille, un aveugle se serait écrié, C'est Bab-el-Oued ici ou quoi ?

On aimait cet endroit qui se la jouait métis, sauf que la faune masculine était frisée et le sexe opposé, gaulois. Les bouchers, tous marocains, étalaient des montagnes d'épices qui convoquaient un exotisme accessible, familier, ça suffisait au voyage. On aimait croire qu'en humant on traversait la Méditerranée sans peine.

J'avais invité Momo, Samir et Hélène chez Hamid, notre ami gargotier de la place Arnaud-Bernard, une espèce de Barbès toulousain. Hamid, ses amis l'appelaient Bourvil en roulant les *r* à cause d'une gueule à la con, et aussi, des yeux tout ronds, un nez tordu. Je ne m'y faisais pas, à ce qu'il se retourne à chaque Bourrrvil ! Je trouvais ça étonnant qu'il ne se vexe pas davantage. À sa place, me serais versé de l'acide pour varier les plaisirs, arabe et laid, quelle punition !

Sa clientèle se composait de marlous dealers de shit et autres clandestins décidés à ne plus mettre un pied au bled, un échantillon nerveux de sans-pap's. Chez Hamid, on ne faisait pas de manières, on n'y mangeait d'ailleurs pas, on faisait le plein d'huile. Hélène s'était contentée de quelques frites et d'une demi-tomate. Égaux à nous-mêmes, Samir, Momo et moi, on déchiquetait à l'ancienne, elle en riait toujours autant qu'on n'ait pas le souci du goût et, en guise d'estomac, un dépotoir.

— Je m'y ferai jamais ! largua-t-elle en guise de bon appétit.

Quelques jours avant, on s'était dit, On se fait une bouffe et on passe l'après-midi au quartier pour faire le point.

Entre deux bâfrées de chez bled, trois clandos qui avaient deviné qu'on n'était pas des casseurs de dents se sont aventurés en terrain grivois et dans un patois haineux nous ont décoché du velu.

— *Laâchia i dirou hala maâgha* (ils vont l'exploser) ce soir.

Samir a grincé des dents.

— Qu'est-ce que je vous disais, des hystériques.

C'est Momo qu'est venu à la rescousse des indélicats.

— Bah, c'est de l'humour.

— Faut toujours que tu sauves l'ami Ahmed, si ça avait été des Français, qu'est-ce que t'aurais pas dit !

— Tu dis quoi là, que je suis l'avocat des "cousins" ?

— Je dis que dès qu'il s'agit d'un Reubeu tu prends des pincettes géantes.

Il imitait les pincettes avec ses doigts.

— C'est toi qu'as un problème avec les cousins, t'as toujours eu des problèmes avec les Reubeus, tu sais pourquoi ? Parce que t'en es pas un !

— J'suis pas reubeu moi ?

— Bien sûr que non, c'est pas parce que tu t'appelles Samir que t'en es un !

— Oh l'autre ! Toi c'est plus fort, tu t'appelles Mohamed et tu te prends pour un Français.

Puis, cherchant un appui, Samir m'a demandé :

— Le Madge, c'est pas fort ?

Et j'ai pris un air d'entre-deux.

— Ah le traître ! m'a fait Momo, ils ont ri comme des baleines, moi à moitié, ce mot de "traître" m'était douloureux.

Je n'avais pas revu Momo et Samir depuis bien longtemps. Ils me manquaient mais la tournée mangeait mon agenda tout entier alors quand, au bout du fil, Samir m'avait fait, exaspéré, Mais t'es où bordel ? j'avais compris que je m'étais un peu trop éloigné, que j'avais presque franchi une ligne de démarcation. T'es où ? La question valait affirmation, Tu nous as laissés tomber. Ça m'avait touché.

Avec le groupe je ne dirais pas qu'on tournait, on se ruinait la couenne de scène en scène, de hameaux en lieux-dits et quand je rentrais, je ne sortais pas de mon lit tellement me fallait de temps pour me reconstituer.

Hamid a demandé :

— C'est bon ?

On n'a pas esquissé la moindre moue, il n'a pas cru lui-même que ce qu'il nous avait servi valait qu'on le salue bas, en arabe je crois qu'il nous a souhaité une sodomie orientale.

— *Khrah foumkum* (mangez de la merde).

— Comprends pas l'arabe ! que j'ai fait, j'suis beur.

— Eh ben, *dir zebda fi treumteuk* (graisse-toi le cul). Ti si si koi zebda ?

— Non.

— C'est le beurre.

— Le Beur ?

Et j'ai tilté.

Après nous être pourri l'estomac, on s'est retrouvés au quartier, comme prévu.

À peine garé devant le bâtiment de l'association, à peine claquée la portière de ma 4L que j'ai été assailli par une poignée de mômes, Djibou en tête, qui du haut de ses treize ans roulait ses épaules en rappeur new-yorkais.

— Madge ! T'étais où ?

Et d'autres, On te voit plus ! Et plein de questions auxquelles je n'avais pas envie de répondre.

— Je suis en tournée, vous le savez !

Djibou, que j'avais pris en affection à cause de son goût pour la rime, me hurlait tout en marchant un texte de son cru. Sans même dire bonjour, il s'est lancé dans un rap endiablé, rythmé par un énorme poste calé sur l'épaule du petit Karim, auquel manquaient deux dents de devant.

Vous les Blancs, vous êtes avertis
on est venus vous couper les parties

le haricot, les fèves tout comme chez D'Aucy
pourquoi ? simple, vous êtes pas circoncis

Bien qu'horrifié, j'ai pouffé et les mômes me collaient aux basques comme des chiots derrière une balle… Djibou ne lâchait rien.

On veut pour le peu qu'on a vécu
des flingues de l'oseille et vos culs

Me suis arrêté, choqué par les propos que je venais d'entendre, mais, coupable d'une trop longue absence dans le quartier, je n'ai pas voulu rabrouer l'auteur ou lui signifier une désapprobation de fond.

J'ai dit :

— Oui, oui, c'est pas mal mais c'est un peu hardcore, tu crois pas ?

— C'est toi qui m'as dit y faut que ça saigne.

— Que ça saigne, c'était une image.

— Oh tu me les casses avec tes images, j'suis pas un gamin.

— Écoute Dji, c'est que mon avis.

L'a pas lâché mon oreille jusqu'à ce que j'atteigne l'"éléphant" qui nous servait autrefois de toboggan et sur lequel Samir et Momo étaient assis. Momo qui suivait la scène a soudain tempêté contre son petit frère :

— Bon, tu dégages maintenant !

Puis, s'adressant à moi :

— Je supporte plus ses raps à la con.

Ça m'a irrité.

— Ça va, y fait que rapper.

— Qu'il assure en orthographe d'abord, y rappera ensuite.

Momo était d'une autre école, il kiffait comme moi le classicisme à la française.

— Allez, dérape ! qu'il lui a encore fait, et je suis sorti de mes gonds.

— Crois en lui bordel, qu'est-ce tu fous ?

— Hé, pas à moi.

Me suis retenu comme devant la porte des chiottes pour pas lui décocher à mon tour des flèches de chez acerbe et puis je tenais à ce que nos retrouvailles revêtent un je-ne-sais-quoi d'apaisé. La petite bande dispersée, j'ai cligné deux yeux à l'adresse de Djibou pour témoigner de mon affection.

Comme Momo continuait à bouder, je me remémorai son échec au conservatoire. Il se rêvait en grand acteur mais ce jour-là, il n'avait pas fini sa tirade que le jury l'avait découpé d'un, Merci. Depuis, l'aigreur le dévorait en métastases douloureuses. Il n'en démordait pas, c'est parce qu'il était arabe qu'on n'avait pas retenu sa candidature. Il ne serait pas comédien.

Histoire de récupérer quelques bonnes ondes, je l'ai pris par le menton, l'ai considéré comme on ausculte une bouche sans dents et j'ai envoyé un premier scud.

— Ouais, ouais, t'as bien une tronche à t'appeler Mohamed, moi avec une face pareille je t'aurais plutôt appelé Yanis, ou Anis, pour atténuer les traits.

Samir ricanait déjà, il n'était pas fâché que j'en revienne à nos bons vieux réflexes de snipers, il me faisait des signes pour que j'en rajoute une couche et c'est ce que j'ai fait.

— J'ai trouvé ! T'aurais dû t'appeler Adam, Adam c'est super, ça fait la jointure entre un prénom prophétique et ta mentalité du Moyen Âge.

Le voir sourire m'a encouragé à pousser plus avant mes attaques.

— T'as Danyl aussi, qu'est proche de Daniel, Daniel Mesguich si tu veux faire feuj ou Guichard si tu le veux plus blaireau.

— Hé, t'es venu pour faire ton show ? C'est le retour de la star, c'est ça ?

— Qu'est-ce qu'il a ? que j'ai eu le malheur de demander.

— La haine, m'a répondu Samir laconique, et Momo a haussé les épaules.

Au loin, une vieille BM faisait sa ronde. C'était Mourad, le "parrain" de la cité, redouté par tous, et Samir a sonné l'alerte.

— On rentre les gars.

— J'ai pas peur, a grommelé Momo qui traînait des pieds.

— Moi si, j'ai concédé.

Ce n'était pas la trempe qu'on redoutait mais un passage à tabac verbal car, depuis l'enfance, on était rompus tous les trois à tout ce que l'insulte réserve de gratiné aux premiers de la classe. Les Mourad, Brahim et autres invertébrés nous baffaient à volonté mais, à la vérité, on n'a jamais accepté d'être les "brèles" de la cité, on attendait que le temps nous venge d'une façon ou d'une autre, à défaut de régler nous-mêmes nos comptes à coups de savates. On rêvait d'un Jean-Claude Van Damme littéraire, un pote qui saurait lever la jambe et conjuguer ses passés simples. Nos biles chauffaient, impatientes.

Pas le temps de m'engouffrer sous le porche qui abritait notre local qu'une voix m'a foudroyé.

— Oh le Madge !

C'était lui, Mourad, qui me faisait signe d'approcher. Me suis exécuté sous peine de me faire rougir la joue en public et quand je me suis penché pour recevoir quelques envolées de noms d'oiseaux, j'ai eu droit à tout autre chose.

— Je voulais te dire, ton pote Pierrick, il assure, tu lui diras ?

— Oui.

— Il est plus fort que toi en maths.

— Ah oui ? J'sais pas.

— Si, si, tu sais.

Y venait de me vexer, j'ai cédé et quand la vieille carlingue a passé la première, j'ai marmonné, Tu lui diras toi-même, j'suis pas ton *missi dominici*. Me suis même risqué à un petit, *Bâtard*, mais il était déjà loin.

À l'asso, on s'est installés dans le bureau d'Hélène, Samir a squatté la place du roi, le fauteuil réglable à roulettes qu'on se disputait sans cesse. Nous restaient les petites chaises vintage, en formica.

— Qu'est-ce qu'elle te voulait cette hyène ?

— Oh business, toujours pareil.

Et pendant que je chargeais le filtre à café, Samir a pris un ton solennel.

— Bon Madge, grande nouvelle, à Lyon ils se sont décidés pour une marche, ils vont l'appeler "la Marche pour l'égalité des droits"...

— La Marche des Beurs ?

— Dis pas ce mot, ça m'énerve, on est pas des enzymes.

— C'est la Marche pour l'égalité, a grogné Momo.

Samir a repris :

— Euh, Madge… ça va durer combien de temps ta balade ?

Ma tournée, il appelait ça *balade*, ma mâchoire a claqué.

— On a besoin de toi là, maintenant. Je crois que tu te rends pas compte, je te laisse des messages qui restent sans réponse, qu'est-ce tu fous ?

Je ne supportais plus ces *qu'est-ce tu fous*, cet insupportable déni de ma musique, cette façon de me prendre de haut comme si je n'avais pas fait mes devoirs.

— Putain, Madge ! Partout y sont chauds ! Les jeunes de Bourg-en-Bresse, de Lyon, des Minguettes, Marseille, Saint-Étienne, Limoges, Lille, Roubaix, Mantes-la-Jolie, c'est de la folie ! Cette fois c'est la bonne !

Il me donnait des éléments objectifs, il citait des associations, égrenait des collectifs chaque jour plus nombreux comme "Zâama d'banlieue" en soutien à des jeunes Beurs incarcérés.

J'étais mal, cette Marche, je l'avais espérée, rêvée ardemment et là, au moment crucial, je brillais d'une indécente absence. Je me retrouvais dépassé par cet espoir de voir les banlieues se soulever et au lieu d'annoncer un sonore "J'en suis !", j'hésitais, tournais autour du pot. J'espérais même un peu que le grand rendez-vous soit reporté, qu'on me donne un délai de réflexion, car l'enjeu était d'importance. Ma propre gloire. J'ai grommelé des onomatopées bougonnes, des choses incompréhensibles qui ont agacé Samir. Mon groupe était à deux doigts d'une signature avec un label, c'était inespéré. Tout ce que j'ai trouvé à dire c'est :

— T'es sûr de l'info ?

— Connard, tu crois que je t'ai demandé de revenir pour avoir de tes nouvelles ? Ici tout le monde est chaud, on a besoin de toi, frère, faut qu'on soit mobilisés, tous ! Alors t'oublies tes rockeurs à la noix et on fonce.

— J'suis en pleine tournée, Samir ! On va signer avec un label…

— De quoi y nous parle, lui ? De business ? Je te parle de la Marche.

Momo en a rajouté.

— On s'en branle de ta musique, on te parle de nous, de la guerre qu'on va déclarer à la France, et on va lui faire peur tellement on va être nombreux.

Bref, j'étais plaqué contre un mur. Est-ce que j'allais leur dire, Non les gars, comptez pas sur moi, j'ai d'autres priorités. Impossible, ça aurait été comme me jeter dans un précipice de mon plein gré, renier une moitié de moi-même.

J'ai senti Samir excédé et, chez Momo, l'envie de m'aplatir d'un bon vieux coup de boule.

Ils me disaient, Réveille-toi, j'entendais, Bouge-toi sale traître, reviens sur terre, c'est maintenant qu'on a besoin de toi. Me suis senti foudroyé d'aussi peu de compréhension et d'autant de mépris, de haine par moments. Ils me traitaient en saltimbanque oisif, ne relevaient que l'aspect récréatif de ma nouvelle vie, tout un monde sur lequel ils n'avaient pas de prise alors que je vivais le périple d'un Valjean. Ils m'expulsaient du champ politique, c'était proprement dégueulasse car j'y aspirais désespérément. Cette Marche j'y tenais autant qu'eux depuis l'époque où ma mère se cognait la tête contre les murs en lisant mes bulletins scolaires. L'époque où elle se pointait au collège pour supplier qu'on nous aide.

Un mercredi je l'avais trouvée agenouillée devant le principal à s'arracher du plus profond d'elle des *S'il vô pli*, ça m'avait tué.

Si Momo ne m'étonnait pas par ses montées d'adrénaline intempestives, l'intransigeance de Samir m'ahurissait, lui, l'enfant gâté de la bande, un fils unique et beau gosse, je veux dire qu'un souffle de vent pouvait bouger ses cheveux, pas les nôtres. Sa mère l'appelait "mon chéri" ou "mon roi" à tout bout de champ et les grands de la cité en avaient oublié son prénom, ils l'appelaient "mon-chéri" eux aussi. Mon-chéri va nous chercher des allumettes ! Mon-chéri n'oublie pas les cigarettes ! D'être traité en fille, la haine s'est cousue dans son cœur de fleur de lys, amère mixture.

— Qu'est-ce que t'as ? m'a-t-il torturé devant mon air déconfit.

— Faut que je réfléchisse.

Puis il m'a jeté son journal à la figure.

— Tiens ! Rafraîchis-toi !

C'était la liste d'un tas de mômes morts, tous victimes de balles policières. C'était tout juste s'il ne me faisait pas complice de tous ces crimes, un complice par indifférence.

— Que tu réfléchisses ? Mais c'est pas toi le premier qui nous as parlé de cette Marche ? Qui disais qu'il fallait tout sacrifier… C'est pas toi qui parlais de mettre le feu à la France ? Dis, t'es con ou quoi ?

Samir militait. Sa guerre ? La lutte des classes. Il s'inscrivait dans la tradition française des insurrections populaires. Momo, lui, rêvait d'une "armée d'Arabes des quartiers", d'un mouvement exclusivement beur. Pour moi, la France, c'étaient aussi des chansons, des livres, des auteurs incroyables qui me construisaient un peu plus chaque jour et je crevais d'envie d'en être. La France me giflait mais dans le même temps, elle me serrait contre son cœur, elle m'allaitait de l'amour de plein de gens qui me disaient, T'es chez toi ici, oh ! Et Dieu sait que je tétais cette injonction, insatiable.

Je n'avais donc pas autant la haine et je trouvais que mes potes de quartier y allaient un peu fort.

Bien sûr les morts se comptaient par dizaines, tous arabes. Bien sûr que le Front national épouvantait nos parents. Bien sûr qu'on était mal pour de vrai, mais cette Marche arrivait trop tôt, je cavalais sur une autre monture. Pour la première fois, j'étais scié d'aussi peu de considération de la part de mes potes. C'était bizarre cette impression d'être haï par ses meilleurs amis. Ils me reprochaient de vivre hors du clan. Je ne me serais pas douté que cela puisse arriver avec des amis d'enfance.

Le plus douloureux pour moi, c'était de comprendre que je n'étais que l'instrument de deux colères qui ne s'étaient pas concertées. Au lieu de nous souder, cette Marche nous écharpait avant même d'avoir lieu.

Et puis Momo, qui sentait l'approche d'un clash, a pris une tangente plus rigolote.

— T'as vu ? Ils disent qu'il y a un curé avec eux et pourquoi pas un rabbin ou un imam ?

Samir l'a interrompu et, dans une exaspération de prof de LEP, lui a arraché le journal des mains.

— Je te signale qu'on est en France et qu'il y a des curés de gauche, ce qui n'est pas le cas en Islamie, d'accord ?

— Des curés de gauche ? s'est étonné Momo.

Dans le même instant j'ai pensé, Des imams de gauche, ça existe ?

— Hé, répondez les gars ! a renchéri Momo.

— Ouais, des curés plus ouverts que la moyenne.

— Non ! Pas plus ouverts, m'a retoqué Samir, de gauche ! Quelle bande d'ignares vous faites, c'est bien la peine de me reprocher d'être de gauche, vous n'avez aucune éducation politique, vous n'avez jamais entendu parler de la Jeunesse ouvrière chrétienne ?

Ça sentait le cours d'histoire, on a cédé.

— Si si si !

Le petit Abdallah qui nous entendait hurler s'était figé derrière la porte et a profité de l'accalmie pour entrer dans la pièce.

— Maman elle a dit que je reste là, elle est partie aux courses.

— Tu lui diras que c'est pas une crèche ici ! a menacé Samir, mais comme mon regard le condamnait il s'est repris : Bon, va t'asseoir dans la grande salle, je t'apporte des jeux.

De mon côté je regrettais mes incantations d'autrefois, me mordais les doigts d'avoir trop usé de la corde politique qui n'était pas ma préférée, le boomerang me revenait en pleine poire. Les grandiloquences, c'était aussi un jeu pour s'exalter et j'en avais abusé. Quant à Samir, il s'est remis à tronçonner, il usait de tout ce qui avait enflammé notre adolescence, en gros l'honneur de nos parents à coups de, Rappelle-toi !

Il parlait des pages obscures de l'histoire qu'on devait rouvrir, des crimes d'un État raciste qu'il fallait dénoncer, il me citait un tas de noms :

— Yazid ! Nacer ! Abdel !

Il pouvait en citer cinquante, morts ces dernières années, ou blessés par balles.

Toutes les variations de l'humiliation y passaient, les caves dans lesquelles nos vieux priaient, il disait, Regarde ! La saleté patronale, la lâcheté syndicale, la morgue politique et répétait, Regarde !

— Oui ! Je regarde !

La vacuité des lois, l'iniquité de la justice, les violences policières et maintenant, le Front national, il ne m'épargnait rien, je ne retenais que la haine.

Je les ai quittés amer, c'est à peine si j'ai timidement osé :

— Vous oubliez pas le concert, samedi ?

— Putain le Madge ! m'a fait Polo, Y z'ont recouvert nos affiches de croix gammées.

Il était blême et, même, encore saoul de ce qui avait vraisemblablement été pour lui un cataclysme. Me suis senti glacé, visé, presque traqué. L'affiche du groupe qui représentait un jeune Palestinien tirant à la fronde avait été badigeonnée d'insultes racistes. J'ai demandé :

— Quand ça ?

— Cette nuit ! Partout sur les boulevards, des croix gammées, y avait même marqué "bougnoules rentrez chez vous !" C'est quoi ce délire ?

— Des fachos ! que j'ai annoncé, ferme et définitif.

— Tout de suite..., a répliqué Riton.

— Ouais, j'appelle ça des fachos, des putains de nazis.

Un silence est venu s'asseoir quelques secondes, histoire d'accuser le coup.

— S'en fout ! On va tout déchirer, a coupé Riton en entrant dans le bar.

J'ai compris qu'il cherchait à détourner la conversation.

On s'était rencardés pour un état des lieux de l'endroit où on allait se produire. Riton inspectait l'immonde troquet comme on admire un tableau de maître, je ne partageais pas son entrain, moi j'inhalais plutôt l'air saturé de tous les tabacs, une ambiance sombre et huileuse, le tout imbibé d'un relent de pastis, ça sentait la conso abusée d'apéro, la belote et la glande, la chasse à l'Arabe, la mauvaise France. Ça sentait fort, on aurait dit que quelqu'un venait d'asperger la pièce d'un Air Wick senteur Provence pour masquer les couches de nicotine expirée et les saillies homophobes. La tête de cerf accrochée au-dessus du bar ne plaidait pas les humanités. Sans compter que le lieu était exigu, je l'apparentais à une geôle chilienne, me suis dit, C'est une salle de concerts, ça ? Non, ça c'est un gourbi à blaireaux. Me suis écroulé comme un jeu de quilles et le tavernier, en guise d'accueil, nous a fait sèchement :

— C'est là – comme on indique les chiottes.

Riton souriait, je méprisais. L'aubergiste aux veines éclatées et à la peau plissée de gras n'accordait pas une once d'inclination amicale, ça m'a définitivement fermé. Cela dit, on jouait à la maison, je veux dire, à Toulouse, et je piaffais de montrer aux potes de ma cité les étincelles que provoquait mon groupe, la tournure qu'avait prise ma nouvelle vie. Je voulais apparaître dans une flamboyance, oui c'est ça ! Pas "politique", peut-être, mais flamboyant.

J'étais désormais chanteur et ma bande promettait la montée vers les étoiles alors je concédais quelques désagréments. Deux ans qu'on déchirait tout sur notre passage, aucune scène ne nous résistait. Je n'en revenais pas moi-même qu'on retourne les esprits les plus ronchons, on enchaînait des rappels interminables et, quels que soient le lieu ou le nombre de spectateurs, on laissait derrière nous d'épaisses fumées s'échappant de brasiers provoqués par d'authentiques étincelles. Me sentais galvanisé – je finirais au panthéon de la chanson française !

On s'était pointés vers midi pour visiter les lieux et ça n'a pas raté, fallait déplacer des montagnes de fûts puis des chaises et encore des tables pour aménager un espace d'à peine quatre mètres carrés et tout ça au grand dam du taulier qui perdait de "l'espace client" et grognait des, Font chier.

Et il ne s'est pas gêné, le taulier :

— Qu'est-ce qui vous faut ? Le Palais des Sports ? Vous êtes pas les Rolling Stones, les gars, faut redescendre !

Pour éviter d'inutiles embrouilles qui auraient mis en péril la prestation du soir, je me suis fait docile, invisible, j'acceptais qu'on n'ait pas de vraies loges, pas de scène et, ce jour-là, qu'on n'ait droit qu'à une pauvre bière. Ce qui me défrisait aussi, c'était l'humiliation tranquille qu'on subissait. C'est à peine si on ne dérangeait pas la bonne marche de l'établissement, à peine si on ne faisait pas honte au propriétaire des lieux. Ça, je ne l'acceptais pas. Son tutoiement, par exemple, m'a hérissé au plus haut point, surtout quand il s'est tourné vers Bébert, notre guitariste, et a ordonné :

— Toi tu m'as l'air dégourdi, enlève-moi ces chaises.

La minute d'après le rustre m'a agrippé par l'épaule.

— Vous me salopez pas le bar, y m'a coûté les yeux de la tête, OK ?

— OK.

Je n'aimais pas les mains passées autour des épaules ou les joues pincées avec le pouce et l'index.

L'impression d'être les immatures de service, des indigènes à crêtes, les bouffons attitrés, ça me faisait devenir raciste.

— Français de mes couilles.

Aux alentours de vingt-deux heures, le bar dégueulait des grappes entières d'une jeunesse débraillée, chaussée de godillots, de boots aux lacets défaits, couverte aussi d'adorables perfectos cloutés ou de vestes en jean étroites. D'autres exhibaient des tee-shirts à l'effigie du Che ou dénonçant des États qualifiés de fascistes, Hexagone en tête. J'ai ri d'une pouponne aux ongles longs et baguée à chaque doigt de têtes de mort. Elle arborait un sanglant *"no future"* mais le futur semblait lui promettre à elle un bel avenir. Au-dessus des têtes, une fumée s'épaississait à vue d'œil et seules les bières avaient droit de cité. Les "prêts à en découdre" avec la trépidation ska et le hoquet raggamuffin se sont agglutinés autour d'instruments qu'on ne voyait déjà plus, et des lames des Ramones échappées des enceintes usinaient déjà les oreilles. Les commandes aussi affluaient.

— Quatre Heineken, six Seize ! Trois Monaco !

Déjà des bouches se smackaient tels des aspirateurs mis face à face. Tous ces baisers largués comme des offrandes, je trouvais ça beau. On entendait :

— Police ? Mais c'est pas du rock !

— Quoi ?

Et puis pas la moindre peur d'un reproche ou d'une punition ne parasitait l'air, les gestes s'accomplissaient sans crainte, c'était un monde sans parents, pour moi, inespéré. Dans un coin de bar, je me languissais d'ouvrir les hostilités, trop heureux qu'il y ait enfin foule. Faut dire que Riton ne ménagea pas sa peine, il avait invité à tout va, même les plus lointaines de nos relations. Jusque tard la veille il collait encore des affiches. Moi, j'avais honteusement décliné la proposition d'"en rajouter une couche". Seul Polo accepta l'ingrate invitation dans l'espoir d'être imbibé de Heineken; il fut servi.

— Faut y aller ! m'a discrètement glissé Riton, c'est toujours lui qui déclenchait le chrono.

Pour rejoindre mon poste avancé, me suis faufilé dans la toile de bras ouverts aux quatre vents et j'ai rejoint mon micro. Les prénoms de mes camarades se faisaient déjà entendre de toutes parts, *Bébert ! Mets-nous le feu ! Riton ! Déchire !* Et puis de longs, *Alleeeeez !* comme au stade.

Bébert enfourcha sa guitare comme un para sa kalach et déclencha un premier larsen en collant l'instrument à l'ampli, presque comme on frotte une allumette sur un talon, et fusèrent les premiers cris d'apaches. Riton, maître de cérémonie, a fait tinter ses baguettes en guise de décompte.

— Et une et deux et une, deux, trois…

Et la foudre rythmée par un roulement de basse irrésistible a fait sauter les corps à la verticale. J'ai annoncé :

— Jeunesse de France, sois la bienvenue !

Comme un parapluie qui s'ouvre, des bouquets de bras se sont dressés, on aurait dit des antennes vivantes, les yeux des premiers rangs se sont élargis et j'ai senti mon cœur massé par la plus douce vague qui soit. Au premier roulement de caisse claire, l'apocalypse fut annoncée par des corps jetés à l'arrière et récupérés par une myriade de poignets courageux. Des vagues se formaient qui s'entrechoquaient, expulsant vers le plafond les plus téméraires.

Des jeans étroits de punkettes s'ouvraient vers le ciel en compas desserrés et je lâchais mes premières rimes, fou de bonheur.

Faut qu'on chute
qu'on s'entende dire "chut"
faut qu'on en chie.
Paraît que tout peut pas être croqué hachis
on nous dit que l'aventure
est le propre des ratures
nous on la veut mais sans le propre... des ratures
non, on veut pas être le propre... des ratures
mais LA *rature.*

Je hurlais "le propre" et le public répondait "des ratures !", je relançais "le propre" et comme un écho la foule scandait "des ratures !" Très vite, les garçons se sont retrouvés torse nu et les filles ne tenaient plus qu'à un élastique nommé soutien-gorge et je comprenais ma raison d'être sur scène. Je m'étais fait bien des films avant cette tournée mais je n'avais pas imaginé des filles portées comme des calebasses sur des têtes africaines, elles rebondissaient de tête en tête en tête, sans pudeur, et se retrouvaient pour certaines poitrines nues. Qu'il était beau le tableau de ces seins portés dans le plus bel âge. C'est ce que mes yeux appelaient le "bain de jouvence". Je n'avais jamais vu de seins en mouvement.

D'abord terrorisé, le taulier a vite souri de sa technique dite de la "cocotte-minute" qui consistait à colmater la moindre bouche d'aération, l'air est devenu irrespirable, et la soif attaquait les glandes salivaires. Derrière le bar, c'était l'affolement, les serveuses alignaient désormais sans commandes d'énormes pintes de bière. Vite desséché, je portais à ma bouche une bouteille d'eau que des bras me suppliaient de partager et je relançais :

"le propre !"

et le public scandait "des ratures !"

"le propre !"

"des ratures !"

Pour me sauver d'une mort de Sahel, Bébert a enchaîné par un chorus qui n'était pas moins que des coups de fouet et les corps comme flagellés semblaient en redemander. Il pinçait une corde et les dos se cassaient dans une chorégraphie zombie, c'était beau. J'en profitais pour aller recueillir à même le sol quelques lampées d'un oxygène devenu rare mais juste avant de m'agenouiller, un flash ! C'était Bija, là, au premier rang, accrochée pour ne pas être emportée par d'incessants pogos. Elle était donc revenue, Bija, ma frangine de cœur, mon Antigone, mon allumée qui, trois ans plus tôt, avait mis les voiles pour échapper à son père, à ses frangins, à ses cousins, à la panoplie des hostiles, à tous ceux qui l'empêchaient tout simplement de vivre. J'ai murmuré, Bija ! C'est ce qu'elle a lu sur mes lèvres et, aussitôt, une vague dansante l'a chassée sans manières. Elle semblait heureuse mais ce qui m'a ravi, c'était de la voir se mêler aux ruades avec détermination. Elle ne les subissait pas et même les provoquait. Dans sa déambulation aérienne je ne la quittais pas des yeux, cette envie d'être secouée m'a réchauffé le cœur.

Au bout d'une longue frénésie de corps chahutés, c'est Momo et Samir que j'ai aperçus, ça m'a revigoré. Enfin ils étaient là, l'un collé dos à la vitrine, l'autre appuyé par l'épaule, ils semblaient médusés du paroxysme provoqué par des accords de guitare. Au fil des minutes, je me suis aperçu qu'ils résistaient à la contagion, ils s'aplatissaient contre la vitre pour éviter les vagues. J'attendais, moi, qu'ils soient aspirés par la tourmente, ils s'y refusaient. Après un long moment, ils ressemblaient encore à des plantes en pots et leurs bras déclinaient moult invitations d'entrer dans la fournaise. Hélène et Agnès avaient décroché une permission pour ma petite sœur Fouzia, elles se sont retrouvées toutes les trois collées au bar, en vérité, agrippées à un mât, et c'est presque de la frayeur qu'on lisait dans leurs yeux, elles ne connaissaient pas ce genre d'apocalypse rythmique. Maintenant le bar n'était plus un bar mais un amoncellement de coudes peinant à soulever les bocks. Où que je dirige mon regard, c'était du bonheur à l'état pur, une extase par moments des plus molles ou à d'autres plus frénétique et j'étais l'auteur de cet état de transe. Mes copines des quartiers nord ignoraient cet envoûtement, ne savaient rien de ce désordre innocent chargé de sons saturés et de bousculades jouissives, surtout ma sœur qui était occupée à sauver une frange lissée au fer à repasser. Mes mousquetaires eux ne jouaient pas, ils tronçonnaient leurs instruments respectifs, on aurait dit des ouvriers de la plus pure tradition. Ils se métamorphosaient en manards découpant le mur du son, parfois on les aurait crus marchant sur des poutrelles au-dessus du vide ou accrochés aux parois les plus rudes, manquait que le bleu de travail pour entrer dans la légende du rock prolétaire, je n'en demandais pas plus. Le bar est vite devenu une chaloupe bousculée de toutes parts et les embarqués acceptaient le sort du *Titanic*.

À nouveau j'ai rampé à la recherche de quelques restes d'O_2 et quand je me suis relevé au bout de quelques secondes, Momo et Samir avaient disparu, mon cœur s'est noyé mais courageusement j'ai ramé jusqu'à ce que les côtes apparaissent et annoncent la fin du périple.

Vers les trois heures du mat', on s'est retrouvés chez moi. Je ne reconnaissais pas mon appart. Abdu l'avait métamorphosé en déplaçant tous les meubles, lui donnant un aspect strict, quasi Art déco. Un keffieh que j'avais suspendu au mur avait disparu, ainsi que des portraits de ma famille et qu'une sourate sculptée dans du faux bois, souvenir *made in Taiwan* d'un séjour à Béjaïa, me suis senti blanchi. J'ai regardé Abdu, d'une mimique il me priait de rester cool. Après le concert qu'on venait de donner, sûr ! j'allais l'être.

Au goutte à goutte, mon salon s'est rempli de gens que je ne connaissais pas, des jeunes de la classe moyenne en plein ! Des tronches proprettes mais qui savaient lâcher prise le temps d'un week-end, des filles aux tee-shirts inondés de pin's contestant l'économie de marché à grands coups de *"fuck"*. L'une d'entre elles se massait régulièrement un sein victime sans doute des bras aveugles qui portaient les volontaires au-dessus de la mêlée deux heures plus tôt. J'ai eu envie de la remercier de s'être autant donnée, envie de la soigner par plein de petits baisers qui n'auraient guéri que moi.

Dans cette garçonnière aménagée par les soins d'Abdu et de Sandrine, rien ne me ressemblait, ni les gens ni les airs, me sentais presque chez un autre, presque invité dans mon propre chez-moi. Ils avaient francisé ma piaule et j'ai pensé, Merde ! L'Algérie d'accord mais pas le keffieh.

Dans cette foule on comptait aussi des étudiants potes de mes potes, habillés droit, classique, puis d'innocents *redskins* antifa qui n'avaient vraisemblablement pas mangé depuis trois jours, et dans ce bizarre aréopage, personne pour me remercier d'avoir ouvert grandes les portes de ma garçonnière. Si les garçons caquetaient, les filles ont immédiatement dansé, elles dansaient sur n'importe quel rythme, n'importe quel style, dansaient-elles d'ailleurs ? Non ! Elles bousculaient les meubles, cherchaient un radeau pour des îles sans lois. Avant de moi-même embarquer vers des contrées hilares, j'ai tout de suite embrassé Agnès, Hélène et ma petite sœur pour les remercier de leur présence et, tout à coup, en s'écartant, Fouzia m'a fait :

— Surprise !

Bija est apparue, éclatante comme baignée de soleil.

— Mais comment ?

Dans le brouhaha, elle lisait mes paroles plus qu'elle ne les entendait.

— Je te raconterai.

Elle semblait régénérée, physiquement transformée et je n'avais jamais vu ses cuisses. L'eau m'est tout de suite montée à la bouche, me suis senti sale. Quand elle est retournée danser, je ne voyais plus la gamine d'autrefois mais quelque chose de désirable que je n'assumais pas.

Je ne l'ai plus revue de la soirée. Étrange, elle m'échappait encore, elle m'a d'ailleurs toujours échappé.

À ma demande, Abdu mon meilleur ami noir avait concocté des amuse-gueules maison mais je ne m'attendais pas à l'orgie culinaire. Sur une table improvisée, il avait disposé une farandole de verdure, des tomates cerises percées de bâtons de fromage, des escalopes de dinde parées d'endives, des genres de chips épicées de chez grave, de pleines tartines de saumon, de pleins bols d'olives noires ou vertes, du guacamole à s'en lécher les doigts, des feuilles de laitue aillées dans un précipité de pommes de saison, des montagnes de légumes plus sculptés que découpés. Je n'avais pas dans la bouche de "merci" assez fort, il s'était démené sans compter. J'ai eu envie de l'embrasser, lui aussi, pour avoir mis la barre aussi haut. Pour ne rien gâcher, il s'était déguisé en serveur de brasserie parisienne et se délectait des compliments qui m'étaient adressés. Je baignais sous des assauts de félicitations.

— Le guacamole !

— C'est Abdu.

— Cette salade !

— C'est Abdu.

— Ce saumon !

— Abdu.

Je recueillais les compliments, Abdu ne commentait pas, il se contentait d'un petit air d'hypocrite satisfait et Sandrine, son amoureuse, accompagnait mon regard dans une même malice. Avec deux doigts appuyés sur mes lèvres, j'envoyais à ce commis de choix les plus sincères baisers. J'étais heureux d'avoir quelqu'un sur qui compter, quelqu'un qui soit à la hauteur, j'aimais qu'on me renvoie aussi que j'étais digne de confiance.

L'appart a fini par devenir une civière à sardines, c'est à peine si on pouvait remuer une épaule, les groupes constitués à la volée ne pouvaient plus se défaire, il fallait pour se déplacer une motivation d'estomac vide. Les bienheureux qui s'étaient retrouvés en bord de table exécutèrent les aliments à bout portant sans autre forme de procès. En moins de dix minutes ne restaient plus, pour les plus éloignés, que des miettes, des queues de radis et des noyaux délivrés de leur chair. Devant les assauts, je me suis retenu d'engouffrer de pauvres restes et j'ai vu disparaître la dernière chips dans la bouche d'une punkette torchée – l'envie m'a pris de la lui arracher à même la bouche.

Ludo qui s'était calé dans un coin de fenêtre a poussé un cri de détresse, une légère brise venait d'évacuer les derniers grammes de shit étalés sur deux feuilles amoureusement superposées. Affolé, il s'est agenouillé pour récupérer les précieuses miettes en plaquant le plat de son index sur le sol, ça m'a stupéfié que la dépendance provoque un tel affolement, puis j'ai ri quand Abdu l'a imité tel un aveugle cherchant sa canne tombée par terre.

Polo n'avait pas lâché sa basse, il dodelinait sur du UB40, sa basse, il la préférait à n'importe quelle cuisse offerte, ça nous déprimait qu'il soit si peu chasseur de "fèves", il était ridicule, presque obscène. Abdu, impayable, l'a imité lui aussi en étreignant un balai. Riton, chasseur émérite, se laissait aspirer par trois coquines dont l'intention était de ne pas dire non à quelque proposition que ce soit, il masquait par un bavardage incessant l'envie d'étaler sa langue sur toute surface constituée d'un peu de peau et de poils, tu m'étonnes, les lèvres remuaient à deux millimètres des siennes et, d'un clin d'œil, il m'a fait complice de son appétit. Non, merci, je ne baise pas en famille.

Là encore, j'étais heureux de le voir heureux, ces moments étaient rares. Devant une table dézinguée au champ d'honneur, Pierrick, mon autre meilleur pote, a abandonné une "bombe" glissée dans un jean moulant pour me proposer d'aller chourer chez ses vieux quelques bouteilles millésimées et autres blocs de foie gras. J'ai reconnu là le compagnon fidèle.

— Là ? Maintenant ? T'es fou ?

Ça m'a touché et je n'ai pu m'empêcher d'y serrer l'avant-bras en guise de reconnaissance suprême. Me suis senti soudain enveloppé d'anges, porté par la plus fabuleuse bande qui soit.

De partout j'entendais :

— Le Madge ? Un p'tit bordeaux ?

— Tu veux un coup de main ?

— Je te fais un sandwich ?

— Y en a plus !

— Tu veux qu'on débarrasse ?

Mes amis ne m'adressaient la parole que dans les intentions les plus louables, qu'avec les propositions les plus dévouées. Seul bémol, Agnès, Hélène et Fouzia n'ont pas décollé d'un coin de canapé solidement kidnappé. Elles n'ont ni bu ni grignoté et chez ma sœur, une certaine morgue m'a chauffé les oreilles, elle dénigrait. Pas pu m'empêcher de penser, T'es raciste ou quoi ? Deux ou trois mondes, ce soir-là, se sont côtoyés sans jamais se confondre, ça ne m'avait pas échappé. Pas échappé non plus l'absence de deux potos du quartier. Les heures ont filé puisqu'on entendait *Banana Split* repris en chœur et je me suis senti préoccupé.

Pierrick a encore disparu. Sa mère !

Le lendemain, histoire de désengorger des veines tapissées de rhum agricole, je courais derrière une balle et me régalais depuis mon poste de latéral gauche en relançant les attaques par des passes millimétrées. Sur les coteaux de la ville, le dimanche après-midi, on retrouvait quelques perles des quartiers sud, des Reubeus cools qui venaient parfaire leur technique contre des bouseux comme moi, qui n'avaient que l'honneur de kiffer le ballon rond. J'offrais des espaces de conquête à mon attaquant qui me levait des pouces satisfaits. Je ne demandais que ça, qu'on m'adoube en camarade utile. J'avais un ailier de choix, une espèce de petit râblé que je ne connaissais pas et qui se servait d'appuis incroyablement puissants pour chasser d'un côté ou d'un autre, laissant un défenseur aux abois. J'en restais bouche ouverte. Bien que piètre joueur, j'avais, moi, ce qu'on appelle une "vista", dont profitaient à merveille mes attaquants. Samir et Momo étaient là et je m'étais arrangé pour intégrer l'équipe adverse. Mon plan ? Les atteindre et m'occuper de leurs chevilles, leur faire passer le goût de la fuite. Ce jour-là, je ne jouais pas, je les épiais, j'attendais qu'une passe leur soit faite et shraak ! j'essuyais mon crampon sur la partie la plus sensible.

— Ouille !

— Oh pardon.

Et je restais aux aguets de l'un ou l'autre. *Yesss !* Une passe et re-*shraak*, encore une cheville.

Dans ces parties sauvages on n'attendait pas de vous que vous respectiez un poste, juste que vous soyez vaillant. J'en profitais pour suivre à la trace leurs guiboles. Allez, venez mes petits salauds, je vais vous tailler comme des crayons !

— Aïe !

— Oh pardon.

— Ta mère ! Le Madge.

— La tienne !

Dernier coup d'épaule sur Momo et il a demandé à sortir, ça a débarrassé l'amertume de la veille qui m'asphyxiait encore. J'étais curieux d'entendre une explication de leur disparition soudaine. Dans la courte nuit qui avait suivi le concert, j'aurais volontiers laissé couler quelques larmes d'orphelin pour ce déni dont ils s'étaient parés en ce jour tout à ma gloire. J'avais vécu cela à mon tour comme un abandon, un quelque chose d'impardonnable que je voulais leur faire payer, mais comment le "déserteur" pouvait-il évoquer la désertion ?

La partie s'achevait, on déchaussait nos crampons sur le bord du terrain.

— T'as soif ? m'a demandé Samir en me tendant sa gourde, j'ai dit non et rentré ma tête dans le cou pour me fermer un peu plus.

Devant un silence prolongé, Momo a consenti un :

— Super, hier soir.

J'ai secoué mollement mon menton.

— Y a un problème ?

— Quel problème ?

— J'sais pas, t'as l'air tout gris.

— Non pas du tout. J'ai juste mal partout.

Quand on s'est rhabillés, le petit air penaud qu'ils ont composé m'a vite éclairé.

Ils avaient pris le bus à l'aller, j'étais véhiculé et d'avoir à les déposer devant chez eux me foutait en l'air, Qu'ils rentrent à pinces, ces fils de putes !

Mais quoi ? Rien ne les obligeait à assister au concert ni à faire le pied de grue jusqu'à la dernière note. Et s'ils avaient eu deux rendez-vous d'importance le même soir ? Tu parles ! Je savais tout d'eux et pas un argument n'offrait la moindre circonstance atténuante. Ils voulaient simplement ne pas être les témoins privilégiés de mon ascension, voilà ce que je pensais et dans la voiture les salauds jouaient les parfaits innocents. Pas une moue coupable, rien ! C'étaient bien des acteurs-nés. Tout en conduisant je cherchais un angle d'attaque, une espèce de saillie innocente mais qui les condamnerait malgré tout. Me manquait l'argument qui aurait paru assez naïf pour effacer l'aigreur et distiller ce qu'il faut de reproches et plutôt que de dire, Vous êtes de gros enculés, j'ai fait :

— Bon match, me suis régalé !

Et je n'en revenais pas qu'ils saisissent la perche aussi aisément.

— Ouais, les mecs en chasuble, trop forts.

— Surtout le p'tit sur la gauche, c'est du kérosène qu'il avait dans les jambes.

— Et le blacko, là, le milieu de terrain, t'as vu la distribution, au laser…

Et de glisser dans une discussion footballistique alors que j'attendais qu'on s'explique. Ça m'a scié.

J'ai ravalé ma morgue, décidé à ne pas passer pour plus imbu de moi-même que je ne l'étais déjà.

J'ignorais que dans l'heure qui allait suivre, je tomberais d'encore plus haut.

Pour les irriter j'ai glissé un Ramones dans l'autoradio, un live au son crado qui, au bout d'une minute, leur a mutilé les conduits auditifs et, de son propre chef, Momo a expulsé la cassette. On a bataillé dix secondes à coups de regards affûtés chez le boucher et c'est Samir qui nous a désarmés.

— J'ai trop faim, on s'achète un truc ? Tu veux pas t'arrêter au Leclerc des Minimes ? Madge ! T'as pas faim ?

— Quoi ? Tu veux goûter ?

— J'ai faim, j'ai soif, t'as pas soif ?

J'étais asséché. Et puis, dire non, c'était montrer trop de mauvaise foi. Mais comme je comptais faire peser un quelque chose de désagréable, j'ai laissé traîner le silence, je les faisais répéter deux fois pour alourdir l'ambiance.

— Madge ?

— Hein ?

Passé le pont des Minimes, j'ai bifurqué vers la barrière de Paris, le Leclerc se trouvait à la première intersection sur la gauche. Momo s'est fendu d'un petit sourire qui a réveillé ma colère, Samir s'est retenu d'exprimer sa satisfaction.

À l'aveugle, on s'est dirigé vers le rayon boissons. Devant les jus de toutes les couleurs, la tension est retombée. Évidemment Momo voulait son coca, Samir préférait un breuvage plus lacté et ma gueule, une eau gazeuse. On restait connards jusqu'au bout. Grand classique, Momo a taxé Samir de traître.

— Prends pas ça ! Ça vient d'Israël.

— Et alors ? C'est aussi des salaires pour les Palestiniens !

Samir a reproché à Momo son allégeance au capitalisme le plus débridé et moi, je me suis fait traiter de sportif à la noix.

— Tu t'es vu ?

Au final, on s'est décidés pour un jus d'oranges qu'on a entamé aussi sec. Passage obligé pour tout fils d'immigrés, le rayon gâteaux et friandises, chacun a bien sûr choisi ce que les deux autres mettaient un point d'honneur à dénigrer. J'ai dit :

— Des madeleines, les gars, ça bourre bien.

Samir ne m'a pas raté :

— Putain, on est pas des poules, prends des BN !

Momo, pas en reste :

— J'aime pas les p'tits Beurs.

Et mes yeux l'ont braqué lourdement.

On retirait des rayons des paquets de gâteaux qu'on estropiait tels des sagouins et discrètement on s'en débarrassait plus loin, au gré de la déambulation. Pour le plaisir des yeux, on a fait le tour de tout ce qui était sucré ou nappé de n'importe quoi, ouvert des becs de dauphins devant les Mars, Bounty et autres tablettes de chocolat qu'on éclatait, excités d'être les hors-la-loi de la confiserie infantile, t'aurais dit des mecs fraîchement libérés de dix ans de bagne. Momo reniflait à tous les étages, rien de plus efficace qu'un rayon confiserie pour dénicher le Reubeu de banlieue. Devant le rayon yaourts deux cousins au regard en rasoir m'ont alerté, Nous aussi on va tout niquer.

J'ai pensé, Des Reubeus qui stationnent devant un étalage composé de craquants ou de moelleux, ça ne promet rien d'autre que des menottes. Seul le rayon charcuterie a été épargné, on a certes ralenti mais feint une indifférence hypocrite, la peur qu'un vieil Arabe ou une matrone en foulard nous lance une fatwa de Téhéran.

Enfin, à la caisse, une appréhension m'a cueilli, que j'ai attribuée à d'anciennes peurs de voleur de bonbecs, et je n'ai pas été surpris de voir arriver de l'autre côté de la caisse un mastodonte au regard d'huile et aux joues potelées. D'abord, je ne m'en suis pas formalisé, peut-être un léger, un tout léger tremblement des mains et à peine j'ai ouvert mon porte-monnaie pour régler la note :

— Vous trois ! Suivez-moi !

Et j'ai senti un coup d'air comme lorsqu'un engin vous déboule par l'arrière, c'était Momo qui prenait la poudre d'escampette. D'un geste rapide le vigile l'a agrippé par la manche et Momo a ouvert ses bras pour laisser sa veste le fuir et, dans l'élan, échapper à son prédateur. J'ai vu un canasson détaler les genoux à hauteur de cou. Instinctivement, Samir et moi on s'est mis à courir comme si le feu avait pris dans nos vêtements, abandonnant des victuailles dûment honorées. Par chance la porte vitrée venait de s'ouvrir et on a fendu l'air poitrine en avant, les yeux sortis des orbites, traversé la route sans se préoccuper des voitures qui déboulaient dans tous les sens et qui klaxonnaient furieusement. On a entendu des, Connards ! et, Fils de putes ! Il est des moments où ces mots recouvrent une inattaquable légitimité. D'ailleurs nous ne la contestions pas, on a couru sans se retourner, Momo, en tête, hurlait de l'excitation du danger qu'il venait de provoquer, derrière lui, on cavalait, terrorisés, et sans savoir pourquoi.

Après un sprint d'environ huit cents mètres qui m'a fait l'effet d'un marathon, me suis écrasé dans le recoin d'une façade d'hôtel désaffecté. Ma poitrine brûlait de l'intérieur et j'ai ouvert une large bouche pour éteindre le feu. Les organes éparpillés, Momo m'a rejoint crachant ses restes de tripes.

J'ai senti ma poitrine comme lacérée de part en part, mon cœur voulait exploser pour libérer trop de sang contenu. De longues minutes se sont écoulées sans qu'on prononce le moindre mot, nos palpitants exigeaient le quart d'heure avant de reprendre des cadences raisonnables et c'est ensuite que j'ai hurlé :

— Momo, qu'est-ce t'as fait ?

Il a tiré de dessous sa ceinture une tablette de chocolat. Ça m'a assis.

— T'as chouré une tablette de chocolat ?

Je ne croyais même pas à la question que je venais de poser.

— Ouais manière.

— T'as chouré une tablette ?!

— Oh ça va, tu vas pas en faire un flan, c'était juste histoire de se rappeler au bon souvenir.

— Quel souvenir ? J'ai crié plus fort, quel souvenir ? D'où tu nous as vus chourer des tablettes de chocolat ?

Ça nous était peut-être arrivé une fois ou deux et nous n'avions pas dix ans et je crois même que nous nous étions fait gauler, avions juré qu'on ne nous y reprendrait plus. C'était ça, son souvenir ? Son inoubliable fait d'armes ? Et il en rajoutait.

— Quoi, t'as oublié ?

— Oublié quoi ? Mais d'où on a chouré quoi que ce soit ? Les tablettes on les a toujours payées !

Me suis tourné vers Samir :

— Samir ?

— Ça a dû arriver une fois ou deux…

Je ne comprenais pas qu'il le couvre, qu'il ne démente pas sur-le-champ, sans réfléchir, qu'il ne le condamne pas de la manière la plus solennelle et j'ai redit :

— *Samir ?*

— Quoi, Samir ? Et pourquoi t'en fais une montagne ?

Je restai sidéré, doutant presque de mes propres souvenirs.

— De toute façon, on était suspectés, le mec nous suivait à tous les rayons, a cru défendre Momo.

— Et alors ?

— Et alors ça change quoi ? De toute façon on était pris pour des voleurs.

— Et alors ?! C'est pas pour ça qu'on vole !

Me suis retourné vers Samir :

— Samir ?

— Arrête avec tes "Samir" !

Surréaliste ! Au lieu de condamner l'acte, voilà qu'il le défendait.

— C'est vrai, y en a marre d'être suspects, ils nous poussent à bout.

— Qui nous pousse à bout ?

J'avais une vague idée des incriminés mais que tous les Français soient mis dans le même sac m'ahurissait, Samir n'était pas le premier beauf venu, c'était mon pote, un fin théoricien politique, capable de relativisme dans toutes les situations, je ne comprenais pas.

— Mais qu'est-ce que vous racontez les gars ? Tu justifies quoi, là ?

Et j'ai refait :

— Samir ?

— Je dis que la goutte a fait déborder le vase.

— Quel vase ?

À chacune de ses justifications j'enchaînais par des questions, comme si soudain il parlait une langue incompréhensible, et me suis contenté d'une question qui était aussi une réponse :

— Mais quel exemple on donne ?!

Momo n'a pas cédé.

— Tu vas pas nous faire la morale en plus.

Et j'ai cru conclure.

— Vous avez pas de figure !

— T'en as de la figure, toi ? Non mais tu t'es vu sur scène ? Tu chantes pas, tu brailles, les vrais musiciens c'est tes potes, pas toi, c'est eux qui jouent et comme par hasard ils sont blancs, c'est pas humiliant ça, connard ?

Je suis resté sans voix, avec un caillou qui cognait tous les coins de mon crâne. J'étais donc à leurs yeux un faire-valoir de Blancs, quasi une caution d'impérialistes, un bamboula du rock. Le plus beau dans l'histoire, c'est qu'eux montaient sur leurs grands chevaux, et moi, contraint de baisser d'un ton. Ils renversaient les rôles, je passais pour le rigide et eux, les pourfendeurs du politiquement correct.

— Sans déconner Madge, tu vois pas qu'on est de l'autre côté ? Qu'on vole ou pas, on est assignés.

— Mais hier ? Hier soir, vous l'étiez pas… assignés !

— C'est ce que tu crois. On est venus, ça te suffit pas ? Tu voulais quoi ? Qu'on danse ?

J'ai levé les yeux au ciel, j'aurais voulu qu'il rembobine ce que je venais d'entendre. Heureusement, la rue était déserte, seuls quelques mômes de la cité voisine surfant sur des skates au caoutchouc usé passaient par là et j'ai baissé la tête, la peur d'être reconnu, moqué. Baisser la tête, c'est ce que je redoutais le plus au monde.

Je venais de fuir comme un vulgaire délinquant, laissant l'image auprès des caissières de trois pitoyables voleurs de bonbecs, arabes de surcroît, idéal pour une courbe ascendante du Front national. C'était inconsolable. Je n'avais jamais éprouvé cette sensation de me retrouver de l'autre côté du droit, de la morale, de l'exemplarité. Je ne l'acceptais pas. Sûr, j'étais moins dans la peur que dans l'humiliation.

Ce qu'on venait de vivre me déboussolait par son mélange de ridicule et de gravité. Le concert d'hier soir les avait-il à ce point blessés ? Ou cherchaient-ils à m'entraîner dans les profondeurs quand j'aspirais aux plus hauts sommets ? Les questions m'assommaient et dans ce qu'ils croyaient être des flots de sueur, je pleurais de vraies larmes, le plus grand chagrin qui soit.

Était-ce un reste de culpabilité ? Momo au bout d'un temps a grommelé, Excuse-moi. Ces deux mots m'ont recousu et la tablette a fini dans le caniveau.

Sous les arcades du Capitole, je flottais, groggy, j'étais ailleurs.

— Oh ! T'es où ?

Pierrick insistait lourdement, il ne se passait pas une semaine sans qu'il me serine comme un larsen.

— Viens ! Viens au moins te rendre compte des progrès.

Pierrick s'occupait des mômes à l'asso. Avant de partir en tournée, je l'avais chargé de me remplacer au pied levé dans l'activité de soutien scolaire et je voulais qu'il soit particulièrement vigilant sur le volet sciences et mathématiques qui se révélait catastrophique. Il me disait, Tu vas voir ! Ça m'avait convaincu de mettre au défi l'indécrottable présomptueux.

Il ne savait pas que dans le quartier j'avais mes "mouchards". Samir, Momo, Agnès et surtout Hélène, que je questionnais au téléphone, le couvraient d'éloges :

— Il assure, les gosses l'adorent et les filles ont des pétales ouverts à la place des yeux.

Une jalousie de Calabre m'avait enflammé.

— Des pétales, mon cul.

Mesquin, je mettais les compliments sur le compte d'une beauté ravageuse qu'il entretenait, malin. Oui le bougre était beau (si j'osais, salement beau). Mais que Samir et Momo m'en disent du bien, ça relevait d'un charisme de chamane. Pierrick s'était bel et bien fait son trou au-delà de toute espérance, soulageant les copains dans toutes les matières. Devant autant de compliments, je me suis senti volé d'un trésor, mon domaine, la cité.

Pour ne pas croiser Samir et Momo, je m'étais décidé pour un lundi. Le lundi, jour de fac, ils n'avaient pas l'un et l'autre d'activité particulière au local. Je comptais aussi sur la chance, la mésaventure du Leclerc m'était restée en travers de la gorge.

Avant de rejoindre le local de l'association j'ai roulé du côté de chez mes vieux, le petit bâtiment logé derrière la grande tour, espérant secrètement que ma mère me voie et m'invite à la maison, trop heureuse de retrouver son fils. Ça faisait des mois que je ne m'étais pas hasardé dans ma rue et je ne regrettais rien.

En vérité une silhouette aurait suffi pour apaiser des culpabilités de fils indigne. Après avoir été le premier bachelier de ma cité, je devenais le premier fugueur, la chute effaçait l'exploit.

J'ai ralenti devant le bâtiment C et je n'ai distingué que des casquettes dont la célèbre longue visière de Djibou qui en rappant singeait Michael Jackson dans un cassement d'épaules suivi d'une gestuelle de mime qui consiste à plaquer ses mains sur une vitre imaginaire. Une nouvelle colère de phrases effrénées voyait le jour, je sentais poindre la relève avant même d'avoir existé. Ils appelaient ça le hip-hop et cette discipline étalait dans les cités ses tentacules, épaulée par de redoutables boîtes à rythmes vomies elles-mêmes par un énorme poste de radio. Me suis dit, Putain ça envoie ! C'est quoi ce truc ?

Pour éviter Djibou qui me harcelait pour que je corrige ou carrément écrive ses "machins" comme il disait, j'ai accéléré. Le sagouin écrivait peu, il se contentait de mémoriser un nombre incalculable de strophes.

— Non, non, tu écris, je corrige après.

Je l'avais épuisé de remarques sur les fautes d'orthographe, Les noms propres ça prend pas de *s* ou bien, On dit pas "elle est eau courante", on dit "elle est au courant" !

Y répondait, M'en bats le zguègue.

Son culot ? Il me demandait de les lui taper à la machine, de bien sûr corriger les fautes et si possible d'agrémenter le tout de compliments, voire de rajouter une phrase "intelligente" comme il disait. Il ne se doutait pas que j'avais moi-même des piles de cahiers qu'une flemme de Maure m'empêchait de mettre au propre. À douze ans, il me remettait des feuillets noircis d'une écriture si illisible qu'on lui aurait volontiers interdit d'approcher un crayon et conseillé, plutôt que la plume, un outil plus seyant dont nos parents avaient maîtrisé la technique d'approche : la pioche. Il me tendait ses épouvantables torchons qu'au début je recueillais tels de petits oiseaux blessés et, dès le lendemain :

— Alors c'est intelligent ?

Et je restais interloqué par le critère invoqué car il séchait allègrement des jours entiers d'école ; il me fallait des prouesses de rhétorique pour ni le conforter dans l'idée qu'il était une plume, ni le froisser et risquer qu'il bascule vers de moins nobles activités.

À cause du bac, dans sa tête, j'étais resté le scribe, l'écrivain public, "l'intelligent" de la cité. Il kiffait les mots et détestait l'école, j'étais bien avancé. Il rappait quand les autres s'adonnaient à la discipline de Bruce Lee, je préférais à quelques actes délictueux ces préoccupations littéraires, quand bien même infectées de racisme, d'antisémitisme tranché, d'homophobie non déguisée, additionnées de tout ce qui cogne sur les filles, les Blancs et les Non-Arabes.

À peine sorti de ma voiture, voilà ce que mes oreilles collectaient :

Si t'es pas de mon escalier
ta tête va me servir d'oreiller
si t'as pas la peau mate
t'es beau quand tu rentres et tu sors avec des stigmates
tu t'appelles Jeannot ou Maurice
je crache dans ta bouche et ça te fait un dentifrice
si t'es blanc je te veux les yeux baissés
t'entends ! Sinon crève ! Et j'pisse sur ton AVC
je débite comme chez l'imprimeur
tu veux des nouvelles, j'suis pas à la bibli mais au rayon frimeur.

Si ses textes suintaient l'horreur, le môme n'en était pas moins doux, presque sociable, une énigme.

C'est dire si très vite, j'ai bifurqué de la route de cet irrésistible assassin d'alphabet.

Dans le hall d'entrée, les portes ouvertes laissaient filer de l'impératif, des phrases sans les mots *s'il te plaît*.

Bouge ! Tais-toi ! Monte ! Descends ! Et sur le podium, meurs !

Sinon, dans le désordre, ma cité s'honorait d'ordres moins délicats.

— Djamila ! La vaisselle !

— Louisa ! Les chiottes elles sont bouchées, ta grand-mère !

— Ghnima ! *'din a mook*, dépêche-toi, le dernier bus va partir !

— Toi si tu salis ton pantalon je te pends !

Au rez-de-chaussée, seule la porte de notre local était fermée et l'impératif toujours tenait la dragée haute à toute autre forme grammaticale :

— Dégage !

Et filaient des petits bolides à deux pattes.

Les portes d'entrée grandes ouvertes c'était une façon de dire, On n'a rien à cacher. Dans les cités, on doute des portes closes. Seul avantage pour moi, les pauvres sourires et les clins d'œil de mes copines d'enfance interdites de sorties et qui sans doute à l'âge des doigts qu'on glisse sous le pubis rêvaient de se faire coller contre un mur ou de s'agenouiller pour une turlute vengeresse. (Toujours ça de pris avant le mariage au bled.)

— Ah t'es là ? m'a piqué Hélène qui me reprochait de ne pas l'aider à remplir quelque dossier de subvention.

Même boudeuse, elle savait garder un sourire conciliant, c'était sa nature, toujours conclure par une touche bienveillante, pas étonnant qu'elle me dise :

— Ce concert ! C'était un feu d'artifice !
— C'est vrai ?
— Drôlement vrai.

Je n'avais pas encore eu d'avis des gens de ma cité, ça m'a remis d'aplomb, revigoré tout à fait.

Après m'être servi un café de chez goudron, me suis retrouvé penché sur le journal qui égrenait une nouvelle liste de victimes.

> M'hamed Tahamin, 40 ans, assassiné dans des circonstances mystérieuses, près de Lyon.
> Itim Djamel, 19 ans, Kherkour Djamel, 23 ans, tués par un cow-boy de banlieue armé d'une carabine 22 long rifle.
> Grine Salim, 18 ans, abattu par un commando raciste, près de chez lui.
> Bensabeur Mohamed, 17 ans, blessé à la jambe.
> Sadi Zineb, 30 ans, grièvement blessée par un 7.65.
> Abdelalli Mohamed, 21 ans, tué par un policier à Paris.

Leurs noms m'aplatissaient telle la masse sur le burin.

J'ai fini par retourner le journal avec un pénible sentiment de culpabilité. Hélène a compati, agacée elle aussi que depuis quelque temps tous les débats virent à une comptabilité morbide.

— Ça frise l'hystérie.

J'ai abondé. Ce journal, c'était l'œuvre de Samir. Mon poto d'enfance me mettait le feu ces derniers mois, cherchait à déclencher chez moi une réaction d'épiderme, il remettait sans cesse une couche en étalant sous mes yeux le moindre incident raciste, la moindre victime d'actes xénophobes.

Ce qu'il voulait, c'était me maintenir sur la braise, que je cède et bascule vers d'autres priorités que la musique, et qu'avec lui je fonce vers quelque radicalité idéologique.

— Tu chantes ? qu'il disait. J'en suis fort aise, tu ferais bien de pleurer.

S'il croyait au combat de classe, moi je rêvais d'appartenir à celle du haut qu'il dézinguait. Pour m'asticoter, il disait, Les Arabes sont les derniers représentants de la classe ouvrière, c'est eux qui sont au sous-sol.

Au sous-sol, je voyais bien nos parents mais, à son élocution, je voyais aussi que lui s'était largement extrait du territoire des ombres. Il parlait mieux que tous les Blancs de mon entourage et, comme moi, n'avait connu ni la faim ni la moindre discrimination notable.

Il écoutait Ferré et Miles, les Stones et même Renaud, tu parles d'un Arabe. Moi, je voyais bien qu'il ressemblait davantage à Saint-Just qu'à Saladin.

Pourtant, j'étais heureux dans ce local associatif où je n'avais plus mis les pieds depuis presque un an, oui heureux, avant les listes funèbres, car j'écoutais les deux coudes sous le menton le plus beau chant qui soit, les cours de mon pote adoré qui distillait quelques règles de mathématiques auxquelles je n'entravais pas le moindre mot.

— Louisa ! Combien font 9 × 15, sans utiliser la calculette ?

— C'est simple, je développe 15…

— Vas-y…

— 15 = 10 + 5, donc 9 × 15 = 9 × 10 + 5 = 90 + 5 = 95.

— Krimo ?

— Elle a oublié les parenthèses ?

— Et la distributivité, n'oubliez pas la distributivité.

— Ah oui, la distributivité !

— Je t'écoute.

— 9 × 15 = ...

— Non, non, au tableau, fais-moi ça comme un chef.

J'aurais écouté ces mômes pendant des heures, juste pour le plaisir d'entendre sortir de leur bouche des formules mathématiques. Pierrick, à ma grande surprise, s'en tirait haut la main avec des élèves qui ne rechignaient pas face à l'obstacle de la logique pure et dure.

Je l'écoutais, surpris par cette voix calme, mesurée et constante. Il répétait et répétait encore sans se lasser, presque dans le plaisir de la transmission. J'admirais autant son calme que la dévotion qu'il semblait éprouver en jouant les distributeurs de formules incompréhensibles.

Le plus surprenant c'est qu'il obtenait un degré de concentration rare. Autour de la table, pas une mouche qui vole, les petits Karim, Souad, Omar, Djillali, Louisa et Krimo buvaient ses paroles et les sourcils renfrognés signalaient l'effort de résoudre les équations. Ces mômes voulaient lui plaire, et lui plaire c'était atteindre en maths cette note infernale qui trône au-dessus des Arabes, le dix.

Cet après-midi-là je savourais.

— Monsieur ?

— Non, Pierrick.

— Pierrick, tu peux répéter ?

— Mais oui ma belle, autant de fois que tu voudras.

Hélène, qui ne s'y trompait pas, d'un coup de coude m'exhortait à tendre une oreille, genre, T'as vu le mec ? La délicatesse ? Et je grimaçais, jaloux.

Pourtant entendre un cours de maths au cœur de la cité m'émouvait. Ça ressemblait à une issue de secours après le périple des souterrains, c'était l'éclaircie après un trop gros orage, l'arrivée d'une course désespérée. Faut dire qu'on vivait trop d'échecs scolaires et mon petit dandy *made in France* arrêtait l'hémorragie. Hélène me toisait comme si Pierrick était sa trouvaille à elle, elle disait, T'as vu ? Et comment que je voyais, car je désespérais de cette matière qui n'allait pas aux Arabes. À force d'échecs, j'en étais venu à croire en un quelque chose d'inadéquat dans le gène nord-oriental, une inaptitude congénitale à la logique mathématique. J'en ressentais de la honte pour moi-même, pauvre bachelier des sections littéraires. Je voulais pour ma cité un bac scientifique, le seul qui fasse, croyais-je, le vrai cador.

En écoutant Pierrick, je me remémorais l'armée de connards de gauche qui m'épuisaient de leur condescendance.

— Mais les sciences, l'astronomie, la médecine ? C'est les Arabes qui les ont inventées, non ?

— Mon cul, je ne connais d'eux que le couscous et la truelle, faites pas chier.

Histoire de contrarier un si beau tableau, une voix venue de l'extérieur a tout gâché.

— Pierrick ! Mange-moi le cric ! Et si t'es cool, mange-moi l'boule…

Et les bouches autour de la table ont pouffé de la vanne, et autant pour l'auteur. C'était Djibou, mon roi de la rime accélérée, qu'on appelle le "toast".

J'ai crié, Djibou ! et deux jambes se sont prises à leur cou.

Soudain un bruit de porte éclatée contre un mur nous a secoués de haut en bas, c'était Mourad, il est entré et s'est jeté comme un vautour sur Krimo, son petit frère, proie aussitôt soulevée par un bras tout en griffes acérées. Il l'a porté au plus haut qu'il pouvait et, le temps de desserrer l'étreinte, lui a flanqué une énorme baffe qui l'a plaqué au sol. Quand Krimo s'est écrasé, on aurait dit un gros oiseau touché en plein vol, s'en est suivie une pluie de calottes à vous ôter les yeux de leurs orbites accompagnées de *Fils de pute*, égrenés en cortège.

Les pauvres mômes attablés n'ont eu que le temps de se raidir et Mourad continuait à gifler comme un moulin devenu fou.

— Le con de ta mère ! hurla-t-il. C'est quoi, ce neuf ?

Très vite Pierrick s'est interposé et, en noble bouclier, subissait des assauts qui lui ont rougi les avant-bras.

— Oh, oh ! Mais arrête, ça va pas de frapper un gosse comme ça, qu'est-ce qu'il a fait ?

— Un neuf sur vingt de sa mère !

— Putain, Mourad ? C'est pas comme ça qu'il aura la moyenne. Pov' con ! Je t'ai dit qu'on allait y arriver.

Je n'en revenais pas, Pierrick insultait Mourad, l'affrontait sans se démonter et réciproquement, presque à armes égales. À croire que ces deux-là se respectaient, qu'ils avaient passé un pacte.

— Il a pas la moyenne cet enculé !

— Il l'aura ! répliqua Pierrick.

— Ouais, sinon y meurt.

Ma mère tout craché.

Si ce n'était la violence, quiconque eût été ému qu'on assassine sa progéniture pour une mauvaise note en maths.

Quand Mourad est sorti, l'assistance a repris son souffle, on entendait battre les petits cœurs affolés, Hélène larguait quantité d'eau salée, le chagrin lui sculptait une décennie de plus aux quatre coins des yeux, elle restait muette, tétanisée par l'impasse du talion. Que faire sinon aggraver les choses ? Dénoncer ? Et puis ?

J'ai posé ma main sur la tête de petit Krimo, comme je le faisais avec mes petits frères et sœurs pour les rassurer, leur dire que des jours meilleurs finiraient par s'imposer. Il semblait s'excuser de nous causer autant de tracas. Ses larmes retenues à la force des paupières juraient que ça n'arriverait plus et pendant qu'Hélène essuyait ses joues, j'ai dit :

— T'inquiète, un jour c'est toi qui lui mettras la raclée.

Pierrick a fait :

— Bonjour la prévision.

Et une moue de mes soins justifiait la formule pour la formule.

— Allez les mômes, on plie les gaules, ordonna Pierrick.

— Qu'est-ce qu'il a dit ? a chuchoté la petite Louisa.

— Qu'on range les affaires.

— C'est français, ça ?

— Ben oui, c'est comme ça qu'ils parlent chez eux.

Ensuite en guise d'au revoir, il leur caressa le haut du crâne avec un sourire arraché à la plus profonde tristesse et ça devait leur faire drôle, à tous ces gosses, qu'un adulte de sexe masculin éprouve autant de peine.

Dans mon crâne, en suspens, un doute. C'est quoi cette embrouille ? Mourad et Pierrick semblaient du même bord, leur face-à-face en disait plus qu'il n'y paraissait et ça m'a froissé qu'un premier secret s'installe sans moi.

Après un rapide coup de balai, une vaisselle à la va-vite et une bise à Hélène, on s'est retrouvés dehors où tonnaient depuis les balcons des éclats de voix, d'effrayants hurlements, des langues pauvres de mères excédées.

— *Inhal el oualdik*, baisse la musique !

Des langues fracturées d'exil.

— *Dio mastro pito, puta maria !* Va laver ton cou qué tou sens la merrde !

Des langues esquintées.

— Va rayave tes morts.

— Mais j'ai faim !

— La faim de la serpette de ton grand-père qui meurt !

Des langues d'urgence, sans patience.

— T'y as dormi, *nik mok rhameuj, rhjeuj ahlia !* Feignant !

Puis la lancinante plainte des filles et celle-là, à tous les étages.

— Crève, j'en ai rien à foutre, il a qu'à se le laver lui-même.

Et l'inévitable voix des frères.

— Ferme ta gueule, connasse, et va dans ta chambre avant que je te casse les dents.

Enfin l'éternelle litanie portugaise.

— Chaloperie, tou fréquente lou zarab encorr !

Puis des mains se sont agitées des huitième et neuvième étages. Pierrick renvoya un signe discret du poignet, sans doute quelque amoureuse du bellâtre.

— Pov' con, voilà ce qu'a lâché ma bouche.

Moi j'étais chiffon et telle était ma Babel des bas-fonds.

Pierrick, lui, semblait reconnaître les voix, les familles et les étages correspondants, l'aurait pu me dresser la liste des braillards et des coquines sans fautes d'orthographe. Il jouait le flegme, je cachais une rancune de haut voltage et pensais, Putain, ces gens ne savent que brailler, le parler doux n'existe pas chez eux.

Quand on a refermé les portières, le boucan a chuté net, j'ai fait, Ouf ! et Pierrick a délivré un :

— Je me sens chez moi ici.

Ça m'a troublé au plus profond mais je ne regrettais plus d'être parti de la cité, de cet enfer sonore, ce cloaque irrespirable, non, je ne regrettais pas d'avoir abandonné le soutien scolaire pour des aventures autrement plus glorieuses. Et puis j'ai pensé à ces mômes qui allaient retrouver, après deux heures de douceur mathématique, la promiscuité des corps, la fureur du verbe et l'indifférence des cœurs, ça ressemblait à un abandon.

— Je comprends pas, a dit Pierrick, y a des jours, il est total zen. Des fois, il vient, se met sur un coin de table et suis les cours sans moufter.

— Qui, Mourad ?

— Mais oui ! Il se cogne les exos…

— Tu veux dire qu'il assiste au cours ?

— Non, pas toujours.

— Tu sais que t'as pas le droit…

— J'ai demandé à Hélène, elle a accepté.

— Ouais d'accord, elle te passe tout, j'ai compris.

Ce qui me torpillait c'est qu'il semblait peiné. Mourad l'émouvait plus qu'il ne l'inquiétait. J'étais scié d'une si profonde empathie envers quelqu'un qui m'avait mastiqué les os durant toute mon enfance, un voyou pur jus qui avait infecté la cité de Chichon. Certes, je savais que ce n'était pas la brute supposée mais il m'avait fallu des calendes pour lire chez Mourad autre chose qu'une violence irascible et compacte. Pierrick, lui, en quelques mois, avait extrait du sensible. Je l'aurais frappé de me devancer de la sorte.

À l'entrée du lotissement aux épaisses haies de lauriers qui font de votre voisin un Inuit des plus farouches, j'ai stoppé le véhicule, Pierrick ne tenant pas à ce que ses parents nous voient ensemble.

— C'est sympa que tu sois venu, merci, vraiment.

— Oh tu sais, je voulais juste m'assurer que…

— Je sais, mais je retrouve du sens avec ces mômes, j'en avais plus.

J'étais scié qu'un séjour en banlieue puisse servir de médicament. Ses phrases pesaient lourd, je ne connaissais pas l'aveu sans filtre, l'étalage masculin du sentiment, on ne m'avait jamais dit merci avec autant de grandiloquence, merci de me rendre heureux, presque merci de me rendre à la vie et j'ai cherché une façon de dédramatiser.

— Disons que tu me dépannes haut la main.

— J'espère.

Une seconde, j'ai voulu le retenir, lui faire avouer une liaison, quelle qu'elle soit, avec Bija, lui dire, Fais gaffe, mais comment appréhender ce qui relevait du jardin secret ? Le jardin secret, cette notion inconnue en banlieue et à laquelle Pierrick tenait comme à la prunelle de ses yeux. Je ne le sentais pas prêt à céder alors nos peurs se sont juste télescopées.

— Bon, demain, ciné ! Tu me l'as promis.

Quand il a claqué la porte, une inquiétude a visité tous les coins de mon cerveau.

Était-ce une si bonne idée d'avoir envoyé Pierrick jouer les sauveurs ?

Avec Pierrick je ne choisissais pas les films, j'entrais à l'aveugle, sûr de son bon goût. Là, on venait de voir *La Femme de mon pote*, un film de Bertrand Blier, dehors il faisait nuit noire et j'ai dégainé deux clopes en riant. À cette époque, j'avais peur des films d'auteur tout en m'y intéressant par les coins. Je trouvais que ça manquait de mawashis dans ces gamberges bourgeoises. Un mélange des genres m'aurait beaucoup plus séduit, mais bon c'était mon meilleur ami, je n'allais pas le lapiner. Ce film racontait l'histoire de deux amis qui se disputent une cagole, m'étais dit, En plein le drame bourgeois par excellence ! Sauf que l'un était Coluche, que je vénérais, et l'autre, Thierry Lhermitte, qu'il adorait. Plus, Isabelle Huppert, plus sensuelle que jamais. Je disais :

— Elle est bonne.

Il répondait :

— Maléfique.

Ça nous situait.

Bref, on venait de passer deux heures à se poiler sur des dialogues de Blier d'une modernité incroyable, un humour au rasoir et quelques scènes d'émotion jubilatoires. Devant l'UGC, je riais encore et Pierrick semblait doublement satisfait. D'abord que j'aie aimé le film, ensuite d'avoir été à l'initiative d'un moment absolument jouissif. Je riais mais comme ma nature épineuse cherchait le contrepied de tout, j'y ai fait :

— Bon, ça reste un film français.

— Comprends pas.

— Ben, un film à texte, un film à sexe, un film de bourge.

— Comprends pas.

— C'est une branlette d'intello, un invraisemblable postulat.

— Je trouve pas.

— Enfin merde, c'est une histoire de Français.

— Oui, c'est un film !

— Français !

— Mais c'est quoi un Français ?

— C'est toi ! Un Français c'est grand, blanc, beau, ça lit Rimbaud, Balzac ou Montherlant, ça cherche à casser les codes, à bousiller les a priori, à couper la tête d'un roi, les couilles à Dieu et surtout ça veut la femme de son voisin.

— Ouah ! qu'il s'est exclamé. Et c'est ça un Français pour toi ? C'est trop d'honneur.

À ce moment un crissement de pneus strident m'a jeté contre la vitrine du cinoche, une bagnole piquait net à mes pieds. À moins que mon imagination me joue des tours, ça ressemblait à une volonté de nous percuter, Pierrick et moi.

Au volant, c'était Grunch, une armoire à glace aux traits sévères, verticaux et aux yeux verts. Beau et méchant, aurait dit la fable. Grunch était de la cité, c'était le fils d'un dépravé de l'Ouest algérien et d'une native du pays ariégeois. Ça sentait la rencontre avinée accrochée à la buvette d'un petit village, les effusions d'un schizophrène à la tronche ingrate et d'une pochtronne orpheline et mineure. Il était donc métis, le Grunch, et j'ai dû penser en mon temps, Le métissage, mes couilles.

À la place du mort, c'était Brahim, une autre connaissance du quartier, un taiseux froid taillé aussi au burin, élevé à la pince à couper et qui, à vingt ans, capitalisait déjà de longs séjours d'enfermement dans toutes sortes de lieux que la justice réserve aux têtes brûlées sans espoir de les redresser. Il héritait donc de ces caractéristiques qu'on n'attribue qu'aux animaux de la jungle.

— Pas ici ! Pas ici ! a fait Brahim, en effet y avait foule, mais c'était bien une volonté de nous estropier.

Mes jambes se sont mises à flageoler et mon cœur couinait de trop de sang venu pourtant le soulager.

Alors les pneus ont crissé à nouveau, pour faire faire marche arrière à ce qui ressemblait à une Citroën BX. Brahim, curieusement, était resté fixé sur Pierrick, il ne m'avait pas accordé la fraction d'une seconde, j'étais hors du ring, exclu de la finale, dérouté.

— Qui c'était ? m'a demandé Pierrick, essoufflé.

— Brahim, un mec de la cité.

À l'énoncé du prénom, il a blanchi instantanément et dit d'une voix sèche :

— Qu'est-ce qu'il voulait ?

— J'sais pas, avec ces mecs t'es coupable même de rien.

— Il a dit, Pas ici ! Pas ici ! T'as vu ?

— Ouais, ouais, c'est chaud, c'est le frère de Bija, une fille que j'ai aidée à décamper du quartier, mais y a longtemps. Tu le croiras jamais, ce mec a failli lui crever les deux yeux et tu sais pourquoi ?

— Non.

— Parce que, tiens-toi bien, elle lisait un livre.

— Un livre ?

— Un livre, un putain de livre !

— Et c'était quoi ce bouquin ?

— Euh… oui, c'est moi qui lui avais offert, c'était *Vingt-quatre heures de la vie d'une femme*.

— Un Zweig ?

— Oui.

— Et alors ?

— Et alors, c'est un livre.

Encore sous le choc, je me suis appuyé sur les genoux, je regardais le vide, un regard qui ne visait ni quelque objet tout proche ni l'horizon mais un flou voisin de la mort.

Trois fois par semaine, je retrouvais mes amis musiciens. On attendait la gloire patiemment, on sentait frémir un départ pour les étoiles, une évidence sans faille, les premiers concerts l'attestaient, le feu prenait instantanément dès les premières notes. Le carburant se composait de Polo, jambes arquées, petit de taille et une frimousse de loutre allumée. Avec ses cheveux foutraques, c'était le meilleur bassiste du monde, arrimé à la plus belle qualité qui soit, celle de se taire ou d'être d'accord avec les majorités quelles qu'elles soient. Au piano, c'était Ludo, visage long et grave, tête boudeuse de labrador, qui pensait que les locks suffisaient à l'introduire dans le cercle des bienheureux rastafaris. Riton, plus anguleux, maigre de visage et les yeux d'un bleu très clair, crête de punk, cognait sa caisse claire pour l'entendre demander pardon. Et enfin Bébert à la guitare, qui se démarquait par un nez épais et long, un grand front qui lui donnait des airs d'étonné. Celui-là enrageait de ne pas avoir plus d'espace pour étaler des riffs aussi longs qu'une faim de terre africaine. Nous étions français, donc on veillait à ne pas être trop indignes de ce genre appelé rock'n'roll. Un point commun : tous les cinq on se maudissait d'être gaulois, je veux dire inaptes à la colère musicale. On se maudissait d'être blancs, donc dépourvus de la légitimité à refondre le monde et Nougaro dans nos têtes fredonnait : *Armstrong, je ne suis pas noir / Quel manque de pot...*

Ils rêvaient d'accéder à l'âme noire. Moi, escagassé par ma double d'identité, j'espérais décrocher la "blanche".

La porte du local de répétition s'est ouverte à la verticale, à peine soulevée qu'un nuage d'herbe mêlé de sueurs évaporées des slips me sauta aux narines, j'ai reculé d'un pas pour aspirer une poignée d'air frais et me suis engouffré à reculons. Mes quatre connards ont ri tout de suite de mes airs de bêcheuse.

— Ben oui, vieux, c'est ça le rock'n'roll.

Je ne m'y faisais pas, à cette odeur masculine de rockeurs mal léchés, ni à cette pénombre soi-disant propice à l'inspiration de mes deux. Moi je voulais répéter au grand air ou dans une pièce aux larges fenêtres, un salon baigné de lumière. Je ne voulais pas d'un garage obtenu de haute lutte auprès d'un père qui acceptait de laisser son véhicule stationner à la belle étoile, le mien aurait plutôt dit :

— De la musique ? Dis-leur d'aller laver leur cul.

Ici, la légende exigeait des murs noirs et que la pièce soit non seulement exiguë mais taguée, hermétique et sombre. Je soupçonnais mes petits-bourgeois de vouloir singer les bas-fonds en utilisant des lampes de chevet à bas voltage, tout ça pour nourrir le mythe morrissonien – mon cul. Orgueilleux comme un émir, je m'intéressais plus à mon mythe à moi qu'à celui du chanteur des Doors.

J'ai fait la bise à chacun comme le veut "la coutume au visage pâle", à ceci près que je jetais mes lèvres au loin pour ne pas avoir à me frotter à des peaux de hérisson. Dans ma cité, on se serrait la main, c'était plus sobre, et puis ça m'irritait d'avoir à embrasser des garçons. Je prenais donc sur moi en avalant sueur, fumée et pets intempestifs. Ils jouaient les crados, moi je voulais être propre, ça les laissait cois.

De même je ne m'asseyais jamais sur le canapé sans au préalable étaler un blouson sous mes fesses ou un quelconque bout de tissu.

— Quelle chochotte, mais tu viens des quartiers nord ou du rocher monégasque ?

— Ben quoi, c'est sale !

— Et alors ? La saleté c'est dans la tête qu'on l'a, c'est toi qui l'as dit.

— OK, je m'assieds, et je finissais par poser mon cul dans le cuir imbibé de bière en ronchonnant, Saletés de Français, on voit bien qu'ils ont des baignoires à la maison.

Ils riaient de mes vrais caprices, je m'amusais de leur encanaillement de pacotille, ça nous distrayait, nos accrocs nous servaient aussi de passerelles, que du bonheur.

Cela dit, je ne voulais pas apparaître à l'aube d'une gloire tout écrite comme la grincheuse indécrottable, d'autant que j'étais censé être le prolo de la bande. C'eût été hallucinant qu'ils me traitent de bourge ou de vierge effarouchée alors que mon père était maçon et les leurs, encravatés.

Histoire de chauffer les neurones, j'ai fait :

— Salut les Blancs !

Riton, comme d'hab', a porté le fer le premier.

— Salut Yasser.

Il faisait allusion au sieur Arafat, président de l'OLP, que j'évoquais à tout bout de champ pour marquer une radicalité vénéneuse. Il ne s'en laissait pas conter.

— Mais t'es français ! Tu l'as dit toi-même ! Pourquoi soutenir le peuple palestinien plutôt qu'un autre, prends les Basques, on dit qu'ils sont un peu berbères.

— Justement, c'est parce que je suis français et qu'un Français soutient toujours la minorité la plus opprimée.

— Mouais, t'as une vision du Français sacrément sympa, moi ce que je vois du Français c'est un gros blaireau qu'a dégommé la moitié du monde.

— Et éclairé l'autre, que j'ai conclu.

Riton avait ce charme de ne dégommer le peuple français que lorsque je le portais aux nues, le reste du temps il jouait la carte classique de l'internationaliste bon teint. Il beuglait, Anarchie ! comme moi, J'ai faim !!

Ça vous donne l'ambiance de ma bande et je les déroutais chaque jour un peu plus en les priant d'être le lundi un peu plus patriotes et le lendemain un peu moins.

Comme un rituel, je me suis d'abord assis pour les laisser voguer entre eux, leur accorder une espèce de temps musical afin qu'ils se détendent les doigts.

Les premiers temps, je me jetais sur le micro comme un Sarrasin sur Roland de Roncevaux puis, très vite, mes rassasiés subversifs tordaient les accords, faisaient saturer les amplis et bourdonner les micros en sorte que je m'épuise et que j'aille m'asseoir, les cordes vocales en feu.

Cela dit, j'aimais les regarder jouer, les voir chavirer, surtout Bébert, envoûté par sa guitare. J'aimais scruter la fusion de son corps et d'un bout de bois et me mordais les doigts de pas savoir en jouer. Ensuite je disséquais les mouvements de doigts comme si regarder suffisait à apprendre.

Par intermittence, il libérait sa main gauche pour cueillir une canette posée sur l'ampli guitare, j'étais effaré, la guitare émettait toujours des sons plus distordus mais denses, on aurait dit qu'une troisième main invisible avait pris le relais, je feignais l'étonnement et mon orgueil mal placé n'allait pas s'informer du mystère. Dans le torrent sonore, mes potos retrouvaient un air de vérité, une authenticité profonde, leurs traits habituels disparaissaient et réapparaissaient sous un jour douloureux et c'est cette douleur que je voulais fixer.

Je restais stupéfait que la musique provoque une telle souffrance physique et je me demandais pourquoi la souffrance était si belle. Ah ouais, peut-être qu'ils expient la culpabilité du bourge, je me plaisais à le croire.

Riton ne pouvait s'empêcher de crisper tous les muscles de son visage, on aurait dit qu'il ramenait tout au centre de lui-même. Polo le cherchait du regard pour faire coïncider ses coups de basse avec la grosse caisse. Au clavier, Ludo bataillait pour faire entendre son instrument. Curieux, ils étaient tout à la fois à l'unisson et séparés par d'épais murs de pierres.

— Pouvez pas jouer moins fort les mecs ? hurla Ludo, je m'entends pas.

Et chacun d'un geste millimétré se penchait sur son ampli pour réduire le volume et l'oreille la plus fine ne discernait pas la différence. Dans mon coin, je pouffais discrètement. J'avais compris qu'un clavier dans un combo rock était un vrai schisme d'Église mais voilà, sans lui, pas de partoches, il écrivait la musique.

Bébert, guitare portée bas, naviguait en toute liberté, toujours il m'a semblé qu'il jouait à l'écart des trois autres et ça ne gênait personne vu que basse et batterie formaient la charnière du groupe. Bientôt, ils ne faisaient qu'un, et ce quatuor m'attendait pour servir ma prose.

Quand enfin je me suis approché du micro, j'ai visé à ma manière la même fusion, je m'époumonais en hurlant comme à la mort, il me semblait que crier me rendait beau. Je hurlais une tornade d'onomatopées à me décrocher les mâchoires, je faisais peur, eux ne savaient pas ce qui relevait de la posture ou d'une quelconque névrose.

Soudain Bébert a fait signe pour un break :

— Le Madge, tes phrases sont trop longues, pas moyen de glisser un riff.

Je sentais qu'il avait l'assentiment des autres, qu'ils opinaient, faux derches, alors très vite je suis allé m'asseoir, étouffé de colère, et j'ai rayé à la volée quelques strophes. Seul Pierrick, quand il était présent, se penchait sur les quatrains expulsés et plus d'une fois désapprouvait l'inévitable censure. La mort dans l'âme, je fourrais mon orgueil dans quelque partie intime et je repartais de plus belle. Surtout, ne pas donner l'impression de celui qui sacralise ses textes. Averti donc, je m'autocensurais non sans l'envie d'un, *Allez tous vous faire enc…* ou de lâcher une plaidoirie de chez Mahmoud Darwich. Un jour, j'avais même osé :

— C'est pas des vers que je vous propose, c'est une dénonciation, c'est un acte politique, et il n'est pas de texte trop long pour dénoncer la barbarie ultralibérale et le racisme des sociétés civilisées. Savez-vous d'où je viens ? Que savez-vous de l'humiliation des miens ! Que savez-vous du manque et de celui qui n'a pas de terre ?

Bon, là j'ai juste chouiné :

— Bonjour la censure.

Et, plus bas encore :

— Le con de vos mères !

— Je suis d'accord ! a fait Pierrick qui, à peine arrivé, fumait son joint comme on croque un bâton de gaufrette, c'est de la censure !

Riton ne l'a pas laissé respirer

— T'es d'accord avec quoi ? T'es sur Saturne !

— J'suis d'accord avec le Madge, vous devez être politiques avant d'être musiciens, sinon quel intérêt ?

— L'intérêt c'est qu'on fait des concerts, pas des meetings !

— C'est ce que je vous reproche, pourquoi séparer l'un de l'autre ?

— Écoute, tu fais pas partie du groupe, tu nous lâches.

J'ai fait signe à Pierrick de ne pas pousser, non sans en rajouter une louche :

— Les gars, vous tuez ma plume.

Et j'entendais les sarcasmes légitimes.

— Demande à Pierrot qu'il te prête la sienne.

Ils acceptaient mes tirades, je tolérais le blasphème et concluais toujours :

— OK, je coupe.

Je boudais mais notre répertoire s'épaississait et c'est ce qui comptait le plus, on croyait en nous, c'était sûr, on allait tout exploser. Je regrettais cependant l'aplomb de Pierrick qui osait me comparer aux plus grands auteurs. Ce défenseur de ma rime, cet avocat de ma prose m'indisposait plus souvent qu'à son tour, il donnait l'impression d'être à ma solde ce qui me faisait passer pour un gourou du Comminges, et ma main battait comme une pale pour le sommer de se taire.

— Trois, quatre ! a fait Riton en frappant sur ses baguettes, je les ai laissés se débrider et je suis entré sans les trois lettres du mot OLP et sur les indications de Polo qui, à la basse, me servait de repère.

Sentiment de privilège, avec eux je prenais la mer et d'immenses rouleaux salés me grisaient jusqu'à la moelle. En chantant je devenais celui que je rêvais d'être : quelqu'un.

C'est en pleine tempête sonore que nous a rejoints Abdu. Mes yeux l'ont accusé instantanément mais c'est Riton qu'a défouraillé.

— Alors ? On a purgé le Béninois ?

Il m'a regardé et c'est le mot "traître" qui s'est échappé de ses yeux.

— Quoi ? J'ai rien dit !

Et puis des rires ont explosé comme des petits pets. Comme à son habitude, il a combiné des airs d'innocent et d'offensé mais pour nous, c'étaient deux heures de retard récurrentes. Chez Riton, on lisait un vrai ressentiment. Abdu, bonze et hilare, ne s'en formalisait pas puisque c'est moi qui lui forçais la main, je voulais qu'il intègre le combo, je le voulais à mes côtés comme on veut ses frères à son anniversaire, pourtant on entendait, Des congas dans un groupe de rock ! Moqueries !

Lui savait son rôle mineur dans la composition des titres et s'en contentait, le groupe exigeait un engagement, le mot le révulsait.

— Où que c'est qu'y faut pointer ?

Il n'était là que sur mon insistance et tenait à le faire savoir.

— J'ai rien demandé, les gars.

Ce qui n'a pas empêché Riton de le sermonner :

— Cette fois, Abdu, c'est une tournée qui nous attend, prends une décision, bosse.

— Voilà ! C'est ce qu'on appelle l'esclavage moderne.

— Ouais c'est ça, joue ou je te fouette.

Ludo qui venait de s'extraire des vapeurs du riff oriental a rejoint le chœur des "négriers".

— Ah ouais ! Et si on le fouettait à chacun de ses retards ?

— Génial ! Ça va me donner une de ces motivations.

En traître pas assumé, j'ai pris le contrepied des copains.

— Tu vois bien que t'es noir ! Tout ce que tu inspires c'est le fouet.

Et j'ai chanté Sardou :

Moi monsieur, j'ai eu la belle vie,
Au temps béni des colonies…
Autrefois à Colomb-Béchar,
J'avais plein de serviteurs noirs
Et quatre filles dans mon lit,
Au temps béni des colonies.

J'ai toujours été fasciné que Sardou chante sur un zouk la période la plus noire de l'humanité, mes potes, c'est la sidération qui s'est emparée d'eux.

— Il connaît les chansons de Sardou par cœur !

Quelques jours plus tard j'étais avec Abdu et Pierrick, pour une séance de cinoche maison.

— C'est bon, j'ai vu Mourad, il m'a fait ses excuses, m'a lancé Pierrick en déplaçant le lit pour qu'on soit confortables.

— Pardon ?

— Je te dis que j'ai vu Mourad et qu'il m'a fait ses excuses.

Il me parlait sans me parler, feignait des occupations ménagères, regardait ailleurs, gesticulait dans tous les sens. Il espérait que ça passe comme une nouvelle anodine, genre, J'ai descendu la poubelle.

— T'as vu Mourad ?

— Ben oui.

— Ah bon.

En renard des conversations biaisées, j'ai clos le débat pour ne pas gâcher l'après-midi.

Dehors, de lourds nuages caressaient les toits, il faisait gris, presque froid, idéal pour ne pas mettre le nez dehors. À l'intérieur un thé à la menthe dissipait l'accroc, jusqu'à ce que Bernard Rapp annonce à la télé : *Mort pour une boulette de haschisch, le jeune Salim, etc.* Puis, la mère du défunt est apparue en gros plan, une mère qui était la mienne en tout point, achalandée large avec une robe longue, plissée. Des voisines la tenaient à chaque bras. Elle hurlait dans un désarroi de fond de tombe, *Mon fils, il a rien fait mon fils !*

Vraisemblablement, elle avait dû pleurer des heures car ce qui sortait de sa gorge, ce n'était plus une voix mais des sons d'outre-tombe qui annonçaient la fin de tout.

— Regarde, que j'ai lancé à Abdu, encore un cousin buté par les condés.

— Oh j'aime pas quand t'es lapidaire.

— Pays de merde, a lancé Pierrick.

— Et l'autre qu'en rajoute.

M'en suis retourné à ma théière, griffé qu'Abdu ne montre pas plus d'empathie. On a siroté silencieux sans faire comme de coutume claquer nos langues avant d'appuyer sur le bouton *Play*. Abdu fuyait les discussions qui avaient trait aux banlieues, il aimait encore moins que je nous rappelle à nos conditions de fils d'immigrés et pourtant je craquais pour lui, un Noir hétéroclite et dandy, pensez si j'y tenais. La réalité c'est que j'étais, moi, fils de prolo. Sa mère à lui était française, plus précisément, blanche. Et son papa malien taquinait de l'ingénierie avionique, cela lui évitait d'être tout à fait noir.

À un rythme effréné, on se retrouvait pour des séances rafraîchissantes de cinéma et tout y passait, de ces films bien *frenchies* dialogués par Audiard aux inévitables Coppola ou Scorsese, moi je kiffais les Italiens : De Sica, Ettore Scola, Dino Risi et son irrésistible *Fanfaron* qu'on se repassait tous les trimestres. Abdu aimait les Kurosawa, les Sidney

Lumet et autres Sam Peckinpah. Ne nous restait plus qu'à nous allonger.

Je venais de louer trois films et on se fixait comme horizon une dizaine d'heures pépères agrémentées de vannes, de thé et de cacahuètes qui n'avaient que le nom de cacahuètes puisqu'elles fondaient dans la bouche.

— C'est quoi aujourd'hui ? m'interrogea Abdu qui anticipait ses craintes.

— *La Bataille…*

— Faites chier les gars.

J'ai repris.

— … *d'Alger !*

Il a grogné.

— D'Alger en plus ! Non, pitié ! À genoux, à plat ventre, pas Alger !

— Tu rigoles, c'est une œuvre historique rare, censurée même ! Demande à Pierrick !

— Je confirme.

— Mais on n'interdit plus les films, on est en France.

Je n'allais pas laisser passer.

— Et c'est quoi la France ? Une terre d'asile ? Tu crois à ce chant de sirène ?

Pas démonté, il gardait la ligne sarcastique.

— Oh pardon, c'est vrai que c'est le territoire de toutes les violations.

— J'ai pas dit ça, je dis que la censure existe et que ce film en est l'illustration.

— Moi je dis juste que c'est le pays qui respecte le plus les droits au monde !

— Mon père est au courant et c'est vrai qu'il se sent respecté au-delà de toute espérance.

Puis, Abdu a fait :
— Coup bas.
Pierrick a adoubé :
— Gros coup bas.
Et je reconnaissais la lourdeur de l'argument. Je suppose que l'échange entre Abdu et moi avait bien duré un bon quart d'heure. Si lui avait regardé le film en diagonale, Pierrick affrontait courageusement la plaidoirie anticolonialiste qui venait de s'étaler sous nos yeux. Je restais effaré qu'un Noir défende la France, ne reconnaissant des failles que çà et là, j'étais encore plus étonné qu'un Français de souche dénonce avec véhémence le moindre faux pas républicain, mes yeux clignotaient sans cesse. Surréaliste ! C'est moi qui atténuais les condamnations définitives de l'un et rabrouais la légèreté de l'autre.

Quand nous atteignions, comme cet après-midi, un paroxysme des plus désagréables, on *switchait* aussitôt vers des seconds degrés plus digestes. C'était notre façon de résister aux tempêtes verbales et c'est ce qu'on a fait, j'ai ouvert le feu espéré par Pierrick.
— Dis-moi Abdu, les Français, ils te doivent combien ?
— Pardon ?
— Pour l'esclavage, frère, l'ONU a calculé le dû et c'est une sacrée somme.
— T'es sérieux ?
— Mais oui ! Tu dois réclamer ton dû, pas entendu parler ?
— Du tout.
Il restait flegme, jouait le jeu et je relançais :
— Mince ! Et pas la moindre idée du commerce triangulaire ?

— J'en ai effectivement parlé à mon père, rien. D'ailleurs je précise qu'à la maison on ne prononce pas une syllabe de wolof et le riz, peau d'balle, chez nous, on est pâtes.

— Vous êtes pâtes ?

— Je précise qu'on est aussi "œufs" à Pâques, "crêpes" à la Chandeleur et surtout "cadeaux" à Noël !

— Des cadeaux ! j'ai fait, faussement outré. Mais t'es comme eux alors !

— En entier, désolé, c'est à "eux" que j'appartiens.

— Me reste plus qu'à me convertir.

— Toi, oui ! Moi, pas besoin ! J'suis blanc.

— C'est bien ça, il me faut voir un oculiste.

— C'est ça.

On a ri et c'est finalement ce qui comptait le plus.

Dans la seconde qui a suivi, une mélancolie a serré ma gorge, Oh comme je voudrais que le temps s'arrête et que je garde à jamais mes potos, là, comme une compresse sur le cœur.

Un peu plus tard.

— Le frigo ! m'a fait Abdu.

— Ouais, vide je sais.

— N'y va pas, ça fait peur ! a cru bon d'ajouter Pierrick.

— Faudrait y aller mollo sur les laitages, j'ai osé.

— À qui y parle ?

— À mon avis, y se parle à lui-même.

— OK ! Alors on fait les courses mais j'y vais pas seul.

Le temps d'enfiler nos blousons, on s'est retrouvés à rôder dans le Barbès local où se tenaient un marché à la française et des épiciers sans horaires qui nous giflaient de leurs tarifs. À peine on était arrivés sur place, des îlotiers nerveux ont tendu l'atmosphère, le soufre grésillait dans l'air comme un vieux filament d'ampoule et les regards s'aiguisaient pour un sauve-qui-peut imminent. Même avec ma carte d'identité en poche, je me suis senti suspect, maudit frisson. Comment faire demi-tour et expliquer à mes amis que je craignais pour ma tête d'Arabe ? Je subodorais l'adjectif mortifère.

— Parano.

Y avait de quoi. Des affiches de Jean-Marie Le Pen laissaient indifférente une faune pourtant basanée et c'est une voix vaguement connue qui m'a remis en selle.

— Eh, le Madge, on te voit plus ?

Un ton plus bas, j'ai répondu :

— Mais si ! Faut juste aimer la musique pour me voir.

Un autre habitant de l'Atlas s'est faufilé entre Pierrick et Abdu et leur a susurré :

— Y a du matos.

— Non merci.

Encore un autre, avec l'accent algérois.

— Qu'est-ce que ti chante ? Dahmane ? Guerouabi ? El Anka ?

— Non, du rock.

Il a fait volte-face et grimacé comme si j'avais ouvert les tripes d'un sanglier. J'ai dû grommeler, Sale Arabe ! et mes potes ont ri.

Pour le shit, on préférait les intermédiaires qui nous évitaient de fréquenter la faune locale. Sinon il y avait là l'éternel bouquiniste et ses grands classiques que j'avais en double, Hugo, Balzac, Zola, Baudelaire, Bazin, Dumas, Rostand, que du bonheur.

À ses côtés, le vendeur de trente-trois tours et de cassettes VHS chez qui on a stationné quelques minutes, faisant avec l'index et le majeur tourner des disques du rock d'antan, les incontournables Status Quo, Van Halen, Pink Floyd, Jimi Hendrix Experience. Abdu m'a tendu une compile de Raymond Devos et m'a dit :

— Je l'adore.

Pierrick, lui, s'est penché sur du Ennio Morricone et a jugé :

— Excellent !

Moi, j'ai à peine osé soulever la pochette de Julos Beaucarne, ils m'auraient une énième fois rabroué.

— Oui mais toi t'as cent ans.

— Ouais, toi, t'es plus vieux qu'arabe, m'a corrigé Abdu.

Une voix venue de la terrasse a commenté en arabe :

— *Chouf el kaaba* (mate la pute).

C'était à l'adresse d'une jeune fille habillée court, on a désapprouvé l'élégant.

Plus loin un étal de légumes indispensables, pommes de terre, tomates, oignons et rebelote pommes de terre, tomates, oignons. Pour exercer nos zygomatiques, Abdu s'est approché d'un ambulant pour tenter le coup de l'accent et en tendant le doigt :

— C'est combien ça ?

— Li booum titirr (les pommes de terre) ?

Il a fait, *Yes !* et m'a rajouté à l'oreille, Vous êtes à chier.

Un Reubeu bizarrement fringué d'un costard noir élimé au col et aux manches, flanqué d'une chéchia à la con, a étalé un grand drap sur lequel il a soigneusement disposé des paires de lunettes triple foyer, des chaussures d'un autre siècle, des talons compensés, des boucles séparées de leurs mocassins usés, des bottes en plastique, des piles, un ouvre-boîte, des revues *Nous deux*, des feutres, quelques BD, un pantalon de survêt d'époque pattes d'ef, un walkman, tout l'attirail de celui qui se retrouve à la rue et se débarrasse avant de basculer dans l'entonnoir de la fin de droits. Puis une odeur, une odeur de menthe a affolé mes narines. J'ai tourné la tête et là, face à moi, un vieux chibani arrangeait un tas de bouquets. Il ne vendait que ça, de la menthe, des montagnes de menthe. J'adorais la menthe. À ses côtés, une brunette coiffée d'un bonnet à pompon changeait l'eau de vases posés à ses pieds. J'ai débloqué. Par l'odeur alléché, je me suis approché et avec un accent français qui n'était autre que le mien, j'ai fait :

— *Salam alikoumeu.*

— *Aghlikoum selèm.*

C'est là que la jeune fille a pouffé, accrochée par cette prononciation de merde. En riant ses yeux se sont étirés jusqu'aux tempes et ses lèvres ont dessiné de fines barquettes à croquer, à la commissure des lèvres deux traits ont fait comme un pont suspendu, j'étais fou.

J'ai eu envie d'en remettre une couche, ce *salam alikoum* d'Arabe en toc avait fait son effet. Je voulais balancer plein de ces phrases dont j'écorchais la sonorité naturellement. Les plus usitées *akrabi* ou *amdoulla* et l'incontournable *inch'allah*. Je savais que je saccageais les gutturales quand je parlais arabe mais là, l'effet jouait en ma faveur. Envie de lui dire, Ouais j'suis un roumi et j'entrave que dalle à la langue de mes ancêtres, envie de préciser, Oui ma chère j'suis même devenu muet à la maison parce que mon père quand y m'entend causer l'arabe ça lui donne envie de m'arracher la glotte. Un jour il m'a même fait :

— T'es mon fils, toi ?

Quel bonheur c'eût été d'y répondre, Non.

Sûr, je l'aurais définitivement déridée.

Au lieu de ça, j'ai esquivé son regard. J'ai fait celui qui feint de chercher le bouquet le plus frais, tournant et retournant les paquets de menthe déjà ficelés. Le vieux vaquait à ses occupations de taille, je profitais de son inattention pour planter cette fois mes yeux de poignard oriental dans ceux de la coquine. Je voulais imposer un caractère de tribu cousine et, ô surprise ! c'est au lance-flammes qu'elle brûlait les miens. Elle semblait dire, Parle encore que je rie connard, j'ai jamais ri de la sorte, jamais vu un Arabe qui à ce point n'en soit pas un. J'ai aimé que ce soit le "Gaulois" qui lui plaise et compris que c'était à la condition qu'il ait les traits de Saladin. OK, je suis ton homme mais jure-moi que tu resteras belle.

Derrière elle, un "cousin" aux yeux charbon, à la face ronchon, triait les tiges séchées et j'ai senti mon ardeur marquer le pas. La garce en revanche ne baissait pas la tête, elle soutenait mon regard avec l'insolence d'un enfant armé d'un chalumeau. Je vacillais. Elle radiographiait mon âme, suçait la chair de mon cerveau comme un vampire, m'évaluait tel un marchand de bœuf, j'ai reculé. Envie de lui dire, Où tu vas sans lumière ? Y a ton frangin derrière ! et je l'entendais me répondre, Lui, je lui chie dessus.

Un tel courage a chauffé ma cervelle et comme de me dévisager ne lui suffisait pas, elle a ôté son bonnet comme on étale ses plus beaux atouts, presque comme on se vend ou s'offre. Un martinet ! C'est ça ! Elle ressemblait à un martinet sculpté par un orfèvre, du fait main d'acajou africain enrobé de lanières plus fines les unes que les autres.

Après un contrôle des plus sérieux, elle a explicité en jetant ses prunelles dans les miennes une adhésion à ma personne, presque à un projet commun. J'ai pensé, Quoi, déjà ?

J'ai eu cette peur ancestrale d'être bagué mais la furieuse se cramponnait à mes paupières, elle causait avec les siennes, c'était un véritable boucan et je déchiffrais le morse silencieux. J'étais fou, elle était à l'initiative comme un sprinteur qui déclenche avant le coup de feu.

Elle semblait dire :

— Je bande pour toi, ça te va ? Tu lis ma détresse ? Je cherche quelqu'un de malheureux pour faire la blague.

Mes yeux à mon tour se sont mis à bavarder à la vitesse d'un film de Chaplin, le vieux ne nous accorderait pas plus d'une minute avant de se redresser.

— Je t'entends petite mais j'suis pas qu'éclopé, j'suis schizo.

— Je le suis moi-même.

— Tu garantis ?

— Sur ma mère.

Puis le vieux a fait en arabe :

— *Nagham ?* (Oui ?)

— Je voudrais un bouquet.

— Siconte sontim (cinquante centimes).

J'ai souri à mon tour de son accent pourri, il était de la maison mère, en plein ! J'ai posé la pièce dans le creux de sa main et m'en suis allé, tourneboulé, non sans un dernier regard sur ma promise qui officialisait notre union. Sur le retour, j'ai rembobiné et rerembobiné la scène, ravagé que j'étais d'autant de mots sans ouvrir la bouche. Nous avions, en moins de trente secondes, fait connaissance, égrené la liste de nos exigences, fait l'amour sans doute et projeté l'idylle des idylles. Nous nous étions reconnus, pesés et mariés, ne me restait plus qu'à renier ma berbérité. Je redessinais ensuite les traits de ce visage poupon et mûr comme un fruit de fin de saison, elle ressemblait à l'espoir et à l'accablement réunis, c'était moi. Elle voulait la frontière pas les camps, c'était encore moi. Merde ! me suis dit. Une jumelle ! En vrac en plus.

Au milieu de la nuit me suis réveillé, j'ai revisité les lèvres en pâte de fruits, cette peau de cuivre, ces yeux en amandes couchées, des dents acérées et un regard de démence qui mêlait la supplication à une autorité démoniaque, j'en perdais les pédales et voulais m'arracher le cerveau. Putain ! J'ai trouvé la meuf !

Me fallait de l'air, de l'eau, une baffe. Récapituler une vie entière concentrée dans trente secondes. Me sentais comme un atome à point, prêt à la déflagration. J'avais beau faire remonter toute ma lucidité, ne restait qu'un champ de ruines. Je radotais et revoyais les petits seins pointus, les épaules frêles, une taille de guêpe et des cheveux sans épaisseur, longs, droits qui obéissaient à la morphologie du cou. C'était un cygne accouplé à un tigre, un mélange, comme dirait le Gitan de chez nous, Du “con d'sa mère”.

Ouais, il n'y a pas mieux comme compliment qu'une insulte gitane. Dans sa vulgarité la formule anéantit toute concurrence grammaticale. Elle était ça, une meuf du “con d'sa mère”. Je n'en ai pas dormi de la nuit.

Au petit matin me fallait vite guérir pour vivre la promesse qui m'était faite. La retrouver, où ? quand ? comment ? Revenir sur cette place et la guetter ? Organiser notre fuite et construire une arche pour un autre monde à bâtir ? Euh… non ! Surtout ne pas fuir, rester pour accomplir la promesse faite à d'autres, à mes meilleurs amis de partout, rester aussi pour affronter son père, son frère, sa mère et toute la filiation de l'autre rive. Une fille pareille devait selon toute logique être épiée par au moins deux frères au contenu cérébral défaillant, des barbelés partout et, çà et là, des mines antipersonnel pour bousiller tout prétendant qui ne respecterait pas la marche à suivre et j'avais l'intention d'affronter tout cela. Dans ce coup de foudre évident, je divaguais en élaborant plein de scénarios tous plus terrifiants les uns que les autres. Dans l'un je reniais mes principes libertaires et progressistes, dans l'autre je tournais le dos à ma mère, mes frères et mes sœurs. Pour la garder j'apprenais aussi l'arabe au cas où, me lavais les aisselles et les coins les plus ardus, me parfumais et m'habillais propre. J'anticipais le tête-à-tête avec son père que j'écoutais religieusement me parler du Prophète, je reniais le rock et m'initiais au chaâbi ou à l'arabo-andalou, fallait que je sois prêt. Me disais, Je vais apprendre l'arabe, le classique, pas celui de la rue. Oui, tout ça mais je m'assurais de ne pas tout trahir tout à fait. Étonnant ! En pensant à elle je me suis senti indestructible, comme si elle était la pièce qui manquait à mon moteur. Dans mon cœur ça a fait *wroom !*

Je ne me rappelais pas avoir déjà vu Samir dans un tel état d'exaspération. Il est entré sans frapper, les yeux lui sortaient des trous. En sursautant, Riton a fait tomber sa tasse, me suis précipité dans la cuisine et l'ai trouvé les coudes en l'air, tétanisé. À ses pieds mille éclats éparpillés formaient le Z d'un éclair foudroyant. En ouvrant les mains, j'ai fait signe à Riton de rester zen et, en tournant mon index sur la tempe, lui ai fait comprendre qu'un taré venait d'entrer et qu'il n'avait pas à s'inquiéter. J'ai saisi une éponge, lui s'est agenouillé et a formé un petit tas de débris, de mon côté j'épongeais. Samir, dans l'entrebâillement, ayant reconnu Riton, a tenté la moue de celui qui n'avait pas à s'excuser.

Je devinais que sa présence n'annonçait rien de bien joyeux, il ne venait pas chez moi pour rire. S'il s'était déplacé, c'était forcément pour l'annonce d'une hécatombe, un massacre, une monstrueuse injustice. Un oiseau de mauvais augure l'aurait jalousé. Il m'a fait signe de le suivre au salon, il tenait dans sa main un article de presse qu'il m'a tendu.

— Tiens ! Lis ! Neuf ans ! Il avait neuf ans ce pauvre gosse.

Il s'agissait de Ouanes Taoufik, tué par balle le 9 juillet 1983, suivi de... Layachi Khadi, vingt-quatre ans, grièvement blessé par un policier avec son arme de fonction en dehors de ses heures de service à Tourcoing.

> Kamel L., 15 ans, blessé par deux balles de 9 millimètres.
> Bénali Youssef, 19 ans.
> Guemeri Hamid, 19 ans.
> Benlarbi Abdelkader, 23 ans, tué à Paris par deux policiers.
> Hikim Saîdi, 17 ans, blessé par balles.
> Benkhellil Ahmed, 17 ans, assassiné le 20 juillet à Grenoble.
> Rebahi Mohamed, 11 ans, blessé par un coup de feu.
> Amouri Abdelkrim, 29 ans, décédé à l'hôpital, victime d'une agression commise par des inconnus…

C'était une liste de jeunes Arabes récemment assassinés ou blessés.

— Tu te demandais pourquoi on avait disparu l'autre soir, j'espère que cette fois c'est clair.

— Qu'est-ce qui est clair ?

— Pas une seule fois t'as évoqué la mort de tous ces mômes pendant le concert, excuse-moi, mais j'ai trouvé ça d'un égoïsme incroyable.

— Rien que ça.

— Mais oui ! Tu chantes, tu chantes mais tu dis rien.

— Et mes textes ?

— Tes textes ! Mais y s'adressent à qui tes textes ? Aux bourgeois du centre-ville !

Le salaud savait faire mouche, il n'avait pas son pareil pour me mettre hors de moi. Sa stratégie :

m'accuser d'être passé à l'ennemi, d'avoir trahi les quartiers populaires et je ne sais quel camp et de ne plus penser qu'à moi.

— Et alors ? Ils viennent eux, au moins, et ils paient leur place, alors ils valent bien les autres.

Je ne voulais pas que dans l'échange il ait la primauté "politique" alors je faisais feu de tout bois.

— T'es qu'un raciste qui dit pas son nom.

— Ne dis pas n'importe quoi.

Son monologue ne tarissait pas.

— Tu harangues avec un micro, ça suffit pas mon frère, faut nommer les gens, on veut des faits, c'est quoi ton nouveau rôle ? Distraire ? Réveille-toi, y a urgence !

Riton, excédé, s'est levé d'un bond et a tenté la riposte :

— Mais, je comprends pas, tu lui dis "TU" as pas fait ça, "TU" as pas dit ça, j'sais pas si t'as percuté mais il est pas seul.

— C'est qui lui ? a fait Samir en tournant le dos à Riton et j'ai compris qu'il était décidé à en découdre.

Il a répété :

— C'est qui lui ?

Il s'attendait à ce que je prenne son parti et je voyais deux camps se faire face, celui des innocents saltimbanques contre les militants de la "cause", mais aussi la cité contre la ville, les Reubeus contre les Blancs, mon malheur en 3D. J'étais mal. Chacun d'eux possédait une moitié de mon âme et l'équarrissait à volonté comme si chacun me visait par procuration et Samir a brandi son journal :

— Tu les vois, ces morts ? Y z'avaient pas vingt ans !

— En quoi ça me concerne ?

Samir s'est tourné vers moi en souriant, presque cynique et ça voulait dire, T'entends ?

Riton venait d'avouer, dans une irrattrapable maladresse, une indifférence coupable dont il prit conscience aussitôt. Il y eut un silence, Samir s'est immédiatement réjoui d'une aussi belle opportunité.

— Comment tu peux fréquenter des mecs pareils ? Mais comment tu fais ? Ils t'ont promis quoi, un disque d'or ?

Riton essaya de se rattraper.

— On aime la musique, c'est pas un crime !

— Pour toi, non.

Il lui parlait en me fixant moi, pour marquer son mépris, et Riton tenta de refaire surface.

— Ben tu te trompes, on est aussi solidaires avec lui.

— Quoi, avec des baguettes ?

— Mais t'es qui pour nous faire la leçon ?

— Son meilleur ami.

Riton a reculé, est resté sans voix, chacun attendait que j'abonde dans son sens, je ressemblais au rat pris dans sa tapette et j'ai dit :

— C'est vrai quoi, c'est pas des sbires, pour qui tu les prends ?

— Qu'est-ce que tu dis ?

— Je dis que c'est des musiciens, pas des sbires ! Ils sont pas à mon service. J'écris, ça veut pas dire que j'impose, on se concerte, figure-toi.

— Et c'est souvent qu'on est d'accord ! a redoublé Riton qui attendait ma confirmation.

J'ai hoché timidement la tête car s'il y en avait bien un qui jouait la contestation systématique, c'était lui. J'ai tenté la pirouette en racontant qu'on était très souvent d'accord sur le fond.

— Pas toujours mais on discute.

Ma réponse n'a pas paru froisser Riton.

— Ben oui ! Et quand on n'est pas d'accord, on se tire pas dessus.

Ça n'a pas démonté Samir toujours prompt à la plaidoirie marxiste. Riton fut servi.

— Ouais, vous êtes des démocrates, c'est ça ? Mais y a un truc que tu comprends pas : Madge, il appartient à une cause, pas à la démocratie, il s'appartient pas, tu saisis ? Nous, on a des minots qui meurent tous les week-ends, tu permets qu'on recouvre un peu de dignité ? Madge il a des comptes à rendre !

Riton m'a cherché du regard pour une défense en bonne et due forme. J'ai consulté mes pompes, je ne voulais pas égratigner l'argument de la cause, la cause, elle comptait plus que tout pour moi, sauf que depuis peu la musique détrônait tout. Je ne voulais pas non plus semer la zizanie dans la tête de Riton qui ne voulait pas céder.

— Je te dis pas le contraire, mais c'est un artiste, putain ! Pas une tête brûlée, la scène il l'a dans le sang !

— Son sang, il coule en ce moment sur toutes les dalles de France, connard !

Il venait de frapper fort. Emporté par cette métaphore du diable, j'ai failli basculer, céder, dire, Oui, j'appartiens à ces morts-là, surtout que mon Riton s'était montré frileux souvent à propos de la Palestine. J'étais à deux doigts de le lâcher. Il m'a senti vriller et a préféré ne pas en rajouter, s'est assis et a ouvert violemment une BD au hasard.

Samir a porté le coup fatal :

— Vous faites quoi quand vous êtes plus musiciens ?

J'ai pas osé dire, On regarde des films d'auteur, on fume des spliffs, on descend des bouteilles de rhum et surtout, on s'enguirlande à coups de métaphores foireuses. À nouveau, je me suis retrouvé écartelé, sommé de choisir entre deux seules issues possibles, la guerre ou la récré.

En sortant, Samir a croisé Abdu qui a mimé l'effroi, il s'est immobilisé, a hurlé :

— Je veux pas la mort du groupe !

Et l'escalier l'a avalé.

Abdu a fait :

— C'était Staline ?

J'ai opiné.

Strasbourg, centre-ville. Dix heures du mat'.

Le patron du caf'conc' s'est pincé le nez à l'odeur puissante qu'on venait de propager en sortant de l'estafette. Un mélange de sandwichs d'autoroute, de fumée refroidie et de vapeur d'haleines fétides. Ça me rappelait le goût de vinaigre des figues trop mûres un peu avant qu'elles sèchent. Première salve en arrivant :

— Eh mais vous êtes nombreux, vous allez me manger le bénef !

Deuxième salve :

— Il vous faut autant de place ?

Troisième :

— Je vous avertis, c'est une conso par personne !

Quatrième :

— Je fais pas cantine, ce sera sandwich pour tout le monde !

Cinquième :

— Ici, on fume pas, on sniffe pas !

Sixième :

— Je prends la buvette et la moitié des entrées.

Septième :

— Là-haut j'ai qu'un lit, les autres peuvent dormir dans le réfectoire.

Etc.

Ce jour-là, quand le distributeur de houblon nous a asséné son règlement intérieur, je venais de conduire une bonne dizaine d'heures et le moteur du dénommé Diesel m'avait fourré deux essaims dans chaque oreille, je prenais la double peine auditive. Quant au voyage, dès le matin je m'étais préparé trois cassettes pleines de l'intégrale de Pierre Perret. C'était la condition *sine qua non* du conducteur. J'aimais conduire et c'est souvent que j'imposais de vieux chanteurs français, dont Yves Montand, Serge Reggiani, Henri Tachan, Gilles Dreu, Leny Escudero et Gilbert Bécaud. Des Cro-Magnon dont mes collègues ne voulaient pas entendre parler, des artistes que les jeunes de mon âge n'écoutaient plus. D'ailleurs, ce matin :

— Ah non ! Pas Pierre Perret, tu fais chier, Madge !

— Juste une cassette !

Et au bout de deux heures, ils somnolaient, qui en fœtus, qui à même le sol, qui suspendu à une banquette de notre fabrication. Pour moi, c'était le bonheur d'un départ pour l'île de Wight. J'avais devant moi huit heures d'écoute exclusive de mes artistes préférés et, en point de mire, la promesse d'un concert. En attendant, c'était le deal, celui qui conduit écoute *sa* musique. J'écoutais certes des choses plus actuelles genre raggamuffin et rocksteady, mais j'avais ce goût immodéré de la vieille chanson "à la française" que je me décidais enfin à assumer. Les copains fulminaient.

— Mais comment peut-on écouter Brassens et Sardou, il est lézardé ce mec.

Ou encore :

— J'en connais des blaireaux mais plus *frenchy* que toi tu meurs.

— Ouais c'est vrai, si t'étais pas kabyle, je dirais que t'es un facho.

— Moi ?

— Oui, toi ! Y a aimer la chanson française et se faire transfuser le patrimoine à outrance, nuance.

Un autre.

— T'as peur à ce point de pas être français ? Mais tu l'es ! On peut même te signer ce que de droit.

— Oui, on signe !! qu'ils ont braillé en chœur.

Un autre encore.

— Non mais tu prends conscience ? *Huit* heures ? Où subit-on une purge pareille ? aux Baumettes ?

Bref, à peine nous étions arrivés, j'ai filé droit au réfectoire pour me coucher, laissant mes potos se faire dicter les dix commandements du saltimbanque des temps modernes. La plupart du temps, je n'allais pas à la rencontre des hôtes du soir, ma paranoïa soupçonnait un raciste potentiel, pas le gros raciste, plutôt celui qui, comme cet après-midi-là, l'air de rien, doute et dit aux potes en me montrant du doigt.

— Vous allez pas chanter en arabe ?

— Non, non, c'est du rock !

J'ai laissé mes potes me précéder afin qu'ils rassurent le maître des lieux et ne montrerais ma face de "gris" qu'au dernier moment.

Récurrence chez moi, loin de la cité j'étais mal. Où que j'aille, me fallait ma dose de Noirs et d'Arabes, ça me rassurait. La couleur de la peau bien plus que le rang social me rendait fébrile, trop de Blancs et je perdais mes repères.

Toute colère ficelée, me suis planqué dans la loge jusqu'à l'ouverture des hostilités.

— Réveille-toi Madge, m'a fait Riton.

Je m'étais littéralement plongé dans des profondeurs tribales où, paraît-il, y a pas Français qui vive.

— C'est l'heure.

— L'heure ?

— Du concert, connard.

Ce que Riton appelait des concerts ressemblait plus à un marathon de bagnards, une défonce sans limites et, ce soir-là, j'ai tronçonné mes cordes vocales et grimpé jusqu'au plafond. Je n'en étais pas à la mélodie des chardonnerets et j'arborais sur mon tee-shirt un drapeau palestinien.

J'ai donc sauté d'un bout à l'autre de la scène, me suis plié, étiré, tordu dans tous les sens et j'ai arraché mon tee-shirt comme on s'ouvre le ventre.

Le lendemain, je faisais ma couturière en regrettant amèrement mon geste. Et pourtant, que de bonheur !

Enfin un micro était tendu à l'enfant des quartiers nord, à l'Arabe, à celui qui décrochait ses rimes avec les dents.

J'ai fait des cabrioles, me suis roulé par terre. Petite gourmandise : j'ai escaladé le bar, hurlé dans tous les coins, et vomi, aussi, pour ne pas être en reste de mes vrais ancêtres, je veux dire les dénommés Iggy Pop et Joe Strummer.

J'ai agité mon micro comme une arme et menacé le monde de mon doigt en signe d'ultimatum. Un instant, je me suis retourné, l'énergie de mes potos n'avait rien à envier à ma propre débauche, ils se démenaient, secouaient la tête de bas en haut ou de gauche à droite, c'était selon. J'ai même eu le temps de me dire, Ils en veulent les salauds ! J'ai fait monter la pression d'un cran en haranguant de plus belle mes quatre mousquetaires qui se sont demandé ce soir-là si je ne me prenais pas plus pour un Malcolm X de pacotille que pour un chanteur tout ce qu'il y a de plus normal.

J'ai fini à genoux, comme toutes les fois précédentes, mais pendant deux heures d'agonie, pas un Reubeu n'est venu correspondre avec le message, pas frisé qui vive, la salle était vide.

Le lendemain, près de Pithiviers, Riton m'a fait :

— Tu déconnes pas, vieux, t'oublies Yasser.

— Mais oui, promis.

On s'est retrouvés ce soir-là dans des sous-sols pierreux, humides et galvanisés de bière. L'impression de descendre dans des enfers glacés et venteux et je comptais les spectateurs sur les doigts d'une main. Le découragement m'a tout suite éteint mais, comme la veille, j'ai réussi à simuler l'envie tout en espérant trouver dans le regard des potos un quelconque abattement, un aveu d'épuisement qui m'aurait rassuré. Oualou, ils s'affairaient, désinvoltes, insouciants et presque évaporés dans d'innocentes nues.

Dans ces pénibles moments je les imitais en jouant les "chauds".

— On déchire, les gars !

Et je remarquais chez Riton une moue à la commissure des lèvres qui démasquait ma piètre comédie. J'ai re-bondi, re-hurlé et au fil des minutes je réharanguais des fantômes. Sans m'en rendre compte, je redevenais le syndicaliste borné, le Beur sectaire, l'antifa obtus. Je faisais peur et vidais un peu plus la salle. Jeannot, Bébert, Riton et Ludo d'une seule voix m'ont interpellé dans la loge.

— T'es pas obligé, Madge !

— De ?
— De vider la salle.
— Y z'étaient trois !

Sans avoir pris de douche, je me remettais au volant le soir même, obsédé par l'injonction de Samir, Le combat politique, frère, il est là ton karma, pas dans la zique. Puis je glissais une cassette de Mouloudji et ramenais mes congénères à bon port avec une petite angoisse, un rendez-vous le lendemain pour un job à mi-temps.

À l'entretien d'embauche, l'escogriffe au visage sans traits, fade et attifé d'un de ces costards de confection asiatique que fournissent les grosses entreprises à leurs cadres et qui vous donnent l'air, mais seulement l'air, supérieur a pris un ton biaisé.

— Ça vous dérange pas si on vous appelle pas par votre prénom ?

J'ai eu la présence d'esprit de pas prendre un air offusqué :

— Pas de problème.

— Oui, en général, on utilise des prénoms anglo-saxons pour la clientèle, n'y voyez rien d'insultant et… on se tutoie aussi, ça fait plus sympa. Tu t'appelleras Chris, OK ?

En une fraction de seconde, par une technique éprouvée de l'esquive, il était passé du vouvoiement au tutoiement et j'ai tiqué. Mais voilà, je tenais tellement à ce job qu'il m'aurait dit on va t'appeler *Enculé*, j'aurais accepté. La zique ne payait pas, et surtout, j'étais amoureux, fallait pas que j'aie l'air de tirer la corde devant ma future princesse.

Au sortir de l'entretien, je me suis massé le visage avec mes paumes pour effacer le sourire contenu de main ferme devant ce trader de cuisine, à la vue de cette verrue dégoûtante qui n'avait d'humain que le goût de marcher sur la gueule du plus faible.

Putain ! me suis dit, ils vont m'appeler Chris, si ma mère entend ça, elle déchire ma page du livret de famille, si mes frères, mes sœurs, tous mes potes apprennent que j'ai cédé à cette injonction c'est pas *Chris* qu'ils vont m'appeler mais *Salam*, genre, Adieu on te connaît plus. Ou *Sale con*, et je l'aurai bien mérité. Toutes ces années passées dans la cité à haranguer pour la dignité cognaient à la porte de ma conscience, tout ce temps à bassiner les copains jouait les boomerangs.

"Nous devons montrer qu'il n'y a pas de fatalité et pour montrer faut se montrer, lever la tête et dire non à toute discrimination." Tu parles.

Chris, ils vont m'appeler Chris comme un Ricain ! Quelle honte, mon pauvre Madge, quelle défaite ! Tout ça pour un microscopique salaire, pour un job d'esclave dans un fast-food, la totale. Une heure avant je sondais le bonhomme et perdais tout espoir.

— Un bac A5, c'est quoi ?

— Lettres modernes.

Il s'est assombri comme devant un casier judiciaire de *serial killer*.

— Et vous êtes disponible ?

— Oui.

— Là tout de suite ?

— Tout de suite.

Bon point pour moi et presque j'amorçais un geste pour signifier la dispo. Aussi, je maintenais un air d'"éveillé" presque excité à l'idée d'embaucher sur-le-champ. Gymnastique effrayante que d'être jovial en surface et, à l'intérieur, en lambeaux. Plainte.

“J’entre dans la vie active par le plus bas étage en me couchant sur mes principes, en foulant au sol les deux choses qui me maintiennent à la verticale, mon honneur et mon honneur.”

Bien sûr, me suis senti interpellé en bougnoule, bien sûr la parano m’a infecté comme un virus d’une autre planète et des mots comme “pays de merde” et “France de mes couilles” retapissaient mes lèvres.

Pendant que le responsable des ressources inhumaines lisait mon CV, je maintenais une placidité impeccable mais l’enfant des quartiers nord fulminait au-dedans.

— La tête de tes morts ! Oui, ma fiche indique un patronyme des moins rassurants et j’en bave de te tomber sur le paletot !

Mais finalement, lequel des deux tenait l’autre à la gorge ? Lui en croyant être ce qu’il n’était pas, un boss ? Ou moi en sachant que je n’étais pas ce qu’il croyait, un Arabe ? Le tête-à-tête reposait sur une lame de rasoir.

Ben oui ! Dire à un Français nommé Christophe, On va t’appeler Chris ou Brice, cela ne relève pas de l’infamie, mais demander à “Mohamed” de s’appeler Guillaume, à moins que ce soit de son propre chef, c’est la tribu qui se lève et vous somme :

— *Eul mouth ouakeuf, rhoh* (on meurt debout, frère).

Voilà ce que j’entendais dans mon crâne en bouillie.

J’écoutais la litanie des devoirs et les soi-disant chances de s’élever dans la hiérarchie mortifère. J’écoutais mais j’anticipais les prochaines compromissions. Est-ce qu’ils vont me demander de me teindre en blond ? de recoudre ma bite, de manger du porc ? Dire qu'il ne s'agit même pas de cuisine. Il y a griller un steak et écraser un bout de barbaque décongelée, pas la même chose.

D'un autre côté, je m'honorais de ne pas être parti en roue libre devant le proprio de ma tune à venir. Et l'entretien s'est conclu par un :

— Pour moi, c'est bon.

Alors j'ai pris mon job. Mes horaires : dix-neuf heures-minuit, avec un roulement intempestif qui me faisait me paumer sur mon agenda, et souvent c'est au pas de course que je sortais d'une répète pour entrer en cuisine.

— Allez, grouille, tu traînes, m'a fait le chef d'équipe, j'étais déjà à mon maximum, d'autant que l'odeur de ces steaks décongelés me donnait à la cuisson d'insupportables haut-le-cœur.

Le haut de mon crâne frémissait de dégoût et mon estomac se recroquevillait pour empêcher l'arrivée des effluves. Décongeler, préchauffer, griller, décongeler, préchauffer, griller, je serrais les dents, chaque étape exhalait une odeur voisine de la décomposition et je devais masquer mon aversion du faisandé. Je tentais même le zèle pour tromper l'ennemi en sifflotant des airs bien français, des ritournelles gaies, du Brassens, mais je choisissais mes chansons, donc impasse sur *Le Roi des cons* et autres *Quand on est con*, toutes les chansons avec le mot "con". J'agissais en sorte qu'on ne me devine pas rebelle, fallait qu'on me pense docile et vaillant à la tâche, presque que j'aie l'air d'aimer retourner des steaks par centaines. C'est que ces salauds-là chassaient le subversif et parfois l'argument de la serpillière leur permettait d'évaluer le degré ronchon ou d'obéissance de l'individu. Ils disaient :

— Bill ! Serpillière !

Et fallait pas laisser traîner la moue.

On leur apprenait à détecter l'insoumis, à ces petits chefs en cravate, à démasquer le corrupteur, à repérer le "rouge", le déclencheur de gronde, le dissident à la marche glorieuse du profit. Ils détectaient au regard, à la gestuelle, à l'air, je faisais cet effort de n'en avoir aucun.

Fallait que je résiste, je m'étais fait la malle, je n'allais pas me payer la honte d'un retour chez mes vieux, ma mère aurait exigé que je lui baise le front et mon père, le bout de son orteil, ou l'inverse.

— Ah, t'es revenu ? Va embrasser le front de ton père et demande-lui pardon.

Je préférais, à l'évocation de ce retour sans gloire, qu'on m'entaille un testicule.

— Putain ! Tu vas appuyer sur ces steaks ! m'a fait le chef. T'as peur de leur faire mal ?!

Je ne mouftais pas, je baissais la tête pour marquer ma docilité, mais tempête sous mon crâne, Fils de pute, tu te crois au temps des colonies, attends, laisse-moi prendre mes marques et je vais te coller une grève des salariés, je vais bloquer ton usine à merde.

Il braillait sans faiblir, le salaud, derrière chacun d'entre nous, et gratifiait lourd :

— Étudiants de merde, vous avez rien dans le bide !

Ça ne pouvait que mal finir et j'avais toutes les raisons de rejoindre Samir.

Le soir, épuisé, je me reconstituais en avalant de grosses bouffées d'air, j'utilisais l'oxygène comme une lessive de l'intérieur du corps. Je me consolais en pensant aux concerts à venir, aux filles qui me feraient des clins d'œil, à mes parents qui me verraient recevoir une Victoire de la musique et qui ne diraient plus, C'est un clochard, mais, C'est un artiste. Je profitais de la hauteur pour planer. Depuis mon balcon je regardais la liberté faite femme. En bas ça grouillait de filles en jupes courtes et Dr. Martens, j'aimais le paradoxe savamment dosé. Elles déambulaient en s'égosillant sur du Madonna, c'était *Everybody*. Elles chantaient, libres et désordonnées. Bizarre : elles tenaient tête à mes idées noires, à ma vie d'écraseur de steaks, de chanteur qui terrorise au lieu de plaire. Ma vie était moche mais la vie était belle, entre les deux je hoquetais. En bas, les gestes s'accomplissaient sans retenue, surtout ceux des filles. Une imbécillité me faisait trouver les moches sexys et appétissantes : j'étais affamé. Leurs mouvements signalaient tout l'espace auquel elles avaient droit, elles riaient fort, leurs voix dépassaient de loin le vacarme masculin et leur cul, la laideur du monde. J'attendais d'être pareil, délesté de mes inhibitions. On aurait dit qu'elles dominaient, on aurait dit que le monde leur appartenait, que c'étaient elles qui le dirigeaient. J'aimais cette rue féminine parce que, pour moi, les filles ne reprochaient pas aux Arabes de manger le pain des Français, elles ne regrettaient pas l'Algérie française, on n'entendait pas dans leur bouche, "Sale bougnoule, rentre chez toi." Elles ne se rasaient pas le crâne non plus. Ce monde m'appartenait, je me sentais en lui comme dans la poche du kangourou. Oubliés, la cité, les morts et les phrases mal conjuguées. J'aimais ce monde sans entraves, mais, de trop près, il m'effrayait car dans le salon, Abdu et Sandrine se mangeaient la bouche, j'ai grimacé, Sont pas dégoûtés ?

Cette fois je leur en voulais de ne pas être en deuil, de ne pas avoir lu ce journal que j'avais volontairement ouvert en grand sur la table basse.

Ils n'avaient pas baladé une demi-paupière sur cette liste qui alignait les morts comme en temps de guerre. Je leur en voulais de ne vivre que pour eux-mêmes. Comment pouvait-on s'aimer dans ce pays qui butait du Reubeu comme on flingue les mouches au vol ?

Comment pouvait-on être noir comme Abdu, avoir comme meilleur ami un Arabe et rester flegme, quasi détendu, devant l'hécatombe et la montée du Front ? Tous ces amis étaient-ils si amis ? Je hoquetais sur le sens de l'amitié. Sandrine, comment pouvait-elle m'aimer moi et ignorer que j'appartenais au clan qui réclamait vengeance ? Ce n'était pourtant pas faute de sermons. Comment ignorer que, derrière le périphérique, la haine enflammait des milliers de cœurs ? Je me taisais pour pas ne plomber leur idylle mais me reprochais de ne pas avoir provoqué la contagion. Je n'avais autour de moi que des âmes à l'état gazeux, des amoureux flottant au-dessus de la mêlée rageuse.

J'ai levé les yeux, Sandrine a fait glisser une main sous les testicules d'Abdu, comme ça, histoire de visiter son domaine africain, sa main allait et venait de l'anus à la racine du zob comme si je n'étais pas là. J'ai pensé, Elle lui masse les couilles ? Devant moi ! Mais je deviens fou. J'ai même grommelé un, Non, là, c'est trop, j'suis chez moi, merde !

— Allez, détends-toi, a râlé Sandrine.

— J'suis pas tendu.

— Non, tu vas juste nous exploser à la gueule d'une minute à l'autre.

— Pas du tout. J'suis cool.

Et c'est le "j'suis cool" qui a fait partir Sandrine en éclat de rire.

— Ouiii ! qu'elle a fait. On sent le mec qui va se prendre un billet pour Katmandou tellement t'es cool.

— Mais non, je vous jure.

— Bon, a conclu Abdu, je m'en vais vous concocter un petit ragoût des contrées locales.

À peine il a disparu dans la cuisine que Sandrine s'est approchée de moi, lentement, presque amoureusement, j'ai flippé, elle sentait le sexe, ça m'a presque étourdi, des vapeurs de sécrétions intimes l'enveloppaient, je ne tenais qu'à un fil de la ligne dite jaune.

Pour me donner une contenance, j'ai enfoncé les mains jusqu'aux poignets dans les poches de mon jean, pognes qu'elle a immédiatement sorties.

— Allez, lâche-toi, t'es tout colère, qu'est-ce qu'il y a ?

— Mais rien !

— Je comprends pas, t'as pourtant fait un super-concert ! Tu vas devenir l'idole de la Ville Rose, paraît même que t'es amoureux ? Ça te plaît pas ?

Sa main glissait sur moi comme un fer à repasser.

— Mais si…

— Bientôt on pourra plus t'approcher, alors j'en profite.

Je m'en voulais d'apparaître aussi rabougri devant des yeux tout à coup de madone et cette puissance des femmes qui ne boudent jamais leur plaisir. Elle a saisi mes poignets et s'est mise à caresser le dos de mes mains, comme pour les dépoussiérer du sable qui les recouvrait. Je serrais les fesses, moins sûr de moi que d'elle, jusque-là personne ne m'avait jamais caressé le dessus des mains. Ni l'arrière des testicules. Sa caresse était ferme, elle ne souffrait d'aucun doute, juste elle voulait sceller un sentiment trop ambigu pour moi. Elle me caressait comme une amoureuse et m'aimait comme un frère et je pensais, C'est quoi encore que cette nuance de merde ! C'est quoi ce coloris qui m'échappe ?

Je découvrais le câlin amical, l'amitié charnelle, c'était ça aussi pour moi être français, une confiance. J'ai humé le goût du privilège, re-aimé ce monde pour ce risque pris de croire en l'autre dans sa différence, et soudain ma princesse d'Orient m'est apparue avec son odeur de menthe et j'ai pensé, Une fille m'aime et celle-là, je veux pas que ce soit ma sœur.

Depuis la cuisine, la voix d'Abdu :

— Gardes-en pour moi, Sandrine, il est énergivore le Kabyle.

— Sois cool, elle a répété avec des yeux de mère et ça me réchauffait le cœur d'en avoir une de substitution, plus jeune que moi, blanche et française.

Me suis même dit, Nous, les Reubeus, on devrait avoir deux mères, une brune pour nous rappeler le passé, l'autre blonde pour ouvrir des lendemains sereins. Un moment, elle m'a pris les joues à deux mains comme on le fait à un gosse et m'a embrassé et j'avais douze ans à nouveau.

Quand je les ai rejoints à la cuisine, un peu plus tard, j'étais sidéré. Abdu découpait les tomates tel un chirurgien, d'un geste patient, il tranchait délicatement, presque avec le respect de l'aliment. J'étais vexé de la finesse du geste, de la dextérité de ses doigts. Avec Sandrine, c'est devenu un ballet de mains expertes, on aurait dit deux frères siamois exécutant une sonate composée au piano avec autant de blanches que de noires. C'était comme la promesse de la famille universelle.

Les légumes, ils n'étaient pas simplement épluchés mais caressés, déshabillés avec grâce. La grâce ? Voilà encore une découverte, une qualité qui me faisait défaut – et je bouillais de tout le retard à rattraper.

Ils se sont à nouveau embrassés, cette fois en bécots sobres, et j'ai dit :

— Je m'enfuis pas.

Il était vingt heures. J'ai allumé la télé, les mômes de Vaulx-en-Velin continuaient leur rodéo, des voitures brûlaient et des gros mots fusaient comme des balles, On va tout brûler !

Mais Sandrine et Abdu n'écoutaient que le bruissement de la cuisson.

— Yasser ! À table !

— Arrête avec ça.

On s'est attablés et devant la délicatesse des plats encore fumants, je comprenais le verbe "manger", réellement manger, je veux dire apprécier le goût. Que savais-je du goût puisque jusque-là j'avais toujours trouvé bon ce que maman posait sur la table ? À leur façon de mastiquer on devinait qu'ils avaient appris à manger, eux ! Chez eux, tout entrait par petites bouchées. Moi, je raclais le fond de l'assiette. Je ne mangeais pas, j'engouffrais, me goinfrais de peur d'avoir faim la minute d'après, ça les a fait sourire. *Fuck.* Soudain mes yeux ont clignoté devant le plat de pâtes qui accompagnait l'irrésistible ragoût de légumes.

— Abdu ! Qu'est-ce t'as fait ?

— Quoi ?

— T'as mis des lardons dans les pâtes !

— Et alors ?

— Tu sais bien que je mange pas de porc.

— Je croyais que t'étais pas musulman ?

— Non, je suis *pas* musulman, c'est pas pour ça que je mange du porc.

— Oh le pénible.

— Mais quoi, le pénible ?

— Tu cries sur tous les toits que t'es athée ! Je comprends pas.

— Mais je suis athée et je mange pas de porc, qu'est-ce qu'il y a de si absurde ?

— Ben que justement, c'est absurde. Et pourquoi tu fais "mmmm" devant les sangliers d'Astérix ?

— Parce qu'ils sont bien dessinés.

J'ai posé ma fourchette, un ange est passé et Sandrine a mal masqué son abattement. J'ai dit :

— OK, je mange pas.

Longtemps que je n'avais pas vu Abdu dans un tel état d'agacement, il en a profité pour m'englober dans un tout déprécié.

— Vous faites chier, on sait plus comment vous prendre. Vous êtes français sans l'être, arabes sans jamais l'avoir été, maintenant musulmans mais sans croire, consultez, les mecs !

Sandrine semblait plus peinée qu'agacée et pour ne pas la désespérer davantage, je me suis servi des pâtes en enlevant méticuleusement tous les petits points roses.

— Tu vois, je mange.

Je ressemblais à l'enfant qui fait plaisir à ses vieux et me suis entendu dire :

— C'est bien.

Un ange est revenu bourdonner au-dessus de nos têtes et je crois avoir entendu à nouveau :

— Sois cool.

Cool, cool, cool, ce mot me sortait par les yeux. En décevant mes amis, je me décevais, tout ça pour des lardons aimablement servis à un athée.

Au boulot, jour après jour, je cherchais des complicités auprès de mes compagnons d'infortune mais rien ne venait, ils étaient intérimaires et ne voulaient pas d'embrouilles. Je tentais d'évaluer la faisabilité d'une révolte mais, pas fou, notre chef d'équipe ne se contentait pas de harceler ou de traquer les "airs", il calculait le potentiel de révolte, étouffait dans l'œuf la moindre velléité en nous changeant de poste toutes les deux heures.

— Chris, tu passes aux frites, Pamela ! La tireuse.

Pamela c'était Houria, ça m'a estomaqué. À l'énoncé de son pseudo, elle a réagi au quart de tour, moi j'en étais encore à un temps de latence, mon cerveau résistait à mon insu et je le sommais, Connard ! Plie, tu t'appelles Chris.

D'un autre côté, je ne lâchais pas Houria pour une complicité à venir. Je m'essayais à la fraternité amoureuse, comme avec Sandrine. Je lui souriais mais comme l'hypocrisie suintait de toutes parts, elle m'ignorait toujours autant.

Je me disais, Pour une fois que je vise pas le cul d'une fille…

Je passais, repassais devant elle, la bousculais délicatement, rien, impassible. Houria, c'était une vilaine à la figure tombante, le corps aplati, la dégaine homme et ça me vexait qu'elle ne tente pas la jointure. Entre vilains, merde ! Elle bossait comme deux mecs, relevant et abaissant la tirette à crème, décrochant et raccrochant la friteuse d'un bras sûr et viril. Elle ouvrait les cartons avec la dextérité d'un robot, rangeait, empilait, triait sans broncher. Évidemment que je me suis encore dit, Tiens, une Arabe, en pensant "esclave". Je la regardais marner docilement, j'en oubliais mes steaks, C'est pas une meuf ça, c'est un robot, sa race !

Quelle complicité pouvait naître de notre origine commune ? J'essayais au maximum d'adoucir mon regard pour lui soutirer quelque sympathie mais que tchi. Une fois, deux fois, dix fois nos regards se croisaient et se fuyaient, le malentendu enflait comme un abcès.

— T'as un problème ?

J'insistais pour lui prouver toute ma bienveillance en adoucissant encore plus mes traits mais elle prenait ça pour un jeu lubrique.

— T'as pas fini ? Bosse ! Me manquait plus qu'un "sale Arabe".

Je n'aimais pas mes congénères en lèche-boules, ils me répugnaient quand ils confortaient le petit patron dans l'idée qu'on était ça, des bêtes dociles et serviables.

Houria, son étroitesse, sa laideur ont fini par me révulser et j'ai commencé à la détester tout à fait d'être à la fois arabe et stupide, de trop correspondre à l'idée qu'on pouvait se faire de la Maghrébine rustique et j'ai fini, au fil des jours, plus grivois. Je l'imaginais toute nue me faire une dégustation tropicale. Voici mon rêve :

— Allez, Schéhérazade, fais zizir à ton vizir.

Délire dans mon crâne.

“Elle se tordait mais subissait en perverse quelques viriles cabrioles de chez Gruss.”

Le songe n'excédait pas dix secondes, elle était trop haineuse pour inspirer la baise. J'ai repris le sens des réalités et pesé la fatalité de sa situation, Pour elle, ce n'est pas un job d'été, sûr ! Faut qu'elle se cramponne sans moufter pour nourrir un homme au chômage qui fait bosser deux doigts sur un ticket plein de la promesse millionnaire et gueule sur trois enfants en bas âge.

L'idée de cabrioles dans mon F1 de la place Jeanne-d'Arc ne lui avait pas traversé l'esprit et que je sois maghrébin l'irritait plus qu'autre chose. Elle était de celles qui se braquent sur l'idée qu'un jeune Reubeu ne peut être qu'un immense branleur.

Vraisemblablement, des Reubeus, elle n'en connaissait pas des férus de Sartre et de Ferré et je ne me sentais pas de la lui jouer littéraire. Orgueilleux, je n'en étais pas moins vierge et être libre loin de mes parents accentuait cette frustration, me fallait baiser, simplement baiser, comme une formalité certes urgente mais nécessaire à tout penseur. Je devais me débarrasser de ce manque qui mangeait ma cervelle et la nuit je crevais les oreillers, je dévastais quiconque n'était pas mâle, maudissais la moindre géographie féminine croisée dans la rue. J'étais si tendu que d'épaisses lunettes noires n'auraient pas suffi à masquer l'hystérie. Être libre et vierge m'assoiffait et lire Flaubert ne suffisait plus à apaiser mes obsessions d'archéologue pubien.

Cette Houria me faisait penser aux cousines de la cité, à la comédie des vertueuses qu'elles jouaient pour plaire à leur mère. Elles ne se faisaient même pas plaisir toutes seules, c'en était à pleurer.

Puis mon chef a fait :

— Chris ! À la caisse !

Le temps de m'essuyer les mains et j'étais à mon poste. La caisse, c'était le meilleur poste, chacun de nous en rêvait pour échapper à l'odeur et jalousait l'enfoiré qui le squattait. Les "faces de cul" comme moi avions peu d'occasions pour "l'accueil". Souvent c'était une fille plutôt jolie qui héritait du trône et puis des fois, miracle ! Des absences, des maladies prolongées nous faisaient espérer, et ce jour-là ! à moi la clientèle !

J'allais me régaler, pouvoir lâcher les imparfaits à foison, les locutions pas dégueu et mon boss aimait ça, qu'on flatte sa prolo clientèle par de jolies formules. Souvent, le morfal de client restait interloqué devant un :

— Pour monsieur, un dessert ? Un sunday caramel peut être ?

Dans mes meilleurs jours, je fracassais en espagnol, en anglais, enfin le strict utilitaire et c'était la jubilation des chefs.

— Je veux mon jouet ! a couiné un petit porcelet en surpoids.

— Oui tout de suite.

— Je veux mon jouet !

Et je rêvais de baffer le môme comme si c'était un adulte, je cherchais un soutien auprès de son père, une admonestation à défaut d'une tarte derrière le crâne mais rien, il épaulait sa progéniture porcine sans la moindre compassion pour le monde ouvrier.

J'en profitais pour vomir le prolétariat, la société du fast-food, les familles endettées jusqu'à l'os qui sacrifient *Le Petit Robert* pour un Double Cheese, trois Fanta citron, des nuggets à la pelle et des frites et encore des frites sucrées de ketchup, beurk.

Au bout d'un temps, la caisse a fini par m'ennuyer, les pauvres m'affaissaient de leur dévotion pour le ketchup sucré. Les têtes rouges relayaient les relous, mes yeux compilaient le smicard bedonnant d'abus d'anxiolytiques et gerbaient le chômeur aux artères fusillées de pastis, je les méprisais de voter Front national, de faire chier ma mère. Ils étaient là, les coupables, et, à l'occasion, je crachais à l'intérieur du burger pour épicer leur poison.

Plus qu'à l'accoutrement, c'était au fond du regard que je lisais la misère intellectuelle, la pauvreté de l'âme, le degré zéro du peuple dans son versant animal et cupide. Le salaud prêt à dégommer celui qui le précède, trop lent, et l'autre de derrière qui lui presse le pas. Là, devant moi, c'était une France flippante qui accordait un blanc-seing pour l'expulsion de mes parents, une France qui exécrait l'Amérique et se bâfrait de hamburgers, adorait le couscous et détestait l'Arabe, ne manquait plus que j'sois tolérant.

C'était tout ce que je retenais de mon poste avancé et j'anticipais des lendemains fratricides.

Je me fanais comme un pétale lorsque, soudain, face à moi, un visage connu, une gueule de mon quartier, Mourad ! Mon ennemi juré et ces deux éclopés, Greg le Gitan et le gros Saïd enroulé de son quintal de gras. Mon souffle s'est coupé net, vite, retrouver des couleurs, parer à toute perturbation de l'ordre public, à une provocation, pour sûr ! Oh pourvu que ces trois-là en me voyant n'attisent pas quelque embrouille, faut pas que je perde mon boulot, peut-être anticiper en tirant un sourire des feuilletons côte ouest. Je serrais les dents quand le chef est passé derrière moi.

— Chris ! Prends la trois !

Pile au moment où Mourad a accaparé le comptoir en question. Ô déveine, ô poisse, ne lui a pas fallu deux secondes pour me percuter.

— Oh, tu chantes plus ? Qu'est-ce tu fais là ?

— C'est pour me faire un peu de ronds.

Il semblait déçu, moi encore plus, d'apparaître en larbin de Blancs, et pour tout à fait m'écrouler mon chef a répété :

— Chris ! On ouvre la caisse.

— Tu t'appelles Chris ? T'as vendu ta maman, frérot ?

— Non c'est juste pour le boulot, sinon toi, ça va ?

— Y t'obligent ?

— Qui ça ? Ah non ! Mais *Madjid*, ça faisait trop compliqué.

— Pour qui ?

— Sinon, la cité, ça va ?

Le rusé restait sur sa ligne.

— C'est parce que t'as un prénom de bicot.

— Pas du tout, c'est moi qu'ai choisi "Chris".

Il dévisageait mon manager qui urinait déjà dans son slip.

— C'est des enculés je te dis, y z'embauchent pas d'Arabes dans ces machins, t'as dû la leur jouer à l'envers pour qu'ils t'aient pris, tu leur as récité La Fontaine !

— Mais non !

Second coup de semonce, le chef, cette fois :

— Chris ! Ça traîne.

Mourad s'est tourné à nouveau vers lui qui la jouait occupé. Puis il m'a fait :

— Tu veux qu'on le démonte, le restaurant ?

— Hein ?

— Si y te parle mal, cette salope ! qu'il a rajouté en montrant mon supérieur, tu veux pas qu'on lui nique sa race de Gaulois ? Deux trous, j'y fais ! Tu veux ?

Affolé, je l'ai dérouté tel un aiguilleur de terre en poussant une commande à pleins poumons :

— Bien monsieur, trois Big Mac ! Trois Triple Cheese ! Six hamburgers et deux boîtes de nuggets !

Tout cela accompagné d'un clin d'œil qui a fait baisser le volume de notre conversation. Mourad a deviné le stratagème, il est resté estomaqué devant le culot que je lui imposais. On inversait les rôles, cette fois ce n'était pas lui le marlou et moi l'enfant de chœur, moraliste et inoffensif, non cette fois j'étais le voyou, le hors-la-loi et comme l'arnaque lui profitait, il restait là, con, déstabilisé. En déposant l'offrande, je les tenais par les parties intimes, parties qui bien entendu jouaient chez ces pieds nickelés le rôle de cerveau. C'est tout juste s'ils ne se les grattaient pas pour comprendre, et s'ils ne se retournaient pas encore et encore sur eux-mêmes sans résoudre l'identité remarquable. Pour couronner mon chef-d'œuvre j'ai poussé la voix :

— Cent moins soixante-cinq et voici trente-cinq pour ces messieurs, bonne soirée.

Non content de les avoir servis royalement, je leur ajoutais trente-cinq francs de monnaie. Ils sont repartis penauds mais avec une moitié de mine réjouie. J'ai fait, Ouf ! Mourad a agité sa main en guise d'au revoir et j'ai répondu d'un clin d'œil hypocrite. C'était ma première contre-offensive contre le grand capital culinaire, en tout cas ma première arnaque dans ma nouvelle vie d'adulte, il avait fallu la présence de trois loubards de mon enfance pour que la contagion s'étende jusqu'au centre-ville. J'ai serré un poing de victoire parce que je n'assumais plus d'être le bon élève, le Beur modèle, le bon Arabe bien élevé. Je voulais me salir pour me rattacher aux pauvres de ma cité, j'agrippais la jambe des misérables pour ne pas les perdre de vue. Je voulais bien de l'ascension, je voulais bien de l'ascenseur à condition qu'il ne m'élève pas trop haut, je voulais qu'il stoppe à des étages décents, le vertige me prenait déjà à quelques centimètres au-dessus des miens.

Avec Pierrick on se rencardait régulièrement sous les arcades de la place du Capitole. Premier réflexe, je planquais mon *Libé* en le glissant sous ma ceinture car c'est *Le Figaro* qui trônait dans les parages. Il me faisait part de ses avancées, des progrès ou des difficultés rencontrées avec les mômes, il était le fil ombilical qui me reliait à la cité. Son compte rendu était des plus spartiates, il n'arrêtait pas de dire, Super ! Génial ! et je ne me doutais pas qu'il tissait une toile, qu'il s'immisçait dans les familles pour rendre sa présence indispensable, non je n'imaginais pas qu'il me cachait un nombre invraisemblable de secrets.

Avant d'attaquer les épineuses embrouilles des familles, j'aimais écouter, assis sur de l'osier, des conversations d'un autre monde, d'un monde où l'estomac est un organe accessoire, j'ai été gâté ce soir-là.

— Mais Caro, le top, c'est l'impromptu.

Le top, c'est l'impromptu, avait lâché mon voisin, je m'imaginais converser de la sorte avec mon amour, mon inconnue, là, au même endroit, me taper des gaufres et du thé et parler comme on peint. Faut que je retienne ça : *Ma chérie, le top, c'est l'impromptu.*

Quand, deux ans plus tôt, j'avais proposé à Pierrick de mettre ses compétences d'étudiant surdoué au service des quartiers nord, tout de suite ses yeux avaient brillé. Il m'avait juste dit :

— J'osais pas t'en parler.

Quoi ? Ça t'intéresse ?

— Tu plaisantes, j'espère ? Ça fait des lustres que j'attends d'être utile, d'être avec les gens, les vrais, d'apporter une pierre…

— Fais gaffe, c'est les quartiers nord…

— Merci, j'avais pas compris Zanzibar.

— C'est du soutien scolaire et les lacunes sont des putains de lacunes, ne t'attends pas à…

— Arrête, tu vas vraiment me vexer, je sais que je suis le petit-bourgeois à sa maman mais j'suis pas totalement décalqué, hé, tu me prends pour qui ?

Sa colère dissolvait la mienne.

— Je te mets juste en garde contre l'illusion de sauver le petit peuple des banlieues.

— Oui d'accord, j'irai avec toute l'humilité du monde, ça te va ?

— Ça me va.

Tout à coup un dring de bicyclette, une main a salué Pierrick. Elle était blonde, une frange sage lui donnait des airs de pucelle. Une veste de cuir ouverte laissait flotter un carré Hermès, une bombe. Gêné, Pierrick a esquissé un geste sobre et la moitié d'un sourire. L'ange est passé, et puis un jugement tout à fait personnel. Enfoiré ! Je l'adorais mon petit-bourgeois rebelle et je l'ai toujours haï de toutes les séduire et presque à son insu, haï qu'il navigue autant dans la drague que dans la compassion, deux attributs qui m'échappaient.

— Alors ? T'en es où, Pierrick ?

— Faut qu'on parle de Krimo.

— Krimo ?

— Oui, le p'tit frère du fou furieux (il parlait de Mourad). Il l'a, sa moyenne en maths.

— Sérieux ?

— Je t'avais dit qu'il aurait des résultats spectaculaires, il les a ! Et du coup j'ai pensé à une chose…

— Laquelle ?

— Le sortir du quartier, l'inscrire ailleurs où il ne retrouverait pas ses copains de la cité, dès qu'ils sont là il perd pied, c'est pour ça qu'il faut l'exfiltrer, le petit.

— Non, non, on n'exfiltre rien du tout.

— Attends, c'est en maths qu'il cartonne, je te dis pas les perspectives, je peux même le suivre individuellement, s'il réussit, je te dis pas le signal.

— Quel signal ? Y a pas d'exemplarité dans les quartiers et je m'y connais, frérot. C'est non ! Même si tu me garantissais des résultats pour les trois ans à venir.

Pierrick est resté muet un moment.

— Je comprends pas.

— Si on exfiltre tous les élèves qui ont de bons résultats, qu'est-ce qui va nous rester ? Les rebuts, les têtes de pioche, faut que le quartier puisse garder ses bons élèves, déjà que les vrais Gaulois fuient la cité comme la peste…

— Et qu'est-ce qu'on fait ?

— Pour l'instant, on colmate.

On boudait mollement quand tout doucement la BX couleur bouteille a longé la terrasse, s'est immobilisée un instant, puis a redémarré. Pierrick était devenu tout pâle.

J'ai attaqué bille en tête :

— Qu'est-ce qui se passe, Pierrick ?

— Pardon ?

— Ces mecs te cherchent, c'est évident, c'est quoi le problème ?

— Je t'assure, j'y comprends rien.

— Pierrick, ces mecs veulent ta peau, tu joues avec le feu, là !

— Mais je te jure, je sais pas ce qu'ils veulent !

— Putain, Pierrick, je suis ton pote !

— Mais je te jure !!

— T'y achètes du shit ?

— Jamais de la vie, je ne fume qu'avec vous ! Tu le sais bien.

Avec cet air de chien supplicié, Pierrick aurait convaincu le juge le plus obtus, plus j'insistais, plus il semblait offensé au point que ça virait à la plus pénible des persécutions. Il restait constant dans l'air innocent et n'en démordait pas, c'est même le doute qui s'est emparé de moi, un doute empreint d'un inexplicable malaise, celui d'endosser le rôle du persécuteur.

Je suis rentré vaseux, la tête pleine de picotements douloureux, et Samira, en bas de chez moi, que deux clients tentaient de convaincre pour une partie à trois, a lâché :

— Je fais pas le bougnoule.

Me suis approché, ça les a fait fuir, elle m'a baisoté d'un doigt sur la bouche et dit :

— C'est quand tu veux.

J'ai répondu

— Merci.

Ému que plus esquintée que moi se batte sans chichis.

— Eh le Madge ? Et si tu le chantais en arabe, le refrain ? m'a demandé Ludo.

— Mais je sais *pas* chanter en arabe.

— Ah bon ?

Ça l'a laissé pantois que je ne connaisse pas ce qu'il croyait être ma langue natale.

— J'suis français, Lude !

— Ouais c'est vrai.

Et j'ai lu la plus grande déception qui soit.

C'était une interminable répétition, les gars coinçaient sur l'opportunité d'un pont en *ré*. J'étais dans ces moments-là hors jeu, réduit à ma plus simple expression, j'entravais chi au solfège mais j'aimais les savoir érudits en la matière, ça flattait mon ego, me donnait l'impression d'en être mais au bout d'un temps je m'ennuyais du charabia et réclamais une pause. L'air de rien, eux préféraient arranger et arranger encore, avec la plus grande rigueur, chaque ligne mélodique, chaque harmonie. J'étais impressionné, j'étais aussi au spectacle.

Riton montrait un schéma rythmique que Polo suivait avec une attention infinie, replié sur sa basse on aurait dit un horloger de la corde. J'aimais ce

Polo-là, rigoureux et sans ego, il ne se battait que contre lui-même, il était son pire ennemi. La répétition, c'était le seul moment où ils se regardaient droit dans les yeux, avec Riton, Polo s'accrochait et frappait le manche du pouce pour imposer sa volonté aux notes les plus têtues. Basse, batterie, c'était le socle rythmique, le duo hermétique, et fallait pas se mêler de la chose. Je ne pouvais m'empêcher de penser à de célèbres duos, McCartney-Lennon, Jagger-Richards, je me disais, Et si…

Mes potos, j'aimais les savoir consciencieux, presque sombres, tout ce sérieux les rendait chers à mon cœur, ça rendait le projet crédible, je n'avais pas affaire à des fanfarons mais, en vérité, à tout ce qu'il y a de plus studieux, il me fallait ce "sérieux" pour y croire, ma légende en dépendait, et puis j'aimais que la musique nous fasse au passage un peu plus amis, nous aide à nous serrer les coudes. Elle seule provoquait des solidarités émouvantes, le reste était trop compliqué.

Ludo, c'était l'orfèvre des harmonies, le maître partoche, c'était le seul à pouvoir lire une grille musicale ou l'écrire, il me fascinait avec ses mots savants. Ça me renversait qu'un mec apte aux plus grands conservatoires se réduise à de la musique binaire, aux chansons à deux accords. Avec un stylo à la main, il donnait une distinction à l'ouvrage et parachevait son expertise par des termes techniques.

— Mais non ! Il part en anacrouse !

Et Bébert concédait.

Ce terme revenait souvent, je savais donc que je partais en anacrouse sans comprendre. Je regardais ensuite ses doigts appuyer sur les touches comme on les trempe dans l'huile ou comme on les plonge dans le sable, elles s'effaçaient sous ses doigts et donnaient à voir une toile qui panachait d'étoiles un ciel prometteur.

J'aimais ces garçons à la fois studieux et désinvoltes, intelligents et tranquilles. Leur capacité à rire d'eux-mêmes bien sûr mais surtout toute l'attention qu'ils m'accordaient. Ils ressemblaient à des lèvres soufflant sur la flamme que je me faisais fort d'incarner. Puis j'ai dit, Je veux des notes politiques ! Les malheureux s'acharnaient à décortiquer toute la gamme des accords mineurs supposément concernés.

— *Sol* sept ! *Sol* sept ! Je crois qu'on l'a.

J'en tombais des nues, Putain ! La politique a son langage en musique ! J'suis sauvé.

J'aimais l'absence de suspicion, cette croyance en moi qui les musclait. Je les impressionnais en évoquant l'utilité idéologique des notes, en vérité je m'emboucanais dans un bavardage de gaz.

— Les gars, je veux quelque chose d'urgent.

— *Ré* mineur, les gars !

J'étais ébloui, ils me jugeaient légitime dans mes *hyperparaboles* foireuses. Ça me changeait de ce que j'avais toujours connu. Dans la cité, on doutait de mes échafaudages verbaux, dans le groupe, ils m'écoutaient comme on tend l'oreille au premier vrombissement d'un moteur.

— Je veux des accords de gauche, les gars !

— *Mi* bémol !

Et ça les fascinait car j'osais l'hyperbole sans rien connaître de la musique et c'est parce que je n'y connaissais rien que j'osais. À un moment, Polo a torturé sa basse avec entre les doigts un mégot qui entamait le filtre.

— Accord de gauche, il boit trop d'Évian.

Note après note, ils accouchaient de chansons comme d'un nouveau patrimoine auquel j'allais appartenir. Ils tenaient leurs promesses d'un embarquement immédiat.

Enfin, la pause.

Trop heureux de l'injonction, Ludo s'est frotté les mains comme à l'entame d'une belle assiette, trop content de confectionner ce qu'il appelait un "assassin", il s'est mis à rouler puis a allumé son cône en inspirant comme s'il voulait gonfler tout son corps de fumée, comme s'il voulait s'envoler. Il m'a tendu le chef-d'œuvre fait main.

— Tu verras, avec celui-là deux taffes et tu pars en quinconce !

— En quinconce ?

— Oui le Madge, tu vas te tordre dans tous les sens.

Et effectivement, j'ai tiré et j'suis parti en escalier très vite, en cascades de rires qui ne voulaient pas s'interrompre au point qu'on me déconseilla plus tard la deuxième taffe, celle qui déclenche les introspections. Mes propres initiateurs redoutaient des éclats intempestifs et me suppliaient de ne pas trop aspirer sous peine d'y laisser la raison. Ils redoutaient d'obscures crises révélatrices d'un fond sombre, ils avaient peur de ces charges que je déclenchais à l'improviste. Peut-être n'avaient-ils pas si tort, mes rires révélaient trop d'excès et je m'effrayais d'avoir à me débarrasser d'autant de névroses. Si mes potes fumaient, je suppose que c'était dans le but d'atteindre quelque spiritualité, d'accéder à des stades de zénitude hindoue, certainement ils cherchaient à décrocher, moi au contraire à m'agripper.

Ils se sont assis en tailleur et j'ai eu du mal à croiser mes jambes. Et merde ! Alors je les ai allongées, déçu de ne pas avoir la souplesse escomptée, celle qui fait illusion de sagesse. Ils riaient tels des renards niquant le corbeau et je passais pour le blaireau tendu, pour le Blanc sous la hutte des Sioux, c'était la meilleure celle-là. Moi ? Passer pour un Blanc au milieu de visages roses et repus, aussi amicaux soient-ils ? Je boudais de ne pas être à la hauteur des bonzes, je politisais tout. Non seulement je décevais mes potes mais je les effrayais presque. Et j'entendais chuchoter :

— Merde, il est parti.

Je vous fais donc le Madge quand il part en quinconce.

— Les gars, on n'est pas des musiciens, on est des moyens de transport et le contenu du transport ? Des colères, des wagons de colère qu'on doit acheminer jusque dans les territoires perdus. Vous êtes le moteur, j'apporte le carburant, on est la locomotive.

Riton, malicieux et qui n'en ratait pas une :

— Mais ce carburant, il est plutôt diesel ou essence ?

— Peu importe, il enflamme.

— Ah non ! a corrigé Abdu, y en a un des deux qui pollue l'air.

Et je cherchais au milieu des éléphants roses à comprendre l'allusion.

À l'inverse des potos, je fumais donc comme on s'arme d'un sabre pour trancher des gorges, me venger des interdits. En vérité je ne voulais ni tendre la joue ni détendre l'atmosphère, je pensais simplement qu'en fumant j'irais à la rencontre de quelque coupable de mon mauvais état. J'attendais qu'un doigt d'en haut me désigne :

— Hey toi ! C'est péché ce que tu fais !
Et moi de répondre :
— Le péché, j'y pisse à la raie !

Je m'étais assoupi quand Riton a lancé le décompte, un, deux, trois, quatre, et, comme un seul homme, ils ont fait jaillir une vague sonore en guise d'intro.

Bébert aimait ces moments musicaux où je ne chantais pas, ça lui permettait de lancer des chorus d'école hendrixienne et je flottais dans des ailleurs qui faisaient la nique aux autres jours de la semaine. Ce bonheur pouvait durer des heures et on ne savait jamais l'endroit qui verrait notre barque enfin accoster.

Au bout d'une heure je me suis rendu compte qu'on venait de donner à nos oreilles leur ratio de décibels et qu'il était temps que je rentre, je me sentais bien, on venait de boucler un titre supplémentaire et l'impression d'avancer m'accrochait des ailes aux épaules. Je susurrais, À quand la gloire ?

On roulait sur des routes secondaires. *C'est moi l'Italien*, crachait l'autoradio dépourvu de fréquences basses. Je conduisais, triste, avec cette impression étrange d'une marche arrière, un périple à l'opposé de la gloire. À perte de vue, des choses du passé, sur les murs des "toulousaines" des réclames fanées, mangées par la pluie, de grosses lettres en violet flétri, des marques de vieux pastis, Dubonnet, Byrrh ou d'essence Esso, des mots morts de vieillesse et puis des clochers sans cloche, moribonds, des champs de maïs coupé qui ne menaient nulle part, des étendues de terre retournée, des bocages et des villages aux suffixes occitans, pour m'égayer j'ai dit à Abdu :

— On vient de rentrer en France, frérot, planque-toi !

— Tu crois ?

— On entre en France, je te dis ! Ça sent la poule au pot, le graillon, tu vas finir dans la marmite.

— Euh non, au pire je finis aux champs avec un collier autour du cou, c'est toi qui vas cuire, le bougnoule à la truffe blanche, paraît que ça a un de ces fumets…

— Tu crois ?

— Sûr, j'en viens.

— Cannibale.

Derrière, ça riait gourmand.

Au bout d'un chemin caillouteux, j'ai soufflé, on venait d'arriver. C'était une auberge un peu à l'écart du village. Pour un peu on aurait pensé à un saloon façon western tout arc-bouté sur d'énormes troncs de bois qui lui donnaient un charme bucolique. Instinctivement, j'ai boudé d'avoir à jouer une énième fois pour un marchand de bière, de la cambrousse cette fois. J'ai pensé fuir le brasseur pour ne pas avoir à subir l'injonction récurrente, Vous me les faites boire ce soir ! Ou pire, la question qui tue le Reubeu, T'es d'où ?

Pas ce jour-là.

Ce jour-là fut un jour de camaraderie rare.

À peine éteint le moteur que c'est des sourires de jeunes filles qui nous ont accueillis. Une dizaine de coquines aux tronches de fraises appétissantes ont ouvert des bras généreux qui nous ont laissés béats. Je n'en revenais pas, on aurait dit des retrouvailles de cousins lointains. Riton roulait des yeux avant même les présentations, en suivant son regard je l'ai trouvé mufle à souhait et me suis permis un haussement d'épaules. Les Pénélope étaient sexe sans être sexy, accoutrées indifféremment hors temps ou actuelles avec des sweats de groupes de rock alternatif siglés Hot Pants ou Bérurier Noir, des godillots aux lacets défaits et des boots Undercover, des Creepers en similicuir, des bandanas pour les unes, portés façon résistante latine, mais aussi des casquettes hip-hop pour les autres, des salopettes et des bleus de travail qui paradoxalement les embellissaient car elles n'étaient pas dans la séduction mais tout simplement elles-mêmes, pimpantes et rieuses et ça m'a plu. On aurait dit une troupe, genre commedia dell'arte, dénonçant les abus de la société de consommation. Plus que des cousins, on s'est fait embrasser comme des frères revenus du front, des héros, c'était troublant. Je n'en restais pas moins sur le qui-vive car j'attendais un maître des lieux, un chieur, quelqu'un qui allait recadrer la scène, mais rien. La bonne humeur n'était pas factice.

— Allez, venez boire un coup.

— On décharge pas d'abord ?

— On s'en occupe.

Le ciel s'ouvrait d'un bleu de bord de mer Caraïbes. Cette prairie singulière sentait les douze mois de vacances comme aux îles et moi, paranoïaque à souhait, je redoutais l'orage à venir comme je doutais de la bonne humeur ambiante et je m'interrogeais, Qu'est-ce que ça cache ?

Pendant que je supputais, mes compagnons de route s'étaient déjà attablés autour d'énormes chopes de bière, puis une invitation :

— Le Madge ! Qu'est-ce tu fous ? Viens boire un coup !

— Mais oui, Madge, viens ! ont relancé quelques filles.

Me suis exécuté fissa pour ne pas passer pour le farouche de la bande et l'une d'entre elles m'a fait, Regarde ! Elle pointait le bout de son doigt vers la clairière au loin où flottait, tout en haut d'un mât, le drapeau palestinien. Mon cerveau a fait *pshshsh !* Je n'en revenais pas. Quoi ? Un drapeau palestinien dans la campagne gersoise ? Je suis resté dubitatif et puis une réflexion, Et dire qu'il n'y en a pas flottant de la sorte au-dessus des barres de béton, c'est quoi cette mascarade ? Et j'ai effectivement dit :

— C'est quoi ?

— Notre combat pour la justice, on est à vos côtés.

Elle disait “à vos côtés” comme si je combattais sur la ligne de front, moi qui me reprochais de n'être qu'une plume inoffensive, je laissai aller l'idée que je guerroyais. “À vos côtés”, les mots ont rebondi dans ma tête comme du popcorn, j'ai dit :

— Merci.

— Merci de quoi ? On lit tes textes, tu sais.

Pourtant, elles ne défendaient pas cette cause pour mon bon plaisir, c'était une conviction et elles ne m'avaient pas attendu pour se battre.

C'était la première fois qu'on évoquait mes textes dans ce qu'ils révélaient de combat tiers-mondiste et ça a rafraîchi mon cœur, le sentiment d'être utile ne m'était jamais apparu aussi flagrant, il me frappait de plein fouet et tout ça ne se passait pas, comme attendu, en banlieue, mais en pleine cambrousse. Ça m'a désarçonné. La lutte existait là où je m'y attendais le moins, dans un lieu jamais foulé par des Arabes. Ici, c'était l'auteur qu'ils attendaient plus que ma personne, et le groupe plus que les musiciens. Nous étions là pour des idées, la musique n'était que le transport de ces dernières et j'ai pensé, Du sens ! On existe enfin pour du sens.

Jusque-là, je ne m'étais intéressé qu'à ceux qui portaient une attention à la réalité urbaine du pays, le reste me laissait, si j'ose dire, de bois et, sublime étonnement, c'était là, loin des remous de la ville, que mon message résonnait.

Oui, là, dans “la petite maison dans la prairie”, mon cerveau s'ouvrait à quelque chose d'inédit, un bouillonnement d'idées progressistes et loin du vacarme. Par petites touches ces gens nous rendaient hommage et l'envie m'a pris de faire des excuses pour avoir douté, tiré la tronche et presque méprisé les lieux.

Ces gens-là vivaient dans leur petit îlot sans ignorer le reste du monde quand je regardais mon minuscule nombril. Une leçon. Ils vivaient heureux mais conscients de la déliquescence. D'un haut-parleur voisin, Cookie Dingler faisait trémousser sa *Femme libérée*, il était repris çà et là sans complexe et moi qui connaissais le refrain par cœur, je me suis tu, perplexe.

Mais où était donc mon béton ? Mon armée de jeunes basanés prêts à en découdre avec le Front national ?

Je me dégoûtais d'encore mépriser les "Blancs" qui ne vivaient qu'entre eux, j'avais cet odieux a priori que sans la présence de Noirs ou d'Arabes, les cœurs ne pouvaient être que fermés. Je prenais les victimes pour des héros, quel con !

Ceux-là étaient plus palestiniens que moi. Si Samir et Momo voyaient ça, ils choperaient des hoquets d'épileptiques.

Je commençais à être pompette quand une blonde couettée est venue s'asseoir sur ma cuisse.

— C'est chouette que vous soyez là.

J'ai dû répondre une banalité à se jeter dans les orties et, tout en causant, ses mains peignaient les barbelés qui me servaient de cheveux. Était-ce un geste innocent ? Ses doigts couraient le long de mon crâne avec un incompréhensible naturel. Elle me drague ou je n'y comprends plus rien ?

Alors ma main désinhibée s'est mise en tête d'aller plus avant. J'allais la poser sur sa cuisse de biche costaude quand un groupe informel de filles s'est approché du cul du camion.

— Vanessa, tu viens ?

Et ma Juliette s'est arrachée comme si la seconde d'avant je n'avais pas été là. Elle s'était assise sur mes cuisses comme sur un bout de bois, ça m'a vexé.

Armées de gants visiblement trop larges, elles se sont mises à décharger l'estafette dans une démonstration de virilité touchante. Aussi bien les filles que les garçons portaient indifféremment les caisses les plus lourdes. C'était presque être galant que de les laisser se débrouiller.

Quand la malle arrière s'est refermée, ma Vanessa s'est jetée bouche grande ouverte sur une brunette au crâne rasé qui gardait ses mains dans le dos dans une volonté d'être proie. Pareille sensualité, je n'avais vu ça qu'à l'écran. L'une semblait dire, Je prends, et l'autre, Sers-toi. Ce n'étaient pas des baisers mais deux désirs à égal état de fusion et j'en voulais à la terre entière de ne pas me donner l'occasion de subir pareil assaut.

Pour m'achever, elles ont ensuite porté nos sacs jusque dans la loge. Jamais ailleurs je n'avais vécu pareil accueil.

À peine achevé le déchargement qu'une jeune fille et un couple m'ont abordé courtoisement pour boire un coup.

Encore !

Boire un coup, c'était une formule, pendant plus d'une heure j'ai écouté le plus émouvant des récits et pas l'ombre d'une mousse. L'homme, largement plus âgé que les fleurs qui l'épaulaient, est allé droit au but.

— Nous, ici, on prend pas parti, c'est le peuple palestinien qui nous touche, on croit que la Palestine a droit à un État et qu'Israël se sert des divisions internes pour coloniser toutes les terres et ça c'est dégueulasse !

Une des jeunes filles aux petites taches rouquines, au visage poupon, à la coupe au bol mais aux lèvres effacées, l'a relayé.

— On se bagarre pour se jumeler avec Ramallah, on veut pouvoir accueillir des étudiants ou des blessés pour qu'ils puissent se faire opérer dans de bonnes conditions, d'ailleurs la recette de ce soir servira à construire une maison d'accueil.

Je l'ai regardée, atterré qu'autant de douceur s'attelle à des préoccupations aussi rêches, j'en étais renversé, quasi blême d'être fessé de la sorte.

Ils déroulaient, ces gens-là, un argumentaire paisible, point de haine, je guettais même un éventuel antisémitisme qui n'apparut jamais. C'était simplement un militantisme rafraîchissant, jusque-là je n'en connaissais que de tristes et me sentais connard avec ma bataille des banlieues et ma lutte pour la soi-disant égalité des droits, ils étaient eux sur le combat des combats qui venait la veille de faire des centaines de morts. Des GI cette fois, victimes à Beyrouth d'un attentat revendiqué par quelque groupe djihadiste pro-iranien.

À un moment, des accords de guitare se sont fait entendre, j'ai reconnu le jeu de Bébert et j'ai pensé que c'était bien triste de se préoccuper des balances quand on avait le privilège d'être accueilli avec autant de délicatesse, que Bébert aurait pu faire preuve de plus de panache en accordant une tout autre attention à ces hôtes d'une rare qualité.

— On sait qu'il n'y a pas les bons d'un côté et les mauvais de l'autre mais les Palestiniens ça fait quarante ans que ça dure. On veut vous dire qu'on est fiers qu'un groupe comme le vôtre soit à nos côtés.

J'suis devenu tout petit devant le trop grand hommage, tout petit mais rassuré de ne pas être le saltimbanque des samedis soir, l'allumé des chimères, ma tête sortait de l'eau *in extremis*, je retrouvais des couleurs, du sens à ma vie. L'air de rien, ces gens me réconciliaient avec ce que je voulais être, un genre à la fois festif et concerné.

Pendant la conversation, je notais tout, autour de moi, l'activité incessante d'abeilles autour d'une ruche, elles étaient aussi bien au comptoir qu'agrippées à quelque façade pour installer la sono, on aurait dit une tribu baba cool si ce n'était le sérieux de la mise en place et je me suis mis à rêver qu'un jour, dans la cité, les filles les imiteraient.

C'est une odeur de canard grillé qui m'a mis mal, la faim a tricoté mes entrailles, c'était douloureux. Pas pu m'empêcher de rôder du côté des barbecues géants que des mains de rugbymen éventaient à grands coups de couvercles de poubelles qui rougissaient certes le charbon de bois mais dégageaient un fumet assassin. Quand est-ce qu'on mange ? Non je n'allais pas poser la question à des gens qui se nourrissaient d'espoir, chez moi le morfal ne quittait jamais les zones de l'esprit, j'ai eu honte, encore.

Le soir, enfin, le public est arrivé en nombre, à la caisse une queue interminable et désinvolte patientait, c'était beau. Une faune paisible à l'image des organisateurs de la soirée. Des gens de tous âges qui partageaient le rêve d'un monde où on se tiendrait par la main et qui, pour beaucoup, avaient fait des dizaines de kilomètres. Tous ne venaient pas soutenir la cause palestinienne mais ils étaient fiévreux, souriants. Dans ma cité, on n'aurait pas vendu un billet.

Comment autant de gens pouvaient se donner autant de peine ? Rouler sur des routes sinueuses et étroites pour un groupe inconnu comme le nôtre ? Ça faisait chaud au cœur, ce sentiment d'être attendus. À travers la vitre de notre loge le spectacle de la foule amassée m'accrochait des palmes au cœur. Adieu l'estafette et son volant sans direction assistée, adieu l'hôtel Formule 1 aux lits superposés et aux chiottes autonettoyantes, l'odeur de bites macérées des sudations.

J'ai fait signe à Riton pour qu'il s'approche et régale ses yeux de la foule radieuse. Dieu sait quel frisson ça lui a procuré, il en avait la lèvre pendante et je soupçonnais un plaisir plus trivial. Il en soupait, lui aussi, des salles vides, de mes injonctions pathétiques. Tous ces gens ! Il cherchait ses mots.

— Putain c'est beau.

— Oui, c'est beau.

Et j'étais d'accord avec lui, le “nombre”, des fois, c'est beau. Oubliées, les fêlures et la vie de clochards, nos âmes planaient. Tout à sa joie, à son tour il m'a fait :

— Regarde !

J'ai collé à nouveau mon front sur la vitre et ma tête a chuté.

— Je t'ai pas dit, j'ai invité Caro, Pat' et Cathie.

Patatras, l'impression de descendre un escalier sur le dos, je ne les avais pas reconnues. Ce fourbe à baguettes avait invité des anciennes du lycée croisées par hasard la veille et mon tableau citoyen a soudain vu fondre ses couleurs. Elles apparaissaient comme des taches au beau milieu d'une croûte superbe.

Déveine de chez déveine. Je ne voulais ce soir que des inconnus, je voulais qu'on me découvre comme je découvrais ces anonymes sublimes mais là, de vieux souvenirs d'autrefois ternissaient la vue.

Deux heures plus tard, la salle craquait tellement elle était bondée.

De la loge, j'apercevais des paires d'yeux jusqu'aux fenêtres de l'étage au-dessus, ces yeux c'étaient des cordes pour toucher la lune, des bouées, n'importe quoi qui vous sauve. Quant au bar, il servait de balcon pour les plus agiles et autorisation avait vraisemblablement été donnée d'investir le plus petit recoin.

Dès les premiers accords de ska, les plus fougueux sont montés sur scène et se sont jetés dans la foule, d'autres ont grimpé sur la poutrelle qui portait les murs et s'élançaient dans des plongeons héroïques. Ils se jetaient et mille bras les faisaient rouler jusqu'au fond de la salle, des corps dansaient la tête en bas, des jambes côtoyaient des têtes, le parterre devenait plafond.

Deux heures durant ça a pogoté dans l'allégresse, et quelle récompense que des corps qui s'agitent sans jamais se violenter ! À mon tour, je me suis jeté, surpris qu'on me maintienne comme une feuille à la surface de l'eau.

Je me suis vu faire le tour de tout l'établissement à l'horizontale mais au-dessus des têtes, j'ai dû penser, J'y suis.

Bébert en profitait pour accaparer le milieu de la scène et singeait à la fois Hendrix pour les chorus et le guitariste des Clash pour la gestuelle. Riton supervisait ce qu'il appelait les "avions", autrement dit les filles susceptibles d'accrocher les dards, il furetait tel un rongeur et sélectionnait les avenantes. Je détestais cet air faussement romantique qui cachait la dalle d'un prédateur. Ludo, lui, attendait les passages où il ne jouait pas des claviers pour un séjour dans des volutes marrakchies, il semblait dire, L'extase est là. Polo tournait le dos au public, attentif au tempo donné par la batterie, il cherchait en vain une complicité avec Riton qui rencardait déjà quelques gazières par un langage compris de lui seul.

Revenu sur scène, je captais dans les yeux de Polo, Bébert et Ludo la plus belle des récompenses, le bonheur d'une salle bondée. Demain, c'était sûr, nous ferions la une des journaux locaux et en gros caractères on lirait, *Ils ont mis le feu !*

Autant dire qu'on a fini en serpillières dans ce qui nous servait de loge. J'étais tout sourire et ma virilité ancestrale m'empêchait d'aller embrasser mes musiciens. Assis sur un coin de table, je souriais, revisitais mon concert avec de la nostalgie plein les naseaux, un flot débordant de frissons. En passant, Riton m'a caressé le dos, et me suis senti frère d'un mec qui n'avait pas les mêmes parents que moi, j'étais presque effrayé à l'idée de ne plus revivre pareille émotion. Il s'est habillé très vite, il voulait enclencher le troisième acte, Les meufs, putain, les meufs !

Bébert a dit :

— Attends-moi !

J'ai pensé, Les cons, y m'abandonnent ! et en moins d'une minute je les ai moins aimés.

Je n'aurais d'ailleurs pas eu le temps d'un moment "à nous" parce que, très vite, des amazones désarmées se sont assises un peu partout pour disserter de l'impact des musiques urbaines en milieu protégé (en français, elles nous caressaient déjà qui le dos, qui l'avant-bras ou la cuisse). Tout dans ma pudeur de Berbère mal dégrossi, je repoussais les mains curieuses et les têtes chercheuses en simulant des douleurs au ventre. C'est que j'attendais une décence, une approche diplomatique, des belles manières qui auraient ménagé mon angoisse mais rien n'est venu, on me happait comme un appétissant insecte.

— Euh, non, attends.

Je rejetais les assauts et sans peine je devinais les conclusions, Quel con.

Pour sauver les apparences, j'ai feint des douleurs, puis l'envie de pipi, puis l'envie d'autre chose, je me voyais mal finir en cabrioles dans les chambres du haut après avoir évoqué auprès de nos hôtes le tiers-monde et la tragédie palestinienne. Je ne m'imaginais pas laisser une telle image du groupe alors que la troupe qui nous avait accueillis nettoyait déjà la salle, rangeait le matériel sonore dans un coin et les instruments dans leurs caisses respectives, tout ça en fredonnant :

— Le propre ! Des ratures !

Ce fut ma seule consolation. J'ai erré des heures, d'une pièce à l'autre et de la terrasse au bar, ce n'étaient que bites et culottes bariolées. Je n'aurais jamais cru qu'un jour je puisse être révulsé par pareil tableau et c'est là que Riton s'est rué sur moi.

— Madge, viens ! On baise !

Oh la jolie phrase tant espérée et je me la répétais sur un ton interrogatif comme pour y croire. On baise ?

Malheur ! Mon cerveau ouvert en deux organisait la migraine.

— Oh ! Tu milites ou tu baises ?

Deuxième salve.

— Eh ! Flaubert ! Viens ! On va baiser.

Ce verbe était conjugué à tous les temps – on va baiser, on baise, on a baisé. Aucun ne m'allait.

Viens ! On va baiser. Y a-t-il proposition plus alléchante dans la vie ? Non ! Pas quand on a comme moi les testicules sur la plaque chauffante, pas quand on a les dents sèches et la lèvre pendue ! Pas quand on est comme moi décarcasseur de matelas, pourfendeur d'Épéda, éclateur d'oreillers ! Ensuite comme aspiré par un typhon je suis monté voir ce qui se tramait dans les chambres du haut. Évidemment, je suis tombé sur Riton affalé sur un vieux canapé moutarde, tout dégonflé, il faisait tournoyer ses baguettes tout en baisotant des joues, des cous, des doigts, à ses côtés Bébert, mon adorable Bébert, tétait le sein d'une fille endormie. Ça ressemblait à une partouze avec un quelque chose d'innocent certainement dû à l'envie de tous de n'importe quoi, mais de son plein gré.

— Regarde, y a Caro, Patou, Cathie !

Si Riton avait retenu les prénoms, moi, j'avais immatriculé de cette époque les arrière-trains, tous ces rebondis qui ne voulaient pas de ma main baladeuse au lycée. Mais à qui la faute ? Je m'étais présenté en poète lunaire asexué, en innocent hilare, tout le contraire de ma vraie nature. Je jouais les indifférents à la fesse et les belles l'avaient si bien compris qu'elles l'avaient pris pour argent comptant, presque déçues que je ne sois pas plus canin. D'une rime riche à l'autre, j'avais fini par passer pour l'abbé Madge. Confiantes pendant la récré, elles se couchaient sur mon épaule qu'elles croyaient innocente mais dans ma culotte la bête brune dansait la *Marche turque*. Je me contentais de petits bouts de bouts de peau échappés d'un soutien-gorge radin, et de les voir, là, baiser dans l'hilarité m'a refroidi. Baiser en riant, c'était une notion qui m'était total étrangère. Oui ! me suis dit. Je sais ! C'est parce que je suis *pas cool*.

Pour échapper définitivement à l'injonction de baiser, je me suis caché derrière le frigo. Rabougri, je voyais mes potes passer de l'une à l'autre, le zizi au vent, puis je les voyais elles, assises et rebondissant sur des pieux téméraires et sans orgueil, c'était la chorégraphie des lunes, une gestuelle bonhomme comme si tout ça n'était pas grave. Ces derrières écartés de plein gré, je leur donnais la parole, Plus fort, et encore, Vas-y, fais-moi mal, écorne-moi la feuille, et autres, Ouvre la geôle.

Puis Ludo, déchiré, le regard en feuille d'automne, m'a tiré par la manche et m'a glissé à l'oreille :

— Y a ma sœur, connard !

Là je me suis totalement raidi, ce n'était plus une partouze, ça virait à l'inceste et je me dégoûtais un court instant d'être affilié à de pareils dégénérés. Mais, au fond, où était le crime si je soulevais sa sœur devant ses yeux approbateurs, n'étais-je pas français ? S'il s'était agi de la mienne je l'eusse émasculé féroce mon Ludo, ouais c'est sûr, peut-être l'aurais-je giflée elle, et j'ai eu pitié de moi.

À nouveau, Riton, Heineken à la pogne, m'a fait :

— Viens on monte ! et, deux doigts sur le bout de son nez, m'a lâché : Ça sent la fève !

Comme si je ne comprenais plus le français, il sautait tel un cabri d'un boule à l'autre. Il m'a répété toute la soirée, Viens on baise !

Et finalement, je me suis endormi sur le volant de l'estafette.

C'est que la baise collective, je ne la sentais pas. Je ne me sentais pas de montrer mes poignées d'amour, de mettre à nu tout ce gras qui m'enrobait, à ces Caro, Patou ou Cathie que je ne désirais pas revoir. Je ne voulais pas réapparaître en poète impuissant, je ne voulais pas non plus exhiber mes choses comme le faisaient Riton, Ludo et les autres. Jamais compris l'éducation qui avait permis une telle libération des mœurs. Mon père à moi n'avait pas vu mon torse depuis belle lurette, un poil qui dépassait d'une cuisse et il nous renvoyait d'un, Va te couvrir, fils d'orpheline !

Façon de dire qu'on n'appartenait à aucune lignée marabout ou digne de ce nom. Par contre, devenus adolescents, ma mère aurait aimé profiter encore de nos corps qu'elle se faisait un plaisir d'astiquer à la brosse de pin, c'est nous qui avions, de guerre lasse, mis fin à la torture hebdomadaire à coups de hurlements devenus rauques.

Mes potes baisaient donc toute intimité ballante, moi j'enrageais de voir se prolonger ma virginité.

J'ai dit à Pierrick, Je t'accompagne au quartier, je dois voir Samir. Il m'attendait en bas de chez moi, l'intrépide tapait la causette avec Samira, ma petite pute chérie, qui lui faisait des yeux de *welcome home*. Il parlait comme une mitraillette et Samira riait avant qu'il n'ait fini ses phrases, c'est dans cette anticipation du vis-à-vis qu'on devine l'agrément, la reddition sans condition. J'en restais bouche bée, de sa propension à faire rire les filles immédiatement. Je mesurais la force de son charme, sa férocité dragueuse, quand d'irascibles souteneurs ont débarqué.

— Oh garçon, qu'est-ce tu fais là ?

— Non rien, je tenais juste la conversation.

— La conversation ? Va la tenir à ta mère, allez, déplace ton corps…

Tout de suite, j'ai reconnu celui qu'on appelait Truelle, cause à sa capacité à avaler trois assiettes de couscous à la file. C'était un gros mais épais de partout, une masse qu'il était bon d'interpeller le ton bas.

— C'est ton pote ? m'a fait Truelle.

— Ouais, ouais, c'est mon pote ! que j'ai fait, affolé.

— Alors affranchis-le, cousin ! Si y veut encore parler avec sa bouche.

— Pas de souci, on y va.

J'ai saisi Pierrick par le bras :

— T'es trop dangereux toi, tu sais pas que c'est une pute ?

— Et alors, elle a pas le droit de causer un peu ?

— Ben non, elle taffe.

Son visage s'est aussitôt fermé. Choqué que je cautionne ces abominables règles de la rue.

— Eh, je viens de te sauver la peau là, tu me dois deux incisives.

Ma petite vanne l'a détendu.

— T'es un vrai chalut, Pierrick.

— Mais pas du tout !

— T'es effrayant, je te dis.

— Mais crois-moi ! Je lui parlais de l'ennui, de rien d'autre.

On s'est arrêtés, je l'ai fixé droit dans les yeux et son honnêteté viscérale a concédé un sourire.

À peine le temps de sortir les clés de ma poche que mes épaules se sont brutalement affaissées, mon phare avant gauche bâillait sur un côté de l'aile, explosé, vraisemblablement par un savant coup de pompe. J'ai d'abord regardé Pierrick pour lui soutirer des explications mais j'ai vite changé d'avis, fatigué de jouer le "harceleur". Je comptais pourtant bien qu'un de ces jours il s'explique. Sans commentaire, j'ai enfoncé le phare dans son habitacle et pris la direction de la cité.

À l'approche des premiers bâtiments, j'ai senti Pierrick sur ses gardes, furetant les alentours puis se frottant les mains comme s'il avait froid, j'ai demandé :

— T'as qui aujourd'hui ?

— Hein ?

— T'as qui comme élève ? que j'ai appuyé.

— La… la… la petite Souad, Omar, Krimo, Louisa bien sûr et j'sais plus.

Il abrégeait, d'autres préoccupations lui occupaient l'esprit.

À peine extrait du véhicule, Pierrick a levé la tête en direction de la grande tour, espérant qu'on l'accueille. En entrant dans la cité il a repris des couleurs. Me suis dit, Y se prend pour Martin Guerre, ma parole ! Il est content.

Et en effet, des mains se sont agitées à tous les étages, il a rendu la politesse. J'ai grommelé, Et ça fait le joli cœur, quel con !

Devant le porche, moi, c'est Djibou qui m'attendait. Anticipant son flow, d'un doigt sur la bouche je lui ai ordonné de se taire.

— Juste un p'tit bout, qu'il a tenté.

— Pas le temps Dji, j'ai pas le temps.

Il a tourné les talons sans demander son reste mais en blasphémant à mon endroit, Poète de mes couilles !

— Qu'est-ce t'as dit ? Djibou, fais gaffe !

Il venait de réajuster son casque de walkman.

Après avoir serré quelques paluches, Pierrick a rejoint ses élèves dans la grande salle, Momo et Samir m'attendaient dans le bureau d'Hélène. On s'est checkés mollement et le temps pour moi de choisir mes mots, Samir s'est confondu en excuses.

— Excuse-moi pour l'autre jour chez toi…

Je n'en attendais pas moins et ça a posé les conditions d'un dialogue apaisé.

— J'ai rien contre tes musiciens, tu diras à Riton qu'il m'excuse, j'ai un peu dépassé les bornes.

— T'inquiète, je m'accroche aussi avec eux.

À sa façon indolente de déglutir son café, il ne me convainquait qu'à moitié. Je sentais les excuses en carton-pâte. Sa bouche s'exprimait mais les mots qui en sortaient n'étaient pas reliés à un organe vital. Je ne comprenais pas cette haine qui l'accaparait ces derniers temps. Comme une fièvre, ses colères devenaient mauvaises. Tous ces morts qu'il exhibait, on aurait dit qu'ils lui appartenaient. Il s'appropriait les deuils et les dépouilles comme des membres de sa famille, je trouvais ça indécent, on n'allait quand même pas jouer à celui qui compatit le plus, je m'y refusais, c'était comme si la mort donnait un sens à sa vie, je le découvrais morbide et sans scrupule.

Hélène est entrée les bras chargés de ramettes de papier qu'elle venait d'acheter.

— Madge, tu comptes aller voir ta mère ?

— Heu, non

— Non ? Bon.

— Pourquoi ?

— Parce qu'elle m'accuse, tiens, elle croit même que je t'héberge, fais quelque chose !

— Faire quoi ?

— J'sais pas, dis-lui par exemple… la vérité.

Samir paraissait de bonne composition, j'allais vite savoir pourquoi.

Alors que je regardais Hélène compatir à ce qui m'attendait, Momo, la tête dans le frigo, a grogné :

— Putain, vide ! Mais à quoi y sert ce frigo ? Et y tourne en plus.

— Mon cher Momo, que j'ai annoncé, dis-toi que c'est pas des estomacs qui entrent dans ce local mais des aspirateurs.

— Oui mais j'ai faim, moi !

— Qu'est-ce que je disais.
— T'as pas faim, toi ?
— Moi j'aurai plus jamais faim ni soif en ta compagnie.
La porte du *fridge* a couiné sur un Momo confus.
— Bon Samir, cette Marche, comment on s'organise ?
— T'inquiète Madge, pour ça j'ai les copains.
— Quels copains ? a demandé un Momo renfrogné. Les cons s'étaient pas concertés.
— De la Ligue !
Tout de suite Momo et moi on s'est sentis déshérités, volés d'une page d'histoire. Encore des Blancs qui vont écrire l'histoire à notre place, c'est ce qu'on lisait dans nos regards de caniches trempés. Faut dire que Momo, depuis l'enfance, rêvait d'un leadership maghrébin, il voulait qu'on ait notre propre Martin Luther K., une lutte cent pour cent basanée et rien ne s'était arrangé. Il a dégainé :
— Marre d'être adoubés par des visages pâles.
— Rien à voir, justement, c'est des mecs qui sont à l'écoute, qui cherchent à rassembler toutes les forces !
— Mais c'est que des Blancs !
— Et alors, où tu as vu que c'est la couleur de peau qui fait le frère ?
— Oui, enfin tu vois ce que je veux dire.
— Non !
C'est ce moment qu'a choisi Pierrick pour venir glisser sa trombine dans l'embrasure de la porte.
— Vous pouvez pas baisser d'un ton ?
Les mouches se sont tues et les regards ont pris la forme d'un magnum de Clint Eastwood. Samir et Momo n'ont pas osé ce que je devinais allègrement,

Y se croit où lui ? ou bien, Il donne des ordres maintenant ? ou encore, Ses cours de maths, il peut se les foutre où je pense.

Quant à moi, j'ai baissé la tête, honteux d'être le pote de l'effronté.

Après que se sont dissipées quelques ondes haineuses et pour abonder dans le sens de Momo, j'ai dit, faussement naïf :

— Pourquoi la Ligue ?

— Mais parce qu'ils savent faire !

— Mais quoi ? a persiflé Momo.

— Organiser une manif, tracter, coller des affiches, ils ont des véhicules, des mégaphones et le réseau, le réseau, les gars, vous en avez un, vous, de réseau ?

— Bon d'accord, a concédé Momo, mais on pourrait pas se passer d'eux, une fois, rien qu'une fois !

Je partageais sa thèse, quelque action qu'on mène, fallait qu'on soit parrainés, couvés, cautionnés par des militants de dix ans nos aînés, et qui nous clouaient le bec par une rhétorique de plomb. Nous n'avions jamais été à l'initiative de quoi que ce soit et je n'étais pas revenu jouer les faire-valoir pour des opportunistes, aussi marxistes soient-ils. Cette Marche, on devait en avoir le leadership, sans discussion, c'était le deal depuis l'adolescence.

— On sera la trinité beur ! Ouais, toi Mohamed Ali, moi Malcolm et Samir, Martin Luther !

Je crois y avoir cru.

En attendant, qu'avais-je à opposer à l'armée rouge de Samir, un dandy black, un Adonis intello, quatre freluquets qui n'exigeaient pas la refonte intégrale du monde ? Momo est remonté à l'assaut.

— Et les associations de quartier ?

— Mais quelles associations ? Elles font du soutien scolaire et des ateliers théâtre, c'est avec ça que tu veux bouger les mentalités ?

— Et les tiens ? Y font quoi ?

— De la politique ! Ils sont aux côtés des chômeurs, des SDF, des sans-papiers et de tous les immigrés, c'est une aubaine pour nous, je dirais même *l'*aubaine !

Puis la porte s'est ouverte.

— Yaquelkène ? a bégayé M. Ghanane, notre voisin du haut.

Sans attendre de réponse, il est entré, bonhomme, et s'est planté comme un pot.

— Moi j'suis pas chaud pour un plan ethnique ! a dit Samir.

— Ethnique, ça veut pas dire communautariste.

— C'est quoi ces nuances de merde, tu me fais de la rhétorique à moi ? a riposté Momo.

— À toi et à tous tes intellos.

M. Ghanane écoutait et on a tout de suite vu à sa mine étonnée qu'il s'interrogeait, genre, C'est qui ces Arabes qui parlent un français qu'on comprend pas.

— Oui, monsieur Ghanane ?

— Si bor la feuille de souèn (c'est pour la feuille de soins).

— Oui, asseyez-vous, je vous fais ça tout de suite.

Samir s'est emparé d'un stylo et pendant qu'il cochait les feuilles de soins pour l'assurance maladie, j'ai fait signe à Momo de calmer le jeu. Renfrogné, les lèvres plissées, il semblait déterminé à ne rien céder.

— Ji berdi la cartantiti oussi.

— Non monsieur Ghanane, cette fois vous vous débrouillez seul, moi je retourne pas au consulat !

— *Allah irheum bebek* (s'il te plaît), qu'il a geint.

— Bon, bon, on verra la semaine prochaine.

Quand le vieux chibani est sorti, on l'a entendu discuter le bout de gras avec Pierrick. Sans toutefois saisir la teneur de l'échange, on devinait que mon pote lui cédait tout à grand renfort de, D'accord, comptez sur moi et, Quand vous voulez monsieur Ghanane, ça nous a défrisés.

— Il pourra toujours attendre pour sa carte d'identité, a rugi Samir toutes épaules affaissées, puis s'adressant à nous : Je comprends pas vos tergiversations.

— On veut pas se faire avoir, c'est tout.

— Mais on se fera pas avoir !

Ne survivaient entre nous que des regards perdus, d'épais agacements, des crues retenues, un bouillon de dépits prêts à faire sauter le couvercle.

Dans le silence qui a suivi on entendait Pierrick, cette fois clairement, il dispensait son cours de maths.

— Combien font deux tiers plus cinq sixièmes ?

— Sept neuvièmes ?

— Zohra, t'es aux fraises, pour additionner deux fractions ? Krimo ?

— Elles doivent avoir le même dénominateur ?

— Exactement ! Pourquoi t'hésites ?

— J'hésite pas.

— Il faut bien sûr avoir le même dénominateur, il faut donc multiplier le numérateur et le dénominateur…

Aux fraises, sûr ! Avec Momo et Samir, on l'était et l'aveu d'une nette domination en la matière s'est clairement exprimé. Chez moi, ça ressemblait plus à une fierté, ça accrochait une médaille sur ma poitrine. Ouais les gars, c'est mon pote.

— Et y a des cousins ? Y a du bougnoule chez tes potes ? a fait Momo.

— Qu'est-ce que t'insinues ? J'y suis bien, moi. Tu veux compter ? À quel chiffre tu situes la bonne intégration ? C'est quoi le barème du bon Français ? Moi, je vous avertis, je rate pas ce train-là.

— Et moi je serai pas le Reubeu de service.

— Mais tu le seras pas, bordel !

— OK, on fait un deal, on te suit mais on intègre aussi les associations de quartier ! a sommé Momo.

— Ça te va, le Madge ?

Et je l'ai joué convaincu.

— Moi, je vous suis.

Samir contenait des tripes impatientes de tout larguer, je gardais les miennes tassées.

Plus tard dans la voiture, Run-DMC mêlait son rap jovial au rock enfiévré d'Aerosmith, j'ai pensé, Putain ça mixe les styles, enfin.

Pierrick m'a sorti de mon songe :

— Écoute ça, Madge, *ouahed, zouj, tlatha, rabhaa…*

— Putain ! Je t'ai pas demandé d'apprendre l'arabe mais de leur enseigner le français !

— Non, les maths.

J'ai braqué mes yeux sur sa tempe, il scrutait le lointain.

— Pierrick, n'en fais pas trop.

Toute la nuit, je me suis retourné, et j'ai cherché ma belle à la menthe jusqu'au petit matin. J'intimais l'ordre à mon cerveau de la faire apparaître. Fallait que je la voie pour rabibocher ma tête.

À chaque réveil je refermais les yeux plus fort pour forcer le sommeil à m'ouvrir à nouveau les bras et elle réapparaissait nue, à mes côtés, elle me contemplait, heureuse que je sois tout simplement là. Elle semblait dire, Dors, mon amour, oublie le monde, désormais c'est moi qui serai tes nuits, ton dessert, ta plume et ton inspiration, j'accompagnerai ta folie, dors mon amour et ne te préoccupe plus de tout ce qui te gêne ou te déçoit.

Des phrases que je buvais les yeux fermés, des mots inespérés sortis d'un corps attendu de main ferme, une épaule, une voix qui me disait, Marche, je suis à tes côtés, c'est toi qui as raison, toujours.

Au petit matin, me suis senti bien, revigoré. J'ai enjambé Abdu et me suis dirigé vers la fenêtre, le bleu du ciel pâlissait sous l'éclat d'un soleil puissant et plein. Le temps d'écarter les rideaux, le téléphone a sonné.

— Pierrick ?

— T'as vu ce temps ? On se fait une terrasse ?

— Ouais, bonne idée.
— Les arcades ?
— Non, Arnaud-Ber.
— Barbès, OK.

Après un débarbouillage de rockeur, j'ai dévalé les marches, pressé de retrouver la sensation d'un rite d'avant, quand j'accompagnais mon père au marché dans l'espoir qu'il m'achète un millefeuille et dans la peur aussi de croiser un copain de chantier, car ça ne ratait pas.

— Comment allez-vous, monsieur Gilbert ?
— Et toi, ça boume ?

Il vouvoyait des gonzes qui le tutoyaient en retour et je ne savais pas comment expliquer à mon géniteur que si le tutoiement amical se pratiquait, il en existait un autre plus condescendant, dégueulasse même, mais comment lui traduire les subtilités de la langue… et dans quelle langue ? Comment expliquer les multiples fonctions de ce maudit pronom ?

J'ai proposé à Pierrick de tracer le long des grands boulevards qui proposaient des fruits et des légumes moins chers que dans les épiceries de quartier. Devant des pommes de terre j'ai dit, Putain c'est cher, ça a étonné Pierrick qui n'avait pas encore acheté un légume de toute sa vie, ça a semblé l'amuser que je sois au fait des prix pratiqués, j'ai souri de sa légèreté.

Ensuite, traversée du boulevard et *welcome to Barbès city*. Le vacarme s'est fait plus dense et l'électricité fouettait l'air. Les regards, de ce côté-ci du boulevard, propageaient une peur contagieuse. À nos oreilles sifflaient des, Cigarettes, cigarettes ! Et les *r* étaient roulés. Mon cœur s'est mis à battre pour d'autres raisons, je commençais à déglutir avec difficulté, à chaque pas mes jambes se faisaient plus lourdes et mes tempes claquaient, c'étaient les symptômes du trac. Mon Dieu, faites qu'elle…

— Elle est là, m'a glissé Pierrick au creux de l'oreille et je me suis demandé s'il n'avait pas prémédité la balade. Regarde !

— Oui, c'est bon ! j'ai fait, ronchon.

C'était elle, crâneuse et sereine, gesticulant autour de ses bouquets de menthe, sans humeur. Elle semblait indifférente à l'odeur étouffante que devait dégager autant de menthe au mètre carré. Son corps sans doute était présent, pas le reste. J'ai frissonné à l'idée qu'elle m'ait oublié.

J'ai regardé Pierrick comme s'il était mon père, je voulais lui tenir la main. Pierrick ! Deux minutes, une heure au moins, frérot, tiens-moi la main ! Il ne m'entendait pas, ses yeux calculaient quelques morphologies atomiques.

J'ai soudain eu peur qu'il me quitte, Non ! Reste près de moi, je suis pas prêt, je vais tomber, reste là près de moi, si t'es un frère tiens-moi par le bras.

— Je t'attends chez Hamid.

— Hein ?

— Je bois un p'tit café, je t'attends.

Pour compenser la frayeur j'ai feint l'assurance à la sicilienne.

J'ai reconstitué ce qu'il restait d'intrépide en moi et j'ai foncé droit vers l'étal de menthe. Le chibani, fidèle à lui-même, n'a pas cherché à m'alpaguer, c'était son habitude, attendre qu'on l'interpelle. Il éclaircissait un bouquet tête baissée, je ne distinguais qu'un couvre-chef à la russe et dans ma tête le contre-la-montre abattait ses secondes.

Dès qu'elle m'a aperçu, ma brune a ôté son bonnet, a secoué ses cheveux et s'est présentée face à moi. J'étais terrifié qu'elle se découvre aussi effrontément, semblant dire, Alors ? c'est quoi la suite. Hein ?

Ses yeux se sont rétrécis, nerveux, ils s'impatientaient d'une réponse, me jetaient toutes sortes d'ustensiles, des casseroles, des louches, des poêles à frire, des pots de terre, me sentais comme un bout de viande tout mou qu'on aplatit pour une grillade, Qu'est-ce que tu veux que je fasse ? Devine !

Je ne voulais pas deviner mais je la sentais mâchoire acérée prête à me bouffer sans autre forme de procès. J'ai pensé, Putain, elle fait flipper et, bizarre, j'ai eu peur d'être aimé car être aimé, est-ce que ce n'est pas être pris ?

Elle était toujours aussi belle et j'ai encore pensé, Comment ça se fait qu'elle ne soit pas enchaînée, que personne ne l'ait kidnappée, c'est dingue de laisser ça en liberté, ça peut s'envoler comme un oiseau ces choses-là. Et puis ses yeux et puis sa bouche, son nez, ce n'est pas d'un ventre qu'ils sortent mais de l'imagination d'un Leonardo de Béjaïa et cette face de figue séchée à ses côtés, impossible, ce n'est pas son père, il est trop laid, il est trop con, trop petit.

Elle a fait :

— Oui ?

Un oui de pétale éclaté par trop de sève.

— Je voudrais deux bouquets de menthe.

— C'est tout ?

— Non…

Et j'ai senti la nourriture dans mon estomac devenir liquide. Des toilettes, vite ! Des rouleaux ! De l'eau ! Un bouchon !

Dans la paume de sa main, elle a feint d'écrire une addition et quand elle m'a tendu le bras j'ai lu trois lettres, *T E L ?*

— Un franc.

Elle a refermé ses doigts sur les miens et s'est mise à serrer. J'étais bien une proie dans une mâchoire d'ongles. Elle ne relâchait pas l'étreinte, me griffait pour que sans doute je garde une trace de notre rencontre, ses doigts se cramponnaient à mes phalanges comme si elle allait chuter et j'ai lu son urgence, Je meurs, sauve-moi.

Au bout de ce que j'ai cru être une éternité, elle a desserré ses crochets et j'suis reparti transi de la peur d'être haché par son géniteur mais chauffé par le feu qu'elle propageait. J'ai rejoint Pierrick qui était assis juste en face et qui n'avait rien perdu de la scène. Il souriait, l'enflure, de mes diarrhées de puceau et je léchais discrètement un peu de sang coulé entre mes doigts. J'ai fait :

— Quoi !

Hamid, le taulier de la gargote, m'a poinçonné pleine tête :

— Eh, t'es tout blanc, rhouya, t'es malade ?

— Hamid, donne-moi un stylo et un papier.

— Encore un poème ?

— Oui c'est ça, vite !

— Écris-moi un poème pour ma femme et je t'offre le café.

Il prononçait le *cafi*.

— En arabe, le poème ?

— Connarrrd.

Pierrick salivait. Il ne me connaissait qu'en architecte des rimes et ricanait de ma maladresse amoureuse. Je n'ai pas essayé de le dissuader puisque ma tronche avouait l'état du délabrement, j'étais ça, un amas, un petit tas d'os émiettés.

Mes doigts tremblaient, j'ai demandé à Pierrick d'écrire mon numéro de tél.

— 05…

— Merci, je connais.

J'ai descendu une gorgée d'un café ottoman, réuni tous les Bruce Lee possibles en moi et m'en suis retourné au cœur de la fusion.

— Pardon, je voudrais un autre bouquet…

J'ai glissé dans sa main le petit bout de papier et cette fois c'est une caresse de chatte qui a chatouillé ma paume. Ça y est ! Un lien venait d'être établi, un lien qui ressemblait au parchemin décrié par Brassens. M'en fous, j'écouterai plus *La Non-demande en mariage*, je veux des casseroles et des pots de confiture.

— Bon Pierrick, on dérape.

Les cloches de la basilique ont sonné et j'ai eu l'impression qu'elles annonçaient la naissance d'une grande histoire d'amour, j'ai esquissé un petit sourire histoire de les remercier et l'envie d'aimer la vie s'est répandue dans mes veines comme une coulée volcanique. Au pied du monument je me suis immobilisé, laissant un Pierrick faussement curieux questionner quelque antiquaire aux meubles tombés des camions. J'ai monté les marches et regardé ce monde bigarré qui tournait autour de l'église comme on fait le tour de la Kaaba, je trouvais ça émouvant que personne ne s'offusque de ne pas prier le même dieu que son voisin. On aurait dit que soufflait autour de la bâtisse un vent salutaire, une brise qui lavait la saleté des âmes, un courant d'air à vous blanchir des mauvais gestes de la semaine. Soudain, une envie ! Et si j'entrais dans l'église pour achever ma mue de Gaulois.

À l'intérieur, je me suis surpris peureux, comme si un dieu musulman allait m'exploser la gueule, là, ou que j'allais croiser mon père qui, ni une ni deux, m'emplâtrerait aussi sec :

— Sors de là, fils de pute.

Ou ma mère, plus conciliante :

— Mais si tu entres dans ce lieu c'est moi que tu condamnes mon fils, retourne sur tes pas.

Puis les copains de la cité :

— Tu renies ta race, tarba !

M'en fallait pas plus pour m'engouffrer dans la basilique et j'ai tout de suite été frappé par un puissant blizzard, un truc à vous congeler sur place, me suis calfeutré un peu plus dans ma veste.

C'était bizarre, dehors presque une chaleur, à l'intérieur le froid fouettait mes joues. Me suis approché, le ton était grave, les voix chuchoteuses alors que de l'extérieur me parvenait encore le vacarme des vendeurs de fripes. Bizarre, cette impression de pénétrer une France profonde blanche, catholique et pourtant familière, d'entrer dans le ventre de mon enfance heureuse, de ce temps court où je ne savais pas que j'étais arabe, où j'étais le fils de deux ventres, l'école et ma pauvre mère.

J'ai pensé, C'est bizarre, c'est le jour où s'embrassent inélégamment la vertu et le vice, ce jour de prière est aussi un jour de commerce, c'est fou ! Dehors, ça gueulait, à l'intérieur, un doux murmure priait le ciel pour qu'on débarrasse la place de son tas d'intrus. Dehors, on interpellait le client, dedans, on se confiait à l'*au*-delà, quel tintamarre !

Dedans, des petits noms bien de chez nous, Antoine, Gilbert ou Claude, dehors, des blazes d'Ouzbeks, Goïtchek ! Mostefa ! Arezki !

Des réfugiés pas climatiques pour un sou car ils veulent des sous et se torchent des soucis de dignité. Le Pen ? On s'en bat les noix, frère ! On n'est pas français.

Revenu près de l'entrée, j'étais à la frontière de deux mondes séparés en tout, à ma place. D'un côté des visages huileux et lisses, de l'autre des figures mastiquées à la baffe. Misère au fond du cœur, misère au fond des poches, fallait bien qu'une église soit proche.

Et j'suis sorti étourdi, plus de Pierrick, j'ai pensé, Il doit encore alpaguer une Gitane, il aime le danger et c'est comme ça que je l'aime.

Côte à côte, un Malien et un Aveyronnais, l'un jurait que ses ceintures étaient bien en cuir, l'autre cuisait des pizzas "napolitaines", plus loin une quiche stipulait "certifiée hallal", plus loin encore des filles prépubères enroulées de foulards vantaient des strings de chez *made in Taiwan*, des Maghrébines qui kiffaient le trip afghan. Que voulez-vous ? que j'ai pensé, le ramadan pardonne qu'on tente le pécule au-dessous de la taille. Oh tiens ! Un bout de chanson me vient…

Ça sent le piège, ça sent le piège…
le sacré fait son bouche-à-bouche avec le sacrilège

Sandrine va aimer. Vite faut que je rentre pour noter tout ça.

Je vous salue Marie pleine de traces de la saleté de vos enfants. Dedans comme dehors, ils dealent pour un répit, je m'en bats l'œil, moi je ne crois qu'en ma petite brune. Devant ma face éberluée, Pierrick qui sortait de Dieu sait où m'a fait, T'es amoureux ! Et j'ai pensé que jamais ces mots n'auraient traversé les lèvres de ceux de ma cité.

Après maintes réunions, on s'est enfin décidés. En chemin Samir m'a tout de suite perfusé.

— Eh, Madge, c'est pas une secte, c'est pas ce que tu crois, ils sont super cools, tu vas voir.

En vérité, sa simple tentative de me rassurer ne faisait qu'accentuer mes craintes, mais il était heureux qu'on l'accompagne, Momo et moi, aux réunions préparatoires dans les locaux de la Ligue. Égal à moi-même, je pataugeais entre deux eaux, le bonheur d'être un compagnon fidèle et la désagréable sensation d'aller chercher la bénédiction du maître.

— Ouais, a ronchonné Momo, une Marche contre le racisme où y a que des Français, ça va au moins être drôle…

Et le ton est monté.

— N'importe quoi ! Y a pas que des Français ! Et puis quoi ? Faut être algérien pour se battre contre le racisme ? Mais quel sectaire !

Puis il s'est tourné, la voix en dessous, comme une ultime supplique.

— Madge ! Partout les gens sont chauds, les jeunes de Bourg-en-Bresse, de Lyon, des Minguettes, Marseille, Saint-Étienne, Limoges, Roubaix, Paris… c'est de la folie, cette fois c'est la bonne, regarde, à trois on fait "groupe", ça va les bouger, tu comprends ?

Le salaud parvenait à ses fins, je trépignais déjà, faut dire que je nous voyais à la façon Momo en Afro-Américains battant la semelle dans les grandes artères du Texas ou de l'Oklahoma, à nos côtés nos stars à nous, Higelin, Lavilliers, Renaud, le poing tendu, et même Karim Kacel qui nous chanterait *"Hé banlieue, ta grisaille ne m'inspire / que l'envie de partir"*. Puis j'ai réfléchi, obtenir de notre Hollywood franchouillard qu'il se cotise pour la cause immigrée, autant croire à l'insecte qui fait des flatulences. Jean Seberg se serait pendue de l'indifférence locale. Défendre l'Arabe ? Bof, ça manque de peps. Non, je ne voyais pas ici-bas de Jane Fonda, de Marlon Brando ou de Harry Belafonte. Puis j'ai dit :

— On aura au moins Guy Bedos, il est un poil algérien. Depardieu ! Dewaere ! Ensemble ça en jetterait !

— Non ! a précisé Momo. Y sont azimutés.

C'est vrai on adorait les acteurs mais jamais les hommes ne brandissaient des drapeaux palestiniens, *fuck you*.

Samir déblatérait comme un geyser.

— Tu me l'as déjà dit tout ça Samir, j'suis avec toi.

— Eh ben, je te le redis, en haut lieu ça gamberge.

— Si on leur fait peur sans être nombreux, s'est autorisé Momo un brin cynique, qu'est-ce que ça va être ?

— Mais cette fois, ils vont plier sur toutes nos revendications !

— T'as vu Madge ? a raillé Momo. T'es parti deux ans, lui y part en vrille.

— Tu peux parler… Lui ? Dès que t'es plus là, il sait plus s'il doit être beur ou arabe.

— Dis pas "beur", ça m'énerve, a conclu Momo.

— Voilà ! Le moindre mot et il fait l'épileptique, mais c'est quoi *beur* ? Juste le verlan d'Arabe !

— Je te parle du sens, avec ce mot, ils essaient de nous dissoudre et ça s'appelle l'assimilation.

— Mais t'es assimilé, tu lis Molière et Marivaux, t'es assimilé.

Ils s'envoyaient des rafales comme au bon vieux temps. Je les regardais l'un, puis l'autre et pesais l'imbroglio, me demandais comment on allait aligner sur un même front des milliers de jeunes alors qu'à trois c'était déjà la foire d'empoigne.

— On y est, les gars, cool.

"Cool", tout de suite ça m'a crispé.

De l'extérieur ça ressemblait à un atelier désaffecté, sur le mur le crépi se détachait par endroits et on pouvait lire aisément un *Hasta la victoria* peint en rouge. On est entrés sans frapper dans une grande pièce aux immenses fenêtres calées haut et recouvertes d'affiches du Che, un plafond si haut qu'on aurait dit celui d'une église. C'était un genre d'ancienne imprimerie, plus de machines mais des affiches avec des sommations, de l'impératif partout, des injonctions à sauver sa dignité. *Réveillez-vous ! Sauvez votre peau ! Dites non !* Non à ceci, non à cela, oui à rien ! Que des engueulades d'encre séchée et tout ça sur un fond de Marley, *Get up, Stand up*, sans doute. Pour un peu on y aurait adhéré mais, infecté de second degré, je n'ai fait que sourire. J'ai dû penser, L'humour, le second degré : deux ennemis de l'apprenti révolutionnaire. Si je l'avais dit tout haut, Samir m'aurait mordu la langue pour me faire taire.

Pour donner des airs de convivialité, un immense bar s'ouvrait à nous en arrondi mais plus couvert de flyers que de bières. On s'est accoudés. Une certaine Marie en teddy *fifties* rouge et noir et rehaussée de santiags est venue à nous. Si ce n'était le ridicule d'une coupe garçon avec raie sur le côté, il se dégageait d'elle une force féline qui m'a troublé, le temps de penser à des saletés horizontales et elle collait ses deux lèvres sur la bouche de Samir, je faillis chuter sous l'effet de surprise. Samir a fait rapide :

— Marie, le Madge, Momo, Marie.

J'ai fait remonter jusqu'à mes lèvres le sourire le plus sournois du monde et Samir a joué une carte de faux cul de sa race. Si je ne m'abuse, Momo et moi avons accouché en sourdine d'un, Enculé.

— Vous buvez quelque chose ?

— Euh, non.

Puis à mon endroit :

— C'est toi qui chantes ?

— Euh, oui.

— J'ai adoré l'autre soir.

Sa voix m'a happé, un grave sexuel et chaud, un truc à vous encarter sur-le-champ.

Momo, lui, furetait et les nombreuses filles qui s'affairaient ont adouci son humeur, surtout un groupe de quatre agenouillées sur des chaises, elles étaient occupées par la confection d'un pochoir. Penchées sur la table, elles agitaient des croupes boules à croquer. Moi, évidemment, j'ai pensé, Être si bien gaulées et macérer des haines antibourgeoises, ça doit être de la dynamite. À visto de naze, les filles étaient plus nombreuses que les garçons, ça m'expliquait mesquin la présence assidue d'un Samir, qu'un tas de mains tapotaient sur l'épaule. Évidemment, je n'ai pas aimé, évidemment je lisais la condescendance à chaque geste, j'espérais presque qu'on lui pince la joue.

On a embrassé des joues masculines et Momo, comme votre serviteur, a écarté les lèvres pour n'atteindre que le bas de l'oreille, on ne s'y faisait décidément pas, à la bise "garçon". À nouveau, me suis dit, Tiens, tous ces mecs ressemblent à mes musiciens, on dirait des fils de pauvres mais dans un négligé choisi. Ces blousons d'apparence râpée, c'est du vrai cuir, du vintage de soldats américains, de la grosse tune. Eh les gars, vous m'aurez pas, ça coûte une blinde vos frusques.

Un certain Éric, genre néo-soixante-huitard, grand et maigre aux oreilles décollées donc aux cheveux longs savamment ramenés sur le devant, s'est levé et nous a fait signe de nous asseoir, Momo a décliné poliment, il est resté debout et l'autre a déroulé son pitch :

— Camarades, c'est sans doute un moment historique que la France va vivre en cette fin d'année à travers cette Marche pour l'égalité, bien sûr notre parti soutient totalement cette initiative qui est l'occasion de rappeler qu'il n'est pas d'avancée sociale, pas d'émancipation possible sans combat… blablabla…

… si l'État, en l'occurrence l'État socialiste, persiste à laisser à l'abandon des pans entiers du territoire il court droit vers une guerre fratricide… ce sera l'émeute, trop de nos concitoyens d'origine immigrée sont discriminés et vivent en dessous des minima sociaux, dans des conditions insalubres, pour nous ils sont avant tout le peuple et le peuple c'est nous ! Blablabla…

… il se dit socialiste mais ce pouvoir est sourd à toutes nos revendications, on ne doit pas lui accorder un blanc-seing, on doit exiger une politique de gauche, donc une politique solidaire et fraternelle, donc anticapitaliste, donc antifasciste !

L'homme s'est fait applaudir lourdement, chacun, chacune semblait approuver en hochant des "oui" mécaniques. Pour faire bonne mesure, on a applaudi nous aussi et quand j'ai compris que ce n'était qu'une entrée en matière, je me suis glissé les doigts dans les cheveux pour détendre une impatience imminente, surtout quand il a dit :

— Y a pas que les Arabes qui meurent du racisme, les pauvres aussi meurent du racisme parce qu'il y a un racisme plus ignoble que les autres, c'est le racisme social !

Une salve a salué la dernière phrase et nos mains à nous se sont faites plus molles. Et ce n'était toujours pas la fin…

Momo m'a chuchoté, T'as vu ? L'a pas prononcé le mot "crime" cet enculé, pas un mot sur les ratonnades.

Il fulminait et Samir lui a touché le bras pour qu'il baisse d'un ton. Je partageais son avis, à Momo, rien sur nos pères, rien sur le vote des immigrés, sur les gâchettes prolos qui butaient du frisé, rien de tout ça. J'attendais qu'il évoque deux ennemis distincts, le capital et les prolétaires, le premier nous laissait exsangues, les seconds votaient en masse pour l'extrême droite. "Oreilles décollées" n'en finissait pas de finir, il semblait par moments ralentir et conclure mais repartait de plus belle.

— Je le dis à nos camarades, on ne peut pas bâtir une lutte basée sur le racisme anti-arabe, il nous faut lutter contre le racisme de classe, le vrai enjeu est là et le voir ailleurs c'est se fourvoyer, l'ennemi c'est le patron, pas l'ouvrier.

Ça a duré une éternité, il n'évoquait que les travailleurs mais aucun d'eux ne ressemblait à mon père ou à ses collègues de chantier. Des ouvriers, y en n'avait pas autour de la table, dans ma cité les ouvriers ne parlaient pas aussi bien, ils ne parlaient même pas français.

Enfin, il s'est tourné vers Samir.

— Je laisse la parole à nos camarades des quartiers populaires.

Ça m'a fait drôle d'être un camarade des quartiers populaires, je voulais le corriger, lui dire, Non ! J'suis un dandy iconoclaste !

Momo, derrière moi, m'a secoué d'une tape dans le dos pour que je prenne la parole en premier mais tellement j'étais assommé de mots lourds comme de vraies plaques de marbre tombées sur le coin de ma gueule, j'ai bafouillé :

— Euh, je crois qu'on s'est pas compris. Euh, oui, je crois qu'on ne se comprend pas, vous nous parlez des patrons qui abrutissent les ouvriers, moi, mon père, c'est par les ouvriers qu'il est avili, c'est par ses collègues qu'il se fait dézinguer, pas par le patron, il la mène comment sa lutte contre ces enfoirés qui l'appellent bougnoule et lui disent "Rentre chez toi" ? C'est quoi la lutte contre les ouvriers salauds ?

— Ça fait partie de la lutte globale, et améliorer le sort de l'ouvrier, c'est lui donner les moyens de s'émanciper, de mieux cibler son ennemi.

Ensuite on a ferraillé, Momo et moi, avec des expressions de victimes expiatoires. Sur le podium, les mots "meurtres", "ratonnades" et "racistes", c'était une jubilation, presque un jeu puisque nous avions un auditoire. Momo, futé, utilisait l'arme de Samir.

— Le nouveau lumpenprolétariat, c'est nous !

Là, je n'assumais plus et l'exhortais de regards suppliants pour qu'il joue de plus de nuances. Samir, lui, s'est senti volé, le lumpenprolétariat c'était son domaine, sa chasse gardée et un dessin dans ses lèvres a dénoncé le coup bas. Connard ! semblait-il dire. L'idéologue c'est moi !

L'assistance a froncé les sourcils et l'air s'est chargé de points d'interrogation.

On est sortis essorés, dans la rue on n'entendait que le bruit de nos pas et le tranchant des lames frottées contre la pierre pour affûter l'arme. Et Samir a ouvert le bal à voix basse en m'invitant le premier :

— Qu'est-ce tu nous as fait ?

— Je les mets en garde c'est tout, faut pas qu'ils nous noient dans une lutte contre le capital, tu vois le piège ? Je te rappelle la source de la Marche : trente-sept morts d'origine maghrébine, c'est toi qui l'as dit.

— D'abord, ces morts, si je te les avais pas jetés à la gueule, tu n'en connaîtrais même pas l'existence.

— Mais tu plaisantes, tu crois que je vis où ? Je lis les journaux, moi !

— Quoi ? *Libé* ? Laisse-moi rire.

— T'avais un temps d'avance, d'accord, mais c'était qu'un temps d'avance, ça change quoi ?

— Que vous m'avez fait passer pour un con, je vous ai demandé d'être politiques ! Politiques, putain !

— Eh ben ?

— Eh ben, on aurait dit des névrosés, des putains de malades mentaux !

— Mais ta gueule ! a renchéri Momo. Pas une fois il a prononcé le mot "raciste" ! Pas un mot sur les gâchettes faciles, sur les flics, rien sur nos parents, le droit de vote, c'est comme si on n'était pas là, t'es pas d'accord ?

— J'suis d'accord mais c'était qu'une première réunion.

— Pour moi, la dernière, a fait Momo.

— Tu m'étonnes, t'attendais que ça.

— Moi ?

— Oui, toi ! T'écoutais même pas ce qui se disait, t'étais à l'affût ! Voilà comment t'étais ! Avec ton flingue chargé de balles (il simulait le chasseur tirant dans tous les coins).

— À l'affût ?

— Oui, à l'affût, t'es venu en traînant les pieds, t'allais pas faire l'effort d'un compromis.

— Si j'ai pas fait l'effort d'un compromis, qu'est-ce que je fous là ?

— Tu voulais le prétexte, l'argument en béton, maintenant tu l'as, au-delà de toute espérance en plus, super.

Me suis dit qu'il n'avait pas tout à fait tort alors me suis tu.

— Quel parano, lâcha Momo en secouant la tête.

— Oui je suis parano et je veux plus voir vos gueules ! J'ai rien à faire avec un mec qui rêve de gloire et l'autre de vengeance, j'suis clair ?

Ce soir-là personne n'a dit, On va boire un coup ? Samir est resté cloué dans ses sabots idéologiques, ses yeux ont creusé l'horizon comme on le fait pour sa tombe, il semblait vouloir se débarrasser de lui-même. Momo s'est drapé dans son communautarisme viscéral et moi, j'étais défait par l'une et l'autre posture.

Infusé par une épouvantable rancune, Samir ne nous a plus jamais rencardés pour cette Marche qui devait signer notre apothéose. Décidé à nous sacrifier, il a marché seul, amputé de notre soutien mais trop heureux d'être le dernier résistant, le pionner d'un moment d'histoire. Il s'est éloigné, nous laissant Momo et moi sur un bout de trottoir comme deux wagons déraillés avec leur cargaison de rêves écroulés, les derniers sans doute qui nous étaient communs, mais agonisant dans une lenteur de supplice.

II

En décembre 1983, ce fut l'apogée et la chute. La télé a montré l'arrivée de la grande Marche à Paris, on parlait de cent mille, de deux cent mille personnes dans les rues et mes tripes se sont nouées de ne pas en être, jusqu'à ce que je voie la délégation de marcheurs reçue par François Mitterrand. À l'image, il se tenait à bonne distance, ça m'a frappé. Aucune affection, pas d'étreinte, à peine un sourire de papi gâteau avachi dans un fauteuil Louis XV. À sept cents kilomètres de distance, me suis senti offensé par cette image de vieux sage blanc recevant les indigènes éreintés d'un flamboyant (ex-)empire. J'ai encore dit, Le con de ta mère, à sa majesté républicaine.

J'ai pensé, Pauvre Samir.

Alors que je m'écroulais en petit éboulis de chair durcie, Pierrick et Hélène sirotaient un thé des familles, les deux vivaient l'événement autrement. Ils n'avaient pas eu cette perception de condescendance qui était la mienne.

— Reçus à l'Élysée, la classe, disait l'un.

— François Mitterrand ! s'exclama l'autre.

Mais pour moi, Mitterrand n'offrait qu'un sursis, au lieu d'éteindre l'idée d'un grand départ éventuel d'immigrés, il ne faisait que l'ajourner. Par sa timidité, ses calculs, il qualifiait l'extrême droite, clouait cette fenêtre en laquelle on croyait et qui s'appelait la gauche. À compter de ce jour, nous n'avions plus d'alliés. On voulait l'égalité des droits, on héritait d'une carte de séjour de dix ans, qui n'était qu'une autorisation prolongée. Ce qui ressemblait à un compromis signait le refus de nous unir définitivement à un destin "français". Cette "carte" nous plongeait dans une éternité indigène.

Dring !!! C'était elle.

— Allô ?

— Oui ?

— C'est moi.

M'a fallu du temps pour reprendre mes esprits, mon cœur s'est mis à asséner des uppercuts contre ma poitrine, fallait presque que je me bouche les oreilles tellement les coups résonnaient d'une onde trop douloureuse. Désormais aucun autre événement n'avait plus d'importance que ces coups de fil qui me ramenaient à la vie. Tous mes projets se lézardaient alors comme des murs trop vieux. La maison ne s'écroulait pas, mais les heures étaient comptées pour le chanteur, le glas sonnait pour le militant, ne me restaient plus que les drings pour envisager un avenir de toit quatre pentes, des jours bercés d'amour et des nuits carnassières sans gloire mais rassérénées.

— Oui, une seconde…

J'ai pris le combiné, l'ai posé sur ma poitrine pour retrouver une voix d'apparence apaisée, j'ai cligné fort des yeux et Abdu a deviné ce qui pouvait bien provoquer cet état de décomposition. Je l'ai d'abord vu sourire, puis se lever et saisir sa veste.

Sa délicatesse m'a touché au-delà de toute espérance, le bougre savait mes inhibitions, mes tourments en matière amoureuse et, avant de sortir pour ne rien gâcher, m'a lancé avec ses poings un geste rageur d'encouragement, un peu comme on le fait au boxeur à la montée sur le ring. Et j'étais fier d'avoir cet ami qui compatissait sincèrement à mon infirmité face aux choses de l'amour. J'entendais sa voix dire, Qu'est-ce qu'il en chie ! et se questionner sur l'origine du fracas. Au lycée, combien de fois il m'avait vu sursauter dès qu'une main plus charitable que coquine se posait sur ma cuisse.

— Allô ? Tu vas bien ?

— Oui.

— T'es où ?

— Dans une cabine.

— Qu'est-ce tu fais ?

— Je t'appelle…

Dans ma tête un champ de bataille, quel ordre donner à mon cerveau pour affronter l'adversaire ? Quelle est la bonne stratégie au fait ? Attaquer frontalement ? Attendre ? Contourner ? Quels mots dit-on, bon sang, pour motiver la troupe des sentiments, comment laisser une impression de tranquillité mais en même temps diffuser une passion de hauts-fourneaux, comment dégager une intelligence des mots et une émotion d'animal ? Le premier mot ! On dit qu'il est important, qu'il scelle ou froisse les cœurs, quel est ce mot qui synthétise l'immensité du désir, l'envie d'elle à mort sans paraître fébrile ou fêlé ?

— On se voit ?

— Oui… quand ?

— Euh…

— Ça va couper, j'ai plus de monnaie.

— Mercredi, à quatorze heures, devant la statue de Jeanne d'Arc !

Et quand l'interminable sonnerie de fin de communication a retenti, ma tête a chuté dans l'oreiller, ne dépassaient plus que mes oreilles, je n'avais rien dit de grand, pas utilisé la moindre métaphore, pas décroché la vanne qui tue, je suis tombé orphelin d'un moment de gloire amoureux. Quand j'ai décollé ma tête j'étais qu'un tas fripé, un bout de cire fondue et je me voyais m'écouler lentement jusqu'au pied du lit.

Pour tout à fait m'éteindre, me suis passé *La Chanson des vieux amants* et me suis rendormi la bouche ouverte comme après la tétée.

C'est Abdu qui m'a réveillé :

— Eh mais t'es pas au taf ?

Une heure plus tard j'étais en train d'écraser mes steaks quand le manager est passé :

— Chris ! La trois.

J'ai pensé, Fils de pute et "S'il te plaît" c'est pour les chiens ? Me suis presque fait peur, comme si j'avais dit tout haut ce qui bouillonnait dans ma tête. Aux toilettes, j'ai rincé mes doigts comme le veut la règle et me suis aspergé un peu pour évacuer la sueur qui perlait sur mon front. L'affreux exigeait qu'on soit présentable en caisse. Devant la glace, j'ai souri jaune en prenant l'accent de mon daron. Oui Ahmed il est prrop'.

Un collègue est passé derrière moi qui refermait sa braguette et ne s'était pas lavé les mains, c'était un rituel pour les plus téméraires, une façon de résistance à bon prix. Il m'a fait :

— Fayot, tu t'es rincé.

J'ai pris la caisse et ce jour-là, je n'ai pas eu la force pour des formules de politesse, même plus de second degré pour dézinguer les prolétaires endimanchés, j'étais mou avec l'envie de tout bazarder pour retrouver au fond de mon lit la seule image qui vaille, celle de ma princesse.

— Grouille, y a du monde !

Je ne mouftais pas, je m'exécutais, accélérais tous mes gestes tout en redoutant que le "susceptible" qui gigotait en moi soit débusqué. Mais au fil des mois, j'avais appris à m'économiser, je servais avec le minimum requis de politesse, tapais comme un zombie à l'écoute des commandes. Je m'évadais et des images de Charlie Chaplin défilaient à la vitesse d'un cinéma d'époque.

Plus envie d'imparfait ou de formules ampoulées, ça ne me consolait plus de maîtriser ma syntaxe et mes conjugaisons face à la misère déboulée de derrière le périphérique, face à une France carbonisée aux jeux de hasard, ignorante de mes exploits scéniques et je me dilatais véritablement. Je vomissais l'euphorie des chiards pressés d'ouvrir leur cadeau-surprise et d'avaler un steak haché chapeauté d'un bout de pain mou. J'étais dans ces vapes-là quand un affreux à tête carrée, moche et tout ramassé, m'a dit d'un ton placide :

— Je veux pas être servi par un Arabe.

Ça m'a fait l'effet d'un ascenseur qui bloque et le temps d'accéder à la case diplomatie, mon bras s'est détaché comme un automate et mon poing s'est éclaté sur la pommette du gnome. Sans rien comprendre, il a étouffé dans sa bouche un cri de douleur mêlé de stupeur. En perdant l'équilibre, il a emporté trois ou quatre personnes qui n'ont rien retenu dans leur chute et le bruit des chaises écroulées a glacé tout le personnel venu aux nouvelles, ça a fait comme un jeu de quilles qui s'écroule. En hurlant, des mères de famille ont effrayé leurs progénitures qui à leur tour se sont mises à brailler en se serrant dans tous les bras disponibles, ça faisait comme des bouquets de bras serrés, des barbelés de chair entremêlée. Les cris continus ont semé une panique invraisemblable qui a rameuté les chefs. Ils n'avaient pas vu partir la patate que je venais d'asséner et cherchaient à comprendre ce qui avait provoqué pareille panique. L'haltérophile nain, plutôt que de revenir à la charge, est resté assis, interdit plus que blessé, plus confus qu'endolori, presque conscient de l'avoir cherché. J'ai compris qu'il avait été dépassé par sa pensée et, alors qu'un attroupement se formait autour de lui, mon manager qui m'a vu frotter mon poing et grimacer de douleur m'a interpellé sèchement.

— Chris, dans mon bureau.

Je l'ai suivi en toisant Houria qui ne me reconnaissait plus dans l'habit du cogneur, je l'avais enfin effrayée, la revêche, son reste de cervelle cherchait à résoudre une équation en vain, les yeux ronds, on aurait dit un thon qu'aurait gardé son hameçon.

D'avoir suscité la peur autour de moi m'a ragaillardi, Putain j'ai éclaté un mec ! J'étais dans la jubilation de celui qui vient d'être dépucelé et, du coup, je regrettais que mon père, qui m'avait toujours connu pleutre, et ma mère, qui tenait à ce qu'on soit des "hommes", n'aient pas été là, témoins de mon exploit. Je venais de donner un coup de poing vigoureux et franc, il rattrapait à lui seul les mille gifles qui avaient aplati mes joues d'enfant docile, une vraie patate de rue. Enfin !

Je me suis assis face à mon manager. Curieusement, j'étais zen, convaincu de ma légitimité, confiant en ma plaidoirie future, presque heureux d'avoir été victime d'un racisme "à la con". Ma diatribe antiraciste était prête de longue date, affûtée à souhait. J'étais sûr de convaincre et même de retourner mon manager par une culpabilisation adroitement menée. En flic maniaque, il tournait et retournait des feuilles, cherchait le hic.

— Dès le début, je te sentais pas…

— Moi non plus.

Il s'est redressé, vraisemblablement je venais d'atteindre son foie, il a levé la tête, m'a considéré avec l'amertume de celui justement qui n'a rien vu venir et se fait enrhumer par plus filou que lui.

— Oui bien sûr, il a marmonné sur ce ton cynique qui anticipe des salves de gros calibre.

— Je vous avertis, si vous me virez, c'est les prud'hommes.

Et le bonhomme s'est enflammé comme une torche.

— Mais qu'est-ce tu me fais, là ! Tu frappes la clientèle et tu veux porter plainte ? Tu sais ce que ça va nous coûter ton geste ? Bien sûr que c'est la porte !

— Vous me mettez à la porte ?

— Et comment ! Et pour faute grave en plus !

Moi je gardais cet air placide qui fait monter la température des impulsifs.

— Vous préférez un raciste à votre propre employé ?

— Vous voyez des racistes partout, on vous connaît.

Le salaud m'avait englobé dans un "vous" de frisés, je connaissais l'astuce.

Contre-attaque.

— Mais vous ? Vous votez Front national, non ?
— Ouais, ben, y dit pas que des conneries.
— Non, y dit aussi des horreurs.
— Tu n'as pas à frapper les clients !
— Et en plus y me tutoie…
— Oh ça va…
— Non, ça va pas ! Un fasciste arrive, me traite de sale bougnoule et je dois continuer à le servir comme si de rien n'était ?
— Tout de suite les grands mots.
Puis l'idée m'est venue d'entrouvrir la porte de son bureau pour que le personnel soit témoin de l'échange et tout en lui tournant le dos je vidais mon chargeur…
— Vous n'êtes qu'un raciste, un putain de gros raciste, vous me mettez dehors parce que je suis arabe et en plus vous votez Front national.
Je l'ai sorti de ses gonds, il s'est levé et avant qu'il ne m'agrippe, j'ai rejoint les cuisines pour m'adresser à tout le personnel. Je hurlais si fort que les clients ont profité du spectacle.
— Je m'appelle le Madge messieurs-dames, et on m'a obligé à m'appeler Chris parce qu'ici on n'accepte pas les prénoms musulmans, on n'accepte pas les Noirs non plus sauf en cuisine. Venez voir !
Comme l'escogriffe essayait de me faire taire, j'ai saisi une friteuse que j'ai brandie haut, il s'est écarté et j'ai poursuivi ma tirade cette fois en direction des salariés qui ne savaient plus à quel camp ils appartenaient, se demandaient si j'étais un fou furieux ou la victime d'une innommable discrimination. Mais pour les avoir côtoyés, avoir tenté de les ranger à la cause, je ne comptais parmi eux aucun rebelle, pas le plus maigre apprenti militant

prêt à se sacrifier au nom de la lutte des classes ou du combat antiraciste.

— Et vous tous ? que j'ai hurlé. Personne ne lève le petit doigt ! On laisse le petit Arabe dans sa merde, bon débarras, c'est ça ? Mais qu'est-ce que vous croyez ? Votre tour viendra et ce jour-là, y aura personne, vous m'entendez, personne ! Merci ! Merci pour la solidarité.

J'ai reposé ma friteuse et me suis mis à les applaudir. Bravo !

Tout le monde en prenait pour son grade, jusqu'à Houria pourtant "l'écrasée" des lieux, et l'impensable m'a échappé :

— Toi, va sucer les couilles à ton patron !

Avant d'éclater en sanglots, elle a pris ses jambes à son cou, c'est le moment qu'a choisi mon manager pour tenter de m'accrocher, j'ai repris ma friteuse et la lui ai balancée de toutes mes forces, épouvanté, il s'est réfugié dans l'espèce de buanderie qui servait de vestiaires aux salariés. J'ai fini ma plaidoirie, tout excité d'être la victime expiatoire d'un apartheid à la française.

— Hé, les esclaves, vous n'avez plus qu'à lui lécher le cul, à votre maître, je me casse sans regrets, niquez vos mères et salut les nazis, le bonjour au Ku Klux Klan.

Je suis sorti en claquant la porte, espérant l'exploser mais la mécanique hydraulique de fermeture et d'ouverture m'en a empêché.

Au bout de quelques minutes d'une marche soutenue, j'ai posé mes fesses contre une fontaine Wallace, sorti une cigarette et ma première bouffée n'enviait rien à la plus moelleuse chantilly. J'ai déroulé les quelques minutes de mon esclandre, je rescénarisais la scène en reformulant des saillies plus extravagantes encore, genre à la manouche, Je pisse sur la tombe de ton grand-père ! ou Je prends ta mère et t'as un petit frère !

Je cherchais ce que j'aurais pu dire d'assez indécent qui aurait scotché le plus aguerri manouche, rien trouvé d'autre que des insanités sexuelles.

Puis, d'un mouvement d'épaule, je simulais des uppercuts, j'achevais ma victime dans une chorégraphie de crochets, un passant m'aurait pris pour un fou.

Oh, l'envie que le temps s'arrête sur ce geste qui venait d'allonger un nabot aux larges épaules. Mais alors que je simulais un dernier crochet, une Citroën BX est passée au loin et le trouillard que j'avais toujours été a revêtu son habit de bure. J'ai rangé mes poings dans des poches qu'elles n'auraient jamais dû quitter, repris mon air nature de poète indolent et me suis évaporé, presque rassuré d'être la "tapette" saine et sauve de mon quartier.

Samira, qui m'a vu arriver, s'est arrangé les cheveux, s'est avancée de deux pas pour m'aborder.

— Dis-moi oui…

— Un jour, promis.

Je lui ai claqué la bise et ma charmante pute m'a troublé quand elle a dit :

— Avec moi t'auras pas à t'inquiéter pour ton avenir, je suis vaillante, *ouallah*.

Arrivé devant la porte cochère et à peine le temps d'appuyer sur les quatre chiffres de mon digicode que j'ai entendu, Parle français, bâtard ! Un souvenir a décroché sa timbale. Je suis tombé nez à nez avec Mourad, ce fondu de mon enfance. Agrafés à ses basques, Greg le Gitan et Saïd la face de verge. Derrière ces trois-là, traînant du talon, souriait ce qui ressemblait à deux poufiasses en goguette, je devinais deux Gitanes en rupture de ban avec le clan caravane. Les deux coquines se distinguaient par un embonpoint revendiqué, elles portaient l'une un jean moulant et une chemise en flanelle évasée et l'autre un style shorty en jean qui la serrait et, sur le haut, un genre de marcel en filet de pêche, bref des pâtisseries sur pattes, un kif à prolo.

— Oh le Madge !

— Mourad ?

C'était bien lui, Mourad, mon jumeau inversé, le pourfendeur de mes bonnes manières, rapport aux phrases que je conjuguais au passé simple ou à l'imparfait quand on était mômes, je l'entends encore me crier :

— Parle français, bâtard ! Parle français.

Je parlais le plus beau français qui soit. Je sais aujourd'hui que son “Parle français” voulait dire, Parle un “français” qui ne soit pas celui des Français. Je saisissais le sens.

Suspectant une embrouille, Samira, qui tenait son mur, s'est rapprochée avec, discrètement glissé le long de son poignet, une espèce de petit gourdin souple mais susceptible de vous casser le nez. Vite, je l'ai rassurée d'une moue. Elle était bien capable celle-là d'ouvrir un ventre et de me cacher le restant de mes jours.

Mourad me dévisageait, tout en retenue. Putain ! j'ai pensé, le quartier me rattrape, ça y est ! Ils vont tous savoir où j'habite, j'suis mort, y vont me squatter, me mettre à l'amende, me faire payer le loyer de mon propre appartement et l'habiter ! Comment avait-il eu mon adresse ? Qui m'avait donc trahi ? Que faisait-il au centre-ville ? J'ai eu ma réponse sur-le-champ.

— J'ai fourni Pierrick là pas loin, ses potes étaient à sec.

J'ai dû penser, Le con de sa mère à celui-là, y s'fait servir chez mon pire ennemi.

Mourad ! Je retrouvais son museau de hyène grimaçante, sa face achevée de carnassier des steppes, son regard noir… mais, le connaissant par cœur je ne doutais pas d'une vraie empathie, d'un regard de frère, car il coule dans les veines des enfants de cité une consanguinité des âges farouches. S'il avait pu, il m'aurait embrassé pour avoir sauvé son petit frère des eaux et des zéros, embrassé pour cette trouvaille nommée Pierrick.

Sans doute maudissait-il la virilité qui nous obligeait à garder le sentiment froid, l'œil méfiant, la bedaine rentrée au cas où. Moi je l'aurais bien étreint pour la déveine, pour tout ce qui avait fait qu'il n'avait pas accès aux codes, et les diplômes qui ne lui étaient éloignés que de quelques millimètres, ces quelques millimètres qui m'avaient consacré, moi, bachelier et lui voyou, oui je me serais incliné sans fierté mal placée pour des restes d'amitié.

Le visage rond de Saïd n'offrait pas cette seconde lecture, il souriait à l'idée qu'un jour il puisse me faire manger mon propre appareil génital. Celui-là n'avait pas été assez aimé par sa mère et je ne voulais toujours pas l'aimer. Il souriait sans cesse, c'est à cela qu'on reconnaît les carnassiers sans mémoire et d'ailleurs il semblait perdre les pédales quand s'adoucissait notre tête-à-tête à Mourad et moi, il peinait à conjuguer les changements d'humeur, les durcissements et les pauses qu'on s'offrait dans ce long échange. Quant à Greg, bien élevé, il eût été "le beau Greg" mais la rareté des neurones effaçait la beauté et la douceur possibles, l'intelligence chez lui semblait battue en brèche, elle décampait au moindre affolement émotionnel et laissait place nette à un lièvre face aux phares. Sans cette absence de matière grise, on l'aurait trouvé beau avec des yeux en eau de mer, une mâchoire certes pointue mais qui lui donnait des airs de mannequin de l'Est. Des fois, même blond, la pauvreté vous fait moche.

Il suivait lui aussi à la trace la tonalité de l'échange et adoptait l'humeur comme un chien qui essaie d'attraper l'os qu'on feint de jeter.

Je parlais à Mourad mais c'est lui que je surveillais. En des temps anciens, il m'avait poché l'œil dix fois et rougi la joue, mille. Sur un ordre ou un regard, il me molestait comme on désarticule un pantin. Petite astuce d'époque, pour raccourcir le supplice, je ne me défendais pas, je laissais faire pour ne pas exciter la machine à gifles et le laissais s'éloigner, errant dans la turpitude du fondu qui n'a pas de raison de cogner.

Les deux pétasses, derrière, tournaient des mâchoires, elles mastiquaient des bubble-gums XXL et me regardaient de haut. Jamais compris qu'on crâne d'être maltraité, l'amour des grandes promesses ne visitait pas ces cavités-là.

— Je te présente Rebecca et… comment déjà ?

— Jenny.

Après des présentations qui n'en étaient pas, Mourad s'est tourné vers moi et, pendant qu'il causait, j'analysais la situation. Ils étaient cinq devant moi mais un seul faisait partie du genre humain, Mourad. Moi j'étais seul mais peuplé d'un tas d'amis rockeurs qui m'auraient planté là, effrayés par l'éventuel désossage, ils m'auraient fait, Tu nous excuses, le Madge, mais on préfère pas mourir ce soir, tu nous en veux pas, salut.

Mourad semblait sincèrement heureux de me voir et voilà qu'il m'adressait la parole dans des tonalités tout à fait amicales. Je suppliais cependant mon cœur de moins battre la chamade.

— On peut entrer ? a fait Mourad.

— Oui bien sûr.

— Alors, t'as quitté le quartier ?

— Ouais, j'suis venu là pour me rapprocher de la fac.

Le mot "fac" l'a laissé songeur, un instant j'ai eu peur de la gaffe, de rallumer des douleurs définitivement enterrées.

En même temps je reprenais un peu de hauteur, une hauteur qu'il m'accordait, une rare autorisation de lui être supérieur.

Chacun s'est installé à sa guise, moi j'étais terrorisé par la façon dont tout ça allait se conclure, la paix des braves ou la brisure de mon cartilage nasal. J'ai d'abord entendu une des grosses souffler, stupéfaite devant les piles de livres qui débordaient de toutes parts.

— Tu lis ?

Et mon inconscient d'y répondre :

— Non, je décore.

Ingrat, j'ai à peine secoué le menton.

— T'as rien à boire ?

— Euh… non, rien.

— Greg, va nous chercher un "casse-tronche".

Mourad a tendu une liasse comme un Napolitain des familles et l'hippocampe s'est exécuté. Saïd, lui, s'est dirigé vers le frigo, un grincement m'a fait comprendre qu'il venait de l'ouvrir.

— C'est quoi ce frigo, hey, tu nourris des lapins ?

Et mon inconscient d'y répondre, Non, ta sœur, elle fait le tapin pour ma pomme.

Les grosses se sont affalées sur mon lit et se sont refabriqué des lèvres à l'aide d'un rouge vif. Je visais le haut de leurs cuisses grasses mais pleines, ma peur n'altérait pas la gourmandise, puis j'ai panoté vers des seins, pour l'une ronds et pour l'autre lourds, et leurs figures pouponnes promettaient des gloutonneries sauvageonnes. Miam ! Mon estomac s'est ouvert comme à la vitrine du pâtissier en même temps qu'un mal de crâne.

Mourad de son côté a roulé des yeux pour me signifier la faisabilité d'une roucoulade à l'ancienne, genre, On leur parle pas, on leur demande pas leur avis, on se dégrafe et elles montent au créneau. Les deux lobes de mon cerveau à nouveau se sont écartés, l'un désirant ardemment une fellation en bonne et due forme, l'autre outré qu'on ne considère pas ces filles avec plus de tact. Le premier lobe m'a dit :

— Qu'est-ce que t'attends, connard ? Tu vois pas qu'elles sont prêtes à te mordiller les boules, à te pomper jusqu'à la garde, à t'éponger jusqu'aux larmes ?

L'autre lobe :

— Quelle honte ! Où t'as mis tes principes ? Ça te dérangerait de leur adresser la parole ? De faire preuve de galanterie ? On sait que tes testicules sont au bord de la fusion nucléaire mais tout de même.

C'est Mourad qui les a introduites dans la discussion :

— Rebecca, elle bosse au Tire-au-Flanc, c'est sympa là-bas, y passent de la bonne musique, Jenny, elle bosse au conseil général, si t'as besoin, tu demandes Jenny à l'accueil, pas vrai Jenny qu'il peut ?

La moins obèse a juste opéré une moue de Barbie molle.

Et j'ai timidement osé :

— Elles parlent pas ?

— Pas besoin ! a tranché Saïd, c'est par en bas qu'elles tcharent, pas vrai les filles !

Elles ont ri d'un rire de pauvre, d'un rire à plaindre, ri aussi d'être autre chose que rien. Je ne m'y faisais pas à la méthode prolo, peut-être avais-je trop lu Sade et heureusement le bas monde se torchait de son œuvre.

Saïd s'est jeté sur Jenny qui n'a pas réagi, les caresses du balourd lui en touchaient une (si je puis dire) sans secouer l'autre. Sa main passait lourdement d'une épaule à un sein et d'un sein à l'autre sein sans qu'elle moufte et une goutte de sueur a surgi sur ma tempe. J'ai pensé, C'est la partouze, j'suis mort. S'ils se déshabillent et que je me retire du jeu, ils vont définitivement me prendre pour une merde, un impuissant. C'est ça ! Ils vont faire courir le bruit que je suis impuissant ou peut-être pédé et en prime j'en serai quitte d'une patate pleine gueule. Discrédité, le Madge.

Jusque-là j'étais au moins un ennemi crédible mais si en plus je n'avais pas le privilège d'être haï, me restait plus rien.

Dans un fracas d'alcoolique, Greg est entré.

— On a de quoi se casser la bouche !

— Je vais chercher des verres ! que j'ai marmonné, et j'en ai profité pour secouer ma tête comme un prunier, détendre des membres proprement engourdis.

Vite, trouver une idée pour échapper au carnage. Oui, les laisser boire jusqu'à ce qu'ils s'écroulent. Par bonheur, Saïd s'est mis à fouiner du côté des trente-trois tours. Me suis dit, Oui, danser plutôt que tripoter la barbaque manouche.

— T'as que de la merde, frère !

Sûr, entre Reggiani, Gilles Dreu, Leny Escudero et Brel, la migraine l'a saisi instantanément.

— Ah, Jackson !

Et il a posé sur la platine l'étourdissant *Billie Jean*.

Son gros cul s'est mis à singer les pas de Michael et je me suis étonné que, même obèse, la cité vous autorise une certaine grâce.

Maintenant, trouver un sujet de conversation qui les égare de l'envie de pirouettes. Krimo ! Je vais lui parler de son petit frère.

— Paraît qu'il assure, Krimo.

— Ouais, le con de sa mère, il assure quand j'y mets sa mère mais si je le lâche, y se fait emboucaner direct par le premier raclo, c'est ton copain qui assure, franchement bravo ! Eh, tu lui diras à Pierrick ! Dis-lui, tout ce qu'il veut je lui donne, du shit, un poste radio, des meufs… j'ai des clopes aussi en ce moment.

— Y fume pas !

— Je sais, lui y fume pas mais il a des connaissances, il me l'a dit.

— Euh, je sais pas.

— Eh m'embrouille pas.

— Non ! Je te jure.

Trois gouttes désormais me traçaient des sillons.

— Et toi, t'as pas une copine ?

— Moi ? Non.

— Et ma sœur ?

— Hein ?

Cette fois ma peau s'est faite passoire et une rivière d'eau chaude m'a inondé.

— Qu'est-ce que t'attends ? Elle te plaît pas, Bija ? Moi j'suis d'accord.

Il disait "je suis d'accord", me fallait comprendre qu'il suggérait la bague et le drap maculé. Désormais, je devais abattre as sur as, si je disais non, je l'offensais et, en cas de réponse positive, il était bien capable de m'inviter pour officialiser une union non consentie par les intéressés.

— J'ai personne mais j'suis sur une affaire.

— Elle est du quartier ?

— Non, c'est une *gouère* (Française).

— Dommage, tu m'as bien fait rire avec tes poèmes, puis s'adressant à tous : Il écrivait des poèmes à ma sœur !

Ça ricanait cruel chez les garçons et les deux potelées articulaient une timide admiration.

— Ouais je me souviens ! a cru baver Gros Saïd qui s'est mis à me parodier : *"T'es belle comme un savon de Marseille / je serai le bourdon et toi l'abeille…"*

Mourad l'a stoppé net :

— Où tu vas là ?

L'autre s'est recroquevillé comme un chien dressé dans l'Alabama.

Sous l'effet de l'alcool, Mourad l'a relayé en me pastichant avec un gros accent de Toulouse, d'abord il se racla le gosier, puis :

— *"T'es belle et je veux te bader / te boire comme dans un godet / même si ton frère est un… pédé."*

L'assistance a ri gras.

— Non, j'ai pas écrit ça !

J'ai pouffé vert à la dernière rime, presque apprécié l'autodérision permise par un dernier fond de Zubrowka. Saisi à la gorge par une angoisse grandissante, j'ai fini d'un trait mon fond de Zubro et mon Mourad lentement s'est assoupi sur sa chaise. Merde ! Merde ! Il s'est endormi ! Bizarrement, je me suis senti abandonné par mon meilleur ennemi, je n'avais plus d'interlocuteur valable, ne restaient que des invertébrés sous verre. Sans lui j'étais au zoo, à ceci près que me suis retrouvé à l'intérieur de la cage. Joue-la fine, le Madge ! que je me disais et pour amadouer les bêtes, j'ai distribué des cigarettes et dodeliné sur les Jackson Five, tout ça sans quitter des yeux celui qui était susceptible, en cas d'attaque, de me sauver. Au bout d'une minute, il a bondi, s'est frotté les yeux et, sans consulter personne, a grogné :

— On y va.

À cette dernière phrase, l'oxygène est revenu écarter mes poumons.

— Si tu veux, les filles elles restent, pas vrai les filles ?

Elles ont opiné, évasives.

— Elles font des choses que t'as jamais vues dans ta vie, pas vrai les filles ? a insisté Mourad.

Elles ont souri comme anoblies d'être ainsi félicitées. À nouveau, le diable m'interpellait, Bon sang ! le Madge, qu'est-ce que tu déconnes ? En guise de dépucelage, t'as quatre seins, deux culs, deux bouches, c'est un feu d'artifice qui t'attend, imagine-les te becquetant de l'orteil à l'oreille, tout le bonheur en double, hein ?

Mais l'ange rétorquait, Non le Madge, t'as oublié la promesse d'un amour à mort, et la fille à la menthe ?

Puis un bruit de porte qui s'ouvre, j'ai entendu :

— Bonsoir tout le monde !

C'était la voix de mon ange, le vrai ! Mon sauveur ! Mon colocataire chéri, Abdu ! Suivi de Sandrine que j'ai trouvée plus belle que jamais.

— Eh ! C'est la fiesta !

Ma maigrichonne souriait à l'idée de prolonger la soirée. Les amoureux répandaient une agréable odeur de mojito. Nonchalamment, Sandrine a saisi la bouteille de vodka et lancé, Zubrowka ! à la façon russe, On s'emmerde pas ! Ça a décontenancé le gros Saïd, pas habitué aux éclats de l'autre sexe. Greg et lui se sont concertés sans rien résoudre, incapables d'une initiative. En d'autres lieux, ils pouvaient frapper ou menacer mais là, ils sentaient que la situation ne le permettait pas, le lieu n'accréditait pas le lynchage des femmes.

Sandrine, ce n'était pas leur genre, pensez, une punkette nihiliste et crâneuse, ça ne matchait pas. Si ce n'était un reste de prudence, ils l'auraient fanée d'un, Dégage crasseuse. Elle aurait riposté et on aurait retrouvé ses incisives accrochées au plafond. Et puis les filles qu'ils fréquentaient n'argumentaient qu'à l'horizontale, enorgueillies d'être la proie de plus fracas qu'elles. Un mec, ça cogne, sinon c'en est pas un.

Après des présentations des plus brèves, Mourad s'est senti mal, la présence d'intrus lui imposait des salamalecs de Blancs et il n'aimait pas ça. Il ne voulait pas jouer les "polis", les "prêts à faire des efforts" pour plaire.

Les devinant comme de très bons amis à moi, il se contenta d'un peu moins d'agressivité.

— Bon les filles, on va bouillave ?

Et Sandrine a été atteinte par quelque glaciation d'époque mammouth. Elle s'est tournée vers moi, outrée que je ne fasse pas une remarque au moins pour la forme. Non, je n'allais pas faire une remarque.

Quant à la troupe, elle s'est levée comme un seul homme, convaincue que dans la question de Mourad se cachait un putain d'impératif.

Ils ont vidé les lieux comme une traînée d'éclopés.

Un temps interminable j'ai tenu la porte pour ne pas m'écrouler. Abdu, qui commençait à débarrasser la table, ne cessait de jeter dans ma direction des regards inquiets, puis une phrase :

— Tu sais, si tu partouzes, y a pas mort d'homme.

— Au contraire ! a ajouté Sandrine, ça peut ouvrir des perspectives…

— Ça peut défaire des nœuds, a gloussé Abdu.

Et les rires de mes amis ont fusé en feux d'artifice.

— C'était, comment tu l'appelles déjà ? a demandé Abdu.

— Je sais plus… Putain ! La peur de ma vie, que j'ai eue.

Je n'avais jamais pris Abdu dans mes bras, j'ai étreint des planches de bois sec.

— Tu m'as sauvé la vie, vieux frère, j'ai cru qu'ils partiraient jamais.

— Et pourquoi ?

— Bonne question.

Quand j'ai repris mes esprits, j'ai percuté… Jamais Mourad n'aurait proposé de partouze. Bien sûr que non ! Les partouzes c'est une histoire de Blancs, c'est connu, surtout par les non-Blancs. Dans les quartiers nord, on ne baise pas collectif, chacun prend sa piaule et rendez-vous au bar d'à côté.

Et puis cette dernière phrase qu'il avait prononcée avant de disparaître dans les escaliers en colimaçon :

— N'oublie pas le quartier !

Comme si j'étais un membre de la famille.

Mon pire ennemi me rappelait à la dette, ça m'a fait chaud au cœur, la dette c'était l'attachement, je n'étais pas excommunié. Si j'étais le traître, il incarnait le paria, on aimait nos rôles. Il m'avait dit, N'oublie pas le quartier. J'avais compris, Reviens. Le "reviens" d'un frère qui n'en a pas d'autres.

Elle était là au pied de la statue, tête haute et sans bonnet, le vent secouait ses tiges de cheveux comme une main malaxe une semoule et je me voyais en vent d'autan. Dès qu'elle m'a vu, elle a souri d'un bonheur tout bonnement revendiqué. Me suis avancé, faussement alerte mais regonflé d'être la raison de cet état d'ivresse. Arrivé à deux pas d'elle, j'ai respecté les deux mètres qui font le panache. Elle a encore ri de ma délicatesse, elle validait mon savoir-faire, je n'allais quand même pas l'étreindre en place publique ou même lui parler. Sans l'ouvrir, on s'est suivis en déambulant côte à côte, en Reubeus *old school* (quatre-vingts centimètres d'écart, minimum). J'étais enivré de sa présence, mes glandes salivaires travaillaient, l'eau me montait à la bouche à l'idée d'un jour la croquer, de manger cette bouche en barquette trois chatons, de l'émietter avec os et poils. On marchait lentement dans une étreinte invisible car, dans nos têtes, je suppose qu'on s'embrassait à mort, les cheveux, les yeux, le plat des mains, les phalanges, les ongles, on s'embrassait assoiffés comme si chacun était le puits de l'autre, l'eau de l'autre, l'inespérée oasis. Puis je me suis rendu compte que je ne savais rien d'elle, je ne connaissais même pas son prénom et j'ai ouvert les hostilités en regardant droit devant moi.

— C'est quoi ton prénom ?

— Kaoutar.

— Kaoutar… je t'épouserai tôt ou tard.

Elle a fait claquer un rire comme explose un pétard à deux doigts de l'oreille et j'ai compté un bon point, Putain, si je réussis à la faire rire comme ça c'est *in the pocket*, et je cherchais ma vanne à venir.

— Et toi ?

— Moi, c'est le Madge

— T'as mis une particule à ton nom ?

— Ben oui, quitte à être un fils de bougnoule, autant que je sois aristo, bingo !

Elle a re-ri et j'ai compté les points. J'ai pensé, Putain j'assure, et serré mon poing de victoire. Peu à peu, notre marche s'est faite au coude-à-coude, à chaque toucher je priais le ciel de ne pas me laisser lui sauter à la bouche pour y mastiquer tous les restes de nourriture coincés dans les gencives. J'ai pensé, Je vais inventer la galanterie musulmane, *yesss !*

On se contentait de regards si intenses qu'ils nous donnaient l'impression d'être nus en pleine rue d'Alsace-Lorraine et les frissons roulaient comme l'écume en fin de cycle. C'est un cri qui m'a rhabillé :

— Oh le Madge !

C'était Momo au loin qui agitait son bras, il portait des cabas Tati chargés jusqu'à la gueule, ça sentait le voyage au bled et donc sa mère dans les parages. Nul besoin d'affranchir Kaoutar, elle me tournait déjà le dos pour lécher une vitrine de prêt-à-porter, lécher une vitrine ça lui faisait drôle, pas naturel. J'ai bien eu l'idée d'aller à la rencontre de mon poto mais ce dernier venait de confier les gros sacs à son frère et courait déjà dans ma direction.

— T'as des nouvelles de Samir ?

J'ai répondu non et ça a semblé le réjouir.

— Il est rentré.

— Alors ?

— Un désastre.

Et il m'a raconté par le menu la Marche de Samir, les différentes étapes, qu'il avait failli se faire péter les dents par des jeunes du Front national et qu'à chaque étape ils se déchiraient entre groupuscules de gauche et autres syndicats désireux d'apparaître au générique de la grande Marche. Il s'était même battu avec des fondamentalistes musulmans qui l'avaient traité de harki, d'autres Reubeus l'accusaient d'être à la solde du PS, d'autres plus radicaux de trahir la cause palestinienne. C'était l'effondrement.

Tout en racontant, Momo jubilait et je restais étonné qu'il ait cru me rallier à sa moquerie, je pensais plutôt à nous trois et puis à moi, au courage qu'il me faudrait pour faire le deuil de tant de rêves avortés.

Puis, du coq à l'âne.

— T'as acheté ton cadeau ?

— Qué cadeau ?

— Pour Hélène, connard ! T'as oublié son anniversaire ?

— Quand ?

— Demain frérot, demain !

— Merde ! J'ai confondu avec un autre anniversaire.

— Qui ça ?

— Pierrick.

À l'énoncé du prénom, sa tronche a exprimé une espèce d'exaspérant dédain.

— *T'as oublié Hélène ?* Hey, la musique te rend maboul, t'es amoureux, c'est pas possible !

J'ai tressailli et, histoire de remplir un air chargé d'angoisse, j'ai nourri la conversation.

— Qu'est-ce t'as acheté ?

— Un livre.

— Lequel ?

— Me suis pas cassé le tronc, j'ai pris un Goncourt.

Au loin, Mme Benguelaoui a fait de grands signes à son rejeton, j'entendais, Arrouah, arrouah ! J'ai attendu qu'il s'éloigne, me suis retourné, ma belle Kaoutar avait disparu.

Depuis le petit portail de fer, on entendait France Gall, elle ordonnait : *Résiste !*

Et Abdu a fléchi ses épaules.

— Oh non, *beauf city*.

— *Résiste !* et Abdu donnait la réplique.

— Non ! couina-t-il encore.

— *Résiste !*

J'ai repris : *Prouve que tu existes !*

Le jardin d'où nous provenait la voix nasillarde se trouvait derrière la maison. Ça ressemblait à une mini-fête de village avec des ampoules multicolores qui se croisaient au-dessus des têtes, elles pendaient bas, ça sentait la bricole d'individus pas portés sur le travail manuel mais c'était touchant, cette maladresse. Certainement qu'on n'avait pas fait l'effort de s'arrimer à une échelle. Un petit carré de gazon servait de piste de danse et je n'ai pas été surpris de voir ma sœur Fouzia, son inséparable Hasnia, Hakima et, bien sûr, Agnès se déhancher dans des mouvements de chorégraphie funky. Elles ondulaient sexy, façon d'exorciser tous les interdits. Momo l'a joué consterné, avec un soupçon de mépris devant ces courbes qui suggéraient l'amour physique, et quand Annie et Françoise, les deux amies d'Hélène, ont rejoint la piste, on a mesuré l'écart dans la maîtrise du rythme. Celles-là, c'est vrai qu'elles ne dansaient pas, elles remuaient les membres en pantins désarticulés, c'était moche, presque intello. Elles ne respectaient pas le rythme, se rebellaient contre la base du funky et, blasphème des blasphèmes, se foutaient de l'harmonie du mouvement. Ma sœur et ses copines ont dû penser, C'est des Françaises ! En danse elles valent tchi.

Elles ont ri et, pour les imiter, ont singé ce qu'on supposait être des trisomiques profondes. Un peu vexées, Annie et Françoise ont réduit la voilure en se contentant de lever les genoux, ce qui ne les rendait pas moins disgracieuses.

Quelque chose m'a dérangé encore, ce n'étaient plus les adolescentes à la poitrine plate que j'avais toujours connues à l'atelier danse, là c'étaient des petits bouts de femmes définitivement calibrées. Les seins en particulier marquaient la différence, ils revendiquaient leur volume, tout décidés à vivre, et les mouvements saccadés les secouaient violemment. Elles semblaient ne pas en souffrir. Ma sœur torturait les siens sans précaution. Je crois qu'elle ne portait pas de soutien-gorge et ce n'était pas un hasard, ça pullulait de *Frenchies* de souche. Me suis senti dans un délicat porte-à-faux, celui de vouloir qu'elle se libère mais sans que je sois témoin de la manière. Momo, plus crispé dans sa tête, à présent leur tournait carrément le dos, il désapprouvait la désinvolture, confondait l'étroitesse de son esprit avec de la morale extraite de la bouillie familiale. Mon intuition me conseilla de ne pas l'accoster sur-le-champ.

Collés à la palissade qui séparait deux "toulousaines", s'affairaient des potes à Hélène, dont

Christian, un grand barbu aux cheveux longs, au nez pointu et aux lèvres effacées, qui n'avait pas tout à fait éteint des flammèches de 68. Les deux autres portaient à leur bouche des bières qu'ils sifflaient à petites goulées, Christian retournait ce qui ressemblait à des merguez mais mon expertise me confirma que ça n'en était pas. Me suis dit, S'il nous fait griller du porc, les filles vont l'emplâtrer.

La fumée les escagassant par tous les pores, les trois tournaient autour du gril au gré d'un petit vent de fin d'après-midi. À l'odeur de grillé, on devinait la maladresse et l'impro. Ce n'étaient pas des amateurs de barbeuc, pas le genre à s'étaler sur des transats en plastique, buvant des vins de cubi dans des gobelets blancs tout en débitant des vannes de cul. Il se dégageait d'eux une distinction d'intello.

Hélène et des amies à elles s'en amusaient en les pointant du doigt. Tout en retournant la barbaque, les trentenaires suffoquaient certes mais ne se privaient pas d'un coup d'œil vers les danseuses et en particulier reluquaient le triangle de mousse. Au fond des poches, on voyait bouger les doigts, ça a réveillé le Berbère en moi, Enculés ! Ils se rinçaient la pupille, faussement décontractés mais chauffés à blanc par l'audace ainsi exhibée et par ce qu'ils croyaient être l'innocence de l'âge. Ma sœur, rassurée par ma présence, les toisait par de rapides regards de merdeuse qui violentaient cette frontière où veille une morale mise à l'épreuve. J'ai détourné la tête.

Près de la porte d'entrée une table mal stabilisée et qui reposait sur des tréteaux attirait des mouches qu'on écartait à l'aide de bouts de carton. Il faisait lourd et tout ce qu'il y avait de volant s'était donné rendez-vous autour du sucré.

Pendant ce temps Hélène ouvrait ses cadeaux au rythme des arrivées, elle poussait des oh, des ouah ! agrémentés de bises et de mercis. D'un coup, la musique s'est arrêtée, et ma sœur qui venait de saisir un micro a provoqué un insupportable larsen vu qu'elle était collée à un haut-parleur, toutes les mains se sont plaquées aux oreilles.

— Et maintenant, la surprise !

Djibou est apparu dans une combinaison hip-hop rouge vif, par-dessus, une veste Adidas immaculée où scintillaient milles étoiles cousues main. Il portait ce qui ressemblait à des chaussures de skate flambant neuves, des Osiris Kids dernier cri aux trois lettres explicites, NYC, j'ai douté de la provenance. Il semblait hyper concentré et une gravité singulière sur son visage a imposé l'attention générale. Derrière lui ont surgi tout en se trémoussant la petite Louisa qui n'avait d'yeux que pour Pierrick et Souad sa voisine de palier, toutes deux flottant dans de l'extra-large à trois bandes et des capuchons dans lesquels on aurait pu abriter les familles qu'on dit "lourdes". Ça les encanaillait gentiment. Un coup d'œil et le gros poste a libéré des basses synthétiques qui nous ont labouré les oreilles, un son de côte ouest lourd qui a tout de suite fait dodeliner les têtes. Après une longue intro de scratchs, Djibou s'est emparé du micro.

La vie, comment on la savoure ?
deux écoles chez nous se tirent la bourre
l'une dit "sois érudit"
l'autre cogne en répétant remplis ton caddie

comment choisir entre les deux approches
quand l'une dit "remplis ta tête" et l'autre, "tes poches"

entre ces deux difficultés
aucune chez moi fait l'unanimité

vous m'entendez ! à n'appartenir à personne tu meurs
à trop entendre "sors de ma demeure"
tu fermes les portes et jettes la clé
mon cœur à moi y a longtemps qu'y s'est dépeuplé

on ne naît pas le jour de sa naissance
on naît le jour où on comprend sa différence
est-ce que c'est vrai qu'à peine nés
nos parents avaient des chaînes, dites, est-ce que c'est vrai qu'on est condamnés ?

Ça a bien duré cinq minutes d'un flow implacable appris par cœur, terriblement émouvant. Cinq minutes qui ont vu tous les invités rester bouche ouverte, hypnotisés. Chacun a posé qui sa cuillère, qui son livre, qui sa tranche de foie gras sans quitter des yeux ceux d'un Djibou extatique, quasi ténébreux. Momo, son grand frère, semblait comme sonné que Djibou explore une douleur plus dévastatrice que la sienne. Un sentiment mitigé l'a remué, Mon frère pleure. Ah, si seulement il avait pu un jour émouvoir une assistance de la sorte, obtenir un silence sans le solliciter. Lui manquait un élément essentiel, la conviction. Bien qu'amer, il reconnaissait cet atout, limpide chez Djibou, la spontanéité.

D'un coup de coude je lui signifiai que je n'étais pas dupe de son émotion, il m'a concédé un je-ne-sais-quoi d'endolori, d'irréversible.

Il y eut un long silence et puis des applaudissements ont fait fondre Djibou qui est parti cacher une irrépressible envie de pleurer. Faut dire, on s'était donné du mal pour que ce texte conserve la patte de l'auteur, des semaines entières à peser chaque métaphore ou locution verbale, et mon œil s'est ému de le voir recueillir plus que des applaudissements, quelque chose que j'attendais désespérément sur scène, une attention.

Quelqu'un ensuite a envoyé le *Vertige de l'amour* de Bashung et ça a aidé à récupérer des bouts de cœurs éparpillés sur la pelouse, et surtout aidé à évacuer la scène de ses apprenties funky.

Un peu décontenancés, les parents d'Hélène, qu'étaient venus donner la main, se sont débouché les oreilles et ont repris du service en tartinant de foie gras d'épaisses tranches d'un gros pain de campagne, mes yeux ont dû quémander puisqu'une main m'a sommé…

— Goûtez-moi ça gamin, c'est pas du porc.

Mami, elle, jouait les nounous avec l'accent d'Auch.

— Ne courrs pas derrrièrre la hhaie, canaillou !

La chaîne hi-fi qui crachait lourd m'a empêché de souhaiter plein de bonnes choses à Hélène mais les signes ont suffi pour reporter à plus tard les gentillesses qu'on dit un jour d'anniversaire. Juste, elle m'a hurlé au creux de l'oreille, Faut qu'on se voie ! L'ordre relevait du plus sérieux mais, fidèle à sa réputation, elle ponctuait toujours ses humeurs d'un irrésistible sourire.

J'étais assis près de Momo quand ils sont arrivés pleins d'éclats de rire dans la bouche, mon cœur s'est arrêté de battre, d'un seul coup mes muscles ne me tenaient plus. C'étaient Pierrick et Bija, il était à la manœuvre, elle se tenait les côtes. Le puzzle se mettait en place, ils se connaissaient donc et vraisemblablement n'en étaient pas à leur première rencontre, on devinait même une confiance solidement établie.

Tout de suite j'ai regretté de m'être assis là, à côté de Momo, j'ai posé trois doigts sur mon front pour ne pas voir ce qui ne se voyait que trop et Momo s'est carrément vitrifié. D'un coup de tête dans ma direction il m'a interrogé, j'ai composé l'air de celui qui ne savait rien. On les a regardés, moi du coin de l'œil et lui en laser meurtrier, embrasser Hélène et plein d'autres gens. Comble de l'exaspération, les filles ont accouru de partout pour étreindre "l'Adonis du con d'sa mère". Je ne savais plus si je devais être rassuré qu'il plaise à toutes ou inquiet qu'il sorte avec une, dans les deux cas ce n'était pas bon. Avec Momo, on ne lâchait rien, on traquait chaque geste, le moindre regard pour tirer des conclusions criminelles.

— Fils de pute ! a dit Momo.

C'est ce que je redoutais. Je me préparais à le retenir mais trop tard, le plat de sa main venait d'éclater ma joue, ma tête cogna la table et une onde sourde bourdonna entre mes oreilles.

— T'es vraiment qu'un enculé.

Sans autre explication il a foncé droit sur Pierrick, s'est penché vers lui et l'a accroché par un pan de chemise.

— Hé, t'es pas encore chez toi dans le quartier, d'accord ?

Fidèle à sa réputation de téméraire Pierrick l'a agrippé à son tour.

— Je t'emmerde.

— Fils de pute.

— Toi-même, connard !

Et avant que les poings ne se mettent à parler, nous étions déjà dix bras à tenter de les séparer. Des prénoms explosaient dans l'air comme des pétards.

— Pierrick ! Momo ! Pierrick ! Momo !

Momo, excité par le mur de bras qui l'entravait, décochait de longs crochets dans le vide et, enfin épuisé, finit par jeter des éclairs injectés de haine en direction de Bija qui ne baissait pas les yeux, pire, elle relevait l'affront, plus méchante encore que courageuse, ça l'a décontenancé.

C'est le regard d'Hélène qui lui a fait tourner les talons, non sans un dernier, Fils de pute ! Pierrick n'a pas semblé apeuré, étrange, lui et Bija venaient d'être agressés et c'est moi que la peur étranglait lentement.

Bija, appuyée sur des starting-blocks imaginaires, semblait attendre le mot de trop pour vider son chargeur. La panique tournoyait, elle écrasait les regards, aplatissait toute espèce de volume.

J'ai couru derrière Momo, sans illusion, je savais qu'il avait cette faiblesse de ne pas se remettre des échecs, à chaque fois il pointait des coupables et c'était toujours "l'autre". C'était le genre à s'immoler avec sa victime, une façon d'éradiquer sa propre existence.

Faut dire, Bija, c'était sa promise de l'enfance immature et chevaleresque, une promesse éternelle, forcément incongrue et dont on ne veut pas se défaire. Dans les quartiers, c'est souvent que nous, les tendres, on s'éprend de la victime d'à-côté, le cœur prétentieux, on se fait la promesse de "sauver". On se soude à cette promesse pour de mauvaises raisons, en vérité, pour se convaincre qu'on est plus grands que sa taille et plus beaux que le reflet du miroir. Je connaissais cette contagion de "sauveur". Trop de filles pleuraient autour de nous. Mômes, trop de nuits nous ont torturés à cause d'une voisine accablée à coups de pompes par des frères rentrés saouls, qui voulaient manger chaud à quatre heures du mat'. Mais voilà, les yeux grands ouverts et du fond du lit douillet, on se flagelle car on ne se lèvera pas pour corriger les bourreaux, on aura peur des coups, et on passera le reste de sa vie en quête d'une rédemption.

Ironie de son supplice, Pierrick était mon meilleur ami, un meilleur ami à qui je glissais une lame pour assassiner mon autre meilleur ami.

Quand Momo s'est tourné vers moi, j'ai compris l'accusation et je n'ai pas cherché à le rassurer. Qu'avais-je, comme éléments, sinon mes propres doutes ? Et s'ils n'étaient que bons copains ? Mais Momo n'accepterait pas l'argument de la camaraderie, sa douleur accouchait de tessons de bouteille qu'il enfonçait dans mes viscères.

Arrivé au portail, un bras m'a tiré vers l'intérieur : c'était ma sœur qui avait peur d'une autre échauffourée.

Momo était trop con de toute façon, c'était l'avis des filles, et je ne voulais pas me remettre d'une aussi cruelle conclusion.

Momo s'est éloigné en caressant la tête de son petit frère, j'aurais aimé qu'il me choisisse moi comme grand frère, j'étais disposé à lui frayer quelque route et j'ai eu peur soudain d'une malédiction héréditaire. Puis, un dernier regard assassin a signé la fin de ce qu'on prenait pour de l'amitié. Quant à Pierrick, c'était désormais évident, il draguait Bija ouvertement. Me suis rassuré en pensant que draguer était une chose, emballer en était une autre. Bija, il lui fallait du tonique, pas un échassier lunaire, il lui fallait quelqu'un qui la bouge. Non, je le connais, ce n'est qu'un dragueur, un impénitent dragueur.

— Abdu !!
— Oui ! J'ai fini.
— Putain, ça fait quarante minutes !
— Tu chronomètres ?

J'avais déjà remarqué le soin qu'il mettait à lustrer sa peau, comme elle était noire ça me laissait perplexe. Sa trousse de toilette regorgeait de baumes onctueux, de crèmes adoucissantes, mousse à raser, parfum de marque et d'un rasoir dont les lames de rechange coûtaient une fortune. Je n'osais pas l'interroger sur ce luxe. On abordait pourtant bien des sujets tabous mais celui-là demeurait sensible. J'en restais sur ma faim, de ne pas éradiquer ces petits détails qui nous mettaient mal. Qu'est-ce que faisait ce luxe dans sa vie ? Je n'osais même pas un regard complice qui aurait délié sa langue. Et s'il était de droite ? À vrai dire j'étais sous le choc. Il vivait chez un prolo dans un luxe indécent, dingue ! Ma question : qu'essayait-il d'effacer ? On s'est croisés sur le seuil de la salle de bains et j'ai baissé la tête. Devant la glace, j'ai humé un parfum terriblement sensuel dont il venait de s'asperger, ça m'a enivré. Je voulais m'embaumer à mon tour et puis j'ai hésité, pas osé. Peur peut être d'affadir mes convictions prolétariennes. J'ai pris un peu de savon, me suis frotté les mains avec, ai fait passer mes doigts dans mes cheveux pour échafauder une banane de ma spécialité, ensuite j'ai peigné le reste avec la paume de mes mains pour aplatir l'indomptable touffe. Abdu m'a lancé :

— Tu t'habilles pas ?

— J'ai rien de mieux.

— Attends…

Il a ouvert une valise, m'a tendu la panoplie intégrale d'un choriste de Harlem. Une chemise blanche, un pantalon de tergal noir et des chaussures à bouts pointus. Je faisais propre, à défaut d'une classe que j'eusse préférée plus rock'n'roll. Abdu, lui, n'a pas hésité à s'accrocher un nœud pap', à troquer son tee-shirt pour une chemisette rose à manches courtes. Pareil, il a enfilé un tergal noir à pinces, on aurait dit un barbeau de Harlem. On se regardait, soufflés par notre élégance respective, ravis de paraître autrement que jeunes et subversifs.

Incroyable ! On s'est mis instinctivement à marcher dans la rue tête haute comme des conquérants du monde. Nos habits, aidés d'une poulie imaginaire, redressaient nos colonnes vertébrales. D'être endimanchés nous gonflait la poitrine comme une valeur ajoutée. Je n'en revenais pas que de simples vêtements nous donnent envie d'être vus. Si Abdu gardait une démarche sereine, moi je gesticulais comme un singe dans sa redingote. Je toisais les quelconques, content d'être adulte et propre.

Sapés, on devenait bizarrement normaux, le Black et le Reubeu s'étaient dissous dans "l'assimilé" et ça me reposait l'esprit, Abdu n'en ratait pas une.

— Vous me faites forte impression, monsieur le Madge.

— J'en suis marri, ami.

— Quelle élégance, quel port !
— Et vous-même, quel corps !
— Nous arranger a du bon.
— Le meilleur ! Qu'on soit café ou charbon.
Nos rires ont contaminé le voisinage.
— Une boîte de nuit ! a dit Abdu l'air désolé.
J'ai fait une moue jumelle. Qu'allions-nous faire en boîte de nuit ? Nous ! Les subversifs supposés.
Bébert absent, Pierrick, Riton, Polo, Ludo nous attendaient en terrasse. Quand ils nous ont vus, des yeux ronds se sont formés, alors on en a rajouté à la manière des rappeurs du Bronx, une démarche de lézard avec un léger chaloupé d'épaules. Ludo qui balayait ses locks s'est carrément levé pour applaudir et toute la terrasse a semblé médusée. Il a fait admiratif :
— Les mecs, les mecs !
Il n'avait pas d'autres mots à la bouche.
— Les mecs, les mecs, la classe.
Riton plus en retenue déclencha les hostilités :
— Eh les Afros, c'est quoi ces fringues ? C'est pour un baptême ? On va pas à l'église vous savez ?
— Arrêtez les gars, j'ai mal aux yeux, trop de couleurs ! Au secours !
Lui c'était Polo et sa tignasse en nid de poux.
— Vous êtes sérieux ? nous jalousa Riton à qui je ne cédais rien.
— Je t'ai déjà dit que nous c'est l'Afrique.
— Là, c'est pas l'Afrique, c'est LE fric.
— Non l'Afrique, la sape, le fin du fin, on se venge de vos redingotes à la con et de vos pas de danse pourris.
Abdu a fait en s'écartant de moi :
— Je me désolidarise…

Et j'ai imité le Français qui danse funky, ça les a pliés, puis d'un ton crâneur :

— Mon cher Polo, je t'ai dit vingt fois que le siècle prochain va nous appartenir, on va vous esbaudir, vous devancer en tout, suis-je clair ? Et ça, c'est qu'un début.

Ma diatribe a gêné Abdu, peu porté sur ce genre de revendications.

Pierrick, plus dans le respect de l'effort consenti :

— Franchement mais franchement, vous me faites trop plaisir, je me sens… honoré.

J'ai porté l'estocade :

— Ben ! Pierrick c'est ton anniv, pas Halloween, regarde tes potes, on dirait un rencard pour les catacombes.

Puis m'adressant à eux :

— Non mais vous faites la différence entre un jour de fête et un jour de merde ? C'est quoi ça, et ça ! Vous êtes tous en jean.

Abdu, bizarrement, m'a épaulé.

— C'est vrai, vous ressemblez à…

— Des Français.

— Non, c'est pas ce que je voulais dire, vous ressemblez à rien multiplié par quatre.

Quelques semaines plus tôt, Pierrick avait proposé la boîte de nuit pour son anniversaire, en insistant pour qu'on assume un côté clinquant.

— Mais bien sûr, *no problemo*, mec, on s'habille et on va te le danser, le disco.

Il avait dit :

— Boîte de nuit, centre-ville et clean ! Vingt ans, les gars !

Il s'est levé, a trinqué, À mes vingt ans ! Et nos verres se sont entrechoqués. À peine dégluti un peu de mousse, qu'il a poussé le *Vingt ans* de Ferré et on ne s'est pas fait prier pour l'accompagner.

Pour tout bagage on a vingt ans
On a l'expérience des parents
On se fout du tiers comme du quart
On prend l'bonheur toujours en r'tard
Quand on aime c'est pour toute la vie
Cette vie qui dure l'espace d'un cri
D'une permanente ou d'un blue jean
Et pour le reste on imagine…

Un moment j'ai imaginé tous mes potes réunis en une Babel flamboyante laïque et mondiale, Babel dont je serais l'icône rockenrollesque, une éternité s'ouvrait qui cajolait mon âme. Madge ! me chuchotait l'espoir. Tu vois, t'as des amis !

Me suis laissé aller à une douce rêverie et mes vingt ans n'étaient plus désespérés.

La boîte, c'était un genre de provocation, Pierrick se doutait du rejet général et nous reprochait de n'être au fond qu'une église supplémentaire pas moins dogmatique qu'une autre. La punk attitude le hérissait quand elle virait sectaire, et il était, dans le groupe, largement servi. Il en ricanait de nous mettre à mal mais se sentait fébrile à l'idée d'investir cette terre inconnue de nous tous qu'était la discothèque. Pour nous impressionner il avait opté pour un costard trois pièces, gilet et fleur *on the* pochette, l'effet fit son effet.

On allait voir ce qu'on allait voir, des petits-bourges de la périphérie allaient narguer les "fils de" du centre-ville et moi qui n'appartenais à aucune de ces sectes, je m'inclinais devant la curiosité. Presque l'envie d'y dire, Non mais t'as vu ton look d'aristo et tes airs d'écorché vif ? T'as moins de chances d'entrer en boîte qu'un Reubeu en gandoura.

— Je suis un aristo d'extrême gauche, vous en connaissez beaucoup ?

Et d'une seule voix on a confirmé :

— Non !!

C'était aussi un air du temps. Jack Lang époussetait à tout va, donnait une accréditation à toutes les disciplines nouvelles, art urbain ou contemporain, danse de rue ou orientale, toutes les variations de la culture hip-hop. Il faisait, “Chouette !” l'ami Lang, et chacun se sentait novateur dans son art. Les rues se peignaient de tags criards et ruisselaient des idées les plus incongrues, on pensait les barrières mentales abolies, on osait tout.

Avec la gauche au pouvoir, mes potes se sentaient maîtres de la rue piétonnière et c'est vrai qu'un vent de fraîcheur y visitait tous les recoins. Même les putes se sentaient légitimes et les mineurs, le droit de les aborder, enfin presque. Mes mousquetaires avaient pour camarades un Noir et un Arabe comme la blessure son fil pour la refermer, c'était pour eux le plus beau cadeau.

Ils étaient en somme plus heureux d'être jeunes que de gauche mais de gauche quand même, sûr, tonitruants. Ils espéraient que le monde serait assez grand pour qu'on n'en finisse pas de rêver.

Ils se prenaient pour l'avant-garde romantique et mondiale, d'ailleurs tout de suite ça a chambré sévère à mon endroit :

— La libération des ondes, de la presse, t'as vu ?

— L'abolition de la peine de mort, t'as vu ?

— Hé Madge, le droit de vote des immigrés, t'as vu ?

— Pas vu, j'ai répondu.

— Oui bon, ça viendra. Les discriminations frappant les travailleurs immigrés, t'as vu ?

— L'impôt sur les grandes fortunes ?

N'en rajoutez plus.

Le soleil déclinait doucement, on rebondissait d'un mot d'esprit à un trait poussif, d'une blague à l'autre, d'un calembour de première main à une métaphore douteuse, je les humais pour garder du bonheur en réserve. Abdu, qui n'aimait pas "l'aventure", attendait qu'on change d'avis, qu'on se contente d'un bar aux sonorités caraïbes, rajoutez cinq potes et une amoureuse et il eût été comblé. Pierrick, lui, n'en démordait pas, il répétait, Je veux ma boîte ! et l'inquiétude gagnait mon meilleur ami noir.

— Une boîte, j'y crois pas.

— Mais lâche-toi, on sait que t'aimes pas le noir, le remua Riton toujours prêt à souffler sur des braises.

— J'aime pas LES Noirs, nuance.

Et les mâchoires reprenaient du taf.

— Faut qu'on marche ! J'suis tout courbaturé, a balbutié Riton.

On s'est levés comme un seul homme, convaincus qu'il nous fallait secouer des corps anesthésiés par la position assise.

— Non mais vous êtes sûrs, les gars ?

Là c'était Abdu, qui ne titubait pas, lui.

— Mais on dira rien à Sandrine ! qu'on a fait en chœur.

On a dû marcher une bonne demi-heure et j'ai supplié :

— Vous voulez pas manger un morceau ?

— C'est pas un Maghrébin qu'a parlé ? a chuchoté Abdu à l'oreille de Riton.

— Non, on boit un coup.

Personne ne s'est fait prier, on s'est écrasés sur la première terrasse et j'ai compté les tournées. Une, deux, trois quatre… et j'ai basculé du kawa à la brune, Abdu lui, est resté fidèle à la boisson aux cinquante-deux étoiles mais se laissait porter par l'insolence de nos vingt ans. À un moment, ça a tangué comme à la jonction du cap Horn et je pouffais à l'idée que les plus mauvais calembours, que la moindre de mes phrases pouvaient désormais déclencher des tsunamis et je me suis lancé sans filet :

— Ce soir je baise.

(Premiers rires, j'étais insatisfait.)

— Ce soir je punis les pubis.

(Meilleur impact.)

— Ce soir je flagelle.

(Déflagrations.)

— Mais arrête ! a fait Pierrick.

Et j'ai déclenché le turbo :

— J'opère sans anesthésie, je travaille à vif, avec les doigts, je dissèque à l'ancienne, j'explose la bouture, je troue la valve, j'éclate le Ferrero, je démantèle !

Abdu, fine lame, a pris le relais :

— Je lacère le fripon.

Moi :

— J'emboutis le vestibule.

Lui :

— Je découds la balafre.

Moi :

— Je ruine la paroi.

Je ne sais plus le nombre de métaphores pondues à la seconde ni le nombre de calembours plus ou moins heureux mais je me rappelle que la nuit est tombée et qu'on ne se voyait plus, ce qui avait pour conséquence de multiplier les rires. Je me souviens que je voulais que ça dure et qu'on annule la boîte, j'étais trop heureux sous les étoiles de mes vingt ans. J'aurais aimé que tout se fige dans cette désinvolture qui n'enlevait rien à l'esprit aiguisé de mes potes, j'aurais aimé un quelque chose d'immuable dans son versant poétique et crédule, dans cet instant de gloire pourtant anonyme.

Riton, bien qu'avancé dans le territoire des vapeurs sympathiques, s'est mis à jouer avec deux cuillères à café, il battait la mesure d'un hip-hop improvisé en yaourt. Ludo matait les étoiles et espérait un message de fraternité des hommes, Pierrick, lui, flottait au-dessus d'un vide qui ne l'effrayait pas, Polo mettait en joue de flasques popotins, leur reprochant de ne pas tenir leurs promesses, il disait, Aimer, quelle embrouille !

Abdu me regardait les regarder et je l'invitais à faire de même.

— On va fermer ! a signalé le serveur.

Pierrick s'est levé d'un seul coup pour contrecarrer l'engourdissement de ses membres et on en a profité pour commander des sandwichs beurre et jambon truffés de cornichons, j'ai fait :

— Putain ! C'est bon.

— Eh les garçons, c'est mon putain d'anniversaire, faites que ce soit mémorable, merde !

— La mémoire ? a fait Ludo. Elle m'a quitté.

— T'as du bol, a bougonné Polo.

— Allons danser avant la contagion, nom de Dieu ! ajouta Riton. Et la dernière est pour moi.

Fauché, je n'étais pas mécontent que de toutes parts des mains fouillent les poches pour s'acquitter de la note. En la matière, mes partenaires ne faisaient pas défaut. Juste Abdu, tenace, m'a plombé.

— Tu l'as échappé belle, crevard.

Au bout d'une longue marche, premier arrêt à La Case Bleue.

— C'est privé.

Et la petite fenêtre s'est refermée sous notre nez. Un deuxième et un troisième "privé" nous ont fait nous asseoir sur un banc de bord de Garonne où la lune sur l'eau étalait des taches phosphorescentes, j'y voyais des visages mouvants, élastiques, presque celui de ma bien-aimée, envie de me jeter à l'eau. Je me rendais compte que je ne connaissais pas l'hypercentre, ses vieilles bâtisses qui s'élevaient comme pour échapper à la terre. Je ne connaissais pas cette Garonne si large, je comptais bien deux ou trois cents mètres de largeur et m'étonnais de cette eau qui coulait sans interruption depuis des millénaires. J'ai pensé, C'est chez moi, mon *país*, aurait dit Nougaro. Me revenaient les premiers mots de la chanson et Pierrick et Riton comme un seul homme ont fredonné au même moment : *Qu'il est loin mon pays…*

Et pas une voix n'a manqué pour finir la phrase : *Qu'il est loin…*

À proximité de la lourde porte de bois, deux armoires à glace reluquaient des popotins de clientes à l'arrêt, de loin, leurs tronches en disaient long sur leur méconnaissance de l'art cubique. Deux extravagants balèzes, de cuir noir vêtus, ont ralenti notre marche en tendant l'un le bras droit et l'autre le gauche. Dans un réflexe de crédibilité chacun de nous s'est tiré la peau pour la défroisser et retrouver un semblant de vie. Pierrick, en tête, s'est raclé la gorge pour aider à l'articulation des voyelles, il a dégluti, soupçonnant une difficulté syntaxique. Quelle formule établirait le meilleur contact face à des cétacés verticaux ? Il a choisi la plus directe.

— Bonsoir, euh… on est six.

Le grand Black, l'œil cruel et les joues tailladées, a répondu :

— Moi j'en compte quatre.

On s'est regardés, éberlués, doutant presque du décompte. On se croyait trop saouls.

— Euh… comment ?

— Moi j'en compte quatre !

Et chacun s'est mis à compter ses voisins tel un élève en butte au calcul mental.

— Mais… mais non, a fait Pierrick, qui menait les pourparlers, on est six.

— Ah ? On va avoir un problème d'arithmétique toi et moi, puis il s'est tourné vers son congénère reubeu avec un air de suffisance qui m'a vexé.

Pierrick s'est mis à nous sonder pour dénouer l'embrouille et s'en est retourné à la table des négociations.

— Je vous assure, on n'est pas quatre…

— Ce que je te propose, appuya le Schwarzenegger d'Abidjan, ce que je te propose, c'est d'aller vous recompter plus loin, quand vous serez quatre, revenez.

L'immense basané a cru bon de rajouter :

— T'as compris ce que t'a dit monsieur ? Allez vous recompter plus loin, vous empêchez la circulation !

— Mais c'est quoi le problème ?

— Je vais te dire…

De deux doigts il a saisi Pierrick à l'encolure, l'a tiré vers lui.

— Toi, ça va.

Puis est venu le tour de Polo, celui de Ludo et enfin il a tiré vigoureusement Riton vers l'intérieur du couloir et a conclu :

— Jusque-là, pour nous, c'est bon.

Tout en nous barrant la route à Abdu et moi.

— Comment ? a balbutié Pierrick.

— J'ai dit, jusque-là ça va, après je crois que ça va pas être possible.

Le temps s'est suspendu, je ne saurais décrire l'impression d'humiliation qui m'a recouvert. Avec Abdu, on n'osait plus se regarder comme si l'un ou l'autre avait la lèpre. D'avoir son meilleur ami comme témoin de son avilissement, c'était comme une injection d'eau glacée dans les veines, on basculait dans un autre monde que nous n'avions jamais affronté de manière aussi brutale.

La stupéfaction a raidi aussi nos potes qui, incrédules, ne trouvaient ni les mots ni l'attitude à la hauteur de ce tremblement de terre. On interdisait bien à un Noir et à un Arabe l'entrée d'une discothèque. C'était surréaliste. Entendre parler du délit de faciès était une chose mais le vivre fut un effondrement pour tous. C'était comme une chute sans fin, un saut périlleux arrière dans le passé, on retournait aux champs de coton, au marché d'esclaves, au fouet, au feu, aux pires sévices. Ma mâchoire tremblait comme si je voyais la mort en face, une mort singulière qui ne disait pas son nom, verticale.

Abdu n'a pas admis que la réalité le ramène aux profondeurs de ses origines et c'est pour cette peur qu'il traînait des pieds depuis le début de soirée, je l'ai compris à l'instant de notre assassinat, car on est morts, un peu, ce soir-là. Il a baissé les yeux, vaincu par la plus banale discrimination. Il ne voulait pas être ce Noir-là, mon Noir, mon miroir – et c'est ce que je lui reprochais. Moi, à l'inverse, j'avais depuis belle lurette intégré ma part de fellaga. La vie m'avait averti. Je savais qu'elle était susceptible de me renvoyer au bougnoulat séculaire avec ma djellaba imaginaire sur l'épaule et le couteau entre les dents. Je revisitais le fond de ma mémoire. C'était une méchanceté soudée au fond de ma tête. C'était une rancœur liée à cette peur originelle d'être pris en flagrant délit d'indigénat. Assommé, je ne pensais pas à me défendre mais à Abdu, à toutes ces années où il refusait, même sous couvert d'humour, d'être mon reflet.

— C'est parce qu'ils sont noirs ? hurla Pierrick au nez du mastodonte africain, c'est parce qu'ils sont noirs ?

Le pauvre attendait innocemment l'aveu mais c'est un coup de poing qui l'envoya quelque dix mètres au loin. Les deux monstres se doutaient, à nos allures, de notre faculté à prendre des taquets sans les rendre. Nos visages trahissaient admirablement une insupportable candeur.

On pouvait lire sur nos fronts : "inoffensifs invétérés", ce qui évita à l'évidence qu'ils usent de férocité. Avec nos airs d'"heureux" nous étions les "inoffensifs" de tous les genres qu'ils côtoyaient.

Pierrick, définitivement hors de lui, est revenu à la charge :

— Connard ! Il est pas noir et lui c'est pas un Arabe, ce sont des êtres humains ! Vous savez ce que c'est un être humain ? Les sauvages, c'est vous ! Pas eux !

Une deuxième baffe le renvoya deux mètres plus loin. Alors qu'on essayait de le retenir, il se débattit comme un enragé, n'admettant pas l'impasse dans laquelle on se retrouvait, voulant forcer le passage d'une matière grise en l'occurrence inexistante, il tapait dans du dur et se brisait un peu plus. Il revenait à la charge encore et se retrouvait à nouveau le cul par terre.

— Bon les gars, vous lui faites fermer sa gueule à Jean Lefebvre ou il va plus pouvoir jouer devant une caméra ? a fait le "Noir".

— Quoi ? Il m'a appelé Jean Lefebvre ?

C'est là que des rires incontrôlables nous ont échappé, de ces éclats qu'on dit nerveux mais qui ne nous ont pas empêchés de le ficeler.

— Laisse tomber Pierrick, merde !

Mais il ne lâchait rien et espérait qu'un magistrat céleste tombe des nues et lui rende justice sur-le-champ.

— C'est illégal, c'est condamnable ce que vous faites, je porte plainte !!

Et nous de l'enserrer, de lui colmater la bouche, d'étouffer ses mises en demeure qui pouvaient à tout instant se retourner contre nous.

— Oui, oui, porte plainte, le commissariat c'est première à gauche et première à droite, allez, cassez-vous.

On s'est éloignés sans quitter les deux molosses des yeux comme pour vérifier qu'ils étaient bien réels. Mais ils étaient bien là, immenses, sûrs d'eux.

Lugubre *retirada*, on incarnait la marche funèbre, manquait plus que la musique, une sonnerie aux morts pour nous rendre un dernier hommage. Chacun visitait les affres de son côté obscur. Comment rire après cette sordide mésaventure ?

J'ai juste glissé à l'oreille de mon Abdu :

— Imagine, s'ils avaient été blancs.

Sandrine venait souvent me voir à l'appart. Elle glandouillait de petits jobs en petits jobs, se refusant encore à intégrer la vie active. Elle épuisait ses dernières ressources, attendait le clash avec des parents qui l'avaient eue âgés. Elle leur reprochait ça, d'être âgés, hors du temps. Ça me sciait, moi j'avais toujours trouvé mes parents très vieux et ça me rassurait plutôt. Là, un demi-siècle d'écart partageait les eaux. Entre elle et eux, une langue étrangère avait fini par s'imposer. Son plaisir : les pousser à bout et les voir pleurer.

C'est ce qu'elle nous racontait, ça la faisait glousser d'agenouiller ses vieux à coups d'ultimatums et pire encore de le raconter, je trouvais ça plus blessant qu'autre chose. Elle était cash, quand elle sortait le soir et que ses parents lui déversaient du, Où tu vas encore traîner ? elle faisait mouche.

— Chez les Arabes.

Plus inflammable, tu meurs.

Elle connaissait la planque pour les clés de mon appart et c'est souvent que je la trouvais couchée dans mon lit lisant et relisant *Les Aventures de Tintin* ou des *Lucien* de Margerin. On ne se saluait même plus, j'allais vaquer à mes rimes, de son côté elle faisait exploser un rire court, une déflagration sans écho. Elle n'avait pas d'amies, elle avait Abdu et le Madge, ça écartait suffisamment les rideaux d'une vie incomprise.

Une pâlotte longiligne, un Black et un Reubeu : un monde à nous tout seuls, pas mieux. J'aimais que mon chez-moi soit ça, un horizon chamarré, j'aimais que mon appart serve de nid à l'inédit, j'aimais avoir une "amie" fille, une relation sans équivoque avec le féminin, c'était comme un défi à mes affres sexuelles. Jusque-là, ma vie suintait de rapports virils et la virilité de ce petit bout de femme dévoilait ma féminité, trop délicieux.

Au lycée, elle s'était imposée de main de maître dans le groupe. C'est elle qui nous avait choisis. Elle aimait les antipodes, alors un Noir, un Reubeu faisaient l'affaire. Puis il fallait qu'elle se démarque viscéralement en tout. Si un monstre avait été présent dans la cour de récré, sûr ! elle se serait précipitée sur lui comme l'enfant qui tend un poulet au croco. C'était le danger potentiel qui nous la jetait dans les bras. Cette attirance du précipice m'avait ému car si Abdu n'était qu'un gros ours inoffensif, j'étais, moi, beaucoup plus enclin à la renvoyer dans les cordes de ses origines bourgeoises. Paranoïa oblige, je trouvais bien sûr suspect qu'une Blanche en pince pour la couleur de nos peaux et toujours, dans ces cas-là, j'interrogeais la motivation réelle des concernés.

Je retrouvais donc chez moi cette longue tige qui encaissait mes colères, mes aliénations et jusqu'à mes travers d'affamé de banlieue, une psychanalyste sensuelle aux petits seins chétifs et à la langue acérée. Provocatrice-née, elle jouait les punching-balls qui encaissent les uppercuts et reviennent indolents vers le gant. J'aimais cette force concentrée dans un corps maigre et élancé, elle savait renvoyer un ascenseur de jurons assassins ou plein de métaphores malignes, genre :

— T'en fais toujours un plat, t'es dans la résistance.

Et ça pouvait durer des heures.

Ce matin j'ai juste dit :

— J'ai du taf.

— Super.

Ce que j'appelais du taf, c'étaient de pleines pages de rimes qu'elle me proposait de taper à la machine. Elle disséquait mes vers et souvent j'entendais :

— Ouais bon, c'est de la merde.

Et je répondais, bougon :

— Je sais, c'est juste un brouillon, j'arrangerai ça plus tard.

Mais, au fond de moi, les formules assassines se bousculaient, Ta gueule ! Connasse invertébrée, va chier.

Bref, je me taisais, trop content de voir mes kilomètres de rimes tapés au propre.

Ce jour-là elle a ouvert sa machine à écrire, s'est installée en tailleur devant la table basse et s'est frotté les mains.

— J'attends.

Elle devinait dans mes yeux une appréhension à me relire.

— Alors ?

— Attends ! Tu crois que c'est facile ?

— Mais je te dirai rien, promis.

— Pas de critiques ?

— Rien.

J'ai annoncé.

— Alors, le titre ! *Je crois que ça va pas être possible…*

Elle répétait en même temps qu'elle tapait.

— Je crois… que ça va pas… être possible…

— Hum… premier couplet…

Et je lisais :

Voici ce que je propose comme entrée
Je fais des fixations devant les portes d'entrée
Pas n'importe lesquelles, surtout les bien gardées
Avec cent kilos de muscles à la clé

Devant trop de barbaque c'est vrai je fais des rejets
Et je peux dire que je maîtrise le sujet
Les portes je connais j'en ouvre tous les jours
Mais j'en ai vu claquer plus souvent qu'à mon tour

Je vous fais un topo sur l'accueil à l'entrée des boîtes
"Veuillez entrer monsieur votre présence nous flatte"

Non, je plaisante car ça c'est pas passé ainsi
Devant les boîtes moi je suis toujours à la merci
D'un imbécile à qui je sers de cible et qui me dit
Je crois que ça va pas être possible…

Je n'ai pas eu le temps de finir ma phrase que Sandrine a lâché sobrement :

— C'est trop fort putain ! Là, je te reconnais, mais où t'es allé chercher un truc pareil ? On dirait que tu l'as vécu.

— Qu'est-ce que tu dis ?

— Je te dis, on dirait que tu l'as vécu.

— T'es sérieuse là ?

— Quoi ?

— Mais… Abdu t'a pas raconté ? Y a trois semaines, on voulait fêter son anniv à Pierrick…

— Oui je me rappelle, il vous voulait qu'entre garçons cet enculé.

— Exactement. On s'est pointés à L'Ubu…

J'ai déroulé la pelote, raconté la fameuse soirée presque avec entrain, Sandrine ponctuait par des, Et vous avez fait quoi ?

Au fil de mon histoire elle se tassait sans que je m'en rende compte.

— Tu devineras jamais qui nous a barrés le passage ! Un grand Black…

— Et un Arabe ?

— Oui… un Noir et un putain de bougnoule.

— Et vous avez fait quoi ?

— Rien, putain ! Rien !

Elle est restée prostrée, semblait retenir sa respiration avant de se scratcher hors du temps. De grosses larmes ont jailli, baignant ses joues de tout le noir de son maquillage. On aurait dit qu'un gouffre s'ouvrait sous elle et qu'elle s'y enfonçait sans se débattre. Je n'osais plus la regarder en face et quand j'ai voulu prendre sa main elle a hurlé, Connard ! Je voulais demander pardon, pardon de tant la décevoir. Elle s'est levée, a pris la direction de la salle de bains et s'est enfermée. Je mesurais la chute et la voyais presque au fond d'un puits, suicidée. C'était comme si elle s'était fourvoyée sur nos personnes, comme un mensonge irrattrapable, comme si on l'avait trompée délibérément depuis le premier jour. Elle ne voulait pas croire que nous n'étions que ça, des merdeux rigolards. Je prenais la pleine mesure de sa déception. Putain ! On peut être ça, j'y crois pas.

Un peu plus tard, Abdu est entré. J'ai prié pour ne pas assister au règlement de comptes conjugal. À coup sûr, l'artillerie lourde serait de sortie et le procureur d'annoncer la moins clémente des sentences. Je voulais fuir mais comment partir ? J'étais lié à Abdu par la plus flagrante culpabilité, partir c'eût été déserter, ajouter la lâcheté à la couardise.

Quand elle est sortie de la salle de bains, on n'a pas bougé une phalange, elle s'est assise sur un bord de chaise les yeux en abîme, les cheveux aplatis par un peu d'eau qu'elle venait de se verser sur les tempes. Elle a esquissé des sourires qui disparaissaient aussi vite qu'ils étaient apparus puis enfin elle s'est levée.

— Qu'est-ce tu fais ?

— Ce que vous avez fait, fuir.

Abdu et moi n'étions plus que deux ombres aplaties, plus que des traces improbables sur la roche dure, une promesse envolée.

Elle est partie non sans avoir balancé un coup de pompe dans la machine à écrire et j'ai pas eu envie de dire, Hé mes textes !

Ludo a confectionné un cône machinal, pas de gourmandise dans ses yeux à l'idée d'un décollage imminent chez les disciples d'Haïlé Sélassié, il roulait, placide. Fallait le geste, fallait l'odeur pour réveiller des manières civilisées. Riton l'a grillé d'une mimique de colère.

— Allez, on joue !

— Lâche-moi la grappe.

Le tempo était lent, la grosse caisse ordonnait un balancement d'horloge molle. Sous l'effet d'une poussée rageuse, je postillonnais sur mon micro, ça a fait grimacer Bébert. Écœuré, il a fait mine de me tourner le dos, je lui ai tendu un majeur qui l'a fait sourire. On attaquait un nouveau titre, puissant, marteau-piqueur, intraitable, riff monocorde mais dense :

Faut toujours que je cherche des noises au bonheur
Que je torpille la bonne humeur
Je plombe la guérison à peine sorti de l'hôpital
C'est chez moi une fonction vitale

Je pleure et m'entends dire il est bizarre
Tu m'étonnes j'suis percé comme un arrosoir

Parce que par tous les pores
On m'en veut de pas être passé par la case des porcs

Refrain :
Aujourd'hui je plombe mais un jour prochain
Je promets d'aimer mon prochain.

J'étais content qu'on ait ralenti le tempo, ça rendait le texte plus clair, notre musique plus adulte, je m'étonnais d'assumer des émotions fortes, des impudeurs, des choses sombres. Enfin on abordait la mélancolie sans peur d'apparaître en vieux cons ou en désabusés précoces. Pour une fois, Riton acceptait l'évocation identitaire, l'approuvait presque, et je bénissais la mésaventure qui avait décanté son cerveau. Je me suis senti soulagé que ce thème soit abordé sans accusation de communautarisme. J'en pouvais plus de prouver que j'étais français par la maîtrise syntaxique. Je m'emboucanais à nouveau. Et si je chantais en arabe, en serais-je moins français ?

Bébert très timidement osa pourtant un, C'est sombre ! mais des yeux ont fait taire l'effronté, la chanson tirait sa légitimité d'une déconvenue commune, ça soudait le groupe.

D'élargir le répertoire on se sentait mieux, chanter le désespoir consolidait nos os, on grandissait, c'est donc qu'on avançait. Enfin nous quittions nos dix-sept ans épileptiques et joyeux pour une gravité salvatrice. Sans doute il avait fallu qu'on tombe ensemble et d'un même étage pour être à égalité de fractures.

Avec deux autres titres en chantier, on pouvait prétendre à deux heures complètes de show sans compter qu'un concert nous attendait ce week-end, et il nous tardait d'y être. Des mois qu'on piaffait de reprendre la route, d'effacer d'un coup le plus mauvais de nos souvenirs. Qu'on se noie dans les décibels. Puis j'ai annoncé :

— On n'est pas morts !

Et ils ont répété :

— On n'est pas morts !

Alors on a vu Abdu se saisir d'une canette, et on a assisté à l'impensable.

— Oui, je bois, je… bois.

Lui, porter à sa bouche une cannette et se l'envoyer comme on se suicide ?

C'est qu'il tenait à Sandrine et s'était décidé à ne plus apparaître en dandy maniaque et maniéré, en glandeur chronique. Il allait réparer les dégâts commis dans le cœur de sa belle. Comment rattraper la putain de déconvenue ? Marre de voir sa vie lâchement bégayer, et son état d'incertitude éreinter sa bien-aimée. Il hésitait à propos de son adhésion au groupe et jusqu'alors, comme disait Riton, "il était là et pas là". Bref, décidé à reconquérir sa belle, il déclara :

— La prochaine tournée, j'en serai !

Et tout le monde a trinqué.

Trop heureux, je me suis senti l'envie de le travailler au foie.

— Je t'avertis, tu me joues des percus à l'africaine, je veux des cloques.

— Mais c'est quoi cette condamnation morale ?

— C'est pas une condamnation morale mais je trouve que tu t'intéresses pas assez à tes ancêtres, ta frappe est trop binaire.

— Bon OK, je tente à l'africaine mais je te préviens, ce sera une Afrique du Quercy.

— Ça m'ira ! que j'ai ponctué, solennel, et tout le monde a ri non sans qu'il ait ronchonné :

— Non mais c'est vrai ! Moi, au Mali, j'y suis allé qu'une fois, j'avais huit ans et je ne me rappelle qu'un lit tellement j'étais malade tout le temps. Je ne me souviens que de Noirs qui me regardaient comme un Blanc et qui s'étonnaient que je les regarde en Noirs.

— Des Noirs t'ont traité en Blanc ?

— Parfaitement ! Je te le répète, y a que toi qui me vois noir, pas vrai les gars ?

Et tous ont acquiescé, semonces de rires à nouveau, on retrouvait des couleurs. Son retour donnait un coup de fouet revigorant et chacun fouillait dans sa tête l'anecdote qui déplierait nos rides, la petite blague qui foudroie, la vanne assassine. On se serait damnés à ce moment précis pour une idée venimeuse, un trait criminel, une métaphore du diable. On en trépignait de secouer nos corps à nouveau, de nous défaire de la blessure qui avait marqué au fer rouge le fond de nos mémoires.

Depuis ma rencontre avec Kaoutar, je sursautais à chaque sonnerie de téléphone. Ça faisait rire Abdu.

— C'est elle ! qu'il s'écriait en rires gourmands.

Et redring.

— C'est elle ! C'est elle !

C'était devenu le jeu du moment et mon cœur comme une boule de plomb cognait la vitre d'un flipper dans un fracas de verre épais, en vérité je réprimais des envies de jeter son baluchon par-dessus le balcon et d'y dire, Bon maintenant j'ai une meuf, tu caltes.

Les semaines passaient et ma tronche n'était plus qu'une broussaille prête à prendre feu. De tous les jours de la semaine, seul le mercredi me voyait reprendre goût à la vie, le mercredi je sifflotais l'*Ouragan* de la conne de Monaco et Abdu, qui savait pourquoi, gloussait comme un dindon. Ce jour-là, j'étais donc alerte, le reste de la semaine n'était que mécanique, la gloire ne venait pas tapoter mon épaule, me sentais crevé de n'être un héros que pour moi-même. D'ailleurs, Abdu ne m'aimait plus que le mercredi. Ce jour-là, je souriais de bon matin et essuyais la vaisselle comme pour préparer une future vie de couple, j'avais envie de tout et la gentillesse devenait ma seule préoccupation, bref j'étais aimable à foison.

— Abdu, t'as du linge sale ? Je vais au lavomatique.

J'étais cool jusqu'à quatorze heures, l'heure du rendez-vous.

Ces jours là, je séchais allègrement les répètes. Les premiers temps, mes mousquetaires n'en prenaient pas ombrage, ils profitaient de mon absence pour peaufiner les harmonies ou tout simplement jouer sans qu'une voix vienne polluer leur partition respective, c'était presque un ouf !

Je suis descendu les tripes serrées, l'angoisse, à chaque fois, qu'elle ne soit pas au rendez-vous. Elle me devenait tranquillement indispensable et ça ne me faisait pas peur. Pour assurer, j'ai tapissé ma bouche d'un mentholé de Hollywood et me suis entraîné à des sourires de play-boy connard. Arrivé au rez-de-chaussée, j'ai fait quelques pompes pour durcir mes pectoraux et quelques flexions des genoux pour réveiller d'inexistants abdominaux. Lucide, je me traitais de gros porc gourmand, incapable de se retenir devant un millefeuille.

— J'encule les pâtissiers, et toute la gastronomie française, tiens.

À peine franchi le grand portail, j'ai reconnu sa silhouette altière, effrontée. À mesure que je me rapprochais d'elle, je la scannais pour garder en mémoire des bouts de sa physionomie.

Elle était là, égale à elle-même, bombe et mal habillée, un délire. Je devais ressembler moi-même, avec mes fringues froissées de célibataire, à un rebut de chez l'abbé Pierre. Sauf que je n'étais pas beau. Je lui étais reconnaissant d'accepter ma tronche de bestiole de terre aride.

Pourtant, j'ai presque failli rire en reluquant ses pompes d'un autre temps, des Clarks *seventies* plates et marron foncé. Son pantalon, pas mieux, un velours beige hors saison – c'est ça ! Elle était fringuée hors saison et semblait s'en battre les noix. Elle me dirait plus tard, C'est mon père qui nous habille, il nous achète encore les culottes et les soutiens-gorges ce taré, rien ne nous va. Pour autant elle n'en faisait pas une maladie, attendait juste le jour d'un *fuck you* patiemment macéré. Du coup, sa quête, c'étaient les ressources invisibles, l'intérieur, le fond des cavités, le contenu des êtres. Ça tombait bien, j'en bavais de montrer mes catacombes, mon désastre. Je n'attendais que ça, m'alléger, décharger ma benne à tabous, dégueuler des frustrations d'un autre temps, renaître par le cœur.

On s'est mis à marcher, je restais à deux pas d'elle, la chose était entendue. Elle appréciait que je sache à quoi m'en tenir, qu'on n'ait pas besoin de faire un dessin, moi, je savais les codes de la tribu semoule, on se captait parfaitement. Trop fier, je levais la tête avec l'envie de dire aux gens, Regardez comme elle est belle, vous en connaissez de plus pétillantes ? Vous la voyez l'émeraude, bande de tarés, eh ben elle est à moi, ce bijou est au vilain petit cochon.

Ce mercredi-là je l'ai emmenée au dernier étage des Galeries Lafayette, là où on était sûrs d'échapper à quelque cousin macoute ou autres tontons du même acabit. Un coup d'œil à droite, un coup d'œil à gauche, pas un frisé, vite l'ascenseur !

Aux Lafayette, on servait d'excellentes pizzas mais à des tarifs inflammables. Tant pis, je décidai de fracasser la tirelire. On s'est assis sur des tabourets, j'en profitai pour la humer de partout. Au bout de quelques minutes, un tapis roulant nous a servi des pizzas encore fumantes et je l'ai sentie hésiter, elle tournoyait avec sa fourchette au-dessus de l'assiette, moi j'entamais déjà mon fromage. Enfin décidée, elle a dépiauté les champignons, décollant au passage l'épais lit de fromage qui emportait avec lui les bouts d'olives – restait que la pâte.

Elle n'avait jamais mangé de pizza et tous ces bouts de légumes hachés l'ont laissée perplexe.

— Y a du porc ? qu'elle m'a fait d'un air qui masquait le haut-le-cœur.

J'ai tout de suite eu envie d'y répondre, Qu'est-ce qu'on en a à foutre qu'il y ait du porc ! Mais je n'allais pas si tôt griffer le tableau idyllique. Et tout de suite après elle a précisé :

— J'ai rien contre le porc mais j'en mange pas.

C'est exactement ce que j'aurais répondu à n'importe lequel de mes amis. C'était la phrase idéale. Elle aurait pu aussi dire, J'aime mais j'en mange pas ! et c'était bingo.

Décidément elle était moi, l'air de rien cette phrase me scellait à elle. C'était une phrase moderne, un ravissement pour le pourfendeur d'islam inculte que j'étais. Elle venait d'ouvrir une fenêtre, un avenir jouable, me correspondait au-delà de toute espérance. Oui, c'était bien elle que j'attendais.

— Non, y a pas de porc, c'est une Margherita.

Du porc, je ne voulais pas tout de suite lui avouer qu'il m'arrivait d'en manger lors de ma tournée prolétaire. Les semblants de loges regorgeaient d'étouffe-musulmans, de pleins bols de sauciflards secs, des montagnes de jambon sulfaté d'adjuvants, du gras partout pour anéantir mes vingt ans. Me suis donc tu pour garder ouverts toutes sortes de compromis à venir, m'étais même suggéré, Va falloir que j'en mange devant elle avant que ne s'institue une interdiction de *chez muslim*. Bizarrement, j'avais trop faim d'elle pour avoir faim tout court.

Je la disséquais à nouveau, ma tigresse au cou de héron, trop heureux d'être son élu. D'abord sa peau brune, tannée cuir comme celle d'un cheval de haras marocain, je la jouais éleveur et ma pouliche honorait les critères du roi. Je me faisais laboureur et l'imaginais tirant les plus lourdes charges, comme dans le film *Regain*, où Fernandel déambule en laissant sa belle tirer la charrette.

Dans cette certitude des bienheureux, qu'avais-je à dire ? Rien, un mektoub dictait l'aventure, tout était écrit. Même "je t'aime" appartenait au passé puisque c'était acquis. Prononcé, il aurait tout affadi. Je la reluquais à nouveau, en coin cette fois, pour mémoriser chacune de ses formes que j'allais sans autre forme de procès redessiner la nuit.

Puis j'en revenais à ses fringues. Elle était l'éclat que cachait mal une incontestable pauvreté. Achalandée comme un pou ! Un merle moqué ! Une chemisette à manches courtes la corsetait. Dessous l'acrylique, on devinait un soutien-gorge qui ressemblait à une camisole, il faisait office de geôle et j'imaginais mes doigts en clés. Le pantalon sans sexe, sans âge et sans couleur l'expulsait des territoires qu'on attribue au féminin. C'était un garçon sans en être le sosie et ces stigmates d'une extrême misère m'émouvaient car c'est rare que la misère s'allie à l'arrogance. On l'aurait dite Cosette sauf qu'elle ne faisait pas de peine. À un moment, j'ai glissé dans son oreille :

— Tu seras ma Cosette et je serais ton Jean, ouais, tu vas m'appeler Jeannot.

En répétant le mot Jeannot elle a explosé de rire et a ajouté :

— Victor Hugo, j'adore.

En vérité, je l'ai préférée à Cosette car il se dégageait d'elle un quelque chose d'hostile. Un dénuement baigné de détermination, ça avait de la gueule.

Pour faire bonne mesure, rien sur la figure, pas trace d'un recourbe-cils, tout chez elle pétillait sans artifice et les hommes autour ne s'y trompaient pas, qui la sniffaient tels des cherche-truffes.

Elle a fini sa pizza goulûment, avalé les miettes de champignons pour rattraper l'impair du porc, j'en étais tout ému. Aussi culinaire que ce fût, ça ressemblait à un sacrifice, pourtant j'avais menti sur la pizza, je n'avais aucune certitude quant à son contenu. Mais je mesurais son courage, sa détermination, sa folie peut-être car c'était l'évidence même, celle-là lâchait la tradition et toutes les injonctions du ciel et ne voulait pas se renier pour l'honneur de la tribu. C'était le contraire de ma sœur Fouzia. Dans sa mastication courageuse elle cherchait à renaître des cendres d'une ancienne vie, cette fille c'était moi-même le jour où j'avais déchiré mon premier sandwich jambon-beurre cornichons. C'était trop succulent. Ce jour-là j'aurais vendu ma mère si on m'avait promis la lune.

— C'est loui ! C'est loui !

M. Ghanane a crié, postillonnant des horreurs accrochées à ses caries :

— C'est Brahim ! *Ould el hram* (fils du péché), j'la vu si loui ! L'a tout cassi avec les pieds.

Sa bouche étalait des dents en escalier et des béances qui ont fait grimacer les filles.

Il n'avait pas hésité une seconde pour dénoncer l'auteur du saccage.

— Si loui, si Brahim, salouprri !

— Vous êtes sûr ?

— Si Brahim, si lui j'la vu ! Ji pa dormi tote la nuit, si lui cent pour cent.

On l'a cru tout de suite, pas l'ombre d'un doute sur l'auteur, tout l'accusait, à commencer par le nombre de menaces proférées ces derniers mois et que j'ignorais. Quant à M. Ghanane, notre association était sa bouée, sa famille, nous savions que nous étions tout pour lui, et c'est peut-être lui que ce désastre anéantissait le plus. On le sentait atteint comme si c'était sa propre vie qu'on avait mise à l'envers. Soudain il a glissé sur des feuilles imbibées d'eau savonneuse, son corps est parti à la renverse, on a entendu "cloc". Sa tête a cogné le mur et il s'est retrouvé cul par terre. Ça nous a presque fait rire, ce tableau d'un chibani cul par terre, ça nous faisait presque oublier le capharnaüm qui s'étalait sous nos yeux.

Une heure plus tôt, au téléphone, Hélène m'avait juste dit, Viens vite, c'est affreux.

Dans la voiture, entre Pierrick et moi, pas un mot, pas un regard, que des éclairs, car il me semblait qu'il accumulait chaque jour un peu plus de secrets, sa vie s'enflait de mystères, la mienne d'interrogations. J'attendais patiemment, pas l'ombre d'une confidence. Durant tout le trajet il n'avait rien laissé transparaître au point qu'au fil des minutes, je ne doutais plus de lui mais de moi-même.

Pour laisser peser ce climat de Sahel, je n'avais pas mis de musique – alors qu'il m'en fallait pour conduire, toujours. Pierrick le savait bien, et ses yeux papillonnaient dans les coins du tableau de bord. Le silence dans l'habitacle plombait l'air jusqu'à l'insupportable, il étouffait. C'était un genre de torture déguisée, un genre de, Tu veux pas parler ? Eh bien, meurs.

Dans le local, quel crève-cœur de voir tant d'années d'activisme associatif baigner dans des flaques aux couleurs repoussantes. Une eau marronnasse avait envahi le sol et noyé plein de dossiers portant la signature de tous les espoirs de nos dix-sept ans. Tout macérait en confettis liquides, nos quinze ans en photos déteintes, nos raies sur le côté, nos boules afros et nos pantalons à pattes d'ef. Les premiers bords de mer où les filles en maillot de bain tenaient serrées des serviettes à l'endroit de tous les dangers. Les premiers séjours au ski sans personne pour initier aux rudiments de la glisse.

Tout était sens dessus dessous, les chaises brisées, les tables à la verticale, on avait même pissé sur les livres jeunesse et savaté les coupes des tournois de foot. Ce n'était pas qu'un saccage, on subodorait l'envie de blesser au plus profond. Aucune étagère n'avait résisté à ce qui ressemblait à la volonté d'effacer notre existence associative. Hélène, assise dos au mur, ne bougeait plus, son regard en disait long sur l'accablement qui la voûtait déjà. Agnès reniflait d'incessantes morves qui lui coulaient du nez, même Samir était venu se rendre compte des dégâts, et il s'affairait à récupérer des affiches amoureusement conçues par ses soins pour les fêtes du quartier. Il ramassait un bout de feuille puis le jetait négligemment, finalement repartir de zéro semblait l'arranger. Samira, courageuse, s'armait de sacs poubelles pour débarrasser le sol des milliers d'éclats d'assiettes et de verres. Momo à ses côtés n'a pas voulu qu'on se sépare de la cafetière qui avait été le premier ustensile acheté avant même qu'on nous branche au réseau électrique. Mmes Latrêche et Boussah ont convoqué leur balai et serpillières et s'attaquaient déjà au mur. C'est dans les malheurs que la solidarité se pare de ses plus beaux atours, des mains, partout des mains, on voyait que ça. Dans le hall d'entrée, c'était la cohue. Tout le monde voulait voir, aider, comprendre, venger.

Évidemment, nous n'en étions pas au premier cambriolage mais celui-là voulait frapper les esprits, il ne s'agissait pas d'un vol, s'agissait d'éteindre tout espoir de survie.

Comme à chaque fois, un débat s'est engagé sur la dénonciation ou non des auteurs supposés. Jusqu'à ce jour, porter plainte avait toujours semblé une infamie, froisser des principes qui valaient ce qu'ils valaient ou des convictions plus idéologiques. Samir et Momo n'auraient jamais collaboré avec la police. Moi je ne voulais pas ouvrir la boîte de Pandore, je n'oubliais pas que deux ans plus tôt j'avais fui, je me sentais un devoir de réserve. Et la question a fini par être posée.

— Qu'est-ce qu'on fait ?

Et la lancinante réponse.

— On ne va tout de même pas porter plainte.

J'ai tout de même tenté timidement un :

— Pourquoi pas.

Et me suis fait répondre :

— Tu t'entends parler ?

— Je rigole.

— Le con de sa mère à celui qu'a fait ça ! a tonné Mourad qui venait d'arriver, enragé qu'il était qu'on se soit attaqué au soutien scolaire, donc à son petit frère. Je vais y défoncer le crâne à ce bâtard, sur ma mère.

Moi je venais dans ma tête de prendre une décision plus légale.

Je n'en croyais pas mes oreilles, Abdu a dit, C'est fini. Le choc avait été trop rude, il répétait à l'infini, C'est fini, j'arrête tout. Plus lucide, je me rendais compte que cet incident lui donnait l'occasion de démissionner à nouveau.

Il pleurait, on aurait dit un gosse épouvanté par l'absence de sa mère devant la porte de l'école, ça m'a irrité. Le coup de boule qui venait de lui déchirer l'arcade l'avait terrorisé, il saignait de partout, on aurait dit les gicleuses du jardin du Capitole. J'avoue, c'était un impressionnant coup de tête et le mouvement avait été si rapide qu'il avait pris la douleur de vitesse. Bien des minutes après, son corps tremblait, sa mâchoire claquait nerveusement, de peur, moins des coups que de leur signification. Replié sur lui-même, il hoquetait de tous ses sanglots, ce qui provoquait chez moi plus de colère que de pitié. L'envie d'y coller une baffe à mon tour m'a titillé car il ne faisait pas l'effort d'un peu de dignité. Je voulais le secouer, Relève-toi connard ! T'es pas mort ! comme l'aurait fait mon père en pareille situation mais je n'ai pas moufté. Abdu n'avait jamais essuyé pareille raclée, lui fallait du temps, le pauvre n'avait pas idée de ce qu'était un taquet ou un coup de boule puisqu'il s'était débrouillé pour ne jamais en recevoir. Il ignorait cette violence-là. C'était un Noir à sa maman, un Noir gâté, presque efféminé, un Noir amoureux des lettres, qui avait en horreur les sports de combat, le bouquet. Mais ne l'avais-je pas aimé pour cette singularité-là ?

C'était à Vitrolles. On venait de s'installer autour des instruments, seule Sandrine, repliée dans un coin de la salle, piaffait d'écouter les nouveaux titres.

Très vite une mauvaise onde a squatté l'air, une fois de plus et comme aux Francs-Voisins, nous ne remplirions pas la salle, tout cela se sentait à la mauvaise mine du patron. Il pestait contre ses employés que, disait-il, il ne payait pas à glander. Il remuait les chaises brutalement, histoire de prendre l'ascendant, nous forcer à faire profil bas. C'était une technique que nous avions éprouvée, un patron qui vous culpabilise en se plaignant de n'avoir pas fait le plein, ce qui permettait d'aborder après le concert la question du salaire dans un rapport de force à son avantage.

Encore une fois, j'allais me déchaîner devant un parterre vide, ôter mon tee-shirt avant qu'il ne soit trempé pour ne pas le retrouver au fond du sac avec des auréoles jaunâtres et une odeur à vous éteindre l'odorat.

Et encore une fois, j'allais sourire ou hurler devant personne et me répéter, Sois cool.

À peine entamée la première chanson que les premiers blousons sont arrivés en traînant le talon de leurs boots, ces gars-là se distinguaient par une démarche lourde, des têtes rentrées dans les épaules. Sur l'instant j'ai repris du poil de la bête, Putain !

Des gens ! Ils arrivent ! Z'ont peut-être des habitudes tardives par ici…

Je les distinguais mal, ces premiers spectateurs, d'autant qu'ils filaient un par un vers le fond de la salle et disparaissaient dans la pénombre. À la fin du troisième morceau, ils n'avaient pas secoué une oreille et je les ai sommés d'approcher.

— Bon, les gens du fond, on se sent seuls là, venez ! Approchez-vous de la scène, allez, n'ayez pas peur.

Quand ils se sont approchés, j'ai tout de suite compris qu'il s'agissait de skinheads, de petits nazillons roses et cruels. Près de la scène, les projos faisaient luire le haut des crânes, tous rasés. Je distinguais plus clairement des tatouages explicites, nostalgiques du IIIe Reich. D'autres sigles qui m'étaient inconnus semblaient suggérer l'éradication du bougnoule et du feuj sur toute la surface du globe, tout annonçait l'hécatombe. Devant moi, le plus grand de la bande souriait comme la tranche d'une feuille de boucher. Devant ce qui ressemblait à une haine froide et résolue, une peur m'a durci le ventre et deux syllabes ont tambouriné entre mes lèvres, Maman !

C'était limpide, ce troupeau compact et chauffé à blanc était venu broyer du Noir et émasculer de l'Arabe.

Je respirais plus fort. Abdu, tout dans sa rêverie, jouait couché sur ses congas, et les autres ne calculaient que le positionnement de leurs doigts. Instantanément, je me suis mis en pose parano et balayais déjà le périmètre en quête de tables, de chaises ou de bouteilles, d'objets à saisir à pleines mains.

Je sondais les issues de secours et recalculais la distance qui nous séparait de la sortie principale.

Je soufflais des angoisses d'éléphant en pensant à ce qui sortait de ma bouche, en gros :

Je mange pas de halouf
Je mange pas de cochon
Je mange que du poulet
Et du couscous mouton

Épitaphe idéale pour un suicide, alors j'ai essayé la version yaourt histoire de pas secouer plus de haine qu'il n'y en avait déjà. Je pensais à la carte de choix que nous leur proposions. Un Arabe, un Noir, un punk, un bab, un illuminé et deux portemanteaux sans muscles. Une vraie carte de chez les "3 gros". Ça ne promettait rien d'une table de pourparlers. Puis vint le moment où mon texte n'était plus soutenu que par un roulement de basse et je n'ai pas voulu me déballonner. Cette fois, je n'allais pas baisser la tête ou tenter une médiation comme devant la boîte de nuit. Au contraire, j'ai articulé un peu plus chaque syllabe. Après tout, le message ne leur était-il pas destiné ? C'était pour moi le "grand rendez-vous", l'heure de l'affrontement, mon heure. L'ennemi n'était plus un bulletin secret jeté lâchement dans l'urne mais son avant-garde, sa légion combattante, et je me devais au sacrifice. J'allais être le trente-huitième bougnoule assassiné dans l'année, un martyr à Samir. Mon chant devenait une prière des morts, une sourate avant l'échafaud, et face au mur la peur perdait du terrain. Acculé, j'ai chanté plus fort :

Je mange pas de halouf
Je mange pas de cochon

Je mange que du poulet
Et du couscous mouton

Je lançais mon chant comme une charge héroïque mais perdue, la trompette de Fort Alamo ouvrait le ciel de haut en bas comme une braguette pour que le Dieu musulman soit témoin du supplice et me pardonne de pas avoir jeûné un seul jour de ma vie. C'est là qu'ils se sont mis à toiser chacun des musiciens dans des face-à-face rapprochés, et des mimiques haineuses. Mes potos restaient placides devant ces énergumènes qui ne suivaient pas le rythme de la musique, ne dansaient pas, voguaient de visage en visage dans une étrange chorégraphie funeste. Seul Abdu restait collé à sa conga et fermait les yeux dans une rêverie imbécile.

D'un coup, j'ai croisé les yeux vides de Polo, notre bassiste, j'étais saisi de n'y lire aucune frayeur mais un quelque chose d'indécent, un air désabusé. Et c'est ce qui m'a révolté, cette espèce d'inconscience de ce qui se tramait devant nous, cette placidité qui révélait son indifférence, non pas aux catastrophes du bout du monde mais à ce qui se tramait là : à croire qu'il prenait ces nazillons pour un genre de punks vaguement antipathiques, sans plus.

J'ai pensé, Quel con, il voit donc pas qu'on va se faire émietter, que ces cons-là ne cherchent pas juste la bagarre mais "le Noir et l'Arabe" ? Tu vois pas que ce sont des nazis qui veulent bouffer du bougnoule et du nègre ? Polo !! J'suis l'Arabe, l'oublie pas, réveille-toi, je suis en danger.

Je lui en voulais, pour le coup, de me prendre pour un Français. Et je m'en voulais de ne pas avoir dévoilé de manière plus terre à terre ma vraie nature de fils d'immigrés, je veux dire ma rancœur viscérale, je regrettais de ne pas avoir raconté l'humiliation de mon père et tous les copains jetés en pâture dans les sections bois et bâtiment.

Je les avais ménagés en larguant tous les matins mes turpitudes devant la porte du lycée.

Trop tard pour faire le point, l'heure de vérité, nous la vivions là dans un face-à-face de plans serrés, à la Leone. J'ai plié mon torse pour extraire un maximum d'air et me suis étiré pour en introduire tout autant. Puis l'un d'eux s'est approché d'Abdu qui relevait enfin la tête, une main lui a caressé le menton comme on le fait pour un enfant. Une fois, deux, puis trois, et d'un coup Abdu l'a rembarré de son avant-bras. Le temps d'un ouf et un énorme front s'est abattu sur son nez, il a basculé en arrière et a cogné le plancher tête la première. Le sang a giclé, s'en est suivi un cri d'épouvante, de ces cris que fait l'animal atterré qu'on devient pendant la torture.

Alors ils se sont mis à le tordre à plusieurs comme un linge, et tout en lui crachant dessus, ils lui assénaient des coups de poing dans les tempes, sur les joues, le front, partout. C'était comme une pâte qu'on malaxe pour obtenir une élasticité idéale. Un grand maigre plus haineux que les autres lui a jeté en pleine tête la chaise sur laquelle il était assis, c'est alors que j'ai pris mon pied de micro et l'ai explosé dans la bouche du géant qui me faisait face, ses dents ont fait un grand “plock !”, elles venaient d'éclater. Il a étouffé une insurmontable douleur et instantanément un poing de pierre m'a éclaté la joue, suivi d'une balayette qui m'a fauché tel un fétu. Le géant, excité par son propre sang, m'a saisi par le cou, serré la gorge, et étranglé tout en me secouant, il m'aplatissait le crâne comme pour en faire une surface plane et accompagnait son geste d'un grognement d'animal. Faut dire que, devant lui, je n'étais même plus un Arabe, m'étais métamorphosé en un insecte visqueux, c'est ainsi que j'apparaissais dans son regard, un truc dégueulasse.

Et alors que j'essayais de desserrer l'étau, voilà qu'il me recognait la tête contre le sol, en saccades, pour la voir éclater comme une noix de coco. C'est ça ! J'étais un fruit, un simple fruit et ma bouche faisait éclater les dernières bulles d'air. Heureusement, le sol n'était qu'un revêtement de planches de bois et je rebondissais comme une balle de tennis. J'étais ahuri d'autant de haine. J'étais arabe certes mais cette brute, je ne la connaissais pas et ne l'avais provoquée en rien, d'où lui venait cette motivation forcenée ?

De toutes parts j'entendais des "aïe !", mes potos très vite mis au sol se faisaient savater comme des ballons de foot, tous étaient en boule et roulaient d'un coin l'autre sans l'idée d'une riposte.

Le temps de quelques autres baffes plus humiliantes qu'assassines et le taulier est apparu batte de baseball en main. Et pan, et pan ! Un seul homme a fait fuir la brigade sans couilles.

— Enculés ! Que je vous revoie plus traîner dans le coin !

On est restés prostrés, longtemps, je ne regardais qu'Abdu, qui ressemblait à l'ombre de ses ancêtres.

Je me suis approché de lui, à son chevet Sandrine dorlotait aigre. Elle ne pleurait pas, elle pansait des plaies sans compassion.

Autant de lâcheté devenait rédhibitoire, elle n'allait plus jamais l'aimer sans réserve, il échouait par où elle attendait une résurrection et quand il a levé les yeux vers elle, c'est un masque de cire, un mépris définitif qui l'a condamné ferme.

Il répétait à l'infini

— C'est fini.

— Mais c'est rien ! a ricané le patron des lieux, tu leur sors une batte et ça détale.

Tu parles.

Après quelques soins de fortune, chacun s'est mis à ranger son matériel, il régnait une atmosphère d'apocalypse, un parfum de fin de cycle, peut-être la fin de ce que je croyais être le plus beau groupe du monde. En tout cas, j'y songeais, car la rancœur est remontée chez moi au plus haut étage, son préféré.

Assis, je reconstituais la scène. La tronche de Polo me revenait d'avant l'accrochage, une tronche de merde, placide, écervelée. Une gueule de naïveté navrante, d'invertébré têtu dans son inacceptable innocence, et les autres qui ne mesuraient pas davantage la portée idéologique du massacre. Non, ce n'était pas une simple bagarre, c'était un combat d'idée : la France blanche, immortelle et chrétienne contre celle des Arabes, voilà ce que je voulais qu'on dise. C'était un combat qui nécessitait qu'on s'informe et se forme sur l'état du pays. C'était un combat qui imposait qu'on lise et, comme le répétait Pierrick, qu'on aille sur le terrain vérifier l'état de démembrement des populations étrangères. Finalement, son idée, à Pierrick, d'aller s'inscrire au karaté n'était pas si stupide. Je me remémorais aussi les rires qui reléguaient mes colères à des crises post-adolescentes, des postures d'enfant de rue.

Puis je me ravisais. Que leur reprocher au fait ? De n'avoir manqué de rien, d'être pacifistes et rieurs, intellos et frivoles, ouverts et prévenants ? J'en perdais mon berbère.

— Ils m'ont niqué mon clavier, s'est plaint Ludo qui vérifiait les touches une à une.

Découragé, il s'est assis à mes côtés.

— Je roule un *criminel* ?

— Ouais, suicidons-nous, j'ai fait.

Ça ne l'a pas fait rire.

On s'est posés autour de quelques tables, seule une serveuse outrageante de froideur mais délicieusement découverte à l'encolure nous plongea dans quelque rêverie en trente-cinq millimètres. C'est Riton, cette fois, qui nous a gratifiés de la réplique d'un film de droite et pourtant rigolo dont j'ai oublié le titre.

— Il est giron le sommelier !

On a souri pour se faire croire.

Quand je suis arrivé, Samira m'a interpellé :

— Tu es blessé mon chéri ?

— Non ça va.

— C'est qui ?

— Ça va, je te dis.

Pour elle, ce n'était pas *quoi* mais *qui*. Elle était bien de mon camp.

— Dis-moi c'est qui, que je lui arrache les couilles.

Avec son bout de tendresse et son paquet de haine elle ressemblait à mes deux parents réunis.

Cette fois chez moi pas d'apéro, ça sentait les assises et je n'allais pas faire feu de calembours. Rien qui fasse rire, je voulais que mes potes sentent l'âpreté de celui qu'avait un prénom avant qu'on ne l'affuble du *Madge*. Sur la table, du café, que du café, c'était explicite et personne ne s'est aventuré à réclamer une bière ou du thé sous peine d'être privé de circonstances atténuantes. J'ai pris la parole en me jurant de pas voguer dans les doubles sens ou dans l'humour noir, que de la phrase maigre, ascète. Je m'étais préparé et une voix de l'intérieur me disait, Tue, Madge, tue-les.

Ils étaient là, forcément muets et coupables. Riton et ses éternelles baguettes au bout des doigts, Ludo et son œil au beurre noir caché par sa vaste forêt de cheveux, Polo indemne à peu près, Bébert le bras en écharpe, Abdu bandé de la tête aux pieds, qui multipliait les grimaces pour s'attirer des apitoiements que personne ne lui accordait.

Sandrine semblait plus froide qu'éteinte. Ses yeux aussi disaient, Tue-les ! Lui restaient des sympathies pour mes saillies assassines et je les ai labourés, mes potos, sans retenue.

— J'suis scié, dégoûté, vous me faites devenir arabe.

L'étonnement s'est lu en trois dimensions.

— Connards ! Vous le comprenez ça ? Vous pouvez m'expliquer ces airs que vous aviez face à ces mecs qui vous marchaient sur la gueule ? Vous pouvez me les refaire, ces tronches de connards innocents ? Vous voulez que je vous dise, vous avez pas de couilles, ils vous auraient pissé dessus que vous auriez continué à jouer !

— Hé ho !

Ce *hé ho* venait de Riton.

— Ferme ta gueule, je parle ! Vous brillez la nuit et vous crevez le jour.

— Mais qu'est-ce qu'il dit ?

Là, c'était Bébert en tronche de loutre apeurée qui noyait ses yeux au fond de sa tasse.

— Regarde…

— Oh, du calme…

— Du calme ? Putain ! Vous n'allez même pas voter !

Et tous m'ont regardé médusés en se demandant ce que le vote venait foutre là.

D'une voix de miel Ludo s'est tourné vers Sandrine.

— T'as du feu ?

Elle n'a pas bougé un cil et semblait m'encourager à asséner comme une brute.

— C'est ça, pour vous, la scène ? Laisser sa conscience dans les loges et tortiller du cul comme des putes ? Mais il sert à quoi, ce groupe, s'il défend pas deux, trois idées ? Vous êtes conscients du message qu'on porte, de ce qu'on est censés représenter ou bien je suis accompagné par des saltimbanques sans couilles… ouais j'ai le nom de votre prochain groupe les "sans-couilles"… Est-ce que vous savez seulement qui je suis vraiment ? Est-ce que vous savez que ma mère est accrochée à une valise et mon père à une pioche ? Une pioche vous savez ce que c'est ? Non, vous savez pas… et la fierté d'abord ?

— Quelle fierté ? a défendu Polo.

— Un truc que tu connais pas, connard !

— Hé ho…

— Vos gueules avec vos "hé ho", vous vous êtes même pas arrêtés de jouer ! Ces mecs vous méprisaient du regard et vous regardiez ailleurs ! La dignité ça vous parle ou pas ?

— Ben et toi ?

— J'ai pas arrêté de vous regarder mais vous êtes couchés sur vos guitares tout le temps, on peut pas vous parler ! Polo m'a même souri !

Me suis tourné vers lui :

— Tu te disais quoi, Polo, avant qu'on se fasse couper en deux ? J'aimerais bien savoir, tu te disais quoi ?

Un point d'interrogation a plissé son front, il rétrécissait.

— Tu te disais quoi ? Super ! Ambiance électrique ! Est-ce qu'on a du sens ou bien on est juste un groupe de plus qui détruit les conduits auditifs ? Putain, vous m'avez pris pour qui ? un chanteur ? un jongleur ? un bouffon ? Moi, je suis en danger les gars, même sur scène. Vous le comprenez ça ?! Ces mecs étaient là pour nous dézinguer, Abdu et moi, ils étaient là parce qu'ils avaient repéré un Noir et un Arabe, c'étaient des fachos, les mecs, ils étaient pas là pour vous, ils étaient là pour moi, et vous étiez pas là ! Putain, Samir avait raison, le seul moment où j'ai eu besoin de vous, vous étiez pas là… alors je vous le dis, à mon tour de ne plus être là.

Pour la première fois de ma vie je perçais la coque de mon arche, abattais le mât qui me protégeait des intempéries. Je mettais fin à la seule chose qui me tenait à cœur, mon groupe – que je n'étais pas sûr de revoir avant longtemps.

— Le groupe ? Ça va ?

— Ça sent la fin.

— Ah ?

Ça m'a déçu, qu'Hélène ne soit pas plus chagrinée, voire épouvantée, que j'échoue dans la plus belle aventure qui fût. J'aurais aimé des regrets, qu'elle s'intéresse et pose des questions, qu'elle m'offre une occasion pour m'épancher, mais rien. Elle se concentrait sur le fameux "soi" qui l'interpellait désormais, elle m'avait trop habitué à son propre effacement, longtemps mes intérêts étaient passés avant les siens mais maintenant je n'étais plus l'ado des quartiers qu'il fallait socialiser, elle me traitait en adulte et les temps innocents se sont mis à me manquer terriblement.

— Ma parole, t'étais en tournée ou t'as fait l'école hôtelière ?

Elle n'en revenait pas que je soigne la présentation de chaque plat. En entrée j'avais disposé dans l'assiette des tomates saupoudrées de basilic et tout ça délicatement entrecroisé avec du fromage basque qu'elle adorait. Deux ans plus tôt je balançais des tranches en vrac que je baignais d'huile ou d'une vinaigrette bon marché. En lui concoctant un ragoût façon Abdu, je voulais bien sûr l'épater mais surtout la recevoir en adulte, lui signifier que ma tête avait bougé.

Toute la matinée, je m'étais décarcassé. D'abord pas trop d'huile, ensuite faire cuire mes morceaux d'agneau à feu doux en prenant mon temps, les sortir, blanchir les oignons. Un secret que j'avais appris d'Abdu, ne pas se presser. C'est la recette, disait-il, le ragoût c'est du temps.

Pour les oignons, coupés réguliers, bien épais pour qu'ils ne fondent pas trop vite, les pommes de terre, rajouter le piment doux, le cumin, le ras-el-hanout, le poivre, une gousse d'ail, ah oui ! Pas trop d'eau. Les carottes, quelques courgettes ! Non, c'est trop tôt pour les courgettes, ça fond trop vite ! Faut pas qu'elles finissent en bouillie, je rate toujours mes courgettes. Je m'étais répété, À feu doux, connard, ça prendra le temps qu'il faut.

À présent, plutôt que de tout balancer à la louche, je disposais le tout dans l'assiette à la façon gastro étoilé. Une demi-carotte, l'agneau délicatement posé sur le côté, deux pommes de terre, une branche de céleri et mes courgettes aimablement alignées, un rien de bouillon pour une fois pas trop gras.

Les yeux d'Hélène n'ont pas quitté le moindre de mes gestes – ça m'a presque agacé, Ben quoi, je cuisine, ça va, j'ai rien dit !

Enfin, à table, je ressemblais à quelqu'un de délicat, et j'ai apprécié cette manière d'inaugurer ma vie de locataire indépendant. Presque l'impression de me détacher un peu plus de ma mère et des portions gargantuesques qu'elle nous servait matin et soir. Jusque-là je ne connaissais que le tas dans l'assiette, jamais l'organisation des aliments, je ne m'étais attablé que devant la quantité et le plâtrage d'estomac. Putain ! Voilà que je ressemblais à un Français affable et raffiné, et tout ça par le truchement d'un Africain qui se croyait blanc.

Hélène semblait ravie d'être reçue dans la délicatesse culinaire, traitée presque en gourmet. Elle répétait, Dis donc, dis donc ! Elle appréciait qu'on l'aborde en femme et non plus en éducatrice militante. D'ailleurs, elle s'était faite belle, glissée dans une ravissante robe vintage, serrée à la taille et le jupon évasé, large, j'en étais tout chose. On aurait dit que chacun inaugurait une vie nouvelle dans un registre plus solennel, presque une grandiloquence dans le geste comme dans la parole, comme si on voulait montrer qu'on passait à autre chose, qu'on devenait quelqu'un d'autre. Ces soudains bouleversements nous ravissaient autant qu'ils nous inquiétaient.

Adolescents, dans la cité, on ignorait la "femme" qu'elle était puisqu'elle était adulte. Nous l'avions assimilée à une grande sœur ou une mère et elle en éprouvait sans doute une frustration douloureuse.

Sans doute avions-nous besoin qu'elle soit plus "sœur" que "femme", quelque chose de rassurant. Son côté militant occupait tout l'espace et, par là même, éloignait les sujets épineux, les ombres, les turpitudes intérieures. Et ça nous allait. Mais depuis quelque temps, elle écartait le rideau pour montrer l'intime, elle voulait qu'on connaisse l'autre Hélène. Ce soir, son regard avouait une lassitude de plomb et j'accédais à sa mélancolie, à ces territoires enfouis au nom de la sacro-sainte éthique. Étonnant, être maquillée la dévoilait et je me suis senti de lui ouvrir à mon tour une porte restée close.

On s'est mis à parler une autre langue, une langue débarrassée des lourdeurs qu'impose parfois une profession et je me suis lancé.

— Je suis amoureux sans rien savoir d'elle.

— Dis donc, c'est beau.

— J'en dors plus la nuit.

— Ça, ça s'appelle l'amour.

Je voulais qu'elle m'en dise plus sur cette inflammation qui n'épargnait pas mes sens comme si son âge accréditait d'incontestables réponses.

— Écoute, Madge, vis ton bonheur à fond même si c'est les yeux ouverts, ça restera ton meilleur souvenir. Ne fais pas comme moi, j'ai laissé partir des tas de petits bonheurs et je les regrette, ne rate pas les tiens.

J'ai frémi de ce regret, de ce soudain avertissement, que regrettait-elle ? Est-ce qu'en abandonnant le groupe, je ne commettais pas la plus grosse erreur de ma vie ? Et puis Samir et Momo ? N'avais-je pas, en désertant l'asso, trahi nos rêves de refonder le monde ?

— Ne gâche pas, insistait-elle.

Elle me disait tout cela comme si elle craignait que je devienne, comme elle, une machine à gamberges, un sacrifié de la cause.

— On a droit à soi, disait-elle, moi je me suis perdue, j'ai tout perdu.

Le "droit à soi" me parlait. Plus je m'échinais à construire des "bandes", plus l'appel de "moi-même" me siliconait de son écho.

Pour la première fois, nous étions deux adultes entiers et autonomes, deux personnes qui entrouvraient un bout de jardin secret. Puis quelque chose de plus léger… j'ai dit :

— Un café ?

Et elle a répondu :

— Toute façon j'suis amoureuse tout le temps.

Ça m'a troublé, comme quand j'étais enfant et que je devinais ma mère amoureuse d'Enrico Macias. Enrico, merde ! Dès que sa tronche apparaissait sur le petit écran elle lui faisait des yeux de chatte timide. C'étaient les seuls moments où elle s'asseyait devant la télé. Assise, c'est qu'elle était amoureuse. Mon père, lui, était trop heureux d'être père pour se douter de quoi que ce soit.

Sentir sa mère amoureuse, fallait les avoir accrochées, dans nos mœurs de misérables, ça relevait de la perversité, ça soulevait le cœur et réveillait les reproches les plus féroces. Enfant, je ne voulais pas que ma mère aime, même mon père, ça secouait trop de choses laissées en jachère.

Pour me sortir d'une léthargie trop visible, Hélène m'a dit :

— Mets-moi Colette Magny.

Cette *blues woman* française, je l'avais toujours trouvée étonnamment noire dans sa plainte mélancolique. J'aimais l'idée d'une Blanche à l'âme noire, j'aimais ces Français qui rêvaient d'habiter une africanité car je courais moi-même après ma francité.

Et puis d'un coup, un ton solennel, on en venait à l'essentiel, à la raison de notre rencontre.

— Il faut que tu reviennes parce que j'en peux plus.

— Hein ?

— Ce saccage du local m'a achevée…

De longues minutes, elle m'a raconté son épuisement et l'envie d'autre chose, des phrases obscures, presque hermétiques.

— Je passe le relais… Puis tu sais, y a pas que les quartiers dans ma vie, j'ai un autre monde, tu comprends ?

Par peur de trop en savoir, j'ai coupé court.

— Oui, je comprends.

— Ça m'embête de te refiler la patate mais toi seul peux tenir la baraque.

— Hein ?

— Il va falloir embaucher donc rendre des comptes sur les dépenses et le sens de nos actions, tu comprends… ?

— ???

— Écoute, je serai pas loin pour te seconder mais c'est toi qui seras désormais la charpente, j'en ai parlé à toute la bande, ils sont d'accord.

— Ils sont d'accord ? Samir et Momo ? D'accord ?

— J'ai fait en sorte.

D'abord un étau m'a serré les tempes puis je me suis senti soulagé, j'avais largué les steaks hachés et cette opportunité tombait à pic. Sans réfléchir, j'ai dit :

— OK.

Un OK sans savoir la signification de l'accord, OK sans autre motivation qu'un salaire. J'allais replonger tête la première dans ce à quoi j'avais cru innocemment échapper, la cité. Voilà, revenir à la matrice originelle, au butoir identitaire, au point zéro.

Avant que mon sauternes ne l'assomme, une dernière question :

— Madge, qu'est-ce qu'on fait de Brahim ? On va quand même pas porter plainte ? Moi, j'assumerai jamais un truc pareil.

J'ai répondu :

— Moi si !

Comme un adulte que je venais de devenir.

À la mi-janvier de l'année 86, après avoir officialisé mon nouveau statut de salarié et entériné mes nouvelles prérogatives, les réunions se sont enchaînées, toutes aussi virulentes les unes que les autres. La tension électrisait tous les sujets, Samir s'est durci et Momo, refermé à double tour. Les deux ruminaient un épouvantable dépit, celui d'une lutte qui ne rencontrait aucun écho chez l'un, un fracas identitaire chez l'autre. L'échec des différentes Marches diffusait quelque chose de délétère, une insondable amertume.

Les premiers temps, quelle ne fut pas ma surprise de voir débouler une faune nouvelle venue s'agglomérer à l'asso ! D'incontestables Français, de ceux qui ne s'appellent pas Moussa. C'était l'air du temps, siphonner les quartiers en intégrant les conseils d'administration, en militant au bas des bâtiments, en se rendant indispensables auprès des familles. Je n'avais pas réalisé à quel point notre association s'était boursouflée d'incendiaires idéologiques, de gens venus canaliser de soi-disant dérives communautaristes, de militants de SOS Racisme qui n'aimaient pas qu'on arbore le drapeau algérien lors des matchs de foot. Une fois encore, je me suis senti doublé. Pire, trahi de l'intérieur. Hélène pensait bien faire en “ouvrant”, disait-elle, Samir adoubait pour me crocheter. Souvent, quand Momo n'était pas là, il susurrait à mes oreilles, Madge, faut des Blancs sinon on va droit au mur, faut qu'on ouvre.

Ce soir-là, il est arrivé le premier à l'une de ces interminables réunions, bougon mais accompagné d'une délicieuse allumée teinte de jais qui portait un perfecto noir et exhibait des cils surlignés jusqu'aux tempes. Dans la seconde, des jalousies ancestrales m'ont sorti de la bouche un bon vieux :

— Gros bâtard, elle est trop bonne.

Il nous a présentés comme si c'était la première fois.

— Marie, le Madge.

M'a pas fallu deux secondes pour reconnaître la rockeuse qui nous avait accueillis dans les locaux de la Ligue. Momo, lui, a joué les retardataires pour m'éviter et s'éviter les salamalecs. Ensuite j'ai vu débouler un grand maigre aux cheveux longs et au nez pointu. Il n'arrêtait pas de sourire, l'air presque benêt, heureux sans doute de retrouver les danseuses de l'anniversaire. Je lui trouvais un côté graveleux qui m'a vite écœuré. C'était le pote d'Hélène, le massacreur de steaks pas hallal.

Hakima s'est jetée sur Pierrick en oubliant ma petite bise. Fouzia, ma sœur, accrochée au bras de Hasnia, m'a juste dit :

— Ça va ?

Et sa copine :

— T'es moche, c'est quoi cette banane ? On dirait Elvis en bougnoule.

J'ai retenu un, Connasse.

Agnès m'a présenté Matéo qui venait par intermittence filmer les ateliers danse. C'était donc lui l'homme qui l'aimait pour ce qu'elle était et qui ressemblait, avec son bonnet péruvien, à un alpiniste fraîchement redescendu de trop haut. Curieusement elle ne s'est pas assise à ses côtés, voulait sans doute suggérer une indépendance de ton. Ce n'était pas le cas de Marie qui s'est avachie sur le bas-ventre de Samir, en plein ! Quoi ? Elle sait donc pas que ces choses-là ne se font pas ? Et lui, quel con ! Il ne l'a donc pas affranchie, nous restent des bouts d'Arabe, merde ! Puis je me suis dit, Il cherche à nous provoquer pour qu'on révèle des mentalités d'arriérés.

Donc, à califourchon sur les "choses" à Samir, Marie a pris la parole en premier.

— S'il vous plaît ! Faut quelqu'un pour écrire le compte rendu.

— Comment ça ? a répliqué Momo.

— Ben oui, faut prendre des notes et faire une synthèse. Vous avez jamais fait de synthèse ?

Ça ruminait, Synthèse de tes morts.

Ça sentait la réunion d'extrême gauche et comme Momo sans doute j'ai pensé, Ils nous ont envahis. Sans identifier tout à fait ce "ils" et à peine ce "nous".

Par intermittence, je fusillais Hélène qui m'avait laissé croire que j'allais reprendre la main. Je lui reprochais de s'être laissé déborder par sa gauche. Momo, cramé par son chagrin, n'avait rien vu venir, l'envie d'y dire, Tu t'es fait doubler frérot, me brûlait les lèvres. Ouais connard, t'aurais dû ramener des Reubeus des quartiers sud, au moins on se serait étripés en famille. Il voulait me faire part de son dépit mais à l'idée de m'adresser la parole, il suffoquait déjà. Juste, il décocha un scud.

— C'est qui celle-là, pour se croire autorisée à ouvrir les débats ?

— OK, a fait Agnès, je me dévoue mais c'est la dernière.

C'est la première fois qu'on entendait une revendication féminine aussi tranchée.

Marie, calée sur une cuisse, a repris la parole :

— Cette association, faut l'ouvrir, j'en ai parlé à Sam.

Elle l'appelait Sam, ça m'a rappelé Chris, j'ai tiqué. Ça y est, il est colonisé par la voie conjugale.

— Il faudrait un bureau qui ressemble à un bureau et un conseil d'administration démocratiquement élu.

On y était. Adieu la tribu, les palabres de platane, les décisions prises au débotté, les embardées hasardeuses, on ressemblait déjà à un comité central.

— On a toujours fonctionné au feeling et ça marche très bien.

Marie l'a poinçonné sèchement.

— Tu peux pas dire ça, désolée.

— Dire quoi ?

— Que ça marche très bien, le Madge est maintenant salarié, il lui faut un conseil d'administration qui l'aide à mettre en place un fonctionnement qu'on aura préalablement établi… avec son accord.

La fine lame tentait la caresse dans le sens du poil, Samir achevait le geste.

— Madge, tu disais toi-même qu'il fallait blanchir l'asso.

— J'aime pas quand vous dites blanchir ! a grondé Hélène. On n'est pas des oignons.

Agnès a acquiescé dans un geste de rébellion contenu.

— Je veux dire ouvrir ! a précisé Samir.

— Quand tu dis ouvrir, tu veux dire quoi, Samir ? a relancé Momo.

Mais c'est Marie qui a dégainé.

— Ben ouvrir, par exemple, avec des gens qui seraient pas du quartier et qui permettraient d'avoir un peu plus de recul.

— Moi, j'ai pas besoin du recul, j'avance bien comme ça.

Ça répliquait à fleurets mouchetés, les camps s'organisaient autour de la table, inégaux, dans des logiques qui plaidaient cette fois en notre défaveur. Les nouveaux venus prenaient le pouvoir. Hakima, Fouzia et Hasnia ne saisissaient pas les enjeux derrière les mots, n'avaient pas de deuxième lecture, elles s'agitaient, s'ennuyaient ferme. Samir laissait son avocate défourailler à l'arme lourde mais c'est Hélène qui a tranché :

— Marie a raison, faut ouvrir sinon, à terme, c'est la secte.

— Moi ça me dérange pas, asséna un Momo déterminé à ne rien résoudre.

Chaque réunion, ça a été la même chose. Puis un beau jour Pierrick en a eu assez. Il a dégainé à son tour.

— Oh les chieurs ! Jamais vu des mecs aussi susceptibles ! Un rien vous vexe, vous n'arrêtez pas, les gars, la semaine dernière et l'autre avant, c'était le même cirque, vous confondez fiction et réalité, c'est chiant ! Séparez-les une fois pour toutes ! C'est vrai, on peut plus rien vous dire. Si on vous réclame de la distance, ça vous vexe, vous identifier comme Français c'est vous diminuer, vous traiter en Arabes c'est quasi une insulte, vous vouvoyer c'est faute grave, vous tutoyer, la pire des insultes et toucher vos sœurs, un crime… Consultez, les gars !

On est devenus blêmes. Pierrick qui hier encore buvait mes paroles venait de résumer en quelques phrases vingt ans de dérobades et d'esquives, une fessée. Soudain, il est apparu comme un maître et nous ses élèves, ça m'a démoli.

Les semaines qui ont suivi ont encore vu les réunions s'enchaîner comme de vraies guerres de tranchées intellectuelles. Jamais le mot de "Blancs" n'avait été aussi usité et chacun demandait l'étymologie, et chacun donnait sa traduction, votre serviteur en tête. On entendait.

— Qu'est-ce t'appelles *un Blanc* ?

— Celui qui les imite.

Le chevelu au nez pointu souriait moins, se demandait sur quelle planète il avait atterri et n'en revenait pas de l'aigreur qui tapissait nos cœurs. Tous les pronoms y passaient pour flageller le Français de souche, on disait "vous", "eux", "ils", on s'arrogeait toutes les indécences au nom de nos parents, des parents de nos parents, et on remontait le fil des discriminations jusqu'aux croisades, on se servait des auteurs arrangeants comme Amin Maalouf pour délégitimer les versions occidentales de l'histoire. Tous les débats suintaient le découragement. Même Marie, pourtant vaccinée aux dogmes marxistes, supportait de moins en moins la politisation de tout, l'ethnicisation des comportements, le repli suggéré l'air de rien. Devant la surexploitation du "vous". On entendait :

— Moi, c'est Marie, pas *vous* !

Chaque atelier, idée, budget était étudié à l'aune d'un séparatisme larvé, d'une revendication identitaire des plus douteuses. On orientalisait les ateliers danse, on s'efforçait au *salam* plutôt qu'au salut, on portait sa main à la poitrine. On entendait aussi :

— Mais c'est quoi ce mot, *universaliste* ? Tu veux que je te dise ? plastronnait Momo, c'est une invention de Blancs qui veut dire "ne changeons rien". C'est un mot pour nous congeler dans un statut inférieur ! Pour préserver la race, votre race !

Et j'abondais en secouant la tête.

— Mais c'est plus possible ! tonna Hélène.

Alors, pour me venger de sa trahison, j'en rajoutais des couches.

— Moi aussi je peux me proclamer universaliste, est-ce que je vais trouver du boulot pour autant ? Non ! Le vrai combat, c'est celui qui va séparer les racistes des non-racistes ! Universalistes, on l'est tous ici, qu'est-ce que ça change ?

Matéo, le copain d'Agnès, a tenté :

— Ça change que le combat n'est plus politique.

— Et pourquoi ?

— Parce que c'est difficile de définir un raciste ou un non-raciste, qu'est-ce qui prouve qu'en ce moment tu l'es pas, raciste ? Quelle loi ? Quelle règle ? Ou alors, chacun décrète sa façon de voir et là, c'est l'affrontement. Il n'y a que l'égalité des droits qui puisse être défendue, pas l'accusation de racisme.

— Mais quelle égalité des droits puisqu'on a les mêmes droits ?

— Hein ?

— Oui, on a bien les mêmes droits, alors pourquoi on y a pas droit ?

Momo s'est empilé sur ma plaidoirie.

— Oui, la seule question qui vaille, c'est être ou ne pas être blanc !

— Et tu fais le jeu du Front national.

— Toi, va te faire enculer !

Au bout d'une année passée à s'entredévorer on avait l'impression de pas avoir quitté nos chaises, d'avoir passé notre temps assis à attendre qu'un Samaritain refonde l'ordre du monde, le sentiment de vivre dans une interminable réunion politique qui voyait s'affronter une multitude de camps hostiles à tous les autres. Très vite, ça n'a plus été le camp des "Français" contre celui des "Arabes" mais aussi celui des Reubeus contre eux-mêmes.

— Mais le Front national, c'est vous qu'il inquiète, pas les Reubeus ! Nous on sait qu'on est suspects, le mal est fait et vous vous étonnez qu'on s'accroche aux racines.

Des voix se tournaient vers moi :

— Madge ! Dis quelque chose !

Alors je rassemblais péniblement le peu d'énergie qu'il me restait pour recoudre les lambeaux.

— Je crois à un genre de discrimination positive comme aux States, faut injecter artificiellement du Beur et du Black dans toutes les strates de la société, à tous les rouages un blacko, même s'il n'est pas à égale compétence.

— Tu veux dire s'il est à compétence égale, corrigea Samir.

— Non.

— Et comment on fait ?

— Fabriquons-les !

— Pas à la couleur de peau, c'est débile.

Ça ferraillait pendant des heures, plus pour épuiser l'autre que le convaincre, ça s'écoutait de moins en moins en moins, ça parlait de plus en plus fort.

Un soir, c'est Samir qui a ouvert la boîte de Pandore.

— Il nous faut devenir français !

Et Momo éclata de rire.

— Tu peux m'expliquer, hé, c'est quoi devenir français ?

— D'abord, tirer un trait sur la colonisation et tous les griefs qui vont avec, on se doit d'être résilients.

— Mais est-ce qu'ils le sont, *eux* ?

— *Eux*, je te signale que c'est nous, il serait temps que t'achèves ta mue.

— Tu sais ce qu'elle te dit ma mue ?

— Merde.

— Tu veux tirer un trait, toi ? sur la colonisation ? T'as vu ce qu'il se passe en Nouvelle-Calédonie ? Tu sais comment ils le règlent, le problème ? Ils envoient le GIGN ! Elle te parle la République, là ? D'abord tu dis qu'on est français, alors pourquoi faudrait-il le devenir ?

— J'ai pas dit qu'on l'était dans la rue.

— Mais si t'enlèves la rue, qu'est-ce qui nous reste ? C'est quoi l'espace auquel on a droit ?

— C'est à nous de le gagner.

— Ouais, avec des armes.

Et puis il y eut une dernière réunion, plus délétère et laborieuse que les autres. Une bonne moitié des chaises étaient vides, les interventions molles et les tons bas. Une fin de bras baissés.

C'est ce jour-là qu'Hélène s'est débarrassée des derniers scrupules.

— J'en ai marre de me faire fermer ma gueule parce que je serais *française* et donc, si j'ai bien compris, pas légitime.

Il y a eu un chahut d'adhésion et de désapprobation mêlées puis elle a repris :

— Depuis la Marche, je ne me sens pas très à l'aise avec votre "mouvement beur" là, j'ai l'impression que, pour y adhérer, va falloir prouver qu'on a des racines étrangères. Où on va ? Et puis, votre peur d'être soi-disant manipulés… mais on est tous manipulés, un jour ou l'autre ! Ça fait partie du jeu, à vous de savoir négocier. Moi je ne sais plus ce qui me rattache encore à vous, y a quelque chose d'un suicide qui ne m'intéresse pas ! Alors je vous le dis, choisissez vos ennemis parmi les ennemis, pas autour de cette table, choisissez bien au risque de vous isoler, à moins que vous préfériez vous séparer de nous et dans ce cas, que ce soit dit.

— C'est dit.

C'était Momo qui venait sèchement de déchirer l'air. Et ce jour-là j'ai compris que ma vie dans le quartier devait prendre fin.

Hélène est restée quelques secondes interdite puis s'est levée et alors qu'elle rangeait nerveusement ses affaires, le fracas d'une énorme déflagration nous a fait sursauter, un bruit de tôle pliée, comme un objet en mouvement venu percuter un mur de plein fouet. On est sortis dans un chaos de chaises écroulées et là, juste devant la dalle, le spectacle de deux voitures encastrées. De la vieille BM se sont extraits Mourad, Greg le Gitan et le gros Saïd, armés de battes de baseball. De la Citroën BX, reconnaissable à sa démarche arquée, est sorti Grunch, qui faisait tournoyer une chaîne de moto XXL.

Depuis le hall d'entrée sont montés les premiers cris de mères encore tétanisées par les fragments de vitres et de tôle éparpillés jusqu'aux fenêtres et par l'onde sans doute provoquée par le choc. Les gosses n'étaient pas en reste qui pleurnichaient à tout rompre, d'autres plus grands piaffaient d'une bagarre imminente comme au cinéma, ceux-là, l'eau leur montait presque à la bouche.

— Dicave, ils vont se casser la tête !

— Maman, c'est le Grunch ! Il va les tuer, sur ma mère.

C'est Brahim qui est sorti le dernier, visiblement blessé à la jambe, et l'inimaginable a scintillé dans ses mains : un pistolet, un petit flingue de rien du tout. Qui n'a en rien convaincu Mourad de prendre ses jambes à son cou. Non, il n'allait pas fuir au beau milieu des siens, les balcons craquaient sous le poids des curieux.

— Tire, pédé, tire !

Aussitôt suivi d'un bruit sourd de pétard pourri, relayé de cris plus aigus d'enfants affolés et de mères cherchant un abri. Non, ce n'était pas la déflagration étourdissante des salles obscures mais une petite explosion ridicule, presque décevante, et Mourad s'est tenu l'épaule, vraisemblablement touché.

Tout autour ne restaient que des corps couchés ou cachés derrière n'importe quoi qui puisse faire office de bouclier. Les balcons se sont vidés d'un coup, en bas on se tassait en bouquets. Les pleurs se sont faits cris et les cris, vociférations, les chiards n'avaient que "Maman" à la bouche et les mères psalmodiaient déjà pour qu'un prophète épargne leur vie. Derrière un bloc de béton, hébété, j'assistais à une vraie scène de western urbain. Des copains d'enfance se tiraient dessus à bout portant, ça ne s'était jamais vu.

Pendant que Greg le Gitan savatait Grunch, le gros Saïd a jeté tout son corps en avant et percuté Brahim d'un ahurissant coup de tête plein nez. À terre, Mourad a enchaîné avec des coups de genou sur les tempes et la mâchoire de Brahim, accompagnés de "Fils de pute" réglementaires. De l'autre côté des véhicules, Grunch lançait d'élégants coups de pied secs et légers pour écarter Greg, l'accablant de "Ta mère". Les génitrices en prenaient pour leur grade et leurs parties intimes étaient accusées d'être ce qu'elles étaient, des parties intimes de l'autre sexe.

Pierrick, à mes côtés, semblait subjugué, comme s'il enviait les protagonistes, plus fasciné qu'effrayé par l'intensité de la haine, par la bravoure des belligérants, par la qualité des gestes aussi. Il faut dire que les coups de poing étaient foudroyants et lourds, les coups de pied, aériens, tranchants. Les raisons de la bagarre lui importaient peu, il oubliait qu'il en était l'origine.

Puis les sirènes des flics ont mis fin à la rixe. Les cinq protagonistes se sont dispersés sans demander leur reste. Quand les premiers véhicules de police sont apparus, les balcons étaient vides et les rideaux tirés comme à la fin d'une pièce, comme si rien ne s'était passé trois minutes avant. Ne restaient que deux carcasses encastrées et encore fumantes. Les rats se bouffent entre eux, putain ça fait du bien, c'est ce que j'ai pensé au plus profond de ce moment désespéré.

J'ai d'abord regardé dans toutes les directions, chez nous, il n'est jamais bon d'être vu en train de franchir la porte d'un commissariat. Mal à l'aise, je sursautais devant chaque frisé, je croyais voir un Brahim à mes trousses, et suis entré comme une ombre, fermé comme une huître. La parano n'étant pas en reste, autant d'uniformes et de drapeaux tricolores au mètre carré, ça m'a raidi.

Au guichet, on m'a demandé de patienter et je me suis assis, consolé d'avoir un peu de temps pour me remettre en ordre. Mon cœur battait fort et les premières suées trahissaient un je-ne-sais-quoi de coupable. Un simple inspecteur m'aurait coffré sans aveu tellement je sentais le suspect.

Au bout d'une demi-heure, j'ai vu entrer deux Reubeus, menottés et sévèrement encadrés, les deux m'ont souri et j'ai écarté un bout de lèvres. Jamais compris la fierté des cousins à pénétrer dans un commissariat à visage ouvert et menottés. Mon père à moi aurait réclamé la double peine : que j'aille tâter de la paille humide des cachots, et qu'on me renvoie dans la moyenne montagne kabyle récupérer quelques brebis égarées.

Le commissaire, bon gabarit d'athlète, m'a fait asseoir. Son regard était doux, il ne cherchait pas à imposer son statut, il m'a plu. Derrière lui, une affiche de Belmondo en flic sympa, j'ai ri jaune et pensé, Ces films sont aussi racistes que vous.

— C'est à propos de l'affaire Brahim Chayou, vous voulez porter plainte, c'est ça ?

— Oui.

— Vous savez qu'il sort à peine de prison ?

— Oui.

Il est resté médusé.

— Excusez-moi, mais je suis surpris par votre démarche, vous comprenez ?

J'ai dit :

— Ouais, y a des limites à tout.

Jamais il n'avait vu un jeune de quartier venir porter plainte contre un autre jeune de quartier, c'était pas le scénario convenu dans les commissariats, en général la victime disculpait son agresseur.

Il est resté hébété et c'est moi qui suis passé pour l'incongru de service. Tout juste s'il n'osait pas me traiter de balance, ne redoutait pas un quelconque coup fourré. Et soudain, un autre scénario s'est dessiné dans mon crâne. Et si Brahim était une balance, un sous-marin de la police ? Et s'ils étaient complices ?

— Vous êtes…

— Sûr ? Euh… oui.

— Bon, bon…

J'ai pensé, C'est sans doute le premier "oui" qui dénonce un ami d'enfance, le premier "oui" contre l'un des siens. Je portais ce "oui" avec courage car je devenais le traître définitif, l'intégré qui bazarde l'exclu, le laid reflet d'une vengeance de classe – s'il est vrai qu'on peut être pauvre et appartenir à une autre classe. C'était un "oui" traître à la cause, à la race, au Prophète. Un "oui" qui condamnait Brahim. Une condamnation qui se rajoutait à une autre plus insidieuse, plus lointaine, dont je connaissais l'origine. J'assumais ce "oui" qui ne faisait sens que parce qu'il permettait de se débarrasser d'un pénible perturbateur. Ce n'était pas la gloriole, mais j'étais décidé à trancher. Fallait envoyer ce premier coup de semonce à tous ceux qui espéraient nous voir mettre la clé sous la porte et ainsi placer le quartier en coupe réglée.

— Bon. Toute cette énergie, c'est dommage. Ce gars, ça le tenterait pas, la boxe ? On a des jeunes qui s'accrochent, y a des champions déjà…

Mon cœur est revenu à des pulsations normales, j'ai presque eu de l'empathie pour ce flic qui devait être à jour de sa cotisation au Parti socialiste et qui accordait à Brahim plus de circonstances atténuantes que moi. Un flic de gauche, pour moi, c'était nouveau, j'ai pensé, Putain, un flic plus tolérant que moi.

— OK, je vais prendre vos nom et adresse…

Il a tapé et tapé encore sur sa machine et :

— Vous êtes bien l'un des responsables de l'association Vivre ensemble demain ?

— Oui.

— Bravo pour votre travail, le maire ne tarit pas d'éloges à votre sujet, enfin, pour toutes les activités que vous menez dans le quartier.

J'ai concédé un maigre merci.

— Si ça vous intéresse, on organise nous aussi des parcours du combattant pendant les vacances scolaires… Eh oui, on fait aussi dans la prévention !

Alors si vous avez des amateurs d'activités physiques intenses, on est preneurs.

— D'accord.

— Attention, ça reste quand même des vacances, baignades, piscine, bronzette et tout le tintouin.

— Ça marche.

— Allez, je ne vous retiens pas plus.

Le bonhomme m'avait vouvoyé, il n'avait pas d'accent pied-noir et s'exprimait plutôt bien, ça m'avait surpris.

Et je suis parti honteux d'avoir découvert un énième a priori : anti-flic cette fois.

À force de lamentations de sa femme et de retards répétés de sa fille chaque mercredi, le vendeur de menthe, sans mot dire, s'était décidé. Il allait sévir. Ce mercredi-là, en rentrant chez elle, Kaoutar avait trouvé la porte fermée à clé, et compris. Instinctivement, elle avait crispé son corps, bandé tous les muscles pour ne faire qu'un seul bloc. Elle était presque soulagée qu'on en finisse, on verrait bien.

C'est le vieux Djillali qui a ouvert, il l'a laissée entrer, l'air placide, et à peine elle a avancé d'un pas qu'elle s'est sentie aspirée vers le bas, deux épaisses mains l'agrippaient par chaque oreille. De tout son élan, le vieux l'a jetée dans le couloir, puis l'a reprise par les cheveux pour la fracasser contre la cloison. Puis, rebelote contre l'autre cloison. Sous le choc, Kaoutar a cru sa tête éclatée, elle n'a pas immédiatement ressenti la douleur, se concentrait pour surmonter sa peur.

Maintenant, Djillali lui aplatissait la colonne vertébrale à grands coups de main ouverte qui faisaient l'effet d'un fer à repasser. Elle a mordu son poing, senti la brûlure d'un pack de glace qu'on vous plaque sur le dos et concédé un petit gémissement. Attiré par une curiosité malsaine, le grand frère a penché sa tête vers le couloir et vite s'est retiré, peur d'à son tour se faire aplatir pour l'exemple. La mère ne se montrait pas, dans sa cuisine elle serrait les poings sur un torchon tout en espérant que la dérouillée soit assez convaincante pour qu'on en finisse avec ces maudits mercredis.

Encore secoué, le grand frère essayait lui aussi de se convaincre que, sous les coups, une justice irréprochable était en train de s'accomplir. Et le vieux Djillali continuait à gifler. À chaque main levée, il grognait pour donner de la force à l'impact et inspirait chaque fois qu'il levait le bras, on aurait dit qu'il creusait un trou dans le dos de Kaoutar.

Plein de sa légitimité, il cognait sans haine puisque c'était par devoir, et comme elle n'émettait aucune supplique, il redoublait d'efforts.

Tout ça jusqu'à ce que sa femme sonne la fin du calvaire.

— *Aya barka* (ça suffit).

Elle avait évalué la longueur du supplice et Dieu sait que l'épreuve lui avait paru longue ! Mais voilà, il fallait *marquer le coup*.

Au pied de la statue ma belle attendait, droite, téméraire comme toujours. Je piaffais d'aller respirer sa peau à défaut de la mordre, me remplir de son odeur de misérable allumée. À quatorze heures, tous les mercredis, le monde se dissolvait pour ne laisser qu'une bulle dans laquelle je m'engouffrais tout entier pour échapper à l'attraction terrestre, aux lois de l'atmosphère, aux lois tout court. C'était aussi le seul moment où je me brossais les dents et m'aspergeais des dernières gouttes des parfums luxueux d'Abdu. On se retrouvait, séparés par quelque quatre-vingts centimètres, patients, sûrs de rattraper tout le retard un jour prochain. On se souriait sans se toucher et presque sans parler puisque tout était dit, ou plutôt elle ne disait presque rien et c'est moi qui racontais notre avenir, multipliant les couches de bonheur futur à coups de, Tu verras…

Et je bénissais la conjugaison française pour ce futur simple.

Quand je la voyais devant moi, plus rien ne comptait, ni amis d'enfance ni musiciens ni scène ni odeur de corps agglutinés dans une estafette pour conquérir un monde hostile. Plus de phrases alambiquées, ou d'insupportables promesses de fraternité des quartiers. L'amour me paraissait plus simple à envisager que la révolte des abîmés de la terre.

Au contact de ma bien-aimée, j'avais moins peur de l'avenir puisqu'elle vivrait pour moi, se battrait à mes côtés sans condition.

Mais en m'approchant ce jour-là, quelque chose m'a turlupiné, elle portait des lunettes de soleil, d'abord j'ai pensé à une coquetterie pour me plaire mais ce n'était pas le genre – et ce n'est qu'arrivé à sa hauteur que j'ai compris qu'elle cachait un hématome. Une grosse tache en forme de figue violette lui cerclait l'œil droit.

— C'est rien, je me suis cognée.

Je n'en ai pas cru un mot, ça ressemblait bien à un coup de poing *made in* l'homme, j'en connaissais les traits, les stigmates. J'ai juste fait l'effort de ne rien laisser paraître de ma haine. Me suis contenu pour ne pas insulter sa famille.

J'accusais à nouveau les Arabes, les pauvres et l'inculture en bloc. J'en suffoquais d'avoir encore à insulter ceux que je nommais “les miens”, pourtant me fallait une hache, répandre du sang, arracher un organe, me jeter sur le bourreau, lui mordre la langue comme le héros de *Midnight Express*, bon sang ! Laisser libre cours à toutes les sauvageries et me jeter avec ma belle du haut d'une tour. Là, sur-le-champ, pour étancher ma soif de vengeance, me fallait son père, son frère, sa mère et ses sœurs sous la main, tous les témoins du supplice pour boire leur sang.

Envie de lui dire, Tu discutes pas, on va au commissariat et tu portes plainte contre ton frère, ton père, ta mère et tes voisins, et aussi les cousins du bled et tous nos ancêtres. Oui, je vais te payer le plus grand avocat de la ville. N'aie pas peur, mon amour, je vais te cacher où personne ne te trouvera, dans le nord de l'Europe, là où paraît-il il n'y a ni figuiers ni huile d'olive ni semoule.

Je connaissais trop cette géographie de la violence dessinée sur un visage de Maghrébine pour douter de la signature. En son temps, Bija, parce qu'elle lisait des livres, écopait des mêmes stigmates, puis Samia, la sœur de Mourad, Kheira, Fatiha, Ghnima, Djida et j'en passe ! À peine apparaissait ce doux vallonnement qui fait les futures poitrines, elles disparaissaient de nos horizons, punies pour cette inacceptable insolence, être femme.

Bien sûr, je n'ai rien dit, Kaoutar n'aurait jamais porté plainte contre son père, même pris en flagrant délit.

Elle a souri sans hésiter comme les autres mercredis, le bleu qui faisait enfler son œil semblait ne pas la concerner, rien d'autre n'existait que nos présences respectives, c'était déjà ça. L'insatiable envie de nous voir nous détournait de tous les malheurs, le désir occupait tout l'espace, alors va pour un bonheur cabossé.

Ce jour-là un soleil lourd appuyait sur nos nuques comme un catcheur pressé d'en finir. Du coup, l'idée m'est venue d'une balade le long du canal du Midi, à l'abri du monde, sous les renfoncements où serpentait un petit chemin de terre tassée. Ça ressemblait à une oasis longiligne que de gigantesques platanes baignaient d'ombre. Les joggeurs aimaient ce chemin étroit qui leur épargnait les saletés crachées par les pots d'échappement. Au premier banc, on s'est assis et d'un coup j'ai soulevé mon tee-shirt.

Glissé sous ma ceinture, il y avait *L'Homme qui rit*, de Victor Hugo, et j'ai fait :

— Cadeau !

Et j'ai eu droit au sourire le plus triste qui soit, une peine à me faire de la peine. Elle donnait à voir une enfance volée, comme si elle avait été vieille toujours, comme si l'innocence n'avait pas eu le temps de l'approcher un peu. J'ai dit :

— Tu veux que je t'en lise un bout ?

— Oui.

Fallait entendre ce oui, un *oui* timide de mariée devant le maire, un *oui* d'allégeance, de dépôt d'armes. Un *oui* sans discussion, presque de défaite.

J'ai lu un passage qu'elle ne cesserait plus tard de me réclamer, celui où le héros revenu des pires vicissitudes monte à la tribune des Lords et vient leur annoncer que c'en est fini des privilèges, que l'heure de la sentence a sonné pour les nantis.

> Je suis celui qui vient des profondeurs. Milords, vous êtes les grands et les riches. C'est périlleux. Vous profitez de la nuit. Mais prenez garde, il y a une grande puissance, l'aurore. L'aube ne peut être vaincue. Elle arrivera, elle arrive.

Je l'ai sentie reprendre vie, elle se redressait peu à peu, puis je me suis levé pour jouer ma lecture à la façon Cyrano, genre emphatique.

> Elle a en elle le jet du jour irrésistible. Et qui empêchera cette fronde de jeter le soleil dans le ciel ? Le soleil, c'est le droit. Vous, vous êtes le privilège. Ayez peur. Le vrai maître de la maison va frapper à la porte.

Là elle se tenait tout à fait droite, écoutait, m'écoutait. D'un coup, je suis monté sur le banc et me suis adressé à l'eau dormante du canal en allongeant un bras accusateur.

> Quel est le père du privilège ? le hasard. Et quel est son fils ? l'abus. Ni le hasard ni l'abus ne sont solides. Ils ont l'un et l'autre un mauvais lendemain. Je viens vous avertir, je viens vous dénoncer votre bonheur. Il est fait du malheur d'autrui. Vous avez tout, et ce tout se compose du rien des autres. Milords, je suis l'avocat désespéré, et je plaide la cause perdue. [...] Le genre humain est une bouche, et j'en suis le cri.

À peine je me suis rassis qu'elle m'a embrassé sur la bouche dans un geste presque violent. Si ce n'était l'intention amoureuse, j'aurais confondu son baiser avec un vrai petit coup de poing.

— Lis encore ! elle a dit, comme l'enfant qui réclame la cuillère de trop.

— Y a cinq cents pages, tu rigoles !

Ça l'a fait rire et c'est moi qui ai eu envie de pleurer. Dans ma peine je me suis senti fier d'avoir, quelques minutes, effacé la monotonie des heures passées sans moi, éteint la douleur de l'hématome. Alors qu'elle venait de relâcher ses muscles pour respirer, j'ai voulu l'embrasser, l'éteindre, lui voler un autre baiser sans son assentiment, un peu comme elle l'avait fait quelques instants avant. Mais quand ma main a saisi sa nuque, elle s'est tendue à nouveau en poussant un petit cri strident d'oiseau blessé.

Me suis écarté, pensant avoir mal agi ou commis le geste de trop. Comme elle souriait encore je me suis décidé pour un autre assaut, cette fois je l'ai entourée tout entière pour étreindre en plus de la bouche toute sa poitrine, et c'est un râle rauque qui s'est échappé de sa bouche, ses yeux se sont froissés comme si on lui arrachait la peau avec les ongles. J'ai desserré l'étreinte et ses mains sont venues s'appuyer sur mes épaules, accompagnées d'une longue plainte. Je suis resté sans voix, impuissant. Elle a levé la tête et imploré grâce auprès de n'importe quel propriétaire des cieux.

— J'ai trop mal.

D'un geste sec j'ai soulevé un pan de sa chemise et ce n'était plus un dos qu'elle avait, mais une espèce d'immense tache noire, bosselée et bleuie, striée de lignes verdâtres par endroits ou plus rouges à d'autres. Un hématome géant qui la recouvrait des épaules jusqu'au bas des reins, on aurait dit qu'une plaque de béton lui était tombée dessus. J'ai retiré ma main. Je n'ai rien dit, suis resté silencieux un long moment. D'ailleurs qu'aurais-je pu dire ? Je savais, elle savait et nous savions qu'il n'y avait rien à faire, les coupables étaient inattaquables. Je comprenais pourquoi elle ne voulait pas que je la touche, ce n'était pas qu'un jeu pour que je languisse ou un merdique orgueil de vierge. Et le supplice durait depuis déjà quelques semaines.

Lui demander de fuguer ? Impossible. Qu'avais-je à lui offrir ? Partager des boîtes de haricots et des lamentations d'artiste en berne ?

J'ai dit :

— Il faut plus qu'on se revoie ! Sinon tu vas mourir.

Et elle a opiné pour se conformer à mon ordre. Elle avait tenu des semaines, espérant que le vieux Djillali céderait par lassitude, mais l'homme à la menthe jouait gros. Le bled attendait qu'il honore le nom de la famille, et l'honneur, comme toujours, est une cible coincée entre les jambes des filles.

Kaoutar a souri mais elle regardait la surface de l'eau en s'essuyant les yeux, comme si elle enviait les feuilles qui flottaient sans effort puis, après s'être suffisamment imbibées, coulaient lentement.

Elle ne mouftait pas, me laissait seul débroussailler un avenir mort-né.

Alors un gouffre s'est ouvert devant moi quand elle a dit :

— Et si on se mariait ?

Bien sûr que j'y avais pensé, mille fois pensé, je n'avais d'ailleurs pas d'autre schéma, vivre avec elle c'était l'avoir comme femme – compagne c'était trop amical, seul le mariage apportait la solennité nécessaire aux grandes histoires.

— Mais j'ai pas une tune, rien, et j'suis parti de chez mes parents, même pas parti… j'ai fugué, si je croise mon père, il m'arrache la tête… et ma mère, je t'en parle même pas !

Et ce n'était pas du second degré.

— Nous marier ? Mais c'est impossible.

Elle a pris le livre et son pouce a effeuillé quelques pages, comme si elles étaient blanches, quelconques et inutiles, Hugo n'existait plus.

— Bon, je rentre.

Derrière la vitre du bus qui la ramenait, elle m'a souri mais cette fois c'était de la compassion, c'est elle qui prenait des coups et c'est moi qui lui faisais de la peine. Je crois qu'elle n'aurait jamais admis qu'il faille me forcer la main.

Je me souviens qu'en regardant la surface de l'eau elle m'avait parlé de son père et que je n'avais retenu, moi, que la trahison de sa mère, car ce sont les mères qui trahissent leurs filles, de peur de trahir leurs propres mères, les hommes eux, obéissent. C'est sa mère qui nous avait vus rire autour d'un verre, quelques semaines plus tôt, place du Cap'.

Nous étions en mars de l'année 1986, on m'a dit, Vite allume ton poste de télé. Claude Sérillon n'a pas caché sa stupéfaction et, sèchement, a annoncé l'élection de trente-cinq députés du Front national à l'Assemblée. On parlait de mode de scrutin, on disait que Mitterrand avait ouvert un bout de proportionnelle pour affaiblir la droite. Je ne comprenais pas la manœuvre. Affaiblir la droite pour gonfler l'extrême droite, me suis dit, Quel connard ! Il sauve sa peau en nous jetant, nous les immigrés, dans la gueule du loup.

C'était l'affolement général, tout le monde appelait tout le monde et s'esclaffait :

— T'as vu ?

Chacun y allait de son, T'as vu ?

Hélène, Agnès, Pierrick s'étaient quasiment installés chez moi. Tous les soirs à vingt heures, c'était le couvre-feu, on disséquait l'info, prêts à fuir sur une autre planète. On a vu débouler en packs serrés trente-cinq tronches de nazillons couperosées. Jean-Pierre Stirbois, Bruno Gollnisch, Bruno Mégret et puis des tortionnaires de la guerre d'Algérie comme Roger Holeindre et Pascal Arrighi, puis des plus jeunes peignés droit. Quelqu'un a dit :

— Des fachos.

Le 22 mars, à la table du Conseil des ministres, encerclant François Mitterrand, du beau linge et en tête de nos beaux draps, Chirac, Charles Pasqua suivi d'Alain Madelin et de Philippe de Villiers, les quatre pourfendeurs de la peau calypso. Quelqu'un a redit :

— Fachos !

J'ai préféré l'humour.

— Chouette, c'est l'incarnation de l'amitié entre les peuples.

Ça n'a pas fait rire Hélène. En vérité, je maudissais les Français de hâter notre départ, tout comme mes musiciens pour qui le droit de vote n'incarnait qu'une "entourloupe démocratique", Les cons !

Je reprochais tout à tous. Pierrick parlait de résistance :

— Cette fois, on prend le maquis !

Et je nous voyais, sac au dos, grimpant la petite montagne des Pyrénées en *retirada* inversée. On fantasmait des temps de chasse aux sorcières, des Gestapo traquant le bougnoule. De mon côté, j'échafaudais des retours en Algérie

— Je viens avec toi ! s'enthousiasma Pierrick.

— En Algérie ? s'étrangla Agnès.

Mais non, je n'étais pas d'humeur à mythifier l'Algérie en terre d'accueil, vierge de croix gammées et de nostalgiques de l'Empire. Non, décidément un Le Pen au pouvoir ne me faisait pas préférer le bled.

La droite installée, Abdu parti, Kaoutar envolée, mes jours se sont aplatis. Je ne mangeais plus que des pâtes, à l'eau, aux tomates basilic, à l'omelette, au fromage, au thon, à tout ce que les boîtes offraient de rapide à déglutir, je mangeais hors des repas, seule la fin des films sonnait l'heure des agapes insipides.

Entre deux dossiers de subvention, je restais couché, j'implorais le sommeil pour des heures supplémentaires de dodo. Je déprimais. La musique n'avait été qu'un parcours de vaincus, les douze travaux du chétif. La vérité, c'est que nous avions roulé au mépris des plaques de signalisation, sur une autoroute fantôme qui n'épargnait que les chanceux. Tracer à tout berzingue ne suffisait pas, encore fallait-il renifler les obstacles de toute nature. Bilan : j'avais éreinté mes cordes vocales, détruit mes poumons à grands coups de cônes intempestifs, bu plus que de raison, roulé ivre de fatigue, mangé l'innommable sandwich d'autoroute, dormi à même le sol, joué souvent devant un parterre désespérément vide, cassé mes côtes en roulades de cascadeur et fini lynché par des crânes dépourvus des vers d'Apollinaire. Oui, bien sûr, on avait ri, vu des femmes s'offrir sans contrepartie, usé de calembours et composé des chansons. Et alors ? Fallait-il exiger une prise de conscience obligatoire, organiser des épreuves de culture générale, mesurer le degré de motivation, imposer des partis pris ?

D'ailleurs, j'avais fini par agacer mes propres musiciens. Un soir de beuverie, Riton m'avait balancé :

— Tu nous les casses avec tes Palestiniens.

Et je n'avais rien dit.

Ce jour-là, j'ai souri, considérant dans mon état brumeux qu'il n'avait peut-être pas tort, que je les enfermais tous dans quelque chose de trop contraignant, de trop étroit aussi. C'est vrai que le répertoire regorgeait de dénonciations, que j'en revenais de manière épidermique au racisme, à l'apartheid communautaire, à l'opprobre jeté sur nos noms, je contestais la République et la laïcité à étages, je me reprochais de n'être plus qu'un preneur de têtes. Une fois de plus, je voulais des ailes et rêvais d'eau.

J'écrivais ma colère comme on donne des balles aux chasseurs. Fermez le ban.

Souvent le samedi, telle l'ombre de moi-même, j'allais en pèlerinage dans mon Barbès local, la mal nommée place Arnaud-Bernard. Je voulais me rapprocher des Arabes, m'habiller d'Orient, de famille… et de celle qui parlait avec les yeux. Le chibani à la menthe était là, au même endroit, seul, et une pointe perçait mon cœur.

Ce matin-là l'idée m'est venue d'aller m'asseoir en face et d'attendre un miracle. Juré, si elle vient, je parle à son père ! Tant pis pour mes idées, je vais m'incliner devant la tradition, après tout qui suis-je pour prétendre mettre au pas un rite millénaire ? Je n'avais pas trouvé supplice plus cruel à m'infliger, fixer l'absence droit dans les yeux. À peine assis que mon tavernier préféré, Hamid, m'a accueilli à la façon, dit-on, Méditerranée.

— Ouèch, chanteur, tu nous ferais pas un concert là dans le bar pour l'aïd ?

— Tu sais bien que je chante qu'en français.

— Eh ben, chante en arabe, y a pas de *mouchkin* (problème).

J'ai osé lui dire que je ne connaissais pas grand-chose de ma langue natale et que le peu prononcé ressemblait à un assassinat en règle.

— Tu parles pas l'arabe ? Mais t'es niqué, cousin !

Puis, dépité :

— Ben, tu chanteras en français.

— Ouais, j'y réfléchis… un café, s'il te plaît !

Et là, il s'est approché de mon oreille.

On voit bien que t'es un *gouère*, c'est ramadan frère, ici celui qui mange y s'fait ouvrir le cul, *fheumt ?* (Compris ?)

Me suis essuyé le front de la gaffe qu'avait failli me valoir une ouverture anale, et de toute la terrasse, me suis aperçu que j'étais le seul basané. J'ai pensé, Quel con ! J'suis azimuté, j'ai même plus de réflexes salutaires, j'suis devenu blanc.

Connaissant mes propensions au grignotage à toute heure, j'ai failli prendre mes jambes à mon cou, et puis non, Je reste, j'ai rendez-vous avec l'amour, moi, pas avec la mort, me fous de l'éternité en rivière de lait et autres figues au goût de miel promises par mon père et son obscur arbre généalogique. J'observais les gesticulations du vendeur de menthe, matais ses mains fripées par la pioche ou quelque autre outil dévolu aux gens de ma race. J'apercevais des ongles longs, noirs et craquelés, c'étaient les mains de mon père, celles de mon grand-père, et je me demandais s'il existait des Arabes aux mains douces, blanches et laiteuses. Ai-je un oncle, même lointain, qui ait les ongles propres ? J'examinais mes mains, elles étaient blanches sans être innocentes.

Ce vieux avait l'air de vivre replié sur lui-même, il ignorait ses voisins, les cris d'enfants, les piaillements d'oiseaux, les rires, même les quelques promeneurs qui s'arrêtaient devant son étalage. Il attendait qu'on l'interpelle et ne cherchait pas à établir un contact somme toute naturel pour un commerçant.

Les alentours ne le concernaient pas, ses mains travaillaient bien là, mais son âme errait au Maroc ou dans quelque Moyen Âge infernal. Comme mon père, seul son corps vivait en France, sa tête gambadait au milieu des oliviers millénaires. J'ai pensé, C'est pas gagné.

Je n'osais m'imaginer l'abordant tout de go et lui dire :

— La jeune fille qui était avec vous… elle n'est pas là ?

Je suppose, connaissant les us et coutumes de "Maghrébie", qu'il m'aurait répondu en arabe :

— *Ould el khab ouli le keurch l'mouk !*

Donc en français : Fils de pute, retourne dans le ventre de ta mère avant que je te taille comme une branche de menthe.

Ou bien – et c'est là que toute ma fantaisie s'épanouit :

— Oui, jeune homme ?

— La jeune fille qui était là avec vous l'autre jour… ?

— Oui, c'est ma fille, elle s'appelle Kaoutar, elle vous plaît ?

— Gravement monsieur.

— Eh bien, passez boire un thé à la maison un de ces jours, d'ailleurs il m'a semblé que vous lui aviez tapé dans l'œil, n'est-ce pas ?

— Et réciproquement, sûr !

— Ah ! Venez que je vous embrasse.

C'est un clando qui m'a sorti du délire, un rancunier que je connaissais pour l'avoir vu jouer en terrasse, il taquinait un oud ou une autre espèce de luth avec une rare dextérité. Souvent, il me dévisageait, espérant une proposition pour intégrer le groupe. C'était entre nous un jeu de regard qui m'épuisait car j'aimais l'écouter tout en redoutant l'amorce d'un dialogue.

— On te voit plus, frère !

Mais si.

— Tu fais de la musique, toi ? Moi je joue du mandole chaâbi, vous connaissez ?

— Non.

— Allez-y, va-t'en.

Celui-là, dans une même phrase, mêlait le tutoiement et le vouvoiement, c'est à cela qu'on reconnaît un clandestin.

Alors que je souriais de son désordre linguistique, des bras se sont agités au loin, C'était Khaled, celui qu'on appelait dans la cité Khaled le fou. Il a foncé sur moi, s'est assis sans assentiment et a crié à la cantonade :

— J'aime pas les Arabes !

J'ai cru mourir de peur. Il m'a agrippé par les poignets.

— Qu'est-ce tu fais là, toi ? C'est plein d'Arabes, ce quartier, t'es intelligent, toi ! Qu'est-ce tu fous là ?

Intelligent, c'était toujours mon effet "bac".

— C'était juste pour boire un café

— Un café ? Pendant le ramadan ? Hé, mais t'es fracas du teston.

— Ben, et toi ?

— Moi c'est pour les cigarettes, ils les ramènent d'Andorre, c'est quatre fois moins cher, voilà, je profite d'eux mais quand je peux, je leur nique leur mère…

Il serra un poing et le frappa avec la paume de son autre main.

— Non, franchement, j'espère que t'as pas quitté les Arabes pour finir avec des clandos ou alors t'es fou complet !

J'ai pensé, Existe-t-il des Français détestant d'autres Français à des points culminants ? Moi, je n'en connaissais pas. Je savais chez nous le mépris, le dédain, la honte d'appartenir à la tribu frisée, mais un dégoût confinant à la mort, c'était rare.

Khaled, je le croisais régulièrement depuis ma fugue, à croire qu'il espionnait ma vie de "Français", et toujours il en revenait à son dégoût de ce qui lui ressemblait, c'était ahurissant.

Je ne sais quelle tolérance m'a fait écouter ce fou furieux que je connaissais de toujours et qui même en voisin m'était resté étranger. Était-ce un septième sens ? Dans tous les cas je subodorais ce jour-là une révélation imminente.

Pendant qu'il charriait un flot de phrases incohérentes, je me remémorais. J'étais môme, il était un poil plus âgé et déjà il portait un genre de moue définitive, un écœurement naturel d'être en vie. Sa figure, des sourcils en broussaille sèche, des yeux profonds de vautour, un Jack Palance maghrébin. Il habitait chez un oncle qui l'avait adopté et je n'ai jamais su m'expliquer l'absence de ses parents. Comme toute pièce rapportée, il vivait à l'écart de ses demi-frères et sœurs qui ne se privaient pas de lui rappeler sa bâtardise. Il s'était donc replié et durci sur cette identité vénéneuse qui le rendait plus amer qu'un pamplemousse en hiver. Il se haïssait, et cette haine décuplait ses forces. Je me souviens de toute la peine que j'éprouvais sans pourtant un geste d'apitoiement. Je l'avais pris en affection de loin, c'est tout. S'il me ménageait moi, il n'épargnait personne. Cherchait une façon de régler ses comptes comme un alchimiste fou l'atome qui supprimerait les Arabes de la surface de la terre.

Cette face de chiottes maudissait tout ce qui lui rappelait lui-même.

Un bel après-midi d'été j'avais eu la surprise, du haut de mes onze ans, de le voir passer là, au beau milieu de ma rue, main dans la main avec Marguerite, une laideur innommable qui vivait avec sa mère à quelques encablures du ghetto. Je dis surprise, en vérité j'étais effaré, quasi hagard devant cette scène surréaliste. Il tenait la main d'une fille qui amoureusement laissait pendre sa tête sur le haut de son épaule. Les mères rentraient épouvantées, cachaient leurs filles ou au contraire sortaient pour observer l'innommable, l'inconcevable, un Arabe main dans la main avec une "Française". Ça crachait par terre, ça maudissait la France, la terre tremblait et les cuisses se refermaient pour plus longtemps que prévu. Ce jour-là, Marguerite s'était faite "belle", maquillée à outrance, un rouge vif aux lèvres et du bleu épais lui couvrait les paupières. Des chaussures à talons compensés la redressaient, un brushing avait épaissi sa chevelure. Platine, qu'elle était ! Elle portait, je me souviens, une jupe courte bleu clair et plissée qui montrait des cuisses de gras et de muscles mêlés. Deux jambonneaux appétissants pour les chacals qu'on était. Cette fille cent fois violée par les grands d'alors ramenait sa fraise en montrant le bord de son cul. Sûr ! Elle se vengeait des barbares en flirtant avec un demeuré. Khaled, cet après-midi-là, est apparu fier, propre et presque élégant, la mocheté l'avait rénové d'une veste à gros carreaux

aux coudes rembourrés d'une pièce de cuir. Pour la première fois de sa vie il était "habillé".

Il me dirait plus tard :

— Les Arabes, y z'aiment pas les jupes courtes, alors moi ma femme je veux qu'elle montre ses cuisses. T'es intelligent, toi, t'as fait des études. J'ai pas raison ?

— Si !!

Bien des mois après ce traumatisme de mes pupilles, Marguerite était apparue toujours aussi fière, toujours habillée court, mais le ventre étrangement avancé. Elle était enceinte. Aussitôt les scénarios les plus dégueulasses avaient fleuri :

— C'est quoi cet enfant qui va naître ? Un mongolo trans, une hydre blanche et frisée ? Un escargot à deux pattes ?

Elle s'était assise près de lui et il n'arrêtait pas de me faire signe d'approcher. Ce fut la sidération, un débile et une écervelée allaient donner naissance au premier métis de la cité.

À présent je m'étonnais de le trouver là, place Arnaud-Bernard, dans ce bout d'Algérie à un vol d'oiseau du centre-ville. J'étais curieux de ce qu'il allait déposer comme bombe à fragmentation au creux de mon oreille, j'attendais, désormais impatient.

La nouvelle n'a pas tardé.

— Tu sais, y a eu des élections ?

— Oui bien sûr.

— J'ai voté Front national.

— Pardon ?

Cette fois je ne voulais pas le croire mais je l'ai laissé dérouler la pelote.

— J'ai voté Front national !
— C'est bien, on est en démocratie.
— Démocratie mon zob, je veux que tous ces bâtards rentrent chez eux.

C'était mon premier Arabe qui votait Front national, j'avais mon scoop, ma révélation, être beur et voter Front national, la donnée m'avait jusque-là échappé.

Hier, 19 juin 1986, la mort de Coluche m'a estropié le cœur, j'ai senti que je n'allais plus rire des blagues racistes, lui seul était légitime, mon humour éclusait son deuil. Tout mourait autour de moi, je tournais dans ma cage sans l'espoir d'un bout de barbaque jeté. La solitude ne m'allait pas. J'avais toujours vécu en bande, me fallait des bouts d'esquintés pour diluer mes fêlures, les noyer dans celles des autres. On dit des poètes qu'ils ont besoin d'être seuls, moi je n'écrivais plus, me fallait une smala, des rêveurs énervés pour être inspiré à nouveau.

Des jours entiers je squattais mon balcon à la recherche d'une rime guérisseuse, d'une métaphore enflammée, rien ne venait, je n'étais plus que le témoin des agissements des autres. Je leur laissais le soin d'égayer ou de réparer un monde inquiété par ses Noirs, ses Arabes et toute la cohorte des déclassés.

Ma feuille restait désespérément blanche et un soir j'ai tressailli à l'idée de ne plus avoir d'idées. C'était comme si l'imaginaire s'était fait la malle, plus rien ne s'éclairait devant moi et je regardais derrière, pour voir si les souvenirs allaient calter à leur tour. Puis une chose bizarre est arrivée, depuis la rue j'ai entendu :

— Moktar ! Le con de ta mère !

C'étaient deux frisous qui se chamaillaient pour une merguez-frites inondée de harissa. Le con de ta mère, la phrase de toutes les phrases, ma phrase fétiche, ma locution ombilicale. Curieusement, devant mes feuilles de laitue ratatinées sous le poids de la vinaigrette, j'ai revu ma cité d'avant, revu mes maraîchers, tous italiens, qui faisaient pousser la vie. Je tirais à moi de vieilles images comme la ficelle d'un cerf-volant, je forçais le passé à m'ouvrir son écran et alors que je désespérais, *cling !* une ampoule s'est allumée au fin fond de ma cervelle. J'ai décroché le téléphone sur-le-champ.

— Djibou ?

— Le Madge ? Je te passe Momo…

— Non, non ! C'est à toi que je veux parler, pour l'atelier texte j'ai un thème, t'es toujours partant pour un texte qu'on écrirait ensemble ?

— Pas partant, parti !

— Bien vu, écoute, je voudrais que tu prennes la formule "le con de ta mère" et que tu la dissèques dans tout ce qu'elle exprime de bon comme de mauvais, de cruel ou d'émouvant ou de… enfin tu vois.

— Oui ! Je vois ! On se retrouve au local ?

Depuis des semaines, je cherchais un thème original pour mes ateliers d'écriture. Bien sûr, je craignais le pire, que sous mon autorité il décline la formule en apologie culinaire du vagin, qu'il dézingue sous toutes les coutures, réduise la partie concernée en étalage à volonté de chez Flunch. Je ne voulais pas porter une responsabilité pareille mais pour l'avoir tancé à satiété, je savais que l'âge aidant il s'efforçait à la décence, cherchait, comme il disait, “l’intelligence”. Il s’affinait, mois après mois, et désirait par-dessus tout qu’un jour je tombe à la renverse. J’y comptais bien.

Bien qu'à sec de rimes, tout n'était pas noir dans ma vie. Pierrick, indestructible, entretenait chez moi une flamme bienfaitrice. J'y pardonnais de donner à son jardin des proportions inflationnistes. Grâce à lui, dans le quartier, les notes passaient la barre fatidique du dix, grâce à lui, les mômes brillaient par une étonnante ponctualité, la cité m'était moins pénible à fréquenter. À peine franchi le portail du collège, les gamins s'attablaient déjà pour de l'algèbre ou de la géométrie, ça redoublait moins, et tout ça recousait mon cœur.

Avec Samira désormais bachelière, il corrigeait des contrôles dit "blancs". Chacun se penchait sur un môme avec une sérénité de sœur joviale pour l'une, et la malice d'un Dussolier pour l'autre. Trois fois par semaine le silence régnait et je jouais volontiers les vigiles pour qu'on ne les dérange en aucune manière. Sans m'en rendre compte, j'avais sanctuarisé le local et même les voisins s'engueulaient à voix basse sous peine de voir leur progéniture interdite de cours.

J'arrivais, je m'asseyais dans mon bureau, prenais soin de laisser la porte ouverte et me régalais de cette discipline enfin maîtrisée sans effort. Je buvais cette langue étrangère qui fait les cadors.

— Combien font – 3 + – 2 × 5 ?

— Oh trop dur !

— On se rappelle la priorité, il faut commencer par les multiplications et les divisions et ensuite les additions et les soustractions… Souad ?

— Donc ça fait – 3 + – 10 ?

— Exactement, et donc ?

— – 13 ?

— Oui ! Pourquoi t'hésites ?

Moi, j'étais à l'ouest mais heureux.

Ironie du soutien scolaire, Samira, déjà fortiche en maths, s'arrangeait pour se faire élève à son tour.

— Tu peux venir Pierrick ?

La sollicitation rythmait le soutien scolaire.

Elle voulait son Pierrick à elle seule et prétextait des lacunes çà et là, c'était l'occasion rêvée pour un marivaudage innocent, une relation amoureuse certes platonique mais baignée de tiédeur aux cuisses. Le terrain, l'âge étaient favorables à la pousse des sentiments, à l'exercice de la séduction, car quel pied d'être si proche d'un innocent amant, de sentir le souffle du masculin, presque de le toucher sans être inquiétée. Frôler l'acte sans jamais voir céder à son vis-à-vis relevait du kif suprême.

J'avais remarqué le manège, et mon Pierrick jouait le jeu, amical et touché.

C'est dans un silence de mosquée que Djibou est entré ce jour-là et quand je l'ai vu marcher sur la pointe des pieds, ça m'a touché au cœur. Il n'était plus le boutonneux qui braillait ses rimes pourries depuis la rue mais un jeune homme respectueux.

Il s'est assis à mes côtés et s'est mis à noircir les feuilles d'un cahier tout chiffonné. Je me revoyais au même âge, recroquevillé sur ma rime et boxant les mots pour qu'ils s'emboîtent et se fassent écho à la perfection.

Il remuait ses lèvres pour tester les sonorités :

— Dis, Madge, ça se dit “le cassage du nez” ?

— Y a mieux, plus imagé, cherche l'image... voyons, c'est quoi la phrase ?

— “Comme Bruce Lee il tient parole et promet / le cassage du nez et la bouche abîmée.”

— Alors... comme Bruce Lee il promet... eh ben “la perte” ! plutôt que le cassage, la perte... la perte du conduit nasal et la bouche abîmée.

— T'es fou ! Ça fait trop tarlouze comme expression !

— Pas du tout, voyons ça... “Comme Bruce Lee il tient parole et promet / la perte du conduit nasal et la bouche abîmée”, c'est super !

— Ouais c'est ça, je vais réfléchir...

Il s'est recouché sur ses feuilles et me suis remis à siroter les bulletins scolaires de Krimo. Je m'écriais, Enfin !

Des bulletins scolaires, j'en avais lu des centaines qui vous abattaient tel un coup de masse sur le crâne. “Ne s'occupe que de ses camarades, n'a pas fait ses devoirs, bavarde, bavarde, manque d'attention, dort en classe, n'a pas les bases nécessaires, peut mieux faire...” Et, le pompon : “Vient en cours avec sa canne à pêche.”

On en soupait.

Là, c'était un ravissement, des ailes de moineau sur les épaules. Les bulletins de Krimo auraient mérité qu'on les accroche aux murs de la cité, ils déployaient dans nos cœurs des voiles accueillant les doux alizés, on marchait sur l'eau, enfin. Je n'avais jamais lu d'aussi beaux compliments à l'adresse d'un des nôtres.

Pierrick ne m'avait en rien mystifié, ses comptes rendus traduisaient plutôt deux tons en dessous une réalité époustouflante. Entre Hakima, championne des équations, Djibou et ses efforts pour écrire "intelligent" et Krimo, roi des identités remarquables, j'étais consolé.

Dans le bus, ça sentait le poulet rôti, la coriandre et le persil, c'était l'Algérie en goguette, le chauffeur a ouvert sa vitre en se tordant le nez, la peur sans doute de se le faire décrocher.

Mme Bentrigue, enrobée dans son quintal de gras, somnolait les mains cramponnées à son cabas, Mme Latrêche avec sa figure en petites vagues dodues parlait à sa voisine comme si elles étaient éloignées d'une bonne centaine de mètres, et un voisin se bouchait l'oreille sans moufter. Mmes Boussah, inséparables belles-sœurs et pâtissières hors pair, ne sortaient ensemble que pour espionner les achats de l'autre. Au fond du bus, à l'écart de la faune féminine, ruminait M. Benguelaoui, le père de Momo, à qui j'ai serré une main fuyante vu qu'il nous prenait, Momo, Samir et moi, pour des "vendus à la France". C'est que le bonhomme était sombre et froissé de la gueule, pour le faire rire celui-là, l'eût fallu des serre-joints des deux côtés des lèvres, et le menacer de le renvoyer dans son bled, car s'il détestait la France, il vomissait l'Algérie.

J'ai salué toutes sortes de gens et les figures ont semblé dire :

— Il prend le bus celui-là ?

Comme si, en ayant fugué, j'avais renié ma race et ma classe sociale.

Je n'étais pas tout à fait entré dans la cité que Rachid, un cousin dont j'aimais m'écarter vu ses propensions à fumer, m'a reconnu de loin. Sa zénitude se traduisait par des cheveux bouclés et longs, un genre anachronique de *reggae man* des *seventies*.

— Hé, cousing ! qu'il m'a fait avec un accent de tronçonneuse toulousaine. T'as plus ta banane ? D'où tu sors ? T'as disparu, cong ! On dit que tu fais de la musique mais on te voit jamais, on t'entend nulle part. C'est quoi ? De la musique incognito, ton style ? Faut frapper un grand coup, cousin, tombe un tube…

J'ai cligné des yeux. Un tube ! Je n'y avais jamais pensé, connard ! Mais je préférais ce pacifiste lunaire à un quelconque belliqueux. C'était un superbe lâche qu'aurait pu faire partie de mes meilleurs amis si la position verticale ne lui avait pas donné le tournis dès le matin. Il ne supportait pas la violence et comme la violence restait le pain quotidien du quartier, il fumait et s'évaporait vers des contrées aux chevelures tressées.

— Mais c'est où que tu chantes ? Dans les grottes de Lascaux, dans des trous ? On te voit pas.

Arrivé à sa hauteur je l'ai entrepris :

— Tu te laisses pousser les cheveux ?

— Oh, je laisse tout pousser ces temps-ci.

J'avais saisi l'image.

— Hein, t'es où ? qu'il a insisté.

— À la campagne.

— ?????

— Non c'est vrai, je chante à la campagne.

— Mais t'es fracas, cousin, on se fait ratonner de partout là-bas.

— Là-bas ?

(Je me demandais quel était ce "là-bas" qui ratonnait à tout va, vu que j'y avais vécu le plus beau moment de ma vie.) Je le laissais dérouler.

— Y a que des racistes à la campagne, tu vas te faire arracher les couilles un de ces jours. C'est en ville qu'il faut jouer, c'est là qu'elle est la tune, je comprends pas… fais des sous et je te fournis l'herbe.

— Pas con.

— Pas con ? Tu fumes au moins, ou t'es con comme un os ?

— Ça m'arrive.

Il appuyait.

— Fais de la funky, cousin, les jeunes y kiffent le style "chic", le "freak psychik", Nile Rodgers, frère, imite ! Mais faut pas revenir ici, retourne au centre-ville, ici c'est la loose panafricaine.

Il m'a glissé dans la main une boule illicite que j'ai eu tôt fait de planquer dans ma poche.

— De la funky ! Même David Bowie s'y met.

Et je pensais, Ouais bien sûr de la funky, du disco tant qu'on y est, avec pompes compensées et boule à facettes.

— Ou du reggae, du Bob.

J'aimais cette naïveté des gars des cités qui confondaient musique et succès. Dans leur tête, aux cousins, l'un ne pouvait pas aller sans l'autre. Les musiciens n'existaient pas dans l'entourage et la musique, ils ne la connaissaient qu'en boîte. Le concept d'artiste inconnu leur échappait. Ou on était célèbre et on brillait de mille néons, ou bien on restait anonyme et on incarnait de la merde de canidé. T'étais une star ou une bouse et tout ce qui était entre n'existait pas.

Au moment où j'allais quitter Rachid, Pierrick a déboulé en danseuse sur sa bicyclette, il revenait de balade, suivi du petit Krimo qui cabrait habilement, et d'une ribambelle d'autres mômes tout aussi adroits. Puis un groupe au loin, certainement quelques incorrigibles ânes, a gueulé :

— Pierrick ! Mange-moi l'cric !

— Tu vois ? qu'il a fait à mon adresse. Ça rime.

— Je te félicite, que j'ai dit à Krimo en enveloppant ses joues de mes mains, tes bulletins scolaires je vais les accrocher à tous les porches.

— Non, non, t'es fou, on va me casser les dents après !

— T'as raison.

J'ai vu briller ses yeux, ceux de l'effort consenti. Le pauvre Krimo, ça l'a renversé d'être caressé par la plus belle formule qu'on puisse entendre en banlieue, un "je te félicite". Et de le voir ému, un frisson m'a hérissé les poils. Je me revoyais recevoir le même compliment du temps où j'étais fils de ma mère et qu'elle voulait accrocher mon certificat de bachelier chez l'épicière, pour épuiser ses voisines déjà enragées.

Puis là, stupéfaction ! Pierrick s'est approché de moi et m'a tendu sa putain de joue, j'ai juste eu le temps de m'écarter.

— Pas ici, mais t'es fou ? On fait pas la bise ici, t'as pas remarqué ?

— Euh, non, j'embrasse plein de mecs ici.

Rachid a mis deux pieds dans le plat :

— Il est pédé ?

Et j'ai osé :

— Oui.

Un oui de dépit. Pierrick n'était pas farouche en la matière et j'ai craint qu'il s'engouffre dans une irrattrapable dérive de second degré.

— Cooool ! a fait Rachid, c'est mon premier ! Vas-y, dis "bonjour".

Là je suis monté au créneau.

— Non, Pierrick, tu dis pas "bonjour", tu vas te coller une étoile de chez jaune.

— Oui, t'as raison, j'ai déjà un surnom pas terrible.

— T'as déjà un surnom ?

— Ben oui.

— C'est quoi ?

— J'ose pas…

— Oh non ! Je t'avais dit de la jouer masqué, pas d'affect, rien, que des cours et pas d'aveux, pas même de la sympathie… et c'est quoi ce surnom ?

— Ventouse.

— Oh non !!!

— Si ! a ricané Rachid.

Me suis tenu la figure à deux paumes.

— Et pourquoi Ventouse ?

— Je crois que c'est parce que je crois tout ce qu'on me dit, je gobe…

— Ouais, ouais, je vois… quel con !

— Quoi quel con ! T'as bien eu des surnoms toi ?

— Moi ?

— Tarlouse, tapette, pédale, c'était pas toi ?

Rachid, croyant voler à mon secours :

— Non mais lui c'est pas grave, il était pas pédé, juste il écrivait des poèmes.

— Et moi c'est grave ? s'est inquiété Pierrick.

— Bien sûr ! Parce que c'est vrai que t'es une ventouse.

En moins d'un quart d'heure mon passé me rattrapait, pas même le temps d'entrer dans la zone interdite que Pierrick découvrait ce que je m'étais acharné à effacer pendant des années. Ça l'a revigoré d'apprendre que moi, natif de la cité, j'avais hérité d'un sobriquet pas moins dégradant que le sien, qui nous plaçait à égalité de traitement. D'un coup, me suis senti réduit de ne pas être plus avantagé à domicile. C'était aussi ça, la cité. Par son caractère universel de pauvreté, elle offrait traitement égal à tous, universalité prolétaire, et quels que soient l'origine, la couleur de la peau ou le rang social, on se faisait tatouer l'infamie de la même manière. Non seulement je n'étais pas ménagé mais je me prenais cette même qualification d'"efféminé" ou d'"homo". Me suis dit, J'ai beau m'acoquiner avec des Noirs, des Jaunes ou des Blancs, faut toujours qu'ils apparaissent en "freluquets pacifistes", en "loosers" ambigus. Z'ont beau être punks, babas cools ou rockeurs, faut qu'ils aient des allures équivoques, des airs indécis. En l'occurrence, Pierrick était ce qu'on pourrait qualifier de "beau gosse" et la beauté, pour un mec, ici, c'était la féminité, le bouquet.

Alors, le temps d'une cigarette allumée, un grand fracas nous a fait monter le rythme cardiaque. Une voiture arrivée à faible allure venait de rouler sur le vélo de Pierrick, le tordant comme un vulgaire fil de fer. Ça m'a fait l'effet d'un interminable ralenti. Tout de suite j'ai reconnu Brahim, qui vraisemblablement venait de sortir de prison. Il était assis à côté de Grunch en gueule de carrelage brisé et semblait donner la marche à suivre.

Pierrick est resté bouche grande ouverte, moi je pressais mon cerveau pour qu'il me propose une issue. Rachid, comme de bien entendu, a opéré un délicat retrait en se cachant derrière moi et le temps qu'un itinéraire bis me soit offert, Brahim a surgi de la voiture, le regard allumé. Les yeux lui sortaient des orbites et, curieusement, le reste de son visage restait de marbre, un tas de haine pilée. Il a marché droit vers Pierrick, l'a saisi par les cheveux et l'a projeté sur l'aile avant de la voiture. Sa tête est partie en arrière comme un ballon qui rebondit et quand j'ai voulu m'interposer, il m'a accroché une oreille de l'autre main et m'a balancé contre la portière. J'ai à mon tour rebondi sur la partie pourtant dure qui reliait la portière au capot. Au bord de l'évanouissement, c'est à peine si je pouvais entrouvrir les yeux, voir qu'il jetait à nouveau mon Pierrick contre la tôle. Ça faisait klong, klong, un bruit qui signalait par bonheur l'élasticité de la matière.

Il répétait :

— Le con de ta mère, le con de ta mère ! Tu baises ma sœur, toi, tu baises ma sœur !

La haine lui plissait le menton, pliait son front. Il pestait, postillonnait tout en envoyant d'énormes baffes. Pierrick courageusement battait des bras comme un moulin. Affolé mais bravache il essuyait la tempête sans lâcher prise. L'autre s'égosillait :

— Je te crève ! Je te crève !

Pierrick répliquait, c'étaient des gestes brouillons, du n'importe quoi d'agaçant pacifiste, mais il ne cédait pas, je ne le connaissais pas sous ce jour héroïque. Très vite, je me suis retrouvé aveugle, le sang avait envahi la surface de mes pupilles ce n'était plus que du son qui me provenait de l'échauffourée, des klongs ! et encore des klongs, et je me suis évanoui dans le chahut de l'attroupement qui venait de se former. Quant à Pierrick, on me raconterait plus tard qu'il n'avait jamais cédé et que Brahim avait lâché prise le premier, excédé par un adversaire dont l'envie de survivre était encore plus tenace que sa volonté de tuer.

Après quatre jours d'hôpital, une ambulance m'a déposé chez moi avec dix-sept points de suture courant sur tout un côté de mon crâne. J'avais l'air fin avec ma banane épluchée et mon nez en patate bouillie. Ma mère et ma sœur m'attendaient, la daronne les mains croisées, l'autre les mains collées à la bouche, d'effroi.

Drôles de retrouvailles ! Ça sentait le couscous et plein de légumes mélangés dans la poudre de poivron rouge, un invétéré morfal a surgi de mon inconscient, il voulait passer à table immédiatement.

Mes deux anges s'étaient installés chez moi à l'orientale, je suis resté sur le cul qu'une simple odeur transforme un lieu Art déco en casbah toulousaine. Jusque dans l'escalier, ça sentait l'invasion ottomane, une vraie guerre des goûts, et j'ai eu peur d'une réflexion des voisins.

Elles avaient métamorphosé ma piaule en gourbi, me suis payé le luxe d'un sentiment de honte.

— Merde ! Retour aux origines.

Ironie de l'enfer ! Au lieu que je revienne au bercail originel pour me faire cracher dessus, je me retrouvais chez moi avec les lèvres de ma mère qui baisaient mon front. Mais au lieu d'être accueilli en héros harassé par tant de combats, j'ai eu droit au sermon des familles.

— Tu vois ce qu'on récolte quand on veut quitter sa mère, toi t'as choisi le diable, voilà le résultat… C'est pas possible ! J'ai pas pu enfanter un monstre pareil, il n'y a qu'un monstre pour détester sa mère comme toi. Mais qu'est-ce que je t'ai fait ? Qu'est-ce que j'ai fait de mal pour que tu sois devenu fou !

Ma sœur a fini par la faire taire.

— Bon ça va ! Laisse-le tranquille, tu vois pas qu'il a mal au crâne ?

— Et moi ? J'ai pas mal au crâne ? Allez va, je m'en fous, je mourrai avant toi, ça me console de pas savoir ce qui m'attend encore... Mais qu'est-ce qu'ils t'ont fait les gens pour que tu les détestes autant !!

Elle a laissé filer un silence et m'a dit, Mange ! comme on aurait, Debout ! et m'a porté la cuillère à la bouche. Manquait plus que ça, qu'on m'infantilise. Je la regardais, elle oscillait entre une compassion maternelle et deux baffes dans ma gueule.

Maman ne se souciait pas de ma blessure, elle en avait vu d'autres. Ce qui la dévastait, c'est que j'aie osé la quitter, que j'aie trouvé le moyen de l'abandonner au moment où j'étais censé prendre la relève et lui offrir ce dont elle avait toujours été privée, c'est-à-dire (selon elle) tout.

Et elle est revenue à cette vieille histoire, ce jean déchiré qui avait provoqué ma fuite.

— J'ai rien compris.

Elle ne réalisait pas qu'elle avait dépassé une limite, qu'elle m'avait poussé à bout sans peur de faire craquer les digues, qu'en déchirant un vieux pantalon auquel je tenais plus que tout, elle avait fait naître une volonté de me soustraire à elle jusqu'à la fin des temps. J'avais compris que ce bac tant espéré ne suffirait pas à tamiser ses ardeurs. Compris que le plus beau diplôme ne la verrait pas plier. Elle ne captait pas que, ce jour-là, en déchiquetant ce pantalon rapiécé par mes soins et qui m'identifiait en invétéré rebelle, elle me libérait de tout remords, me donnait malgré elle un bon de sortie, justifiait largement que je la quitte. Je l'avais acculée. Elle était tombée dans le piège.

Puis, elle s'est approchée, le regard charognard, a fouillé le fond de mes oreilles avec son index, Regarde comme t'es sale ! Tu serais resté chez ta mère, tu serais beau, bien portant, les gens s'inclineraient devant tes diplômes, ils viendraient presque pour vérifier que t'existes.

Ça m'a laissé pantois qu'elle s'octroie la possibilité que je vive à ses côtés jusqu'à la fin. Mais c'était quoi, la fin, pour elle ? Puis elle s'est mise à me frotter les bras, le cou, comme une façon déguisée de caresses. De choses qu'elles n'avaient pas éprouvées ou si peu. Elle s'essayait à tout ce qu'elle n'avait pas osé avec mon daron, je devenais pour quelque temps l'amant inoffensif, un amoureux par procuration. Jusque-là, je n'avais retenu d'elle que :

— Si on te donne une bise, méfie-toi du poignard, si t'as faim et qu'on t'offre un gâteau, dis que tu sors de table, si t'es malade, dis que tu vas bien, si tu veux sourire, grimace.

Et l'éternel tabou :

— Sois français mais ne le deviens pas.

Et ma préférée :

— Toi au moins tu as ta mère !

Comme si le reste de l'humanité masculine vivait sans et que la terre était un gigantesque orphelinat.

Pris dans les filets de ma maure mère, je m'étais aventuré dans toutes sortes de sujets. Et un jour :

— M'man ? Si la France te donnait le droit de vote ?

— Voter, t'es devenu fou, mon fils, on aura l'air de quoi devant le douanier, le village ? Tu veux qu'on soit bannis ? Vote, toi, si tu veux, deviens français si ça te chante, mais je te demande une chose, ne le dis à personne, si ton père l'apprend y me tue.

J'ai vécu quelques semaines singulières dans cette convalescence d'épices et de prières. La plupart du temps couché, bandé comme une momie, diminué mais nourri par des gamelles qui me venaient de ma Kabylie maternelle. Je dormais l'œil ouvert, cinq fois par jour je regardais maman prier vers l'est mais son attention était toute à moi, ses sourates ne s'adressaient qu'aux limbes et je devinais sa vraie priorité, ma pomme, et j'ai osé.

— Tu l'aimes papa ?

Réponse :

— T'es malade ?

Je n'ai pas insisté, trop heureux que son cœur tremble pour l'état de mon crâne qui n'était rien de moins que son bras vengeur. Elle priait, la daronne, mais son paradis ressemblait à mon option piscine au bac, des points en plus et rien d'autre.

Oh comme j'aimais qu'elle soit toute à moi, qu'elle me confectionne des plats à l'ancienne, à l'insu de mon père qui, lui, m'aurait ouvert l'autre arcade car des policiers étaient venus enquêter.

D'être le prétexte au premier divorce de ma cité m'aurait amusé.

— La salope, elle court nourrir son amant !

J'étais, d'une certaine façon, l'amant de ma mère, puisqu'elle m'aimait plus que lui. J'étais encore un avenir, mon père, lui, avait fait son devoir, puis terminus, la pilule l'avait rendu caduc.

Bizarrement, mon état a provoqué des épanchements inattendus. Au lieu que je me confesse comme à l'article de la mort, ma situation d'éclopé incitait les autres aux aveux, délicieux moments d'un convalescent schizophrène et berbère.

Sandrine, d'abord, m'a parlé d'Abdu et de sa vacuité, s'en voulait d'avoir cru en la couleur de sa peau comme si la couleur déterminait tout à fait un individu, pire, comme si être noir vous dispensait de toute culpabilité ou tout engagement. Sa voix chutait dans d'insondables bas. Elle me disait son envie à lui de vivre à l'écart des remous quand elle voulait, elle, tremper ses mains dans le cambouis humanitaire. Ces deux-là, après la fusion amoureuse des débuts, se découvraient aux antipodes l'un de l'autre sans pouvoir décrocher. Elle me confiait :

— Il me tue.

Rien n'allait plus, et plutôt que de se séparer, ils laissaient le temps putréfier les dernières chairs. Ils s'étaient gaspillés sans retenue, s'étaient épluchés sans rien trouver de significatif chez l'autre, sinon des restes de fantasmes têtus.

Désormais amoureuse, Agnès vivait ses activités avec plus de distance, l'amour l'avait rassérénée, elle montrait davantage sa peau, j'en éprouvais des gênes d'époques patriarcales. Elle disait :

— Je profite !

J'ai eu peur qu'elle s'étale dans plus d'intime. Être étranger à son nouveau bonheur m'a énervé.

— Bon, bon, d'accord ! que j'ai écourté.

Jusque-là, elle pleurait pour les autres, se réduisait pour exister. Jusque-là, autrui était son obsession et sa propre personne, du vent. Ce temps était révolu. Les filles du quartier devenues jeunes femmes lui en demandaient trop, elles voulaient "profiter" à leur tour mais sans passer à l'acte, l'enfer. Agnès n'avait trouvé de réponses que pour elle-même, elle n'était pas algérienne, ça changeait tout. Elle confirmait que le don de soi pouvait être néfaste, qu'à tout moment il devenait un fardeau pour son destinataire, donner de soi ne fait pas des autres un autre soi-même.

Quant à ma sœur, elle profitait de ma convalescence pour se répandre comme une flaque et je la découvrais dans la dépression la plus sourde. Elle est entrée dans le vif du sujet sans préambule.

— Il m'aime pas, disait-elle, il m'aime pas, on m'aime pas, personne m'aime.

Elle envoyait toutes les variations du désamour.

— Mais pourquoi il t'aime pas ?

— Parce qu'il veut faire l'amour.

— Eh ben, fais l'amour !

— Mais je peux pas ! hurlait-elle en s'abattant sur ma manche. Je suis malheureuse, qu'elle suffoquait encore et encore.

C'était insupportable. C'est qu'elle attendait le miracle, LA solution qui éradiquerait les tourments, une mixture qui anesthésie les zones endiablées, le "truc" qui débarrasse des pulsions de l'amour. Elle espérait que je la transforme, que je la fasse apparaître autre, insensible mais quand même belle, que d'un coup de baguette magique j'annule ce qui était écrit, en vérité que je tienne mes promesses d'antan et l'envie m'est venue de me brûler les lèvres d'avoir tant promis.

Elle me suppliait de lui trouver une issue que je n'avais pas pour moi. Elle réclamait, ma sœur, sans l'exprimer, qu'on abrège ses souffrances, un suicide qui n'ait pas l'air d'en être un, histoire de ne pas offenser la famille. Elle hésitait entre choisir sa vie et ne pas faire un tort trop insupportable à sa mère.

— Qu'est-ce que je dois faire ?

Je savais que j'avais beau encourager, protéger, soutenir en toutes circonstances, la coutume lui avait imprimé son diktat jusqu'au fond du crâne. J'avais beau dire à ma sœur, Vis ! cet impératif n'était qu'une impasse et j'en savais quelque chose.

— Ça veut dire quoi, vis ?

En réalité, chaque encouragement la rapprochait du précipice. Lui dire "vis" c'était la condamner au déshonneur, lui dire "aime" la dérouter, lui dire "baise" la couvrir d'opprobre, "profite" c'était la séparer de sa mère, la couper de l'unique cordon qui la faisait malgré tout respirer. Si au contraire je lui avais tenu un discours qui confortait le "mythe", je me serais trahi dans mes fondamentaux les plus chers.

Hélène, elle, revenait sur ce qu'elle appelait ses "priorités", je soupçonnais un amoureux, était-ce le grand barbu au nez pointu ?

Elle disait :

— J'ai besoin de respirer, de partir…

Et c'est au verbe "partir" que Bija m'est apparue comme un éclair dans ce qui me restait de lucidité. Et je l'ai coupée net.

— Dis-moi, Brahim, il a fait allusion à sa sœur en accusant Pierrick, c'est même pour ça qu'il nous a lynchés…

— Oui, ils se sont rencontrés chez moi.

— Pierrick a rencontré Bija chez toi ?

— Euh… enfin, ils se sont parlé.

— T'as invité Pierrick et Bija ?

— J'ai invité les gens que j'ai invités, point. Putain le Madge, grandis !

— Quoi, grandis ?

On ne m'avait pas vexé de la sorte depuis ma mère.

— Mais enfin, ils sont obligés de se cacher, tu trouves ça normal ?

— Ben quoi, tu vois pas le danger ?

— Le danger c'est leur problème, pas le tien, qu'est-ce qui t'arrive ?

Alors j'ai repris des airs péniblement neutres, vite ! effacer l'image du rustre, trop tard, il s'était trahi.

Pierrick avec Bija ! Finalement tout concordait ! Lui, son esprit lunaire, sa témérité, sa frénésie des lignes jaunes à franchir.

Bija, son envie d'en découdre avec son frère, avec Momo, avec tous les Reubeus, son ardeur à rendre coup pour coup, tout se recoupait. Un Français, c'était l'idée pour faire péter les plombs. C'était bien vu. Cette folle qui rêvait d'incarner une Antigone des banlieues savait qu'en se mettant avec un Gaulois elle ferait sortir Brahim de ses gongs, avec un peu de chance, il tuerait et, par voie de conséquence, disparaîtrait à jamais de son horizon. C'était le risque à prendre.

Me rappelais que la férocité de Bija n'avait d'égale que le machiavélisme dont elle faisait preuve. C'est vrai qu'elle s'était juré de ne plus être approchée par un Arabe. Momo, mon pote Momo, l'avait perdue pour une gifle. Et si elle s'était servie de lui pour se libérer à bon compte ? Mais oui ! Cette gifle elle l'avait préméditée, savait qu'un jour elle obtiendrait le "prétexte" qui légitimerait sa fuite. J'en restais pétrifié.

Hélène a baissé les yeux, une ombre s'est répandue, qui trahissait l'évidence, Pierrick et Bija s'étaient bien aimantés au premier regard avec sa complicité. Hallucinant, je reprochais à Momo de sortir avec une des "nôtres" et jetais Pierrick à l'endroit même du crime.

À l'hôpital on me confirma qu'il avait été mis artificiellement dans le coma mais que ses jours n'étaient pas en danger.

Les copains m'ont visité, plus épars.

Samir et Momo dans une paix des braves sont venus ensemble, chacun a mis son orgueil dans sa poche, fallait bien qu'ils fassent profil bas devant le spectacle gratifiant de mes contusions, et comme je les dominais par mes points de suture, j'ai pris des airs de faux humble. Je n'avais jamais connu pareille extase, leur en imposer en étant diminué, le pied.

Momo a ouvert les hostilités mi-fruit, mi-légume.

— Ouech frérot, t'es pas mort ?

— T'es ouf, je veux pisser sur vos tombes d'abord.

Ils ont souri en coin, tristes.

— Mais d'où tu te bats contre Brahim ? T'avais bu ?

— Non ! J'ai rien vu venir, il m'a mis une patate et j'ai dormi.

Ma franchise les a estomaqués, ils vivaient la scène par procuration et Samir, d'un geste réflexe, s'est tenu le menton. L'autre semblait envahi par une éruption de tics, ils ressentaient la douleur. Il leur était aisé de se glisser dans ma peau car nous étions les mêmes face à la violence physique, les mêmes en trois mots : inconsistants, lâches et mous – et c'était aussi ça qui nous séparait.

Embarrassés d'avoir à utiliser des tons maternels, ils ont tourné autour du pot.

— T'as vu, t'as eu un article dans le journal, toi qui rêvais de promo, c'est fait, tu l'as ton papier.

— Tu les as tes cicatrices, maintenant t'es un vrai de la rue, félicitations !

Ils filaient le second degré. Manquait plus que l'incident m'érige en martyr des quartiers nord, et pour eux c'était le bouquet. C'est pourtant la carte que j'ai sortie.

— Ouais les gars, j'suis affranchi, j'ai mes points de suture.

— Putain ouais, quelle chance ! Maintenant, va falloir qu'on te baise la main, m'a fait Momo un poil cynique.

— Ouais à genoux, les brêles.

Devant leurs airs désarmés, j'ai senti battre le cœur de notre adolescence et pour oublier le présent, on s'est remémoré les baffes qu'on prenait à la queue leu leu à la sortie des soutiens scolaires tenus par les sœurs de l'abbé Pierre.

— On a jamais riposté, on est des brêles.

— Des brêles avec des neurones ! que j'ai rétorqué.

— Ça aurait été bien d'avoir les deux.

Ensuite, Momo nous a ramenés à de plus âpres réalités.

— Ils l'ont remis en taule.

Samir a tranché.

— Oui ben, plein cul ! Qu'on s'en débarrasse une fois pour toutes, des psychopathes !

— Paraît qu'on l'aurait dénoncé.

— Oui, c'est moi.

Pendant de longues secondes ils ne savaient plus ce qui relevait du chou ou de la chèvre.

— Il va te trucider.

— M'en branle, la cité c'est fini pour moi, j'ai décidé de démissionner, le temps que vous vous organisiez et *ciao !* je me tire.

Je ne leur ai pas tiré un pouce de compassion, pas plus de commentaires, juste un jeu de regards, d'airs circonspects, ils ne m'ont pas supplié pour que je revienne sur ma décision, et cette fois mon cœur n'a pas saigné.

Abdu est venu, seul, qui ne voulait plus entendre parler de musique, de couleur de peau, de lutte sociale ou autres droits civiques. Manque de pot, ce jour-là il a croisé ma mère dans l'entrebâillement de la porte, elle a poussé un cri d'effroi, tétanisée qu'elle était à la vue d'un Noir sur le seuil de chez moi, la couleur le renvoyait une fois de plus à ses tourments. Ça a été mon seul éclat de rire.

Marrant, il auscultait mes points de suture et disait, J'ai mal. J'étais écœuré.

Riton n'a pas jonglé avec des cuillères. Ludo n'a pas roulé son joint, n'a même pas esquissé un geste d'envie, il était juste estomaqué par autant de violence pour d'aussi futiles raisons.

— Pour une meuf ? Une meuf !!

Bébert est revenu sur la soirée cauchemardesque qui nous avait vus nous plier sans révolte. Il semblait y penser tout le temps et amorçait sans doute un questionnement salutaire sur l'état de la société, peut-être ouvrait-il une fenêtre sur sa propre lâcheté.

— Toutes les nuits j'y pense.

Polo me souriait bêtement, cherchait les mots qui réconfortent sans qu'ils aient l'air de cajoler. Cherchait l'argument "masculin" pour me convaincre que, la prochaine fois, il affronterait d'éventuels adversaires avec les poings, qu'il allait se mettre au karaté, que sa décision était ferme.

— Je vais m'inscrire.

Pour une fois nous étions tristes ensemble et au même moment. C'était presque un soulagement de ne pas rire, c'était presque féminin, ce silence. Oui, presque féminin de pas avoir en guise d'hallucinations des pachydermes volants ou des derrières ailés. Tous me demandaient pardon mais n'ont pas prononcé le mot, ça m'allait.

Samira, ma petite pute adorée, est même montée chez moi. Tard dans la nuit, pour ne croiser personne, elle m'apportait des livres de la Bibliothèque verte, des romans de gare, des merdes à l'eau de rose qu'elle prenait pour de la littérature, des lots bradés au kilo que je glissais sous le lit, la peur sans doute de moqueries des plus acides, genre :

— Tu régresses, frérot !

Elle ne parlait pas, ou plutôt s'exprimait dans un français de Reubeu déclassé mêlé d'arabe de rue, une langue qui ne savait que guerroyer. Sa langue à elle, elle n'aimait pas, elle baisait pour survivre sans en faire un plat.

Elle semblait dire, Le pauvre, c'est tout ce qu'il a pour se défendre, des livres !

Au bout de quelques mois, une obsession m'a mangé le fond du crâne : quand même retourner à la cité, sans plus tarder, montrer que je ne lâchais rien. Revenir comme un baroud d'honneur, pour mieux partir et cette fois tête haute et à pas lents, sans que ce soit une désertion ou une fuite. Fallait clouer le bec à tous les Mourad, Brahim, Grunch, Greg le Gitan et autres Saïd le gros. Revenir, mais comment convaincre que tous les mawashis ne font pas des Bruce Lee ?

Cette nuit-là j'avais cauchemardé sur un Brahim m'enfonçant où je pense un bâton imbibé d'huile de moteur. Il m'interdisait la cité et pour finir je l'implorais d'épargner ma denture.

Horrible. Je lui jurais d'aller vivre à Zanzibar ou d'épouser sa sœur pour effacer l'opprobre du loup que j'avais fait entrer dans le gourbi, Pierrick.

Au réveil, j'étais saoul d'angoisse. Étrange, être terrorisé jusqu'au fond de ma nuit. Ça ne m'a que davantage décidé à me battre. J'ai pris le bus pour être vu et, volontairement, me suis assis aux côtés de l'inévitable M. Benguelaoui, le daron de Momo. Trop l'envie de montrer ma détermination à ce foireux qui m'appelait "le harki", rapport à mes liens privilégiés – croyait-il – avec la mairie. Il me tourna le dos comme si le simple fait de me voir lui provoquait des éruptions cutanées.

Descente – ouf ! pas de Djibou – et c'est au trot que j'ai rejoint le local de l'association.

Mon idée, remplacer Pierrick au pied levé. Mais ce jour-là, le petit Krimo a ri de mes lacunes en maths. Il venait de me gratifier d'un :

— T'es naze grave.

Et Hakima a éclaté de rire.

— Tu te rappelles la fois où j'ai eu tout faux par ta faute sur les identités remarquables ?

— C'est arrivé *une* fois !

— Sérieusement, on pourrait pas aller voir Pierrick à l'hôpital ?

— Pour quoi faire ?

— Pour des cours, tiens !

— Pour des cours ?

— Oui, s'il te plaît ! a gémi Krimo.

— Quand ? Là, maintenant ?

— Oui.

— Pfff ! Demandez-lui !

— C'est déjà fait, il nous attend !

Avant que j'aie vraiment saisi, ils étaient, sacs en bandoulière, prêts à partir. Bien sûr, Pierrick avait dû suggérer la possibilité de cours prodigués depuis sa chambre d'hôpital. C'était n'importe quoi, mais le bonheur était trop grand de voir courir des mômes derrière des équations à tant d'inconnues.

Et puis, en songeant à l'avenir, me suis dit, Va falloir un remplaçant hors normes, un champion du monde pour égaler Pierrick, sauver le soldat Krimo. Krimo ? Une pépite pareille valait qu'on mobilise la troupe. À lui seul, il justifiait qu'on s'époumone et s'arrache les cheveux. Krimo progressait certes à la "trempe" mais avançait et j'en restais bouleversé qu'il trouve légitime que son frère Mourad le cogne pour des mauvaises notes. J'en savais quelque chose, moi qui traînais inlassablement, à côté de mon ombre, celle du gourdin de ma mère.

À peine Krimo et Hakima disparus, qu'est entré mon Djibou, vexé que je le fuie, bruyant et accompagné de ses fidèles Karim et Omar. Ils avaient grandi, ils n'étaient plus édentés et l'énorme ghettoblaster de jadis semblait une petite chose ridicule entre leurs bras.

— Tu te rappelles, m'a fait Djibou, tu m'avais demandé d'écrire sur "le con de ta mère".

— Euh, mais oui !

— T'avais oublié ?

— Non, pas du tout !

— Omar, envoie le bruit…

Ce dernier s'exécuta, il pinçait sa lèvre pour appuyer sur le bouton *Play*.

C'est un mot qui soulage comme un wagon d'Aspégic
Un mot je dirais plutôt une formule magique

Celui qui la prononce s'appelle Brandon ou Moussa
Celui qui la reçoit finit aux urgences et fissa

C'est un mot qui appartient aux gens du voyage
Qu'est têtu comme l'habitant d'un coquillage

Et tant pis si le coup de savate vient à son secours
Il lève la jambe mais c'est toi qui cours

Certes ce mot c'est pas saperlipopette
Mais tu l'entends si tu mènes bien ton enquête

Il est l'arme du manutentionnaire
C'est le con de ta mère.

Mon Djibou a fini essoufflé.

— Alors ?
— C'est excellent.
— Non ? Sérieux ?
— Puisque je te le dis !
— Et t'as vu ? Pas de gros mots, pas d'insanités sur les filles, rien contre les feujs, pas de racisme contre les Blancs et oualou sur les négros, net !
— C'est net, je reconnais.
— À nous main'nant ! ont fait Karim et Omar.
— Quoi, vous aussi ?
Pas le temps d'un ouf que les deux excités se sont mis à rapper à leur tour.

On est les frères sans dents on a le tic des malpolis
Et les mots qu'on a dans la bouche c'est pas des guilis

C'est des bastos qu'on envoie au bled pour faire zizir aux zincous
C'est des fringues à deux bandes blanches, trois ! T'as vu l'coût

On obéit au Prophète c'est pas les darons qui commandent
À eux la pioche nous c'est le stylo qu'on met à l'amende

Car on débite tant pis pour les lancunes
Ce qui compte c'est l'épaisseur de la prune

Dans nos bouches les mots c'est des nunchakus
Et la main de fatma autour du cou…

D'abord j'ai souri du mimétisme de haine sur ces visages d'adorables mioches, puis j'ai fait signe pour arrêter l'hémorragie verbale.

— C'est bon ! C'est bon !

Devant quatre yeux en attente de ma sentence, croyant bien faire, j'ai osé la critique.

— Euh… au fait, on dit pas "lancunes" mais "lacunes".

J'ai répété :

— On dit avoir des lacunes, pas des… lancunes.

Ils ont réfléchi un instant et ne m'ont pas accordé le bénéfice de mes diplômes.

— S'en bat les couilles.

Djibou a souri, pensant certainement à ses premiers lapsus, à ses difficultés d'admettre sa faillite grammaticale, puis je l'ai vu se rabougrir et baisser la tête.

— Faut que je te parle, Madge…

Soudain sa voix s'est faite basse, inaudible, elle visitait les caniveaux.

Je me suis redressé, grave, un instinct de fils de la rue m'ayant préparé à une secousse imminente.

— C'est moi qu'ai poucave (dénoncé) Pierrick.

— Qu'est-ce tu dis ?

— C'est moi qu'ai poucave… je les avais croisés lui et Bija au jardin japonais, ils se roulaient des pelles devant tout le monde, j'étais trop choqué, tu comprends, cet enculé, il la paluchait de partout, je voulais lui niquer sa mère… et cette salope qui se laisse…

Et ma main comme une porte de coffre-fort est venue s'aplatir sur sa figure.

— Ferme ta gueule !

Il s'est écroulé comme un cheval percé aux flancs et, moins endolori que moi, en a rajouté deux couches.

— Elle se laissait faire, putain !

— Ferme ta gueule, à propos de Bija ou de n'importe quelle fille ! Tu m'entends ? Je veux plus t'entendre parler des filles, les filles t'as interdiction absolue de les approcher, je veux plus te voir rôder autour d'elles ! Je suis clair ? Et tu me casses plus les couilles avec tes textes débiles, *finish*, *rhlass*, terminé.

Il est resté tête baissée, confus, il n'en fallait pas plus pour m'amadouer et je suis redescendu de deux crans.

— Est-ce que tu sais qui c'est, Bija ? Je veux dire, vraiment ? Tu sais pourquoi elle est partie ? Tu sais les coups qu'elle a pris ? Et si c'était ta sœur ? Tiens, réfléchis à cette idée : et si c'était moi ? Hein ?

— Toi, c'est pas pareil.

— C'est ce que disent les racistes.

Et sur un ton de découragement :

— Vous voulez quoi ? Qu'on les cache, qu'on les bute, qu'elles crèvent, dis-moi, Dji, est-ce qu'elles ont pas le droit de choisir la façon dont elles veulent vivre ? Elles ont pas le droit de vivre, toutes ces filles, dis ?

— Si.

Ce "si" révélait sa volonté forcenée d'écarter l'étau, de me céder le dernier mot, et céder le dernier mot lui coûtait plus que tout. Par bonheur, je comptais plus que tout pour lui et ça m'a dévasté. C'était insupportable cette idée que la "relève" soit plus fruste, plus con que ma propre génération, insupportable.

— Si tu veux me faire plaisir, écris un truc qui dit du bien des filles, là tu feras la différence avec les autres.

Alors ses yeux se sont allumés en petits réverbères déchirant la plus épaisse obscurité.

— Pour Pierrick, je t'en veux pas. Allez, écris-moi quelque chose de propre, sans gros mots !

Marrant. Depuis les balcons des "con de ta mère !" criblaient l'air.

Au bout d'un mois, Pierrick allait beaucoup mieux. Devant la chambre d'hôpital me suis arrêté net, ça riait fort et je reconnaissais les rires, des rires de cité cruels et gras. Tout de suite, l'envie m'a pris de retourner sur mes pas. Pourquoi Pierrick se marrait-il avec ces écervelés ?

J'allais faire demi-tour quand Hakima, les bras chargés de gâteaux *made in Casablanca*, m'est tombée sur le paletot, derrière elle le p'tit Krimo se pinçait le nez contre la désagréable odeur de médicaments et de produits de nettoyage qui saturait l'air, agressait les narines.

— Ça pue.

Hakima qui ne s'embarrassait pas de manières m'a foudroyé nature :

— T'écoutes aux portes ?

— Non je…

Elle a tendu une oreille et a reconnu, elle aussi, ce rire de cordes. D'un geste viril, elle a poussé la porte et sans se préoccuper des trois connards assis autour du lit et qui d'un bond se sont écartés, elle a foncé droit sur Pierrick et l'a embrassé en faisant claquer des smacks d'Africaine. Son entrain a déstabilisé l'assistance, moi je ne tenais plus sur mes jambes.

— Hakima ! Amour de la vie ! a lancé Pierrick.

Et la terre en a tremblé des mœurs décomplexées qui s'affichaient sans crainte. Sans plus de gêne, Hakima s'est confortablement installée sur une fesse, effaçant de notre champ de vision un Pierrick englouti dans ses bras. Mourad a baissé la tête, Hakima l'impressionnait par sa masse musculaire et tout autant par sa virtuosité en maths. Elle a extrait de ses yeux toute la féminité possible et a pondu, amoureuse, un, C'est pour toi, à un Pierrick amusé.

Prudent, je suis entré, les deux mains posées sur les épaules du p'tit Krimo qui serrait dans les siennes un classeur plein d'exercices de maths. L'objet n'a pas échappé à Mourad, ni le message on ne peut plus clair, Tu vois, on s'occupe de ton frère.

Et j'ai béni ce classeur qui venait instantanément de le désarmer. Désormais, il bataillait contre lui-même, oscillait entre concéder un peu de bonne humeur ou tout envoyer valser. On s'est salués d'une moue du menton qui n'engageait à rien.

Pour le torturer un peu plus, j'ai enroulé mes bras autour du cou de Krimo, je ne pouvais avoir bouclier plus efficace. L'effet fut immédiat. Mourad a roulé des yeux de hibou et a disparu, non sans un dernier mot pour Pierrick :

— T'inquiète, on s'en occupe, il est pas près de revenir.

Et c'est la réponse de Pierrick qui m'a plombé :

— C'est cool.

Ça sentait la complicité franche, ça m'a chauffé les tempes. Ma question : Ce Pierrick, est-ce qu'il n'est pas tout simplement le plus grand fourbe du monde ? Je me remémorais qu'à chaque rencontre avec lui dans le quartier venait s'ajouter un secret supplémentaire. Et pour m'exaspérer tout à fait, un peu plus tard il a évoqué son retour. J'ai feint l'innocence.

— Quoi ? À la cité ?

— Et mes élèves ? qu'il a dit, comme s'il s'agissait d'une rentrée scolaire.

Je me suis tu, pensant qu'un homme qui n'a pas peur de mourir est un homme qu'il faut laisser mourir. C'était étrange, ce corps couvert de plaies et pétant la forme. Étrange, qu'être cousu de part et d'autre le rende joyeux, presque con. Il souriait comme un acteur en promo, me répétait, Toi, ça va ? et encore, Ça va, toi ? Je n'en croyais pas mes yeux : bandé comme Ramsès, il se souciait de mon bien-être.

Les infirmières n'avaient jamais vu plus prompt rétablissement, guérison plus réjouie. Elles disaient :

— Lui ? C'est le malade idéal.

Il me regardait en voyou. Quasi, il me toisait, moi son meilleur ami, et exhibait ses blessures comme un trophée, c'était la récompense de sa vie, enfin il en était, enfin il portait les stigmates des luttes prolétariennes. Il restait muet mais hautain, ses cicatrices faisaient office de médailles de guerre. Dissoutes, les dernières miettes d'humilité.

Futé, il laissait par intermittence parler un silence qui en disait plus long qu'une étude sur le comportement. Hakima et Krimo présents, je n'ai pas osé lui parler de Bija, il serait, à coup sûr, sorti de ses gonds. D'ailleurs, s'il ne l'évoquait jamais, c'est qu'une anguille gigotait sous la roche. Mais qu'espéraient-ils, tous les deux, de cet amour voué à la clandestinité ? Bija savait cela, alors qu'attendait-elle pour l'affranchir ? Qu'attendaient-ils d'un futur proche ou lointain ? Étaient-ils amoureux ou jouaient-ils chacun une partition vouée à l'échec ? Allaient-ils se montrer un jour au grand jour ? M'en poussaient des boutons de fièvre. Se montrer au grand jour, ils en étaient bien capables et je ne voulais plus y penser tant l'idée de cet attelage me faisait faire dans mon froc. Je me sentais bien de défendre le retour de l'un et de l'autre séparément, mais ensemble ?

Et puis les sbires pullulaient ! Putain de Pierrick ! Comment l'approcher, le dérouter de son aventure amoureuse ? Comment lui faire renier ce qui faisait sa force ?

Alors que je le quittais, penaud, il envoya du lourd :

— Je vais y montrer, à ce Brahim, qu'il peut m'arracher les dents, jamais je ne céderai, OK ? J'ai scellé un pacte avec ce quartier et je tiendrai ma promesse de ne jamais abandonner mes mômes.

Il disait "mes mômes", se les était appropriés comme les orphelins qu'on adopte sans trop se préoccuper de leur avis.

Bizarrement, m'a semblé que sa voix sortait de ma propre bouche. Je reniais chez lui ce que je revendiquais chez moi autrefois. Et le verbe "sauver" me sortait par les narines.

Dans la nuit du 5 au 6 décembre 1986, Malik Oussekine venait d'agoniser entre les mains secourables de policiers revanchards et bornés, on racontait qu'ils l'avaient savaté dans un invraisemblable déchaînement. À coups de pied et de matraque, ils avaient soulagé je ne sais quel dépit de leur propre existence. Ça m'a rappelé Abdu qui lui aussi criait, Je n'ai rien fait ! Je n'ai rien fait ! Et que, plus tard, je lui avais justement reproché de n'avoir rien fait. Je n'étais pas seulement détruit qu'un jeune Arabe soit massacré par un troupeau de pouilleux assermentés, je me lamentais de me retrouver seul, sans armée des quartiers populaires. Il ne me restait que des potes épars et ça me vieillissait de regretter hier.

Les temps s'étaient faits maigres d'aventures et féroces de désillusions. Si Khaled le fou m'avait assommé avec son vote pro-FN, je pressentais qu'il n'était que la partie émergée de l'iceberg. Les "arrivés" ne voulaient plus d'arrivants, on en était là. Le Noir dénigrait son prochain et le Reubeu dénonçait son voisin. La "crise" achevait les faibles qui, eux-mêmes, s'entredévoraient, je faisais partie de ce tout glauque.

Dans la manif, guère de Reubeus de cité venus dénoncer la barbarie policière. Nous marchions,

Samir, Momo et moi, côte à côte mais pas vraiment ensemble, nos révoltes étaient désormais solitaires, un même combat pour trois paroisses sans ouailles basanées. On ne se parlait pas ou juste le nécessaire, des choses techniques. Autour de nous, que des Français plus atterrés que nous-mêmes, honteux d'avoir à la tête du ministère de l'Intérieur un ancien du SAC.

Alors que j'embrassais Sandrine qui venait de me rejoindre, un ami socialiste m'a crié d'un ton accusateur :

— Mais vous êtes où ?

Tout de suite j'ai compris son *vous* pour l'avoir éprouvé cent fois et j'ai joué au con.

— Qui ça, *vous* ?

— Eh ben…

Il a balbutié, n'avait pas réponse mais je savais qu'en me montrant du doigt il parlait des Arabes, c'est donc bien que je n'étais pas français.

Samir, dépité, a baissé la tête et ça a fait sourire Momo qui dénonçait toujours l'assignation identitaire. Le connard qui venait de m'interpeller cherchait ce qu'il croyait être des Arabes, lesquels n'étaient que des Français qui s'ignorent, et je vomissais cette injonction des gens de gauche qui nous veulent "français" pour sauver l'identité gauloise le lundi, et nous préfèrent arabes pour sauver la République le lendemain. Ce jour-là, on ne voulait pas que je sois gaulois, moi, je cherchais les miens, Riton, Polo, Ludo et Bébert… qui étaient bien sûr absents.

À la question, Mais vous êtes où ? je suis resté sans force. Fallait ce jour-là être arabe, musulman et attifé de gandoura, fallait rassurer l'autre, le Français, le vrai, le conforter dans l'illusion du vivre ensemble. Ensemble ? Je ne supportais plus ce mot.

Pourtant, les faits lui donnaient raison, à cet ami "à la rose", pas un banlieusard aux cheveux drus en vue, et mes deux acolytes ont quitté la manif.

Je ne me souviens que du regard coupable de Sandrine, elle portait la croix pour tous ces connards à qui elle avait le tort de ressembler.

— Pays de merde.

Et chacun s'en est retourné à ses turpitudes identitaires.

Pierrick vivait chez moi, de ses blessures ne lui restaient plus qu'une minerve inutile autour du cou et de grossiers bandages dont il ne voulait pas se défaire. Les premiers temps, je m'étais transformé en infirmière dévouée, en mère de substitution. La chose était aisée, je n'avais qu'à imiter ma mère qui me câlinait autrefois en roulant des *r* à l'impératif.

— Mon chéri boirr', mon chéri dormir, mon chéri manger !

Pierrick était presque rétabli mais j'aimais jouer à le bichonner, il trouvait ça irrésistible qu'un bourru de ma trempe extraie des profondeurs ses restes de féminité, je crois qu'il préférait ces élans pourtant empreints de second degré aux attentions plus mécaniques de sa propre mère.

— Tiens, je vais faire des crêpes, t'en veux ?

— Oh que oui !

Il me regardait casser les œufs, les battre et touiller la farine mais son esprit vagabondait, il se foutait des crêpes et mesurait l'étendue de ma bienveillance.

Je crois qu'il m'aimait en bonne fée Deneuve, me restait plus qu'à lui chanter la chanson :

Préparez votre, préparez votre pâte
dans une jatte, dans une jatte plate
et sans plus de discours…

Ça l'émouvait que je le touche et lui masse les parties rigidifiées, les muscles engourdis par la position couchée et pas question pour lui de rater une miette de mamours maternels, il se demandait toujours comment un rustre de ma race pouvait se faire aussi chatte. Ma sœur, qui un jour m'apportait un de ces bouillons faits maison, me surprit en train d'y masser les omoplates, j'ai retiré mes mains si vite qu'elle subodora l'impensable :

— Faut vraiment que tu te trouves une femme, toi.

Un jour de printemps, j'ai eu le malheur de dire :

— On va faire la fête.

Pierrick a bondi.

— Emmène-moi, pitié le Madge, j'ai besoin de prendre l'air, j'en peux plus.

— Quoi, à la cité ? Tu sais ce que tu risques ?

— Pitié, j'suis sûr que ça va me faire du bien, pitié !

Il venait de s'agenouiller et je voulais abréger les salamalecs.

— Je t'avertis, tu te fais discret.

Je n'en revenais pas que cette improbable asperge, cette incorrigible girafe soit devenue l'homme à abattre. Depuis sa prison, Brahim avait dû laisser quelques consignes genre "parrain", Je le veux mort ! Ou pire, Gardez-le-moi vivant.

Je craignais pour sa vie et le tenais éloigné de la cité le temps que les esprits s'apaisent. Alors je me suis retrouvé en train de le déguiser en urbain côte ouest.

— J'ai l'air d'un con.

— D'un con vivant.

Par chance le ciel avait convoqué ce jour-là son plus beau bleu et les poussettes couinaient le long des trottoirs, des balles claquaient contre les murs et le moindre bout d'ombre couvait un chibani occupé à griffonner sur le journal des noms de canassons susceptibles de lui décrocher quelques billets, la soirée s'annonçait radieuse. J'avais installé le poste de télévision à l'entrée de l'immeuble pour attirer les curieux, j'espérais qu'on serait assez nombreux, histoire que ça ressemble à une fête. La veille j'avais sommé :

— Chacun apporte sa chaise !

Ça a tout de suite pris des airs de petit théâtre de plein air. C'était la première soirée électorale organisée à la belle étoile, c'était aussi l'occasion de faire participer les mères de famille qui nous étaient proches. Quand je dis "participer", c'était évidemment pour elles l'obligation de nous concocter des montagnes de gâteaux maison à trois mille calories/pièce. Et vogue pour des zlabias, les baklavas et autres makrouts dégoulinants de miel. Ils étaient à peine disposés sur les tables, que les plus petits ont entamé le carnage et les premières gifles sont parties, sans colère mais drues. Yantsi, un petit manouche qui ne faisait pas partie de la tribu frisée, a été chassé sans ménagement par ses camarades de jeu. En partant il a largué son missile.

— Ta mère elle s'est mis des gâteaux dans l'con !

Je n'ai pas retenu un méchant éclat de rire.

Djibou, tout excité, m'a évidemment mis la tête à l'envers pour qu'un micro et des haut-parleurs soient installés.

— OK, OK ! Mais pas longtemps et pas de gros mots.

— Promis !

M. Ghanane s'était collé aux merguez, il pleura toute la soirée et jura que plus jamais il ne se risquerait à ce boulot de merde qui vous brûlait les yeux et vous pourrissait les poumons. En arabe :

— Naâdine la grillat et li barbecou.

Mmes Boussah sœurs, pour nous remercier de jouer les crèches improvisées à toute heure de l'année, ont agrémenté les tables de salades algériennes, qui ne sont rien d'autre que des niçoises noyées de poivrons. En attendant les vingt heures fatidiques, Pierrick, méconnaissable, qui s'appuyait sur deux cannes, prenait des cours d'expressions "manouches". Ses élèves les plus assidus, Karim, Souad, Omar, Louisa et le petit Krimo, le charriaient pour qu'il gobe l'accent manouche et se pissaient littéralement dessus. Moi, je riais de leurs rires gargantuesques.

— Allez, maintenant tu dis "la serpette de leurs morts à célass".

— Oh non trop dur !

— Si, essaie !

— "La serpette de leurs morts à ceux-là !"

— Non ! Pas *ceux-là* ! *célass* !

— La serpette de leurs morts à... *célass* ?

Ils se tortillaient comme des lézards et qu'on les fasse rire de la sorte m'a caressé le cœur.

— Maintenant tu dis "ton grand-pèr' qui meuurt !"

— Dur !

— Dis-le !

— "Ton grand-père qui meurt !"

— Qui *meuuurt* !

— Qui *meuurt* ! À vous maintenant. Dites “anticonstitutionnellement”.

— Ah non, pas le français ! On en a soupé toute l’année.

Vers les dix-huit heures, entouré de tous les marmots, armé de sa casquette de rappeur new-yorkais et d’un blouson piqué de mille petites étoiles brodées aux épaules, Djibou ouvrit les festivités. Hakima, Fouzia et Hasnia ont joué les fans transies :

— Djibou ! Djibou ! Djibou !

Mesdames le vêtement c’est pas qu’un tissu
Y dit tout sur la planète dont t’es issu
Y donne l’adresse et le code postal
Et tu passes selon pour un triso congénital

Nous, pas aidés par des cheveux en boule
On veut ni le ciment ni la semoule
Faut qu’on soit classe, le sang de nos morts
Sinon on fait parler le Maure

Modèle identifié un dénommé James Brown
Qui gigote en poussant son cri d’iguane
Y récite pas to be or not to be
Regardez-moi et criez, oh Djibou, méchant l’habit

On a répété :

— Oh Djibou, méchant l’habit !

Il fut décontenancé quand, un peu plus tard, les filles ont fait tourner du Michel Berger, il chantait *Voyou, voyou*, ça lui a retourné l’estomac.

— Je me casse.

Et puis d'un coup, c'était un autre printemps au pied des immeubles. Les présidentielles de 1988. Cette fois nos parents souhaitaient la victoire de François Mitterrand. Faut dire que les allocations familiales, depuis l'élection de 1981, avaient fait l'objet d'une augmentation notable, nos familles en étaient restées scotchées, ajoutez la prime de rentrée scolaire et l'augmentation du smic – ne manquait, pour bien faire, qu'une adhésion au PS.

"La solidarité nationale", comme on disait, les avait comblés. Mes parents n'en revenaient pas, cet homme appelé Mitterrand et qui voulait l'Algérie française, v'là qu'il nous gâtait comme ses propres enfants. Allez comprendre ! Ça régularisait à tour de bras, ça autorisait les étrangers à se constituer en association, ça tolérait la critique !

Mais ça ne donnait pas le droit de vote.

— Pas grave, disait mon père, c'est tout ce qu'on veut pas.

Nos parents, ils voulaient bien voter, mais sans devenir français.

J'ai pensé, Putain va falloir que la République fasse jurisprudence de chez jurisprudence.

Personne ne s'est intéressé au débat, vraisemblablement le temps était trop doux pour se faire labourer les oreilles par les mots immigration, islam, tolérance zéro, et autres clandestins priés de rentrer chez eux. Tout le monde attendait le résultat final et l'écho de la deuxième chaîne se répercutait d'un bloc à l'autre. Par intermittence un pot d'échappement éclatait les tympans et les bouches larguaient leurs injonctions identitaires.

— Ton grand-père, Moktar !

C'était l'insulte et l'interpellé décrochait un majeur effronté.

Du rez-de-chaussée, on apercevait en levant la tête quelques bustes penchés à moins d'un mètre du téléviseur, des bustes à tête frisée qui redoutaient la victoire de Chirac, quelques sourates étaient de mise :

— *Bismillah rahmane rahim.*

D'un des balcons du bâtiment d'en face des acariâtres ont fait :

— Vos gueules !

Et les mères en arabe dépeçaient le malotru en diatribes féroces :

— Va mourir en enfer, impur !

Réponse des intéressés avec l'accent portugais cette fois :

— Font chier lou zarab !

Un étage plus bas, avec l'accent pied-noir :

— Y s'croient où ces sauvages ?

Et le voisin de répondre :

— T'inquiète, Jean-Marie va s'occuper d'eux.

C'est alors qu'elle est apparue au loin, près du toboggan, c'était Kaoutar, ma blessure adorée qui jouait avec ce qui semblait être des petits frères. Là, dans *mon* quartier, au milieu des loups maigres et des ours mal léchés. J'étais fou. J'ai dégluti mon makrout comme si regarder et mastiquer relevaient de deux fonctions hostiles. Elle s'est immobilisée, m'a regardé, droite, orgueilleuse mais souriante. Une brise légère balayait ses cheveux qui couvraient son visage presque entièrement. Elle ne cherchait pas à les ramener en arrière, elle semblait dire, Je suis toujours là, contre vents et marées. Moi, au contraire, aucun vent n'a secoué ma tignasse de Massinissa. Juste, je renaissais, la brise me réveillait mais ne me débarrassait pas de la peur. Je voyais déjà le frère, le père, la hache, l'imam et quelques pensionnaires du consulat aiguiser des coupe-kikis. Encore heureux que la centaine de mètres qui nous séparait ne lui permette pas de lire sur ma figure cette singularité des quartiers nord, la frousse.

— Ils viennent d'emménager, m'a glissé ma sœur Fouzia dans un velouté de jalouse Berbère. C'est une Arabe.

— Tu la connais ?

— Elle parle à personne.

Je revisitais sa hanche taillée au cordeau, le dos droit, le cou long et les jambes effilées vraisemblablement par une fraiseuse de chez Renault, et pensais qu'il me faudrait bien de la délicatesse pour pas ne pas rayer pareille carrosserie. Bref, elle était là, inéluctable et prête, je n'en demandais pas plus et m'inclinais devant la force du destin. Soudain, une explosion de joie. C'était l'annonce de l'élection de François Mitterrand. Mais pour moi ce soir-là, l'élu, ce n'était pas lui.

Je n'avais pas revu Ludo depuis presque deux ans. C'est lui qui a eu l'idée d'une "big fiesta" chez ses parents, enfin dans leur dos. Ludo, mon baba cool préféré, mon pianiste planant, mon doux lâche à la tignasse de serpillière. Il tentait la soudure entre nous depuis des mois, me faisait écouter des maquettes dans une innocence feinte, me parlait de répéter, comme ça, pour le plaisir. Répéter sans enjeu ? Je trouvais ça surréaliste.

Deux prétextes avaient motivé la teuf : son anniversaire et la guérison de Pierrick que l'invitation a ravi. Moi, je ne boudais pas mon plaisir de revoir mes mousquetaires, ne me doutais pas que mon absence les avait autant attristés.

Quand on a déboulé avec Abdu et Sandrine qui ne se tenaient pas la main, la musique commençait à débrider les corps, c'était ABBA je crois et ça fredonnait tout par cœur : *Knowing me, knowing you.*

On s'est souri, Sandrine a méprisé.

Je me doutais de la présence d'anciennes du lycée et elles étaient bien là. Dès l'entrée, le sexe opposé s'étalait à tous les étages, dans tous les coins ça piaillait comme au retour des hirondelles. Des filles buvaient des bières à même le goulot et je me suis offert le luxe de ne pas trouver ça féminin. Le ratio de quatre filles pour un bonhomme m'a moins offusqué, genre d'ambiance musulmane sans la religion.

Dans un coin de la salle à manger, certaines se rajoutaient du bleu aux paupières ou étalaient du rouge en écartant les lèvres, je me suis aperçu que la légèreté me manquait, que tous ces gestes anodins illustraient un quelque chose auquel je tenais. La liberté. Au milieu de la pièce, d'autres se trémoussaient sur une soupe funky, c'étaient les Coconuts sans le Kid et mes yeux sirotaient le haut des cuisses aiguisées en tiges de tulipes. Abdu trempait aussi sa paille discrètement en direction de la piste de danse. Égale à elle-même, Sandrine a squatté un bout de cheminée pour naturellement bouder celles qu'elle appelait "les connasses". Des connasses qui n'en étaient pas moins bandantes, rieuses, en touffes, avec pour certaines des franges coupées très court, d'autres au carré à la Madonna, d'autres en escalier ou façon Sex Pistols, un genre *destroy* sans l'envie de renoncer au monde. Certaines crânaient de leurs mèches libres, tressées de lacets multicolores ou retenues sur le côté. Le tableau m'exaltait. En prédateur vertical, je les trouvais désirables, toutes sans distinction de race ou d'anatomie, à croire que mon sexe s'était niché dans mon crâne. Me suis même dit, Le sexe est la seule partie du corps qui ne soit pas raciste, *ouallah* !

Je ne pensais plus, je vibrais, haletais comme un dogue. Je perdais tout sens critique, toutes ces filles, je n'en jugeais que les formes à ceci près qu'elles étaient toutes universitaires, bonnes et savantes, *the* mixture.

Je m'étais imbibé d'eau de Cologne, Abdu riait de mon bouclier olfactif. Il savait que j'abusais, comme si un parfum pouvait me faire passer pour plus cool que je n'étais, comme si l'odeur pouvait me naturaliser illico, il n'avait pas tort.

Dans mon excitation, j'imaginais une pub.

Avec le parfum Francul sur la peau
Fini la dèche et le bicot

Autant de filles, ça sentait la fin de mon ramadan sexuel. Hippies, rockeuses ou troussées en pin-up, elles évaluaient les renflements vaniteux de nos jeans. Les rires fusaient, cruels, ne leur manquait plus qu'une règle pour mesurer, et comme elles gonflaient leurs poitrines histoire d'intimider ou de se faire peur, j'ai eu peur.

À un moment, le petit doigt de Patou, la sœur de Ludo, m'a ordonné d'approcher, puis c'est deux bras qui moulinaient, Viens ! J'étais pris de vitesse, ses lèvres cette fois articulaient des ordres, T'as intérêt à venir, petit frisé des montagnes, j'ai jamais vu de bite circoncise.

Presque me suis tenu le zizi de peur qu'on me l'arrache. Je m'en voulais d'être à nouveau une proie devant une fille trop entreprenante, toujours fallait cette latence maudite quand un départ était donné, toujours fallait que je sois pris de vitesse.

En vérité, j'aurais préféré une moue plus pudique, un peu de timidité, presque de peur, j'escomptais d'une fille qu'elle attende dans un coin d'être cueillie au débotté, tremblante. Raté, à peine entré, c'est moi qu'on coupait fin.

Grâce à Pierrick, des hourras unanimes avaient salué notre arrivée et pour échapper à Patricia, je me suis noyé dans plein d'embrassades, des joues partout, des bords de lèvres, des bouts de cous bons comme des gaufrettes.

Je revenais dans une France des livres où l'on baise sans risque de se faire casser la mâchoire, je revenais dans Ma France, érudite, libertine et frivole, 'foiré de Mitterrand, la v'là, la vraie intégration, pas besoin de lois mais de lits !

Deux exotiques, voilà ce que nous étions, Abdu et moi, des plans tropicaux, aurait dit Samir, mais j'acceptais pour cette fois d'être le fantasme odorant de ces peaux briquées de jojoba.

La salle à manger, débarrassée de ses meubles, se prolongeait jusqu'au salon, ça libérait un vaste espace pour une piste de danse déjà prise d'assaut. Les filles y chaloupaient sur *Billie Jean* de Jackson. *Billie Jean* c'était l'occasion de montrer sur le *dance floor* que le groovy est propriété de la rue et donc une affaire bibi. Sans plus attendre, j'ai commencé à secouer la tête pour feindre l'envoûtement rythmique et au bout d'un moment, me suis jeté au beau milieu de la piste.

J'ai d'abord fait claquer quelques tourniquets avec les bras, ensuite de sobres déhanchés de la taille, immédiatement salués par les filles. Encouragé, j'ai enchaîné par des torsions de bras, roulés d'épaule et à nouveau mouvements du bassin. Je voulais montrer la façon dont on sublime un Jackson en banlieue. J'avais des restes de *funky man*, du temps où j'étais pas encore "français" et rêvais d'un moule plutôt que de liberté. J'ai refait sensation. Pour m'élever dans le grade des affranchis du "style", j'ai opéré un petit glissement de chaussure derrière la cheville de l'autre jambe, puis une poussée du plat du pied d'appui et rotation totale du corps en écartant les bras, ensuite petit cassé du genou, flexion et remontée du bassin en bonne et due forme. Les filles ont fait, Ouah ! et les garçons, Ouh ! Me suis retrouvé au milieu de la piste tel le Tony Manero de *La Fièvre du samedi soir*, le roi du *dance floor*, le Travolta berbère. Histoire de ne pas gâcher ce moment de gloire, j'ai enchaîné sur *Stayin' Alive* des Bee Gees et autres sucreries de Kool and the Gang. Abdu n'en croyait pas ses oreilles, il me regardait en se demandant si c'était bien moi, le Madge, pourfendeur de musique au kilomètre. Il semblait dire, C'est pas ce Madge-là qu'on m'a vendu.

Tout chose, il s'est tourné vers Riton qui restait lui aussi sans voix, jaloux que je plaise pour une fois plus que lui. Secoués par ma hardiesse, mes quatre mousquetaires encore sous le coup de la séparation m'ont rejoint sur la piste de danse, je n'en croyais pas mes yeux, ils dansaient, d'aucuns auraient dit qu'ils sacrifiaient leur orgueil en bougeant ce qui leur servait de taille, c'était moche. Mes vieux comparses voulaient montrer que nous n'étions pas tout à fait morts, que dans le groupe survivait un souffle qui transcendait les petits ego. Bref, dire qu'ils dansaient aurait fait offense au fils des quartiers nord que j'étais. Ils bougeaient mécaniquement, bagnards enchaînés mais heureux qu'on se retrouve, et j'ai eu l'impression que mon corps récupérait un membre manquant. Ils suivaient mes gestes, semblaient m'obéir, et ça m'a fait mal. Dans leurs yeux, je lisais l'allégeance, On sera ce que tu voudras ! Et je regrettais le temps qui les voyait me contester la moindre syllabe. En les retrouvant, je perdais l'idéal qui m'avait jusque-là tenu, la fraternité.

Sandrine qui se sacrifiait enfin sur l'autel du funk m'a fait :

— C'est dommage, vous allez si bien tous ensemble.

Au bout d'un temps, le cercle de danseurs s'est rétréci, ne restaient que des amazones assoiffées de Rahan et les effluves de punch embuaient les mirettes.

Mes coudes, bien que repliés, se sont mis à frôler les bonasses aux soutifs à découvert, merde ! C'est là que j'ai senti la confiance me quitter, je dansais moins bien, la grosse caisse m'échappait et plus je perdais pied, plus je simulais une confiance en vérité dissoute depuis un bon moment. Comment je sors de ce guêpier ?

J'ai lentement réduit l'amplitude de mes gestes et, tout en dansant, me suis extrait de la fournaise.

— C'est donc ça le sens du rythme, m'a fait un Abdu dépité.

— Exact.

— Tu sais que maintenant j'suis sûr de pas aller danser.

— Pourquoi ?

— Après le show que t'as fait ?

— Mais non !

— Mais si ! Tu sais à quoi je ressemble, moi, quand je danse ?

— Montre !

— Tu veux que je fasse rire, c'est ça ?

Moi je n'en avais pas envie, plus envie, de ces joutes qui ne faisaient que retarder l'échéance, celle où chacun finirait par affronter ses turpitudes pleine face.

Un peu plus tard, désinhibé par un rhum agricole et guidé par notre confectionneur de joints l'ami Ludo, je suis sorti, il faisait presque nuit.

— Ludo mon poto, on aura passé du bon temps.

Il m'a souri, n'a rien dit. De tels moments nous mettaient à nu.

— Le Madge, donne-nous une chance.

— Hein ?

Pour fuir son air de suppliant, je regardais mes pompes, il commençait et terminait toutes ses phrases par *Madge*.

— Madge… on était à deux doigts, on a fait le plus dur, on va quand même pas pointer à l'usine ! Madge ?

Chaque *Madge* prononcé ressemblait à une supplique et il me parlait de si près que j'ai eu peur qu'il m'embrasse, dans en geste plus de désespoir que d'amour.

Je n'avais pas dit oui, mais c'était tout comme et quand j'ai inhalé son haleine, un mélange de poire de douze ans d'âge et de Heineken, mon nez s'est plié. Pour le dégager et, dans le même temps, détendre l'atmosphère, j'ai fait :

— T'es devenu pédé, ça y est.

Ça ne l'a pas démonté.

— Ouais j'suis pédé et je t'emmerde et même je t'aime.

Enfin, il ressemblait à un adulte qui s'assume.

— C'est ça, plutôt qu'une pelle, roule-nous quelque chose de corsé et fais-moi regretter d'être hétéro.

— Tout de suite.

Le temps de l'assemblage shit et tabac, je badais éclairé par des petits lampadaires l'impeccable jardin. J'ai dit à Ludo :

— C'est ton père ?

— En tout cas, promis, c'est pas moi, du conifère mon père n'a retenu que les trois premières lettres.

Gêné, me suis mis à regarder l'ordre et la méticulosité du dispositif maraîcher, ça m'a épaté. C'étaient des lignes parfaitement parallèles de sucrines et de laitues, d'autres tout aussi droites d'oignons blancs et d'aubergines et chaque rangée s'achevait à son extrémité par de majestueux pots de fleurs. Ça sentait la précision horlogère, la nature mise au pas, l'élégance en imposait à la profusion et j'en savais plus sur les parents de Ludo. Me suis senti vexé, le jardin de mon père s'illustrait de moins belle manière, les sillons de traviole et partout des patates, des poivrons et de l'ail.

D'un geste de l'index, j'ai tapoté sur ma clope et me suis fait plaisir en laissant tomber la cendre sur un imposant glaïeul.

— Tiens ! De la part de mon père.

— Oh le Madge !

Ludo, visiblement en partance vers des mondes hilares, a tourné un pouce vers les chambres du haut.

— Patou te fait dire qu'elle t'attend.

Je ne m'y faisais pas, que ce soit Ludo, chaque fois, qui joue les entremetteurs entre sa frangine et moi, ça sentait le guet-apens, trop de sourires alentour l'indiquaient, d'ailleurs j'en cuisais de ne pas l'avoir affranchi assez tôt, genre, Ça me gêne, Ludo ! C'est quand même ta sœur, ça te fait rien ?

Il m'aurait répondu, C'est son cul.

Et une fois de plus, l'évidence allait me mettre au pas.

— Elle m'attend ? Où ça ?

— Dans sa chambre, bêta, pas sur un arbre.

Abdu m'a glissé à l'oreille :

— Elle est pas belle mais elle te finit chiffon.

Et une vexation de plus, une ! Pourquoi fallait-il qu'elle soit pas belle ! Et je maudissais ma race de ne m'accorder que le tout-venant. Je me répétais la phrase, Elle est pas belle mais elle te finit chiffon.

J'ai eu beau garder la deuxième partie de la phrase pour encourager une improbable érection, rien à faire, l'inhibé en moi revenait au galop… Quoi ? Elle te finit chiffon ! Qu'est-ce que ça veut dire ? Qu'on va me récupérer sur un brancard au vu et au su de tous ? Je sortirai couché, vaincu par une vulve ! Oh ! Je suis kabyle moi ! Je n'accepterai pas une telle humiliation. Et puis comment me défiler ? Le frère d'une donzelle m'indiquait du bout de son doigt le repaire à chatte, la tanière à zob, le clapier à kiki et j'allais fuir ? Bafoué par ces ignobles mœurs, j'ai maugréé :

— OK pour me libérer des aliénations séculaires mais par paliers, j'suis vierge, merde !

Je suis monté, poussé par des restes de Berbère trop fier, monté d'un pas lourd avec l'impression qu'une mâchoire acérée attendait mon zizi.

La porte était grande ouverte, la chambre tapissée de fleurs majestueuses d'un rose écœurant évoquait un bien-être *middle class*, avec des posters de toutes les dimensions, dont un, grandeur nature, de Patrick Swayze. Dans les coins s'entassaient des peluches de tous les âges de l'enfance. C'était de l'onctueux accessible, une bonbonnière aux coussins gonflés, rien n'était crevé et ça sentait bon.

— Ferme la porte, miaula-t-elle faussement douce, viens !

Me suis exécuté et surprise ! de près ses yeux étaient ronds, bas et son nez écrasé au milieu de l'arête finissait en boule à son extrémité. J'ai refait, Merde !

— Ferme je t'ai dit !

— Non, c'est bien qu'on ait un courant d'air, il fait chaud.

Et mon indécrottable fierté m'a parlé, Fils de pute, t'as une occase en or pour émanciper ton grelin, qu'est-ce que tu fous ? Fais-lui faire un parcours du spahi à cette chaudasse, fais-lui passer les douze épreuves, crève-lui l'appendice, plie-la tel un vizir des mille et un jours, soumets-la, nourris-toi, misérable, car la période de jeûne risque d'être longue même avec ta Kaoutar d'Orient ! Allez !

Et moi d'y répondre, Ta gueule ! J'suis français, je veux être gentleman, t'entends ? La fierté ! Je veux du panache, marre d'être une hyène du bas Atlas, veux être comme mes potes français, monter avec des fleurs, allez ! Fais-moi plutôt tomber des roses, rends-toi utile, fais-moi gracieux, cool et détendu.

Patricia m'attendait assise en bord de lit, juste au milieu, avec un sourire en toc, elle parlait bas comme pour m'obliger à m'approcher encore, je ne pouvais m'empêcher de penser à Abdu, Riton et aux autres en train de se tenir les côtes dans les bras du frère de celle qui devait me frire aux p'tits oignons.

— Je voulais te dire merci pour le poème, c'est tout moi, c'est fou non ?

J'avais tellement écrit de poèmes que dans ma boulimie d'encre j'avais oublié cette destinataire ombrageuse.

— Oui, j'sais pas.

Ensuite, elle m'a tendu la main avec un air faussement soumis.

— Mais viens, je vais pas te manger.

La phrase m'a humilié instantanément et je débandai du peu qui me restait de bravoure. Au lieu de, moi, l'intimider, voilà que c'est elle qui ordonnait, menait la danse, presque me pinçait pour m'entendre crier *aïe*. Exaspérée par ma mollesse, elle s'est levée, m'a tiré vers elle et fait asseoir à ses côtés. Elle souriait avec l'empathie d'un croco, c'était comme un désir haineux, une colère incontrôlable. Puis, d'un geste sec de la hanche, elle s'est rapprochée de moi, elle attendait sans doute que je tende mes lèvres en premier mais ses ongles qui enserraient mes poignets me provoquaient une vraie douleur. Ce qui avait l'apparence de la douceur n'était rien d'autre que de la violence déguisée, elle fulminait que je refuse de me donner sans résistance et bientôt le ton s'est fait agressif.

— Mais viens !

Elle a tendu ses lèvres en assumant cette fois d'obtenir un baiser par la force. J'ai tendu les miennes. Le long du couloir des couples passaient, indifférents, et je me raidissais à chaque passage.

— Embrasse-moi !

Et j'ai fini par concéder des smacks automatiques et successifs, je compensais par le nombre avec des bécots secs et métalliques, je n'osais pas lui asséner mes vérités, N'as-tu pas besoin de séduire ? Pourquoi la force ? Hein ? Réponds. Qu'est-ce qui te meut, dis ?

Mais elle ouvrait déjà la bouche, sortait un bout de langue molle et humectait mes lèvres, une salive au goût de fraise chimique se déversait lentement au fond de ma bouche, c'était presque bon. Me suis rappelé qu'il fallait fermer les yeux, alors j'ai fermé les yeux, simulé la passion et je m'arrachais les muscles de la tête pour me maintenir les paupières fermées.

Au bout de quelques minutes, nos bouches se sont ouvertes un peu plus, elle cherchait vraisemblablement l'issue et je ne voulais pas partir sans une érection de circonstance.

Étrange, je luttais contre elle et contre moi-même, j'affrontais deux ennemis. Pour ne pas perdre la face et recouvrer un peu de virilité, je jetais des éclairs dans son entrecuisse et posais deux doigts à l'endroit où se creusait une fente qui séparait deux bourrelets de chair moelleuse. La partie était humide. Putain ! Elle mouille ! Putain ! C'est la crue !

Pour ne pas saloper les préliminaires qui font ou pas l'Annapurna, je mordillais le sein à même le nylon, bécotais le cou, l'épaule et l'encolure mais rien, ça ne venait pas. Et je n'étais pas mécontent que ça ne vienne pas, j'étais même fier qu'il ne me suffise pas d'un sourire ou d'une chemise écartée pour bander. J'étais heureux de ne pas être cet animal sans conscience qui voit son organe gonfler à la vue du premier poil. Avec Patricia, rien de tout ça, ni honneur ni promesse, elle cochait des cases, ça déconnectait mon cerveau des organes concernés.

Je me suis dit que les copains avaient scénarisé ce rendez-vous, qu'ils avaient organisé le traquenard pour m'offrir un dépucelage sans enjeu. L'enjeu, justement ! c'eût été ce qui m'aurait fait jouir.

Excédée de si peu d'entreprise, Patricia a fini par me repousser violemment, je crois qu'elle m'a dit :

— Dégage.

Dans un semblant de contestation j'ai fait, Oh ! et c'est une baffe sous le menton qui m'a démonté la mâchoire.

J'ai pris mon honneur et me suis torché avec.

— Alors ? m'a fait Abdu quelque temps plus tard.

— Je l'ai dépecée, frère.

Il ne m'a pas cru. En utilisant ce verbe-là, je confirmais qu'il ne s'était rien passé.

Ah oui, j'oubliais. Quand je suis redescendu de la chambre nuptiale, il dansait, mon Abdu, sur *Fantasy* de Earth, Wind and Fire, il dansait effectivement à côté du rythme, parfaitement à contretemps de la grosse caisse, je me suis dit qu'il était définitivement blanc mais s'était pour une fois pris en main pour affronter enfin l'adversité. Pierrick, lui, avait encore disparu et l'envie m'a pris d'appeler chez moi.

Ça faisait une heure que je tournais autour de lui comme un amant éconduit. Éconduit, je l'avais été la veille et là rebelote, sauf ma peine qui se refusait à éclore au grand jour.

— Tu viens à la répète ? Les nouveaux morceaux y fracassent, allez viens !

Pierrick a décliné, sans réfléchir, sans parler. Ça m'a blessé qu'il n'ait pas hésité un peu ou feint de montrer un quelconque tiraillement. J'aurais aimé de l'enthousiasme pour le groupe qui se reconstituait, après tout, je reprenais vie. Au lieu de ça il s'est immédiatement recroquevillé sur sa table et sur de nouveaux exercices de maths en forme de jeux qu'il préparait pour petit Krimo devenu long Krimo et, comme ils les appelaient, les nouveaux.

Il pouffait des pièges qu'il dissimulait çà et là.

Il ne s'est pas rendu compte que son indifférence venait de me griffer une fois de plus. Je n'étais plus sa priorité absolue, je ne l'acceptais pas. Lui qui, toujours, se souciait du moindre de mes états d'âme, qui buvait mes paroles et chérissait mes écrits, voilà qu'il était heureux sans que j'en sois la cause directe. Heureux et amoureux. De mon côté, je ne voulais toujours pas lui extirper des secrets au prétexte d'un pré carré supposé mien. J'attendais qu'il s'ouvre de lui-même mais rien, pas un mot, pas même une mimique confidente, et j'en ai conclu que le bonheur était la plus pure expression de l'égoïsme.

J'ai pris mon cartable et avant de sortir je l'ai regardé longuement comme si je le perdais, comme s'il s'agissait d'un adieu, comme si à mon retour je retrouverais un autre Pierrick et que je serais moi-même quelqu'un d'autre. Bizarre, me suis senti rejeté de la plus douloureuse des manières, je veux dire, sans éclats de voix, sans explication, et qu'il ne me dise pas au revoir m'a tué et je suis sorti triste, jaloux, inconsolable.

Incroyable ! Dans le garage ça sentait moins mauvais, le canapé qui exhalait la bière et l'acidité de sueur séchée avait disparu, la pièce paraissait plus grande, plus claire et je reniflais par à-coups pour me rendre à l'évidence, Z'ont fait le ménage. Je les ai embrassés sur la joue en écartant mes lèvres, mais les implorais du fond de mon âme de rester eux-mêmes, crades et frivoles, de ne pas être mus par une peur que je les quitte à nouveau. Non, je ne voulais pas qu'une allégeance à la con les fourvoie.

Dès la première note un sentiment de puissance a durci mes veines, m'a ouvert tous les pores, les notes comme avant redevenaient des vagues qui me giflaient sans retenue, j'avais oublié cette sensation de baignade. Rien n'avait changé, mes muscles se reconstituaient note après note. Je me regonflais comme un pneu longtemps resté suspendu à son clou. Les salauds, ils n'avaient pas perdu leur temps, ils jouaient mieux, Bébert ne fixait plus Riton pour être synchrone avec le fond du tempo, il s'était libéré de l'emprise qu'ont les batteurs sur les bassistes. Tous grimaçaient moins, ils semblaient plus sûrs de leur jeu et j'ai pensé qu'il était temps pour un vrai départ. On aurait dit qu'ils s'étaient préparés à ce retour, qu'ils n'avaient jamais cru à une rupture définitive, qu'ils m'attendaient. Ils s'étaient même physiquement transformés avec des coupes de cheveux moins outrageantes. Une métamorphose s'était accomplie, une indéniable maturité qui leur faisait dire, Lui, y a qu'à le laisser seul trouver la voie du public, ne pas tenter de le domestiquer en lui imposant un paraître conciliant. Tant pis, tant pis s'il fait fuir les spectateurs, à lui de trouver le filtre qui connecte sans perdre son âme. Ludo me jetait des regards en coin l'air de dire, On a bossé dur. Il envoyait toutes sortes de promesses genre, OK, on ira voter, on se laissera plus emporter par des postures à la con, on gardera un pied au sol, regarde ! On fait déjà du karaté. De mon côté, je me remémorais mes colères, mes absurdités quand je réclamais des notes politiques, je les entendais rire comme autrefois, cyniques et désabusés.

— Mets-lui un *ré* sept, ça va le calmer.

Et le plus baroque c'est quand j'adoubais l'accord.

— Oui c'est ça, *ré* sept, qui dans ma tête sonnait *raissette*.

Deux mois plus tard, au volant d'un Iveco flambant neuf, je concédais de l'Arrested Developpment et même du Cypress Hill. J'ai annoncé :

— Quelqu'un a de la zique à proposer ?

Ça les a laissés sans voix.

— Qu'est-ce que tu dis ?

— Est-ce que quelqu'un a de la zique ? J'ai oublié mes cassettes.

En vérité j'avais feint l'oubli, une distraction quelconque. Sur leur figure, on lisait un début d'inquiétude. Lui ? Oublier Mouloudji et Cora Vaucaire ? Il nous la fait à l'envers.

— Non mais je vous jure.

Mais voilà, je voulais amorcer une nouvelle ère, montrer un Madge enclin aux compromis, disons à une forme de souplesse plus appuyée. Chacun de mes gestes, chacune de mes interventions leur paraissait suspecte. En conduisant j'ai un moment dodeliné de la tête sur un Stevie Wonder et ça ne les a pas convaincus. Plus je jouais les mecs *enclins aux compromis*, plus ils doutaient.

Il la joue cool pour nous rassurer. Cette suspicion, je la lisais dans leurs mimiques, lèvres plissées, genre, Cause toujours, on te connaît trop bien.

Quand Riton a voulu conduire, j'ai eu peur de perdre mes prérogatives, d'être dépossédé d'un avantage acquis de haute lutte, le volant. Finalement il a pris la place du mort et a ouvert *La Nuit sacrée* de Tahar Ben Jelloun. Me suis dit, C'est pas vrai ! Il fait de la lèche, il lit Ben Jelloun pour m'assoupir. Il n'était pas plutôt polar cet enculé ? Avant que ma parano ne me submerge, j'ai voulu en avoir le cœur net :

— Tu lis Ben Jelloun ?

— Non, c'est Pierrick qui l'a oublié chez moi.

Je me serais giflé d'être monté en pression si vite, d'avoir cru à une mise en scène hypocrite et, l'instant d'après, je regrettais que le Ben Jelloun n'ait pas été un choix spontané. Et merde !

Plus tard, une agréable sensation. Me suis étonné d'avoir si longtemps résisté à ce frisson unique, partir. Plus on avalait de kilomètres et plus se décrochaient de ma peau tous les stigmates de la cité, mes nerfs se détendaient. Je me désarabisais, ma schizophrénie identitaire s'amenuisait, je redevenais blanc, presque moi, mû à nouveau par les envolées de Zola, l'élan épique d'Hugo, les lames électriques des Inmates, les skanks ébouriffants des Specials, les mots crus de Renaud et les mélopées clashiennes, je redevenais le Madge que j'avais tenté d'être, un rockeur épicé, un pourfendeur de foules, un fruit gorgé de toutes les envies d'extraire le meilleur de lui-même. L'avenir ouvrait ses rideaux de velours rouge et m'aveuglait de projos multicolores.

Peu avant Limoges, vers les onze heures, une pluie s'est abattue, drue. Histoire de laisser passer l'orage, on s'est fait un arrêt pipi à la première station-essence. Chacun y est allé de sa barre chocolatée, de son paquet de gâteaux, de sa bouteille d'eau et pour tous, un petit café. Le ciel qu'on ne cessait de sonder ne dégonflait pas d'un nuage et nous faisait des mines d'endeuillés. Riton, lui, plutôt qu'endeuillé, macérait des colères qui lui sortaient les veines, il redoutait le pire, il argumentait déjà dans sa tête la possibilité de jouer sous le déluge. Ça me rappelait nos débuts quand il négociait avec son père pour qu'il nous cède le garage et laisse sa vieille Volkswagen croupir à la belle étoile.

— Tu m'étonnes que je devienne punk, vous me rendez maboul toi et maman, bientôt je finirai piqué à l'héro et ce sera votre faute.

Il avait réussi à affoler son commissaire de père, dans ces milieux-là la réputation pouvait ralentir l'ascension et déshonorer l'homme. Un fils drogué étiquetait lourd. Il savait cette faiblesse chez son père pour qui la réputation comptait plus que tout, père que d'ailleurs je n'avais jamais vu tellement l'idée d'être présenté à des dégénérés l'irritait au plus haut point.

Quand on est montés sur scène, il était presque vingt-deux heures et la pluie n'avait pas cessé. Ça n'avait pas découragé une foule compacte de K-way aux couleurs vives. L'eau semblait l'exciter, elle bruissait de plaisir. Les crêtes se fanaient et certains ouvraient la bouche pour se désaltérer, d'ailleurs l'objectif était bien de repartir trempés, harassés, le corps cabossé et les tempes martyrisées de larsens.

De fait, le concert se déroulait en plein air et nous ouvrions le bal pour Noir Désir. Dans la fosse, ça trépignait davantage pour la tête d'affiche, qu'importe, on savait notre capacité à tout renverser. Cela dit, jouer en première partie d'une vedette, c'était le pire piège en festival, les accros des premiers rangs vous envoyaient valdinguer à la première note. Heureusement ce public-là nous allait, les fans de Noir Désir ressemblaient aux nôtres, férus de poésie et d'incandescence. Quand on est montés sur scène, Bertrand est venu se caler derrière la table de mixage, ça m'a galvanisé d'enfin montrer que nous pouvions, comme lui, allumer des incendies maritimes. Et un, et deux et un, deux, trois, quatre, Riton a fait rouler des triples croches qui ont fait bondir les premiers rangs, j'ai levé un poing rassembleur, pris ma respiration et me suis jeté dans la foule avant d'avoir prononcé le moindre mot. J'ai atterri amorti par une forêt de mains ouvertes et me suis laissé porter au gré de bras qui me maintenaient au-dessus d'une écume démontée. J'avais déjà une bonne expérience de ces sauts par-dessus la foule, où c'est tout un art de se maintenir à flot. D'abord raidir ses muscles pour permettre aux "récepteurs" d'avoir une accroche solide, et ainsi vous maintenir à l'horizontale, ensuite se servir des épaules et des bras comme d'un gouvernail pour indiquer la direction à suivre. Ballotté de toutes parts, je laissais le soin à Bébert d'électriser les quatre points cardinaux, il brandissait sa guitare comme un drapeau quand soudain les haut-parleurs se sont tus. D'un seul coup d'un seul, ils se sont étouffés et les énormes cadrans d'éclairage n'étaient plus que des insectes de métal rougeoyants. Les bras se sont affaissés et me suis retrouvé la gueule enfoncée dans la boue. La foule, hébétée, cherchait son repère sonore et, sans musique, on aurait dit des zombies, au milieu d'eux, je suis devenu un infâme anonyme. La boue me recouvrait de la tête aux pieds, je peinais à me redresser. Depuis la scène résonnaient les plocs des baguettes qui frappaient encore, attendant désespérément le retour de l'électricité. La foule en furie devenue statue guettait un signal sonore, quelque chose qui la remette sur les rails. Péniblement, je me suis rapproché de la scène, j'ai pris une bonne respiration et j'ai chevauché une première barrière de sécurité jusqu'à ce que des bras m'arriment sur le plateau devenu une flaque immense. Me suis allongé sur la scène, laissant des trombes d'eau me débarrasser de la terre et de toute l'herbe qui s'étaient accrochées à moi. Tout autour c'était la panique et les techniciens étalaient déjà des bâches pour recouvrir les instruments et autres appareils susceptibles de nous électrocuter. J'entendais, Vite, grouillez, on évacue ! Tout un chacun courait pour sauver une guitare, un câble, des pupitres… Dans l'affolement général je n'existais plus, chacun vaquait à son urgence et en moins d'une minute, la scène s'était transformée en immense flaque. C'est dans cet affolement général que la pluie a redoublé d'intensité, c'étaient plus des gouttes mais des flèches qui nous perçaient le corps, j'étais comme l'oiseau aux plumes trop alourdies qui sautille avant de mourir et c'est presque à genoux que j'ai rejoint la petite loge adjacente à la scène qui abritait mes musiciens. Ne nous restaient que de vieux regards hésitant entre le regret de ne pas avoir joué et la peur d'être foudroyés par une décharge soudaine d'électricité. Puis, une voix mit fin à l'apocalypse, celle du régisseur général et qui fit plisser les paupières de Riton.

— Qu'est-ce vous attendez ! C'est fini les gars, on plie.

Étrange sensation que de redescendre les marches sans avoir chanté, l'extrême frustration a gonflé mes yeux de plus d'eau salée que l'orage qui venait de nous chasser, je voulais crier, Non ! On part pas, on attend que la pluie cesse ! Elle va bien cesser quoi ? Pitié ! Donnez-nous dix minutes ! Une scène pareille on a que trop rarement l'occasion d'en profiter, pitié on ne joue que dans des caves immondes, donnez-nous une chance de montrer à l'immensité ce qu'est ce groupe, on prend le risque, on veut mourir sur scène, tous ! On vous signe une décharge ! S'il vous plaît !

Mais, dans la panique générale, on n'entendait pas ma supplique, il n'était plus question de musique mais de sécurité, fallait sauver la sono, des entreprises étaient en péril, des vies peut-être.

J'ai dit :

— On plie les gaules.

— Quoi ?

— On se casse, putain ! C'est assez français pour que tu comprennes.

On est partis dans l'heure qui a suivi, pas question pour moi de me morfondre dans ce champ de malheur qui m'avait vu m'écraser la gueule dans la boue alors que j'attendais l'envol vers les étoiles. Vite ! Quitter cet enfer d'eau glacée où le vent fouettait les caravanes d'artistes et pliait les tentes saturées d'eau. Vite ! Quitter ces lieux où tout n'était que boue et désolation et les artistes, des ombres fuyantes et vaincues. On a roulé sans arrêt pipi, chacun pressé de rentrer à Toulouse. Puis la nuit est tombée, derrière les ronflements sonnait la retraite des saltimbanques en goguette. Et ni Pierre Perret ni Leny Escudero cette fois n'allaient rien consoler.

Épuisé, ivre de fatigue j'ai frappé comme un sourd, pressé de plonger dans un sommeil de fond de tombe. J'ai cogné à ma propre porte sans peur de réveiller les voisins ou de m'exploser le poignet et Pierrick a fini par se lever.

— C'est toi ?

— Qu'est-ce tu fous ? Tu dors ?

— Bah oui, je dors, j'étais avec les mômes toute la journée, chuis vanné, mais tu devais pas rentrer que demain ?

— Il a plu toute la journée, y z'ont tout annulé.

— Ah bon ?

— Je vais me pieuter, j'suis mort.

— Madge, y a un souci…

Les yeux creusés par la peur et d'un geste de la tête il m'a montré la chambre en articulant des lèvres comme s'il s'adressait à un sourd et j'ai compris que quelqu'un y dormait. S'en est suivi un échange de gestes exagérés qui traduisaient d'un côté l'effroi, de l'autre la réprobation la plus féroce. L'épouvante m'a fait tourner le dos à la chambre, je redoutais moins une présence féminine que l'identité de cette dernière. Pierrick creusait le sol comme pour s'y engouffrer, je ne l'avais jamais vu perdre ses moyens de la sorte et ça ne m'a pas adouci.

— Qu'est-ce que tu m'as fait ?

Et soudain derrière moi, une voix.

— Le Madge, ça va ?

C'était une voix sèche et chaude, une voix de l'enfance, d'une époque qui enterrait ses premiers rêves.

Quand je me suis tourné c'était elle, Bija, revenue d'outre-tombe pour réclamer justice. C'était elle de plain-pied, humaine et sans colère. J'ai fait :

— Salut.

Elle était nue dans son drap, nue comme armée, c'était sa dénonciation à elle et ça m'a plus effrayé qu'offensé, ça lui déplaisait pas que je titube.

Comme elle souriait, j'ai repris des couleurs. Fallait que je fasse bonne figure, que j'efface un peu l'aliéné congénital, fallait qu'elle puisse croire que tout ça n'était pas si grave, je veux dire sa présence dans mon lit, dans les bras de mon meilleur ami, français. Fallait qu'elle pense que tout n'était pas mort de nos promesses de vivre libres ou plutôt libérés de nos entraves identitaires. Son regard était doux, assumait ses actes, elle semblait dire, Oui je baise sans autorisation, sans parchemin, sans contrepartie, est-ce un crime ? Elle m'attaquait tranquille, par ses gestes apaisés et ses mots sûrs. À mon tour je l'imitais mais, chez moi, c'était un jeu. Bon sang ! Elle est quasi à poil sous son drap et c'est moi qui me sens nu. Même Sandrine ne m'avait pas bousculé de la sorte. Sandrine était de l'autre "race", celle qui permet l'impudeur, mais là !!

De toutes mes forces, je bataillais contre mon autre moi, Allez le Madge, sois zen, t'as lu Sade, Maupassant, Zweig, t'es au-dessus de ça.

Elle s'est assise, on s'est retrouvés face à face, sans rien se dire, on s'observait comme si on s'était oubliés, comme si nous ne savions plus qui nous avions été. Dans une volonté de forcenés, on s'était essayés chacun de son côté à l'oubli d'un passé rance de tout, tout ça pour mieux renaître, et on y était presque arrivés.

— Bon, je vais faire du café, a soufflé Pierrick.

De longues minutes, on ne s'est rien dit, si ce n'est qu'elle m'accusait en silence d'empêcher cette union, de participer involontairement au complot tribal, ne serait-ce qu'en ayant peur des conséquences, et je ne le contestais pas. Je distinguais parfaitement ses gros seins de pommes d'octobre sous le drap et je m'efforçais de retenir davantage l'esprit libre qu'elle incarnait que ses formes : car l'affront était là, à fleur de peau. Se montrer dans le plus simple appareil, c'était pour elle une façon de me mettre devant le fait accompli, Oui je couche et je suis pas une salope ! C'est jouable ou t'es niqué du cerveau ? Une façon à elle de venger mille autres filles, dix générations d'interdits, et je peinais à la rejoindre dans le camp de la liberté. Je m'efforçais de lever les yeux pour regarder en face ce qu'elle était et non ce que j'en attendais. Et puis j'ai dit :

— J'ai pas osé le croire.

— C'est si terrible que ça ?

— J'ai eu peur.

— De qui ?

— De moi, tiens !

— T'as si peur de toi ? Et moi qui pensais que t'étais le plus courageux.

— Je te signale qu'on a failli mourir pour toi, et plusieurs fois !

Pierrick a confirmé :

— Tu vois ?

Il cherchait mon appui :

— Elle me croyait pas.

— Je te signale que j'ai encore deux, trois projets dans la vie.

— T'as de la chance.

Je réfléchissais à cette "chance" dont elle parlait, je la trouvais bien mal fichue.

— Je voudrais que Pierrick n'ait plus peur, il a peur de toi, c'est pour ça que j'suis là, pour que tu saches qu'on est ensemble, et j'aimerais que vous le restiez aussi, ça le tue de savoir que tu refuses qu'on soit ensemble, Madge.

— Mais je voulais te sauver…

— Mais j'ai pas besoin d'être sauvée, je veux pas qu'on me sauve, vous faites chier !

Ce "vous" m'assimilait à de vieilles ombres auxquelles je tournais désespérément le dos en vain, des ombres qui réapparaissaient à chaque nouveau rayon de soleil, indécrottables, dessinant le même Madge, comme si je ne changeais pas.

Elle répétait, Madge, et ça ressemblait à une supplique au bout du rouleau, ce petit bout de faiblesse m'a touché, surtout quand elle m'a dit :

— Regarde, je t'avais même laissé ça…

Elle m'a tendu ce livre que je lui avais offert en des temps électriques de lames qui ouvraient ses veines, c'était *Vingt-quatre heures de la vie d'une femme*, de Zweig. À l'époque, je la sommais d'être libre et désormais, je lui reprochais de trop l'être. Et pour m'achever un peu plus c'est elle qui m'a dit :

— C'est que des mots.

Me suis tourné vers elle en essayant d'avoir moins peur de deviner ses formes :

— Sinon qu'est-ce tu fais ?

— Je chante.

Et son groupe n'était rien d'autre que mes propres musiciens.

Si j'avais dit à Abdu, Tu m'accompagnes ? Je vais au quartier, il m'aurait répondu, Mais t'es fêlé, ils t'ont reçu à coups de boule et tu reviens te faire découdre ce qui vient à peine d'être recousu… ma parole, tu en veux à la vie ! Quel rancunier ! Non merci, je vais plutôt me terrer en ville.

Mais j'avais le devoir d'informer Pierrick que Brahim venait de sortir de prison, je ne pouvais donc pas le laisser retourner seul à la cité. Étonnamment, la nouvelle l'a ragaillardi, c'était comme s'il cherchait l'affrontement et je me pliais à la moins pire des solutions, l'accompagner.

Quand on est entrés cité Bleuet, je n'en menais pas large. Tous les regards convergeaient vers Pierrick, il attirait la foudre, un malheur à venir, mes jambes flageolaient et le petit Tayeb me le fit remarquer.

— Eh, n'aie pas peur, il est en prison !

Un autre encore a visé Pierrick.

— Regardez le fou ! Il est revenu !

Pierrick ne s'en laissa pas conter.

— Ça te fait plaisir au moins ? Et *le fou*, il s'appelle Pierrick.

Il a épelé son prénom pour appuyer le côté volontaire de sa présence.

— Pierrick, P, I, E, R, R, I, C, K.

Djibou squattait le toboggan accompagné de ses deux fidèles, toujours en quête d'un adoubement, casquette vissée.

— Qu'est-ce t'as écrit de nouveau ?

Il a fait :

— Karim, appuie.

Et il s'est lancé dans un rap de bien meilleure tenue.

Il est revenu celui qu'on appelle Ventouse
Revenu et fini pour lui le love et la loose
À son tour y veut y veut casser des reins
Sans porter le borsalino du parrain
Venu sans nunchaku et sans six coups
Car c'est avec le verbe qu'il veut porter des coups

Pierrick a mouillé ses yeux, ému jusqu'à dire, Merci Djibou.

Alors l'autre a hoché la tête maladroitement. J'ai apprécié la verve à sa hauteur, il avait retenu la leçon et j'ai pensé qu'il serait un excellent parolier pour un groupe de rap, avec une appréhension cependant, La relève est là et je me sens vieux. Je n'avais pas trente ans.

— Alors ?

— Excellent, Djibou, deux fois !

— Tu dis toujours ça, ont ronchonné les deux gamins. On peut enregistrer maintenant ?

Au bout d'une centaine de mètres, Kabour, un footeux de la cité, celui-là nettement en déficit de matière grise, m'a pris la tête du haut de son mètre soixante.

— Vous avez pas de l'argent pour le foot ? On dit que l'État vous a donné des sous.

— Plein ! Pourquoi ? Ça te pose un problème ?

Il a tourné les talons, doutant enfin de ma légendaire passivité, la longue cicatrice de Pierrick signant elle aussi nos nouvelles prérogatives.

J'embrassais cette balafre d'ainsi nous ranger dans le clan des fous furieux, jamais je ne me serais douté que ce miracle serait un jour incarné par des disciples de Maïakovski.

Après avoir soufflé un bon coup et redressé ma colonne, j'ai repris ma marche sans faillir. Pierrick, subrepticement, est passé devant moi. Il voulait saluer ses "élèves" sans avoir l'air d'être protégé et espérait être aperçu par les cousines, histoire de.

Moi je regardais nulle part et partout à la fois comme si mille Brahim nous épiaient en secouant leur index manière de dire, On va vous attraper, vos couilles on va vous les faire bouffer, et toi, le traître, tu vas lâcher nos sœurs une fois pour toutes, va apprendre à danser à tes putes du centre-ville.

J'imaginais même des pères à mes trousses, C'est toi qui donnes nos filles aux Français, le père de Momo en tête, m'accablant en arabe de rue.

— Va faire tes saletés en France, ici on est chez nous !

Puis les mères.

— Nous, on est des Arabes, on respecte.

Et des manouches aussi.

— Touchons pas nos gadjies, bâtard !

Pierrick toisait de plus belle, exhibait ses points de suture et je n'ai pas aimé l'ombre qu'il répandait sur mon ego. Ce n'est pas toi, le fils de la misère, c'est moi ! Alors un pas derrière, s'il te plaît.

C'est là qu'elle est apparue comme un mirage au bout de la rue, plus belle, plus maigre, des cheveux en filaments de jais, attachés par un nœud, nonchalants. Au bout de la rue, oui ! C'était Kaoutar, elle promenait ses petits frères et tout en simulant des jeux de touche-touche, elle avançait, résolue. Tout en zigzaguant elle s'approchait de moi inexorablement, j'étais décidé, cette fois, à ne pas jouer de prudence ou d'étonnement, j'ai foncé droit sur elle, sans sourire.

D'un pas ferme, je suis passé devant Pierrick, Dégage. Comme au premier jour de notre rencontre, j'ai planté mes yeux dans ceux de mon Antigone et j'y ai retrouvé le culot monstre et l'allégeance à ma personne. Encore l'affront et l'obéissance mêlés.

Pierrick, pas dupe de mes gesticulations, m'a lancé :

— On se retrouve au local.

Kaoutar est montée jusqu'à moi, à petits pas, sans sourciller, sans peur du voisinage et sans quitter mes yeux, puis m'a fait signe de la suivre d'un hochement du menton. Mon cœur tabassé par une valse de furieux voulait que je fasse preuve de plus de prudence et mon cerveau a commandé, La laisse pas partir, frérot ! Saisis-la par le bras, enlève-la avant qu'un circoncis ne la tatoue des lettres de son prénom. J'écumais, elle n'avait rien perdu de l'apparence innocente et de son envie d'homicide, l'amalgame giflait mon sang, mes veines se tordaient sous trop d'afflux. Elle va me rendre fou ! Et, dans ma tête, toujours ces deux frères ennemis qui battaient le fer, l'un usait de prudence pour ne pas ajouter à mes déjà trop nombreux ennemis, l'autre assumait la vendetta.

En attendant, elle batifolait, ma brune. En apparence car sa main en vérité semait des petits cailloux phosphorescents que mon imagination suivait à la trace.

J'étais prêt, prêt à avouer mon intention, fût-ce à son père. C'est mon jour ! que je me disais au plus profond, et peut-être pas le sien, car elle risquait un châtiment autrement plus féroce. Tant pis !

— Aujourd'hui je t'ai ou j'aurai jamais rien.

Je n'ai pas eu peur parce que j'ai compris que, pour moi, aimer c'était affronter un danger, celui-là valait son pesant de supplices.

Passé les rues Michel-Ange et Cézanne, elle s'est glissée derrière le préfabriqué qui servait de débarras au centre d'animation. Pas hésité une seconde, m'y suis faufilé aussi, et l'ai trouvée au bout du chemin qui longeait la maison, debout jambes écartées et mains derrière le dos, campée comme un cow-boy avant le duel mais prête à me laisser tirer le premier. Je me suis approché, déterminé comme jamais, lui ai tendu des joues qu'elle a littéralement aspirées en gardant les mains dans le dos, je saisissais le don. Pourtant, c'est moi qui ressemblais à la souris face au chat.

Elle a aimé ma peur et j'ai kiffé sa violence de tout avoir à perdre. Ses yeux montraient l'éclat des lames affûtées, les miens, la trouille, la peur du sacrifice. Aimer cette fille c'était n'aimer qu'elle, était-ce vraiment ce que je voulais ? Quand j'ai saisi ses joues pour l'embrasser cette fois pleine bouche, j'ai senti mes fringues me fuir, je maigrissais à vue d'œil, me vidais comme une benne d'un tas de choses inutiles, j'allais me retrouver à poil bientôt. Plus en confiance Kaoutar me visitait de haut en bas, en diagonale et de droite à gauche et semblait juger le lot crédible. Pour me décongeler, j'ai fait :

— Tu sais que chaque fois que je pense à toi, j'ai envie de boire du thé ?

Une explosion de rire m'a détendu de partout.

— J'en vends plus.

— Pourtant qu'est-ce que t'es belle en vendeuse, tu sais quoi ? J'ai envie d'en vendre aussi, de la menthe.

Bingo ! Elle a ri encore de toutes ses côtes et j'ai redoublé ma mise :

— J'ai déjà l'estafette, je nous vois tous les deux charger des tonnes de bouquets et faire tous les marchés environnants, je m'entends crier, Elle est belle ma menthe, elle est belle ! Et les clients en te regardant feraient, Oh oui, elle est belle, nous on veut bien l'acheter, c'est cher ?

Et rebelote, elle a explosé à nouveau, j'ai fait, *Yesss !*

Je la sentais tout acquise, consentante, touchable.

— Ça te dit de vendre de la menthe ?

— Si c'est avec toi, oui… et mon père ?

— Y vendra du thé, on sera la famille “thé à la menthe”.

Recassage de côtes, elle s'est pliée en deux et a ajouté :

— Faut qu'il soit d'accord !

— Mais bien sûr ! Son prix sera le mien et je rajoute quarante poulets fermiers, trois moutons, une bague en or, deux bracelets…

— Non, sept, c'est la tradition.

— Sept bracelets, et mon nom de famille.

Ses yeux froissés de rire ont ensuite fondu, sont passés à un grave étourdissant et j'ai vu dans chaque iris l'arbre que je recherchais, un arbre calciné planté dans une terre orpheline. J'ai vu un bout d'histoire ignorée, des tombes à n'en plus finir qui portaient mon nom de famille, des cimes enneigées étouffant des villages assoupis des fatigues de l'été, j'ai vu le pays de mon père, des oliviers centenaires et tordus, des figuiers alourdis de leurs fruits, des filets fluides de rivières mourantes et leur délicat bruissement sur la roche, j'ai même vu mon grand-père sur un cheval blanc me féliciter et me chuchoter à l'oreille :

— Elle est mignonne.

Il m'offrait sa monture, grand-père, pour emporter ma belle. Je visitais un passé que je n'avais pas vécu. C'est bien ce que j'attendais d'elle. D'un coup je comprenais tout. Cette brunette m'offrait le cordon qui me soudait aux miens, une carte géographique, une terre d'asile, un port où la famille attendait patiemment mon retour. Elle m'apportait un retour aux origines, un fil dont j'avais besoin qui éclairait la source des premiers effondrements. Elle permettait l'explication du chaos originel. Dans ses yeux, je revenais chez moi, un chez-moi imaginaire inutile et pourtant indispensable, presque accessible. C'était donc elle, la fille que j'attendais. Sans rien en dire, je me suis décidé à aller voir son père un de ces quatre.

— T'étais où ? m'a fait Pierrick.

— Dans le feu, frère, je viens de cuire, regarde-moi, tout se dilate, j'ai plus rien qui tient.

— Tu lui as parlé ?

— On a pas parlé, on a juré, promis, craché.

Il a chanté :

— L'aventuuuure ! C'est l'aventuuuure, puis il a dit : J'suis content !

Et je n'ai pas kiffé cette manière affectée qu'il a eue d'exprimer sa joie. Ma *love story* adoubait la sienne, je l'avais compris, parfaitement intégré, mais que savait-il de cet amour à peine né, ça pouvait être un flirt à la con, une banale aventure, et j'ai écourté l'échange, blessé d'être aussi grossièrement manipulé.

— Bon, on y va ?

J'avais demandé à Pierrick de m'aider à récupérer des vêtements restés chez mes parents. On a traversé la rue Michel-Ange, crâneurs et courageux. Après l'épreuve Brahim, je restais sur mes gardes, quand même, Pierrick attendait une provoc' de plus pour entériner sa détermination. Il roulait des épaules, presque déçu de pas avoir un autre vélo à se faire aplatir. Il m'irritait, mais la rue se dégageait comme devant une tractopelle. Il était l'étonnement des lieux, on ne regardait que lui, je n'étais plus l'étonnant héros mais la doublure d'une nouvelle idole qui embrasait le cœur des cousines. J'anticipais le chuchotis des filles planquées derrière les volets.

— Il est beau !

— Il est trop choucard !

Entrebâillant la porte, ma sœur a reconnu Pierrick et aussitôt s'est faite biche aux yeux ronds. En incorrigible Oriental, je n'ai pas pu m'empêcher de penser, Toi aussi, connasse ?

Ma daronne a d'abord montré sa face colère mais quand elle s'est retrouvée nez à nez avec Pierrick, tel un automate, elle a esquissé un sourire aux tons sépia. Première difficulté pour elle : réamorcer la pompe à dialoguer, et en français.

— Ah bojorr !

Deuxième obstacle : vouvoyer.

— Entrez.

Troisième obstacle : la réception.

— Boirrre un café ?

— Avec plaisir.

L'imbécile faisait le mariole avec ma mère, cherchait à la séduire de toutes ses dents, je lui donnais deux minutes pour la mettre dans son escarcelle.

Sous-estimée, la daronne s'est retournée. Je l'ai entendue maugréer en kabyle, C'est lui le fou ? Et à mon endroit, Celui-là c'est une calamité, non seulement il abandonne sa mère, il se fait casser la figure, il donne pas de ses nouvelles mais il revient accompagné comme une mariée.

— Maman, je viens récupérer quelques affaires !

— Coupèrr, coupèrr (récupère), bon débarras.

Ça lui a coupé la chique, que je me sois fendu d'un témoin et c'était bien ce que j'escomptais. Impossible pour elle d'ouvrir la grille aux fauves à grands coups de "fils maudit, fils de rien, fils de chienne qui s'est pris pour un être humain". Elle a rabattu son caquet et, le dos rond, a grommelé dans sa cuisine quelques dernières insanités des monts du Djurdjura.

En entrant dans la chambre, Pierrick a tout de suite sifflé, genre, Ah quand même ! La saleté des murs l'a congelé net. La peinture d'un vert pomme acidulée mangée d'huile et d'humidité donnait un coloris à la Gervaise, des bouts de plâtre séchés se décollaient çà et là. L'ampoule au plafond pendait comme un légume pourri et toute la boiserie des fenêtres s'effritait avec aux jointures une humidité d'un jaune morve. Pour parfaire, un bout de carton colmatait un carré de vitre fendu, ça l'a achevé. Délicat, il ne s'est pas appesanti et moi je n'étais pas contrarié qu'il prenne pleine poire le décor de mon enfance. Alors, il a détourné l'attention en se penchant sur le tourne-disque.

— C'est quoi ce truc ?

— C'est le Teppaz à mon père.

Il a pris le premier trente-trois tours qui lui est tombé sous la main et l'a posé sur l'appareil.

— Putain, ça marche !

— Y a intérêt.

On a écouté *Return to Sender*, un Elvis, ça l'a fait rire.

— Mais tu te rends compte que ce mec a tué le rock'n'roll ?

— Ouais c'est ça.

Je n'ai pas rajouté, Petit Blanc de merde.

Puis, il s'est étalé de tout son corps sur un lit qui lui a rappelé mes origines sociales, ça a fait *gliiiig !!* Comme le lit, les meubles dataient de l'antédiluvien, du *seventies* siglé abbé Pierre, si on ajoutait dans l'air des relents de soupe au vermicelle, l'auteur de *L'Assommoir* était chez lui.

— Tu voulais côtoyer l'innommable, c'est cadeau.

— Merci.

Pas le temps d'un séjour au Moyen Âge, un grand fracas nous a fait sursauter. C'était mon père qui ouvrait la porte de ma chambre tel un maboul échappé de l'asile. Il était toutes moustaches en griffes et yeux carnassiers. D'où sortait-il celui-là ? Faut toujours qu'il sèche son chantier, branleur ! Il a écarté une demi-lèvre en guise de politesse et l'a repliée aussitôt.

— Bonjour monsieur ! a fait Pierrick en arrangeant ses cheveux.

Mon père n'a pas renvoyé la politesse, il était juste venu me dire :

— Ji pas besoin de toi, digaj !!

Et pour marquer son indifférence à l'égard de l'étranger, il a causé en kabyle.

— *Eufeurth sey !* (Précisément : *Dégagez !*)

Pour moi, règle numéro un : ne pas le regarder dans les yeux, règle numéro deux : s'exécuter sans rien dire, troisième règle : faire vite pour éviter qu'un intempestif, Fils de chienne, conclue l'échange.

J'ai tiré Pierrick par la manche pour qu'il accélère le pas.

— Eh doucement, y a pas le feu !

— Non ! Mais y risque de prendre.

— Hein ?

— Grouille, je te dis, on prendra les cartons plus tard !

Et j'ai senti dans mon dos le souffle de mon père qui tenait à me laisser le souvenir du plat de sa main :

— Attends, fils de rien !

Les insultes avec lui commençaient toujours par un, Fils de… Fallait déraciner l'interlocuteur, insulter l'aïeul pour éradiquer sa présence de la surface de la terre.

Et v'là t'y pas qu'il continuait dans la rue d'égrener les pires insanités de sa montagne, au débotté : fils de rien, fils d'ânesse, fils du péché… Alors, avant qu'il ne m'agrippe, j'ai pris mes jambes à mon cou, suivi de mon fidèle échassier. En courant, je riais de la peur de Pierrick qui se demandait où il était tombé. Et à chaque foulée, il se retournait, la pupille écarquillée, pour s'assurer qu'il n'allait pas à nouveau se faire aplatir le front. De mon côté, je soufflais fort lorsqu'au tournant de la rue Michel-Ange, c'est Grunch, vieux souvenir, qui stoppa ma course en pleine rue d'un coup de coude à la glotte. J'ai roulé par terre, le souffle coupé, les larmes sont montées d'un coup à cause de l'air qui me manquait. Grunch s'est penché pour me latter mais à peine le temps de fermer sa pogne sur ma tignasse qu'un coup de poing lui a aplati l'arrière du crâne. Il a hurlé de douleur et quand il a reconnu l'agresseur, le cri s'est achevé par une plainte d'enfant. Et c'est vrai qu'à n'importe quel âge, c'est souvent un enfant qui pleure sous les coups de son père.

C'était le mien qui lui sculptait désormais la gueule avec ses paluches d'acier.

— Tu frappes mon fils, tu frappes mon fils, toi le fils d'un singe pouilleux !

Et il lui décochait de vastes crochets en bavant l'huile et le lait de sa misérable enfance. Rien ne semblait arrêter le carrousel de patates, ni le sang ni les suppliques de l'enfant que Grunch a dû être à ce moment précis de sa vie. Quand il a reconnu mon père, il n'a pas osé l'indécente riposte, c'étaient des miettes de respect qui tapissaient encore son cerveau. Au milieu de la volée de paluches qui le ratatinaient j'ai entendu, Pardon ! Dix fois pardon.

Le temps que les esprits se retrouvent, ma mère est arrivée accompagnée d'un tas de mères qui demandaient à mon père de s'en remettre à Dieu. Puis maman, en l'accrochant par la taille, l'a prié, imploré de rentrer non sans me faire signe de partir d'un bras caché dans son dos. J'ai vu mon père s'éloigner et Grunch détaler comme un vulgaire voleur de bonbecs. J'ai pensé, C'est bien que la cité soit témoin de cette évidence – j'ai un père ! Bande d'enculés.

C'est en novembre 1992 que je me suis fiancé. L'année de notre signature chez Universal. L'avenir enfin se décidait à ressembler à une autoroute qui dessert les plus grandes villes, les grands centres urbains. Finies, les nationales empruntées pour éviter les frais de péage, enfin on roulait vite et les vieux jambon-beurre sont devenus des sandwichs triangulaires.

Tout roulait sur des voies larges, et pour Kaoutar, il m'a juste fallu convaincre ma mère. Bizarrement, ma requête est passée comme une lettre de la maison jaune. Elle s'était dit, la bougresse, Je le préfère marié tout de suite avant qu'une Française ne me l'éloigne.

Voilà, c'était aussi simple que ça. J'ai dit en kabyle :

— C'est une Arabe.

Et elle a poussé un grand ouf, soulagée d'entrevoir pour ma vie une issue qui ne soit pas mécréante. Seul mon père est venu griffer mon amour-propre et, tout en lisant son coran, a fait :

— Une Arabe ? Si c'est tout ce qu'il a trouvé.

Les fiançailles chez les parents de Kaoutar ont été sobres. Du couscous bien sûr, des Fanta citron et de l'Oasis pomme-poire pour faire plaisir à mon père. Les faux jus de fruits, ça a fait rire Polo, Riton et Bébert, eux se remémoraient le jour où mes parents avaient invité toute la cité pour un bac obtenu à l'arrache. Ils riaient déjà du menu couscous et soda.

— Merde, s'était plaint Riton, en plein Frontonnais ! C'est un blasphème !

— Bon ça va.

Seul hypocrite culinaire, Pierrick a osé :

— Couscous et Oasis, ça se marie pas si mal.

C'était un spectacle que de voir ces cinq Gaulois attablés au milieu de moustaches ébouriffées. À la fois désinvoltes et chiant dans leur froc à l'idée qu'un turbulent leur savate la figure comme ça, par simple haine du Français.

À un moment, mon père a joué l'hôte civilisé :

— C'est boun ? (C'est bon ?)

Ils ont levé les pouces comme on le fait à l'indigène.

Puis il s'est aventuré plus avant :

— Qu'est-ce qui vous faites à licoule (l'école) ?

Comme un seul un homme ils ont répondu :

— L'école d'ingénieurs !

Je les avais briefés sérieux. Si, pour mes camarades, l'école d'ingénieurs revêtait une ringardise poids lourd, pour mon père, ça hissait haut l'orgueil familial. Il me voyait, faut dire, sonder des puits de pétrole à même la montagne kabyle.

Quant à mes potes, ça les avait laissés bouche ouverte, qu'à mon âge je mente à mon père comme un extracteur de prémolaires, ils en riaient encore après le mensonge et mon costard de jeune fiancé n'arrangeait rien.

Djibou, grimé en rappeur et nœud pap', m'a glissé à l'oreille :

— Tu pourras me prêter ton micro ?

— Oui, pourquoi ?

— Ce soir je mets le feu, on se fait une fiesta sur la dalle pour tes fiançailles.

Agnès, attifée d'une robe reubeu, est venue saluer mes potes et, pour cela, a allègrement franchi le rideau de toile de jute qui séparait les femmes des hommes. J'ai frémi un instant, la peur sans doute qu'on la renvoie à ces chères études, et finalement rien, c'était une Française, on pouvait supporter l'offense. Comme le veut la tradition, les hommes ont vite évacué les lieux pour s'installer chez le voisin de palier et la salle à manger est devenue une piste de danse.

Je n'ai pas résisté à l'envie d'inviter ma mère pour un paso doble de Tizi Ouzou, comme quand j'étais môme. Qu'un jeune homme, aussi fiancé soit-il, se mêle aux robes larges et scintillantes des mères, ça ne se faisait pas, mais quand je l'ai tirée par la manche elle n'a pas résisté, trop envie de faire bisquer ses voisines, genre, J'ai un fils qui se marie et il est beau comme un olivier.

Une façon aussi d'envoyer à Kaoutar un message subliminal, N'oublie pas, petite.

Avant de me rejoindre maman a tapoté son ventre et a dit à l'adresse de Kaoutar :

— Neuf mois !

Elle faisait le coup à quiconque tentait de barrer ma route vers Saint-Cyr ou saint Abderrahmane.

Pour effacer la sentence j'ai tortillé à l'orientale et ma mère, par je ne sais quel muscle du bassin, secouait sa surcharge pondérale avec aisance, la garce ! Elle suggérait du sexe et je n'étais pas mécontent de la pousser vers ces zones éteintes chez elle depuis belle lurette.

On a fini chez moi où nous attendaient quelques magnums de champagne. Cette fois, pas de couscous mais tout ce que l'islam interdit en pack de douze ou en tranches, et Kaoutar aurait bien aimé me voir déglutir les chiffonnades de jambon, en matière culinaire, elle me trouvait courageux et je n'aurais pas raté l'occasion de l'éblouir un peu plus. Malheureusement, ses parents lui avaient interdit la virée, on s'était embrassés du bout des yeux, de toute l'envie stockée dans nos cœurs, heureux de savoir qu'on n'en aurait plus pour longtemps.

Très vite, sur la piste improvisée, les corps ont aspiré à l'envol, la preuve, seuls les bras ondulaient, les jambes se contentaient de tenir le tout à la verticale. George Clinton haranguait et les yeux se sont faits huileux, translucides et joyeux. Qui aurait cru que tous ces pourfendeurs de traditions se donneraient la peine d'aller louer qui un smoking, qui une cravate ou un nœud papillon ? Le second degré affleurait certes ici et là mais le bonheur éparpillait des étincelles sincères. Riton riait avec Mourad et j'aurais payé cher pour deviner le contenu de l'échange. Ma frangine apprenait quelques pas de disco à Ludo et se tenait les côtes d'une souplesse rangée au rayon souvenirs.

— Mais t'es handicapé, ma parole ?

Pierrick faisait rire Bija et je me demandais à mon tour ce qui pouvait autant la plier de la sorte, c'était leur secret, sans doute s'étaient-ils trouvé un terrain propice à la joie. J'étais content pour eux et bien sûr fébrile, allaient-ils se marier à leur tour ?

Fouzia et Hasnia n'ont pas trouvé Clinton à leur goût, elles ont fait le show sur *Papa Don't Preach* et ont entraîné mes rockeurs à se déhancher. Décidément le funk n'allait pas aux Blancs, leurs corps n'adhéraient pas à la *dance music* mais provoquaient d'ahurissants fous rires. Alors ils se singeaient en handicapés du funk. Après tout, il s'agissait de séduire, en rajouter dans la faillite du groove devenait un jeu amusant.

Seul Momo regardait à la fois sa montre et, par intermittence, une Bija qu'il avait envie de cogner en acceptant cette fois d'être la brute qu'il croyait ne pas être. La cogner pour éradiquer le moindre regret.

C'est quand elle s'est saisie d'un magnum au milieu des youyous improvisés par les filles que sa part obscure a soudain repris vie, la saleté tapie au fond de lui refaisait surface.

— Grosse pute.

Je n'ai pas voulu jouer les modernes, juste revu la scène où il avait giflé Bija pour une réplique mal interprétée, et le nombre de fois où il s'était retenu de me frapper, moi.

En nous voyant grimacer Momo et moi, Pierrick s'est écarté de Bija en emportant le magnum, je trouvais le geste délicat.

Et puis le dring du téléphone nous a fait sursauter. J'ai pris le combiné et d'un geste, j'ai demandé qu'on baisse la musique.

— Oui ? Monsieur Benguelaoui ?

À l'annonce du terrible nom, les airs se sont assombris comme peints en noir, j'ai refait signe pour qu'on baisse encore le volume.

— Quoi ? Quand ? Mais comment ?

Mon cœur s'est mis à battre à m'en péter la poitrine. J'ai dit à Momo :

— Ton frère…

Sa tête a tourné et il s'est effondré lourdement.

— Où est-ce qu'il est ?

— À l'hôpital… Une balle dans les poumons.

Sans prendre la peine de nous habiller ou même de fermer la porte, on a dévalé les escaliers quatre à quatre. Dans la voiture pas un mot, tout en conduisant, je déglutissais des pierres, je n'osais croire au pire, j'avais beau anticiper, ce pire dépassait l'entendement. Momo portait le masque de la mort, ses yeux ne bougeaient plus, deux blocs de marbre, j'entendais les battements effrénés de son cœur et sa poitrine enflait, enflait comme si elle allait exploser dans l'habitacle.

C'était M. Ceccaldi, un voisin de la cité, un invalide du travail, discret, ténébreux, célibataire, à qui je n'avais jamais adressé la parole. Excédé par le boucan d'un ghetto-blaster, il avait saisi un fusil et tiré. Djibou, dans la trajectoire, était mort sur le coup, mort sur scène comme un vœu exaucé.

Dans la salle d'attente c'était la fournaise, tout le quartier était là, mômes en bas âge riant de toute leur innocence et plus jeunes encore braillant dans des caddies qui servaient de poussettes, des caddies aux poignées rouillées chargés dessous de couches et dessus de courses. On se serait crus dans le hall d'un hyper, j'ai encore eu honte des miens comme si j'attendais des mômes de ma cité qu'ils se tiennent droits et les mères silencieuses, habillées de noir tant qu'on y était. Sans robe de bure, sans croix ni sacrement, il me semblait que tout ça manquait de solennité.

Quelques vieux assis déroulaient déjà des sourates. Mourad, Saïd le gros étaient là et Greg le Gitan réclamait une vendetta italienne à son chef. Hélène et toutes les bénévoles de l'asso se serraient les unes contre les autres comme si elles étaient nues et qu'un vent glacé les pénétrait de partout. Des mères éplorées escaladaient les épaules de Mme Benguelaoui avant d'étouffer des sanglots dans leurs foulards. Quand Momo s'est jeté sur sa mère, elle a poussé un cri qui a tétanisé tout le personnel de l'hôpital, la seconde d'après, il a pris la relève en hurlant comme pour rouvrir les plaies et les rendre aux mouches plutôt qu'à une main salvatrice. Ça sentait la mort, davantage une odeur de peur qu'une mauvaise odeur, et ma poitrine s'est coagulée d'un coup. Voir cette femme achevée de chagrin annonçait une fin du monde et nous n'avions plus qu'à espérer que la mort nous étranglerait un par un pour ne pas avoir à souffrir plus. Cette mère était la nôtre et nous sentions tous une balle logée dans nos poumons.

C'était notre premier mort qui ne soit pas un vieillard, un mort étrangement frappé au cœur de l'enfance, assassiné à la fleur de ses quinze ans. Djibou, mon rappeur préféré, ma relève, ma plume qui ne savait que rire et vanner, venait de disparaître d'un coup comme il avait l'habitude d'apparaître, un vrai djinn. Je n'ai pas osé m'approcher pour embrasser celle qui venait de perdre son fils, la peur sans doute d'être moi-même emporté dans le chant des hurleuses.

Pas le temps d'espérer, le chirurgien avait constaté la mort de Djibou – et d'autres femmes à peine arrivées sont tombées comme sous la mitraille.

À chaque nouvelle arrivée d'un proche ou d'une voisine, la mère poussait une nouvelle plainte, et en écho des hurlements tonitruants lacéraient nos tympans. Par intermittence, Momo l'accompagnait par des éclats qui enfonçaient des aiguilles dans les tripes. On n'en pouvait plus. Mes yeux éprouvés ont délivré leurs premières boules de larmes qui me rentraient dans la bouche et que j'avalais tout en hoquetant. Maman déjà rougie s'est jetée sur la mère martyre et une nouvelle plainte est montée, doublée tels deux éclairs dirigés vers le ciel, les cris étaient si aigus qu'il nous semblait les voir en traits gris et noirs filant vers le plafond, se cognant et finissant par se perdre dans le couloir de la mort. Après ça, fallait du courage pour vivre.

— *Ya rabbi ! Ya rabbi !* (Mon Dieu !)

En levant les yeux, je le priais à tout hasard, ce dieu de mes parents, pas de ramener Djibou que je savais objectivement mort mais pour que cesse l'incessante agonie de ces femmes qui étaient nos mères et qui n'avaient pas eu, un seul jour de leur vie, le goût du vrai bonheur. J'avais moins peur des mots que de ces grognements de la douleur infinie qui touchait le fond de l'âme, l'ouvrait comme un écran et déversait sur ces femmes une insensée raison de vivre.

Tout le quartier était là, sauf Brahim qui venait d'être incarcéré à nouveau pour Dieu sait quel autre larcin. Mourad est venu à ma rencontre et m'a embrassé sur les joues comme on le fait en pareille circonstance. On aurait dit un frère en embrassant un autre. Dans ce pénible moment, nous étions ça, des innocents de tous les crimes, c'est ce qui m'apparaissait, limpide.

Et le chagrin a englouti nos forces. Au milieu de la nuit, Momo m'a réveillé, je m'étais assoupi contre un mur, la tête entre les jambes, encore moins croyant que jamais puisqu'à travers Djibou c'est un peu moi qui disparaissais.

— Madge, rentre chez toi, on se verra demain.

Dans un coin, Bija s'est figée, espérant qu'on ne vienne pas l'embrasser, et pas une fille n'est venue à sa rencontre. On lui reprochait d'avoir choisi. Choisi sa vie sans se soucier du risque qu'elle faisait courir aux autres filles.

Le centre d'animation a été réquisitionné pour accueillir les hommes. Les femmes ont été confinées dans l'appartement du troisième et pour plus d'espace la voisine d'en face, Mme Chenougue, a offert son salon. Le lendemain, dès dix heures du matin, dans les escaliers, une odeur de couscous a chatouillé les narines et ça a tout de suite donné un air de fête. Impression bizarre que ce mélange de mort et d'odeur de cuisine et j'ai eu honte d'avoir faim. Maman a péniblement monté les trois étages et papa s'est dirigé vers chez les hommes. C'est comme ça que ça se passe, hommes et femmes séparés jusqu'à la mort. Peu importe l'événement, qu'il soit joyeux ou triste, on nous sépare.

Chez les hommes on a rangé des chaises le long du mur, du café a été servi sur d'immenses plateaux argentés, des gâteaux avaient été préparés dans la nuit, ça ressemblait à un mariage, en particulier de ce côté où les hommes se contentaient d'un semblant de dignité qui ne leur coûtait rien, d'ailleurs ils ne connaissaient Djibou ni d'Adam ni d'Ève, perdus qu'ils étaient dans le grouillis de leur propre progéniture. Ici, pas de bandeau noir, de lunettes ou d'accoutrements, on était venus habillés comme hier ou comme demain, la mort enregistrée dans les crânes comme une étape de la destinée humaine. Sobriété du deuil musulman ! On n'entendait pas, Le pauvre ! Il était si jeune, il était si beau ou si gentil. Djibou était mort, point, pas le moindre doute sur la destination céleste. On ne s'intéressait qu'aux vivants, on les consolait, certes, mais la grande porte de l'éternité était acquise. Moi, dans mon cynisme congénital, me disais, S'il faut mourir pour que des portes s'entrouvrent, pourquoi nait-on ?

Je me suis assis près de Mourad et Pierrick m'a imité, sobre et saisi. Cette mort faisait disparaître toute espèce d'humeur, on ressemblait aux statues verdies par le temps. Les gestes étaient lents, le calme régnait et aux tables voisines c'est la fatalité qu'on accusait, pas la société, encore moins les Français. Personne ne cherchait à critiquer le racisme. On s'inclinait devant le mektoub (c'était écrit).

Plus tard un imam a promis au père du défunt que les bras de Dieu accueilleraient l'âme de Djibou, à l'écouter on était presque rassurés, moi-même je me suis senti soulagé de l'éventualité et dans le même temps surpris par la puissance des mots de la religion. Mon père ne m'avait jamais assommé de la sorte, je prenais conscience en ce jour de deuil de l'impact de la parole divine quand elle joue la grandiloquence. Quand la prière des morts a commencé, j'ai ouvert mes mains comme les autres et j'ai bougé les lèvres pour ne pas apparaître indécent ou blasphème. Ça a rassuré mon père, mes oncles, tous ceux qui attendaient l'union sacrée. Heureusement je me cramponnais à mon athéisme viscéral et luttais pour ne pas sombrer vers cet au-delà devenu séduisant.

Après ces paroles du Livre saint, M. Benguelaoui a retrouvé des couleurs et sa voix s'est éclaircie, qui demandait qu'on serve du café à quelques moustachus venant juste d'arriver.

J'ai eu par moments l'envie que Dieu existe pour simplifier les choses et résoudre les énigmes de l'âme, on aimerait un bras qui tranche à votre place, une tronche même barbue qui dise, J'existe ! Et moi qui lui avais tourné le dos, je lui accorderais un sursis s'il accueillait ce pauvre Djibou dans un paradis de hip-hop au parterre tapissé de cartons pour qu'il y exécute ses pirouettes préférées. Puis, je me suis repris. Non ! Ce n'est pas le mektoub qui a assassiné Djibou, c'est une balle de 22 long rifle, et le drame c'est que M. Ceccaldi n'était pas un criminel, je veux dire, pas comme on l'entend. À plus de soixante ans, on peut tuer mais est-on criminel ? Ses nerfs avaient lâché et pour son plus grand malheur la balle avait atterri dans la poitrine d'un petit Algérien.

Samir connaissait l'assassin et ne voulait pas d'une justice expéditive. Il disait, Non ! Le vrai coupable c'est le système, et les regards se détournaient. Moi pas mieux, sauf que j'avais l'avantage de ne parler qu'à moi-même :

— À la poubelle Marianne, bonnet phrygien et drapeau tricolore ! On veut plus jouer aux Français. Au feu ! tous ces symboles qu'ils n'ont pas su nous faire aimer.

Pas le temps de digérer ma rancœur qu'une voix m'a jeté sur des rives anguleuses, des rochers mortifères, une plage aux morts à tête frisée.

— En tout cas, lui, on l'a vengé !

C'est ce que venait de me glisser Mourad en me montrant Pierrick d'un coup de menton.

— Qu'est-ce que tu dis ?

— Tu te rappelles ce qui vous est arrivé à L'Ubu ?

— L'Ubu ?

— La boîte de nuit qui vous a interdit l'entrée.

— Oui ?

— Pierrick m'a tout raconté.

J'ai regardé Pierrick qui déjà baissait la tête.

— Pas la peine de le regarder, il a eu raison, faut pas laisser passer.

— Qu'est-ce que t'as fait ?

— On s'est pointés avec des battes, on leur a fracassé les jambes.

— Vous êtes allés… ?

— En miettes, frère. Le négro et l'Arabe, demain c'est en fauteuil roulant que tu vas les croiser.

Je me suis liquéfié, sans être sûr de comprendre ce que j'avais très bien compris. Je flottais comme un corps en apesanteur, me cognant à tout sans douleur. Pourquoi Pierrick s'était-il confié à Mourad et depuis quand ? Je lui jetais des regards accusateurs, que croyait-il obtenir en cédant des territoires qui nous étaient plus qu'intimes ? Voulait-il s'acheter une caution d'en bas, être adoubé par la rue ? Connard ! Sombre connard !

Tous les événements me revenaient comme un boomerang, le face-à-face Mourad/Brahim c'était aussi à la demande de Pierrick, il était assez habile pour suggérer et laisser l'autre déduire ce qu'il y avait à déduire.

Me revenait à l'esprit que Mourad se sentait redevable auprès de Pierrick, que rien n'était assez cher pour sauver Krimo. Sans cesse il lui répétait, N'importe quoi, tu peux me demander n'importe quoi ! Et un boulevard s'était ouvert dans lequel Pierrick s'était engouffré sans précaution.

Dans la cité la nuit est tombée par surprise et l'air s'est tu, saturé d'interdits. Du balcon, un vieux poste délivrait quelques sourates du livre des morts, on faisait taire la myriade d'enfants qui déboulaient des escaliers en trombe, les Français rasaient les murs et sous le porche, on a giflé un adolescent qui sifflait à tue-tête. Restait le centre d'animation allumé comme un phare dans la tempête.

Quelqu'un a dit, en arabe :

— Il faut l'enterrer en Algérie.

Instinctivement je me suis levé.

— Pourquoi le bled ? Il est français, c'est en France qu'on doit l'enterrer.

— Toi, on te connaît ! a cru bon d'asséner l'imam qu'une pauvre canne tenait à la verticale. On te connaît !

Puis il a déroulé en arabe :

— Tu veux répandre le sacrilège un jour de deuil ? Tais-toi ! Tout de suite !

Mon père a froncé les sourcils, il me réclamait le respect dû à un imam. Que je tienne tête à un homme de Dieu aurait affaibli son aura. Pour ne rien arranger, l'homme à la gandoura blanche s'est tourné vers lui.

— Dis à ton fils de se taire, il déshonore nos traditions, s'il est français, Dieu le garde, nous, nous sommes musulmans.

L'assemblée a acquiescé. Momo et Samir trempaient dans la peur d'être associés à mon culot. Ils partageaient mon opinion sans conteste mais ils craignaient une ligne jaune qui nous aurait trop coûté. J'entendais leur supplique muette, Va pas trop loin ou c'est quatre cercueils qui vont partir en Algérie, connard !

Jamais la solitude ne m'était apparue aussi palpable. Je n'avais plus d'amis, les pères de la cité me haïssaient et l'occasion était donnée de me clouer au pilori sans que je réagisse sous peine d'être traité d'apostat, le crime des crimes. Ils n'aimaient pas le soutien scolaire qui, selon eux, mettait davantage en lumière mes acquis que ceux des mômes, ils n'aimaient pas que je négocie avec les mères des sorties toujours plus nombreuses et plus prolongées. Avec en prime les rapports privilégiés que j'entretenais avec les élus ! Depuis trop longtemps, je leur damais le pion lors des concertations sur le devenir du quartier, et ne faisais pas tant de zèle pour l'aménagement d'une salle qui aurait servi à la fois de lieu de culte et pour des cours d'arabe et accueillerait baptêmes et mariages. En cela ils n'avaient pas tort.

L'imam a conclu sa tirade par un :

— Digoulass.

Quelques jours plus tard, toute la famille a embarqué pour Oran. Peut-être Momo a-t-il espéré que je prendrais un billet pour l'accompagner jusqu'au bord de la tombe. Il se servait de la mort de son frère pour que je cède et ce chantage affectif m'horripilait plus que de raison. Enterrer Djibou en Algérie m'était trop insupportable, c'eût été la défaite de mes idées. Djibou n'avait rien à faire en Algérie, il n'y avait jamais mis les pieds et je pariais qu'il aurait préféré voir son âme vagabonder à l'orée des bâtiments de la cité, d'où il aurait envoyé quelques raps sulfureux contre la France, ou plutôt contre les Français.

Momo ne me l'a jamais pardonné. Il s'est refermé sur ses peurs de se perdre, a soigneusement aiguisé ses rancœurs pour des vengeances à venir et m'a définitivement tourné le dos.

Samira a eu mal au cœur quand elle s'est aperçue que Kaoutar composait mon code de tête. Ses allées et venues se faisaient plus fréquentes. La pute rustre et la vierge émancipée s'affrontaient à la Leone devant la porte d'entrée. Mon ange gardien des faubourgs s'est senti dépouillé de la seule éclaircie qui colorait ses heures d'attente. Tous mes refus avaient égayé sa vie, entretenu l'espoir d'une rédemption, qui sait, d'une idylle. S'entendre dire non la réhabilitait et je tirais ma fierté de lui donner ce sentiment d'être respectée. Cette lueur a dû s'éteindre tout à fait ce jour-là.

Quand j'ai ouvert la porte à Kaoutar, on s'est jetés l'un contre l'autre sans peur de nous brusquer, presque brutalement. Je l'ai sentie humer mon tee-shirt comme un désir d'emplir ses poumons de mes sucs, de mon côté j'inspirais de toutes mes forces son odeur, c'était l'odeur naturelle de sa peau. Point de parfum ou d'entourloupes enivrantes, rien, ça m'a plu. On s'est embrassés sur la bouche, sans l'ouvrir. D'abord physiques, nos baisers se sont faits plus tendres, jumeaux, et je ne la désirais que davantage. Après l'étape bécots, on s'est allongés pour visiter le fond de nos yeux.

— Dis-moi "je t'aime" en kabyle, qu'elle m'a fait.

— J'sais pas, je l'ai jamais entendu dire.

Ça l'a fait rire, d'un rire explosif, communicatif, j'ai pensé, Putain ! Je sais pas dire "je t'aime" en kabyle !

— Tu sais pas ?

— Non, c'est pas que je sais pas, le mot n'existe pas.

Je crois que ça l'a ravie que je sois si français ou si "pas arabe" et ma réponse a été la même quand elle m'a demandé comment se disaient les yeux, la bouche, le nez, l'oreille. Ensuite, les charbons ardents m'ont rappelé à mes devoirs orientaux mais, mais, mais... je ne voulais pas.

Pénétrer une cousine me glaçait le sang. Chez nous déflorer une Reubeu avant le mariage, c'était se voir enfoncer une bague au doigt ou autre chose dans le cul. C'était se voir arracher les dents à la pince-monseigneur. La fille se voyait répudiée. Elle devenait définitivement pute, fallait lui trouver un vieillard incontinent pour effacer l'outrage. Celui-là, on lui aurait offert une villa construite dans quelque arrière-pays berbère. Même marié, je resterais infecté d'indéracinables tabous.

En me préférant à d'autres, elle avait choisi sa cible, un Français qui n'en avait pas "l'air", un Reubeu qui n'en était pas un.

J'étais le bon candidat. Efféminé mais autoritaire, poète, frêle et presque arabe et pas tout à fait français, elle ne voulait pas d'une bite non circoncise. Je correspondais à ces improbables critères.

Si certaines se voilaient, se mariaient ou s'enfermaient dans des tours inaccessibles au plaisir, si d'autres étudiaient pour contrecarrer la toute-puissance patriarcale, elle, elle se décidait pour une trajectoire inverse, frapper là où ça fait mal, le vagin. Ça m'a pris de vitesse et à travers ses yeux, une voix.

— Je vais offrir ma virginité et pour pas une tune. Je vais démystifier l'acte sacré. Oui, je vais m'ouvrir et ne rien exiger en contrepartie. Pas de dot, pas de cérémonie mais un amour éternel, *inch'allah*.

D'abord on a ri de ce *inch'allah* qui, bien qu'étant une promesse divine, se traduisait par *jamais* dans la bouche de nos mères, et on s'est dit, Plus jamais on ne prononcera ce mot.

Puis elle a ordonné :

— Mets-toi au lit.

J'ai senti qu'il fallait juste obéir. Elle s'est déshabillée dans la salle de bains et est réapparue nue derrière une minuscule serviette. J'étais nu, recouvert par un pauvre drap maculé de mes névroses. Sans hésiter elle m'a escaladé, je n'ai pas eu le temps de dire, Et ton père et ta mère et tout le reste ?

D'abord elle a jeté sa tête sous le drap à hauteur des chevilles, me suis raidi. En commençant par le bas elle signifiait une volonté de se soumettre de son plein gré, c'était sa force. Elle menait le combat par la plus innocente des armes, sa peau, et je trouvais ça audacieux qu'elle s'offre en s'ouvrant de toutes parts, moi je gonflais ma poitrine et refermais le gras de mon ventre pour paraître plus musclé. J'essayais d'exposer d'inexistants abdominaux que ses mains malaxaient, des mains pas dégoûtées de ne rencontrer que du mou. Mais elle n'était pas là pour ça, sa quête dépassait mes minables prétentions physiques. Je jouais l'homme, elle, elle jouait sa vie. Soudain elle s'est mise à baisoter l'intérieur de mes jambes, j'ai tressailli comme une pucelle. Chaque fois que ses lèvres se plaquaient dans quelque renfoncement de mon anatomie, je sursautais, je retenais des gémissements de plaisir, des petits soupirs de femme apeurée. Elle grognait, je gémissais. Enhardie par mes peurs, elle embrassait plus fort et a fini par ouvrir des lèvres que j'ai senties épaisses et puis voraces, presque douloureuses. Elle n'embrassait plus, elle lapait le bas de ma jambe en gloutonne, arrachait presque mes poils, lapait de plus en plus fort et déglutissait. J'oscillais entre son animalité frénétique et une sensualité enfantine mais l'un dans l'autre, je me raidissais tellement la chatouille ressemblait au supplice de la chèvre léchant les doigts de pied d'un Fernandel au bord de l'apoplexie.

J'ai crispé mes muscles pour mieux résister, elle disait, Du calme ! tel un dompteur autoritaire.

Mon corps se soulevait pour n'avoir pas à supplier l'arrêt des hostilités. À hauteur de poitrine, elle m'a giflé pour me mettre en garde et m'a craché dessus comme un avertissement à des trahisons à venir, puis elle a léché sa salive en guise de pardon.

Quand je me suis relâché telle la glace qui se dérobe au cornet, mon érection s'est faite plus molle, j'ai presque eu un soulagement. Imaginez une langue faire le tour du genou et finir en baisers des plus moelleux en haut des cuisses. En remontant le long de mon corps, elle m'a agrippé en poussant des, *'din a mook* (con de ta mère) et m'humectait au passage d'un délice visqueux qui lui sortait des cuisses. Ensuite, dans une grimace d'effort, elle m'a mis en croix, s'est enfoncée sous mes aisselles pour s'étouffer dans mes poils.

Inassouvie, elle est redescendue des cimes, vaillante, a accosté mon sexe en s'arrimant à mes côtes et le temps d'accepter ma soumission, l'avait englouti. Je la sentais plus marionnettiste qu'autre chose, elle jouait des ficelles pour éradiquer mes dernières aliénations, la preuve je gémissais, Maman !

On baisait, j'étais dans le remords, elle, dans la vengeance, et je ne voulais pas être le complice de ce sentiment-là. Fallait voir, c'est elle qui ordonnait d'avancer sous le feu, c'est elle qui sonnait la charge ou le repli, moi je ne pouvais qu'obéir sous peine d'être renvoyé à l'arrière avec les éclopés, les lâches, les trop heureux d'être à couvert. Quand ses seins se sont aplatis sur ma poitrine, j'ai repris les rênes, convaincu qu'elle accepterait le retournement des choses. Avec une autorisation implicite, je l'ai agrippée sous les cuisses, l'ai retournée et j'ai tenté de lui soutirer une supplique qui aurait fait plaisir à mon grand-père. C'était un *mmmmh* irrésistible qui avouait sa défaite, un *mmmmh* de reconnaissance du ventre. Elle acceptait d'être sauvagement chargée et j'assumais d'être ce névrosé-là, j'assumais d'être cet animal qui ressemblait à un homme en voie de guérison et abusai d'un, *Ta race !* Comme il m'a fallu une pause pour ne pas exploser en plein ciel, j'ai dit, Attends ! et elle en a profité pour redevenir homme, me mordait quand je l'embrassais, me secouait quand je la caressais, me disais, Oui, quand je disais, Non. Jusqu'à ce que l'éclair frappe à l'intérieur de son ventre.

À la fin chaque baiser n'était pas un dépôt de lèvres humides, c'était de l'encre car elle n'embrassait pas : elle écrivait les conditions de son don, le prix du plaisir. Elle inscrivait sur ma peau l'intérêt que j'aurais à la choyer dans le futur, écrivait en encre de salive ses droits universels de la femme, avec leurs alinéas, leurs avertissements, et aussi un attachement définitif à ma personne, une fidélité outrageante et je ne voulais plus que le monde change.

C'était la première fois, je n'ai jamais su ce qui relevait de la jouissance ou de la colère, du plaisir ou de la vengeance, d'un acte politique ou de l'orgasme le plus égoïste, juste je me suis rendu compte qu'en m'embrassant une dernière fois, elle avait sorti sa langue.

Le Palais des Sports affichait complet. Dans la loge, ça grouillait d'amis, je reconnaissais les anciens du lycée, ceux qui avaient tracé sans coup férir vers khâgne, hypokhâgne, maths sup et spé. Ceux-là ne se seraient pas dérangés pour un concert dans un bouge à punks, je les méprisais tranquille, obnubilé que j'étais par la présence de Kaoutar. Elle me veillait comme la femme d'un boxeur et presque chuchotait, Casse-leur la tête, bonhomme !

Momo et Samir s'étaient faits fort de ne pas venir, Agnès et Matéo souriaient face à ma réussite, Hélène restait stupéfaite devant autant de techniciens affairés venus nous consulter pour les réglages des lumières et le positionnement des boutons de chaque ampli. On entendait :

— Moins deux DB.

— Plus deux DB.

Des détails auxquels je n'attachais aucune importance.

— Madge, si ça larsène, éloigne-toi des Wedges, le temps qu'on gère.

Dans le brouhaha le régisseur a gueulé :

— Deux minutes !

Et la loge s'est vidée en un rien de temps. Avec mes quatre lascars, on s'est embrassés, et j'ai goûté l'aridité des joues, j'étais content d'enfin accepter mes potes dans l'intégralité de leurs personnes.

— Enfin les gars, enfin, on y est !

Bébert, d'habitude en retenue, a lâché son plus beau, "À guichets fermés", un "à guichets fermés" patiemment espéré de longues années durant. Ludo s'est laissé submerger par l'émotion, il n'en revenait pas, Polo secouait la tête, n'avait pas de mots, juste un air qui en disait long sur l'interminable attente du jour de gloire, Riton, lui, enfonçait sa tête au creux de tous les cous, remerciait chacun d'entre nous d'avoir supporté ses injonctions, ses horaires, ses remontrances. Puis une voix :

— On y va, les gars ?

J'ai regardé Riton pour qu'il me donne ordre d'ouvrir le bal, il a juste dit :

— Madge.

Et on a marché en file indienne vers la plus belle obscurité qui soit, le noir scène. C'est aux premiers accords qu'un déluge de lumière nous a baignés, s'en est suivie une clameur sidérante. Deux mille bras se sont ouverts à nous, nappés aussitôt de mille flashs aveuglants, j'ai fait :

— Jeunesse de France, bienvenue à toi !

Deuxième clameur plus longue, plus pénétrante aussi, et avant que ma bouche ne prononce la première syllabe, deux mille autres chantaient déjà :

Faut qu'on chute
Qu'on s'entende dire chut
Mais nous on veut pas être le propre des ratures
Mais la rature

Nous étions peut-être le groupe que toute une génération attendait, l'avant-garde antiraciste, éclairée et multicolore, coléreuse aussi, et décidée à en découdre avec les fachos. On réparait des cœurs prêts à se donner pour une France que ne comblaient ni le blanc, ni le bleu, ni le rouge. J'étais heureux car ils agrandissaient un drapeau empli d'un autre vertige, la citoyenneté du monde. Ils tressaient Marianne de locks, changeaient les paroles de *La Marseillaise* en *Allons z'enfants de la fratrie* et se rêvaient multiples.

Ils ont chaviré deux heures durant, vogué par-dessus les têtes, chanté à en perdre le souffle mais dans cette immensité fraternelle et dansante, pas un visage reconnaissable, une masse mouvante qui s'attachait plus à un symbole qu'à ma personne, je n'étais tout à coup qu'une image figée. Ils applaudissaient ce qu'ils croyaient être moi, une illusion accrochée au mur de leur chambre. Dans cette foule bienheureuse, je ne voyais pas un Reubeu de quartier, pas le moindre fils de la cité, rien qui m'eût définitivement consolé. Ces Arabes étaient-ils ailleurs ? Ont-ils seulement existé ? Est-ce que cette armée basanée n'était que le doux rêve d'un Français qui n'a été algérien que le jour de sa naissance ? Peut-être avais-je oublié qu'ils étaient français mais, à ne pas se l'entendre dire, on tourne le dos à la vérité pour préférer sa part d'ombre. Au milieu de la foule transie, j'ai retrouvé la solitude des salles vides qui, elles, au moins, vous font espérer. Rêver qu'elles se rempliront un jour.

RÉFÉRENCES DES CITATIONS

p. 75 : *Armstrong*, chanson écrite par Claude Nougaro et arrangée par Maurice Vanderschueren © EMI Publishing France / © Les Éditions du Chiffre Neuf

p. 82 : *Le Temps des colonies*, chanson composée par Jacques Revaux et interprétée par Michel Sardou © Art Music France / © Eagle Records Sarl

p. 171 : *Banlieue*, chanson écrite, composée et interprétée par Karim Kacel © Universal Production Music France

p. 224 : *Vingt ans*, chanson écrite, composée et interprétée par Léo Ferré © Les Nouvelles Éditions Meridian / La Mémoire Et La Mer

p. 229 : *Toulouse*, chanson écrite par Claude Nougaro et composée avec Chambers Kenneth © EMI Publishing France / © Les Éditions du Chiffre Neuf

p. 296-297 : *L'Homme qui rit*, roman de Victor Hugo publié pour la première fois en 1869

p. 355 : La chanson extraite de *Peau d'âne*, un film de Jacques Demy, et connue sous le titre de "Recette pour un cake d'amour", a été composée par Michel Legrand et interprétée par Anne Germain.

OUVRAGE RÉALISÉ
PAR L'ATELIER GRAPHIQUE ACTES SUD
REPRODUIT ET ACHEVÉ D'IMPRIMER
EN MARS 2020
PAR NORMANDIE ROTO IMPRESSION S.A.S.
À LONRAI
POUR LE COMPTE DES ÉDITIONS
ACTES SUD
LE MÉJAN
PLACE NINA-BERBEROVA
13200 ARLES

DÉPÔT LÉGAL
1re ÉDITION : AVRIL 2020
N° impr. : 2000514
(Imprimé en France)